Herbert Knorr · Pumpernickelblut

Herbert Knorr ist Westfale, Leiter des Westfälischen Literaturbüros in Unna, einer der Festivalleiter von „Mord am Hellweg“ sowie Intendant von „literaturland westfalen“. Er veröffentlichte Sachbücher und Krimis. Für seine Verdienste um den deutschsprachigen Kriminalroman wurde ihm der Ehrenglauser 2017 verliehen.

Herbert Knorr

PUMPERNICKEL BLUT

PENDRAGON

Drei Tage vor dem vierten Advent

„Du wirst dran glauben müssen, du Mumienmonster!“

Der Maskenmann prüfte ihre Fesseln und wedelte mit etwas vor ihrem Gesicht herum. Was da vor ihren Augen pendelte, war eine Einwegspritze, eine sehr große sogar, Fassungsvermögen fünfzig Milliliter, mindestens, schätzte sie.

„Du hättest dich raushalten sollen! Und dein Kindken, die Müller, die kommt auch noch dran!“

Wollte er ihr etwa Gift spritzen? Mit so einer Menge könnte er sogar einen ausgewachsenen Dinosaurier ruckzuck über die Lippe schicken.

Nä, hundertzwanzig Jahr hast du werden wollen – un nu dat. Okay, ein paar Jahre hast du geschafft, so belämmert ist das auch nicht, tröstete sie sich, noch dazu in einer Seniorenresidenz, in der du überraschenderweise schon so viele Jahre überlebt hast. Aber aufgeben galt nicht!

Der Maskenmann fuchtelte erneut mit der Spritze. „Findest du nicht auch, dass es endlich an der Zeit ist, die Rentenkasse von dir zu entlasten?“

Was für ein Pannekopp. Ha! Diese Bemerkung war der Gipfel der Unverschämtheit, politisch völlig unkorrekt, viel schlimmer noch als ihre derzeitige Lage.

„Verdammig, wenn ich hier rauskomm, bist du tot“, verschluckte sie sich und konnte ihren Fluch nur denken.

Sie hatte den Maskenmann anspucken wollen, aber

das Taschentuch in ihrem Rachen und das Klebeband über ihren Lippen ließen sie nur hilflos prusten. Sie fühlte sich ohnmächtig, was eigentlich nie vorkam, aber momentan war sie verdammig noch mal mit Ledergurten gefesselt. Und ihr Peiniger hatte nun eine dicke Ampulle in der Hand. Am liebsten würde sie ihm seine Eier absäbeln.

Bleib cool, redete sie sich zu, als ehemalige Putzfrau hast du in deinem Leben so viel Aaskram weggeschrubbt, da ist das hier ein Fliegenschiet dagegen. Sie durfte auf keinen Fall an dem ekeligen Knebel ersticken – einem Mörder die Arbeit abzunehmen, war ein absolutes No-Go.

Wie entwürdigend das war: Sie in einem Krankenhausbett. Ihr liebes langes Leben hatte sie sich selbst behandelt, überwiegend mit Pipi, schon nach dem Krieg, als es keine Kwaksalwer, keine Pülwerken und vor allem keine Kerle mehr gab. Aber egal, sie war ja eh gleich tot. Der Maskenmann zog den Inhalt der Ampulle in die Spritze.

Hm, er war gerade mal eins siebzig, oder? Das passte nicht. Das passte überhaupt nicht! Und wo war eigentlich der Komatöse, fiel es ihr siedend heiß ein. Er war doch der Schlüssel zu den abscheulichen Verbrechen im Stift Haus Maria Fröhlich Abendschein.

Das hatte sie jedenfalls bisher angenommen. Und in gewisser Weise stimmte das ja auch, sonst läge sie nicht statt seiner nun in seinem Krankenbett und wäre nicht in dieser misslichen Lage.

Missliche Lage? *Was für eine Übertreibung!*

Nach einer langen Nacht am Lager des Komatösen, den sie sofort nach seinem Aufwachen hatte verhören wollen, hatte ihre Blase verrücktgespielt. Wieder einmal. Dabei durfte sie doch den Augenblick nicht verpassen, wenn er wieder zu sich kommen sollte. Irgendwann war ihre Not so groß geworden, dass sie dann doch die Oberschenkel zusammengepresst und das Etagen-Klo aufgesucht hatte, das ihr diese nette Schwester zeigte. Das Lippeneutruper Krankenhaus war dafür bekannt, dass es wegen eines Sanierungsstaus in vielen Krankenzimmern immer noch keine Bäder hatte.

Und noch einen Fehler hatte sie gemacht. Als sie zurückgekommen war, hatte der Maskenmann sie mit ihrem eigenen, idiotischerweise zurückgelassenen Elektroschocker überwältigt. Ging auch an ihr die zerebrale Verkalkung, diese erbarmungslose Pest des Alters, nicht vorüber?

An sich war sie für Extremsituationen gewappnet. Erst vor Kurzem hatte sie einen Volkshochschulkurs belegt: Strategien der Selbstberuhigung – Angst und Panik wirkungsvoll bekämpfen. *Mithilfe eines Mantras seien Extremsituationen ganz leicht zu bewältigen, hatte der Kursleiter mit der salbungsvollen Stimme empfohlen.*

Ich steh das durch, ich steh das durch, ich steh das …

Ihr Mörder fingerte eine Kanüle hervor. Eine Injektionsnadel, so dick wie ein Streichholz, geeignet, die Haut eines westfälischen Bullen wie Butter zu durchdringen.

Gemach, gemach … gemach, gemach …

Klappte auch nicht! Zerrubbeln würde sie den Kursleiter, wenn sie hier rauskam, zwischen Daumen und Zeigefinger, und zwar im Nullkommanix. Wenigstens die Rückzahlung der Kursgebühren sollte herausspringen.

Suchende Finger tasteten auf ihrer Haut nach einer Vene. Das war es dann wohl.

Sie zerrte an den Gurten, wand sich mit allen Kräften, die ihr noch zur Verfügung standen. Nein, das konnte es noch nicht gewesen sein. Und plötzlich sah sie ihn, den Komatösen, aus den Augenwinkeln … Neben ihr, auf dem Boden, direkt neben dem Bett.

Ob er noch lebte, so regungslos wie er dort lag?

Wichtiger noch: Was war mit dem Kindken? Würde sie kommen und sie retten? Anna wusste als Einzige, wo sie war. Bestimmt würde sie nach ihr suchen, da sie ihr doch fest versprochen hatte, sich regelmäßig zu melden. Nein, nein … auf keinen Fall, sie durfte nicht kommen … Dann würde sie ja ihrem Mörder direkt in die Arme laufen.

Sie bäumte sich auf …

Der Maskenmann drückte sie zurück und legte seinen Oberkörper auf ihren. Schließlich stach er zu, drückte die Flüssigkeit langsam in ihre Vene und meinte: „Bis die Spritze ihre beruhigende Wirkung tut, wirst du mir noch einen letzten Dienst erweisen."

Sie spürte erneut dieses fiese Grinsen hinter der Maske. Schiet aber auch alles!

1

Ich wartete auf den Bus. An einem heruntergekommenen Wartehäuschen der Lippeneutruper Verkehrsbetriebe, in dem der Mülleimer überquoll und der Fahrplan mit Edding übermalt war. Eines der vielen Graffiti konnte ich entziffern: *In Lippeneutrup langweilen sich sogar die Kühe!* Das hatte ich immer schon gewusst.

So also begann mein neues Leben.

Oh Jan, du, du … Mistkerl. Du Hurenbock!

Ja, selbst nach über einem Jahr Trennung war ich immer noch wütend auf meinen Ex: Eines Tages würde ich ihn erschlagen, zersägen, ausweiden und seine Einzelteile in der Lippe versenken. Und seine Mutter, diese Hexe, gleich mit … Hereingelegt hatten sie mich damals, mit einem Schmierentheater ohnegleichen. Und ich dumme Kuh war darauf hereingefallen.

Warum nur hatte ich keinen Anwalt genommen und mich stattdessen selbst vertreten? Das hatte ja nur schiefgehen können! Die Gegenseite war mit allen Wassern gewaschen. Das hätte ich ahnen können, ja wissen müssen. Aber ich hatte auf meine Argumente und das Gericht vertraut. Wo hätte ich auch das Geld für einen Rechtsbeistand auftreiben sollen? Genau darum ging es ja, Jan und seine Familie hatten mir alles genommen, vor allem meinen Schatz, meine Leah. Natürlich kämpfte ich um Leah wie eine

Löwin um ihr Kind. Heute wie damals, vor dem Familiengericht …'

„Was riecht denn hier so?“ Nach der Verhandlungspause hatte sich die Richterin wieder an die Stirnseite des Tischekarrees gesetzt und mit angewiderter Miene geschnüffelt. „Das riecht doch wie …“

Wie konnte das sein? Hitze war in meinen Kopf geschossen.

„Frau Müller, das riecht hier doch nach Schnaps!“, sprach die Richterin aus, was ich sofort begriffen hatte, als auch mir dieser penetrante, unglaublich intensive Fuselgestank in die Nase gekrochen war. Drüben auf ihrer Seite des Tisches rekelten sich Jan und seine Familienbande auf ihren Stühlen. Der süffisante Gesichtsausdruck der Hexe signalisierte mir, dass etwas schrecklich schiefllief. Und zwar auf meine Kosten.

Es ging ums Sorgerecht. Für Leah. Unserer, nein, *meiner* Tochter. Ich wollte doch meinen so geliebten Schatz bei mir haben, mich um sie kümmern, sie abends ins Bett, morgens in die Schule bringen, mir ihre Sorgen anhören, mit ihr Spaß haben. Ich war doch ihre Mutter.

Die Verhandlung war auf Antrag der Hexe, die Jan zusammen mit ihrem Mann anwaltschaftlich vertrat, für eine Viertelstunde unterbrochen worden. Auf der Suche nach einem Automaten war ich draußen durch die Gänge geirrt, weil ich unbedingt etwas trinken musste. Kaffee, Cola, irgendwas.

Mein Blick wanderte zu meiner Stofftasche mit den Prozessunterlagen, die unter dem Tisch auf dem Boden stand. Ein dunkler Fleck an der rechten unteren Ecke ließ mir weiteres Adrenalin ins Blut schießen.

Wieso nur hatte ich die Tasche eben nicht mitgenommen?!

„Das ist ungeheuerlich!“, donnerte die Richterin. Es fehlte nur noch, dass sie sich eine Wäscheklammer an die Nase steckte, so sehr widerte sie der Gestank an.

Das war der ultimative Super-GAU.

Drüben wechselte die Hexe einen selbstzufriedenen Blick mit ihrem Gatten. Jans Vater war ein unauffälliger Graubart und ungefähr so durchsetzungsfähig wie ein Hundebaby, zumindest seiner Frau gegenüber. In der Praxis, so hörte man, sei er knallhart. Beide waren, genau wie Jan, Anwälte. Die Hexe mit Spezialgebiet Familien- und Scheidungsrecht, das Hundebaby war Anwalt für Wirtschaftsrecht und zudem Notar. Ihre Kanzlei vertrat reiche Klienten in Münster und Umgebung, selbst die Bischöfe von Münster und Osnabrück nahmen ihre Dienste in Anspruch.

Vor der Pause hatten sie versucht, mich als Rabenmutter und vor allem charakterlich fragwürdige Trinkerin darzustellen, die ihr Kind schon während der Ehe vernachlässigt habe. Und ich würde jetzt im Streit um das Sorgerecht die unhaltbare Geschichte über die angebliche Treulosigkeit ihres Sohnes nur erfinden, um von meinem Alkoholproblem abzulenken.

Lang und breit hatte die Hexe erklärt, ich hätte immer schon sehr viel getrunken. Und Leah – *Das arme Kind!* – habe *sooo* darunter gelitten. Um noch eins draufzugeben, hatte sie schließlich behauptet, sie hätten jahrelang versucht, mich zu einer Therapie zu bewegen. Allein schon des Kindes wegen. Doch ich undankbares Geschöpf von Schwiegertochter habe alle Hilfe abgelehnt; so sei ihrem Jan, dem treusorgenden, liebevollen Vater der kleinen Leah keine andere Wahl mehr geblieben, als sich von mir zu trennen.

Mir war das Kotzen gekommen. Zwar nur beinahe, aber mein kurzes Würgen war der Richterin nicht entgangen.

Trotzdem hatte ich mir Chancen ausgerechnet. Zumindest auf das geteilte Sorgerecht. Die Richterin war schließlich eine Frau, und als Frau würde sie Verständnis dafür zeigen, dass *ich* nicht mehr mit diesem Hurenbock zusammenleben wollte!

Der Bus rumpelte an die Haltestelle, ein schon etwas betagter Wagen, dessen Falttür schnappte. Dass es so was überhaupt noch gab! Ich zückte meine frisch erworbene Monatskarte – Preisstufe A, Ortsgebiet Lippeneutrup –, stieg ein und setzte mich. Außer mir fuhren nur zwei alte Damen mit, die mich mit Argwohn beäugten. Obwohl ich mich seit meiner

Trennung von Jan kleidungstechnisch bedeckt hielt und ganz bewusst nur Rolli trug.

Bloß nicht mit Reizen spielen, bloß keine Männer locken. Von Männern hatte ich die Nase gestrichen voll. Männer, hatte ich mir geschworen, waren für mich tabu. Für immer!

Zwei Haltestellen weiter verließ der Bus den Ortskern von Lippeneutrup. Automatisch schob ich mir Kopfhörer ins Ohr und aktivierte den MP3-Player. Eric Clapton. Es war die Lieblingsmusik meines Vaters gewesen. Blues passte zu dieser Landschaft.

Um Lippeneutrup herum schlängelte sich die Lippe. Umgeben war das Städtchen zudem von dem einen oder anderen Sandhügel, bevor sich Heide und Moor anschlossen. Im Moment dümpelte der Bus allerdings durch enge Alleen, die eher als mittelalterliche Wegeverbindungen denn als Landstraßen durchgingen. Schweinemastbetriebe tauchten auf, auch große Hühnerfarmen. Die alten Wasserburgen, die es hier ebenfalls zuhauf gab, lagen etwas versteckt; und weil der aufziehende Nebel alles zudeckte, war in der Ferne hinter den Eichen- und Kiefernwäldern nicht ein altes Gemäuer zu entdecken.

An der nächsten Haltestelle – *Café Moorblick* – stiegen die beiden alten Damen aus. „Zuerst machen wir unsere kleine Wanderung“, sagte die eine. Die andere nickte bestätigend und ergänzte: „Und dann essen wir im *Moorblick* zu Mittag. Das Café hat so einen wunderbaren Blick aufs Moor.“

Ja, wenn nicht gerade Nebel war.

Ich sah ihnen nach. Ob ich im hohen Alter auch noch so unternehmungslustig sein werde, fragte ich mich.

Dass mich Jans Mischpoke damals vor der Richterin des Alkoholismus' bezichtigt hatte, war natürlich eine gemeine Lüge gewesen. Außer bei Familienfeiern hatte ich nämlich niemals etwas getrunken, höchstens mal einen Aperol Sprizz. Dass ich ein einziges Mal abgestürzt war, beim Sechzigsten von Jans Vater, war die große Ausnahme gewesen.

Ich war damals ziemlich fertig gewesen. Wegen Jans permanenter Untreue. Anders gesagt: seiner *Fremdfickerei*, wie es mein rechtschaffener Opa mit seiner Neigung zu einer klaren Ansprache schon sehr früh erkannt hatte, schon vor meiner Ehe mit Jan. Mein sauberer, damals Noch-Ehemann hatte an jenem Jubeltag vor meinen Augen ganz ungeniert eine entfernte Cousine angebaggert, die gerade mal ihr Abitur gemacht hatte. Nach dem dritten Wodka suchte ich Streit. Lallend ließ ich einige unflätige Bemerkungen fallen, die ich von Opa gelernt hatte, aber besser nicht hätte machen sollen. Denn leider gab es von der grässlichen Szene zufällig ein Handyvideo eines Geburtstagsgastes.

Kein Video gab es leider von dem Vorfall, der mich letztlich dazu bewegt hatte, Jan endlich in die Wüste zu schicken. Seine *Seitensprünge* – was für ein blödes

Wort, *Bocksprünge* wäre da schon besser! – hatte ich ihm immer wieder verziehen, weil ich ihn ja geliebt hatte. Das hatte ich wenigstens lange Zeit geglaubt. Und weil ich aus irgendwelchen altmodischen Gründen einmal davon überzeugt gewesen war, dass es hierbei in erster Linie nicht um mich ginge, sondern es weit wichtiger wäre, dass Leah einen Vater hat, eine komplette Familie. Natürlich war mir klar, dass ich eigentlich Leah mein eigenes Schicksal ersparen wollte. Ich war bei meinen Großeltern aufgewachsen. Meine Mutter hatte ich nie kennengelernt, mein Vater war gestorben, als ich sieben Jahre alt war. So klein wie meine Leah jetzt.

Aber eines Tages war selbst für mich Schluss gewesen. Ich wollte mir von Sabrina, meiner Lieblingsnachbarin von gegenüber, Eier ausleihen, die ich unbedingt für einen sonntäglichen Kuchen brauchte, aber ärgerlicherweise beim Einkauf vergessen hatte. Überraschenderweise bot sich Jan an, das zu übernehmen. Doch er kam nicht wieder. Ich rief ihn auf seinem Handy an, aber er ging nicht dran. Konnte er auch nicht, denn das Teil meldete sich in unserem Flur.

Ich brauchte dringend die Eier, das wusste Jan doch!

Auf mein Klingeln reagierte niemand, doch als ich im Garten nachsah, entdeckte ich, dass die Terrassentür meiner Nachbarin einen Spalt weit offenstand. Seltsam ekstatisch-verzückte Laute drangen an mein Ohr. Diese kieksenden Laute kannte ich, die konnten nur von Sabrina stammen, so ähnlich bescheuert lachte die auch. Nur dass sie momentan in allerhöchsten, nie gehörten Frequenzen stöhnte und gickste, die Gläser zum Springen bringen könnten. Das schlappe Gegrunze, das zeitgleich meine Ohren traktierte, kannte ich ebenfalls – aus der Steinzeit unserer Ehe.

Ich schob die Tür etwas auf. Schwitzend und schmatzend waren die beiden auf Sabrinas Couchwelt in einer irrwitzigen Stellung miteinander verknotet, die ihre Aufmerksamkeit vollkommen in Anspruch nahm.

Wortlos ging ich. Nach endlos langer Zeit war selbst ich die ständigen Demütigungen leid.

„Wie kannst du nur so blöd sein", meinte Natalie, meine beste Freundin aus Kindergartentagen, zu der ich an jenem Tag sofort heulend geflüchtet war. „Genug ist genug. Wegen Leah darfst du nicht bei diesem Scheißkerl bleiben, du gehst an dem Schwein noch kaputt. Das hab ich dir schon oft genug gesagt." Ich jaulte nur noch lauter.

Während der Bus über Schlaglöcher rumpelte, versuchte ich mich von den quälenden Gedanken abzulenken. Durch schlierige Scheiben starrte ich in die Landschaft und nahm idyllisch gelegene schilfumgebene Teiche und herrliche Ilex-Hecken wahr. Unvermittelt entdeckte ich auf einem eisigen, abgeernteten

Acker eine pechschwarze Krähe, die flatterig schaute, ob sie mitten im Winter noch irgendwo Nahrung finden könnte.

Ich hatte Mitleid mit ihr …

Nein, kein Selbstmitleid mehr, redete ich mir ein, du brauchst Kraft, Anna, du willst doch Leah wiederhaben. Bald hast du es geschafft, im Januar ist der neue Prüfungstermin für das Sorgerecht, du bist auf einem guten Weg. Du schaffst das – weil du das willst!

Ich tastete in meiner Umhängetasche nach Leahs Kuscheltier, einem knuddeligen Bär, den sie vor Ewigkeiten bei mir vergessen und ich seitdem immer bei mir hatte. Ich hatte ihr das Bärchen zu ihrem dritten Geburtstag geschenkt. Der Stoff war schon ziemlich abgenutzt und einige Nähte waren geplatzt, aber ich liebte ihn über alles, so wie Leah ihn liebte. Ich musste ihn ihr unbedingt zurückgeben. Aber wann?

Seit einem Jahr bekam ich Leah nur alle vierzehn Tage zu Gesicht – wenn überhaupt. Mal war Leah krank, mal verreiste Jan mit ihr spontan, dann musste Leah zu Kindergeburtstagen oder einem dringenden Arzttermin. Immer war etwas anderes.

Leah, Leah, Leah! Ich vermisste sie so sehr …

Ich war damals eine Weile bei Natalie geblieben und hatte Jans Telefonterror auf meiner Mailbox standfest ignoriert. Irgendwann hatte ich mich stark genug gefühlt, ihm meine Entscheidung mitzuteilen: dass es vorbei war, endgültig!

Ein guter Plan, fand auch Natalie. Selten hatte sie mich so entschlossen gesehen. Also fuhr sie mich an einem lauwarmen Augustabend noch einmal in das Haus, das ich danach, das schwor ich mir, nie mehr betreten würde.

Ich schlich mich durch die Hintertür herein und nach oben, holte meine Kleine aus dem Bett, schärfte ihr ein, ganz leise zu sein. Doch schlaftrunken wie sie war, gab Leah dennoch überraschte Laute von sich, weil sie sich natürlich freute, endlich ihre Mutter wiederzusehen. Ich war schon fast draußen mit ihr, als sie mich in der repräsentativen Empfangshalle der schlossähnlichen Villa erwischten.

„Was bitte …“, begann Jan verblüfft.

„… soll das bedeuten?“, vollendete die Hexe mit schneidend-kalter Stimme.

Mein Schwiegervater spielte an seinem Smartphone herum.

Leah blickte verstört von mir zu ihrer Restfamilie und wieder zurück. Ihr stiegen Tränen in die Augen.

„Nach was sieht es denn aus?“, fuhr ich die Hexe an.

Ich wollte mit Leah zur Tür. Nur weg hier.

„So geht das nicht“, kommentierte Jan und versuchte mir Leah zu entreißen, die sich weinend an mir festklammerte.

„Keinen Tag“, verkündete ich, „verbringt mein

Kind noch unter einem Dach mit dir … dir … *Klötenpony*!“, rutschte es mir heraus. Opa ließ grüßen.

„Nicht vor dem Kind“, drehte sich das Hundebaby weg.

„Was willst du von einer Frau erwarten, die aus dem Prekariat kommt“, ätzte die Hexe. Sie hatte diese typisch abgehobene konservativ-katholische Art der alteingesessenen Münsteraner und hielt sich für etwas Besseres. Ich war ja bloß die Waise, die in einem Bergmannshaushalt am Rande des Ruhrgebiets im Südmünsterland aufgewachsen war.

„Oma“, fragte Leah, die sich immer noch eng an mich schmiegte und an meiner Bluse zupfte, „was ist ein *Präkarat*?“

„Das soll dir deine Mutter, diese Proletin, erklären.“

Da sollte ich nicht ausflippen? Ich zeigte der Hexe den Stinkefinger. Und zischte Wörter, die ich auch nicht hätte in den Mund nehmen sollen. Schon gar nicht vor Leah.

Zwei Wörter, die der Hexe sagten, was sie sich könne: „Fuck you!“ Dann wandte ich mich an Jan. „Ich will die Scheidung. Und Leah bleibt bei mir!“

„Jan“, stellte sich seine Mutter an seine Seite, „ich war immer gegen diese Heirat, das weißt du. Aber Scheidung, niemals! In unserer Familie gibt es so etwas nicht. Was soll der Bischof denken, wenn er davon erfährt? Soll die da sehen, wo sie bleibt. Leah bleibt bei uns. Definitiv.“

Beide griffen nach Leah. Zwei gegen eine, das war nicht fair. Damit Leah sich nicht wehtat, ließ ich los. Die Hexe zerrte sie von mir fort.

Leah weinte noch bitterlicher.

In meiner Wut griff ich nach der exquisiten Chinavase auf dem barocken Schemel, ein wunderbares Stück, das Jans Eltern von einer Weltreise mitgebracht hatten. Und bedauerte zutiefst, dass ich niemanden traf. Nicht einen, nicht einmal ein bisschen. Aber wenigstens zersplitterte das teure Stück am Kaminsims. Und einige der wertvollen Delfter Kacheln aus dem 18. Jahrhundert gleich mit.

Der Bus hielt an einem Wartehäuschen unter einer uralten Eiche. Ich war angekommen. Rundherum Einsamkeit.

Ich schritt die Weidenallee entlang, die auf ein jahrhundertaltes Ensemble zuführte, und überquerte die Brücke über der zugefrorenen Gräfte, die das ehemalige Rittergut umschloss. Nachdem ich das Torhaus durchschritt, betrat ich den großzügigen, gepflasterten Innenhof – mit seinen Bauminseln und modischen Lichtstelen ein echter Hingucker. Frontal schaute mich ein mächtiges Gebäude an, das immer noch Geschichte ausstrahlte, wenngleich es restauriert war. Links und rechts flankiert von ebenfalls umgebauten Wirtschaftsgebäuden des einstigen Rittergutes – ehemals Scheunen, Ställe und Remisen.

Die funktionalen Anbauten, die Hauptwohntrakte der Residenz, waren geschickt mit dem alten Haupthaus verbunden worden, aber von vorne so gut wie nicht zu sehen. Kaum zu glauben, dass hier dreihundert Bewohner im Pflegetrakt und rund einhundertzwanzig in den achtzig Appartements wohnen sollten. Im sich nur langsam verziehenden Nebel wirkten die efeuumrankten Gemäuer wie ein verwunschenes Schloss.

Mein Pech war damals gewesen, dass Jans Vater an jenem Tag, als ich Leah entführen wollte, meine Aktion mit der Chinavase gefilmt hatte. Geschickt hatte er auch meine verbalen Ausraster in einem kleinen Filmchen zusammengeschnitten. Als ob sie es darauf angelegt hatten, mich zu provozieren. Auch dieses Video hatte sich die Richterin interessiert angeschaut. Und mich anschließend skeptisch gemustert. Sehr skeptisch sogar.

Nachdem ich ihr ausführlich und reumütig erläutert hatte, dass auch dieses Video nur eine einmalige, außerordentliche Ausnahmesituation zeigte, die auf eine, von ihr doch sicherlich nachvollziehbare, hochgradige Erregung meinerseits zurückgegangen wäre, nickte sie freundlich. Deshalb dachte ich mir auch nichts weiter dabei, als die Gegenseite auf einmal eine Verhandlungspause beantragte. Jans Mutter sei unpässlich. Man könne sicherlich … Natürlich konnte man.

Und nun das!

„Frau Müller, dieser … dieser Gestank, der kommt doch aus Ihrer Tasche."

Die Richterin stand auf und kam nun zu mir herum.

„Ich rieche nichts", beteuerte ich wider besseres Wissen. Die Richterin beschnupperte mich und mein Umfeld. Ich schob die Tasche mit dem Fuß vorsichtig weiter unter den Tisch. Vergeblich. Statt sich vorwärts zu bewegen, fiel sie einfach nur um. Es klirrte dezent. Ein offener Flachmann mit einem Rest Wacholder rutschte heraus.

„Ich … ich …"

Aus den Augenwinkeln sah ich, wie die Hexe hämisch feixte. Das Hundebaby schaute feige aus dem Fenster. Jan zur Decke. Und jetzt war mir natürlich auch klar, wieso die eben die Unterbrechung beantragt hatten. Damit Jan oder nein, seine Mutter, simsalabim, den Wacholder in meiner Tasche platzieren und die Duftspur legen konnte, die mir jetzt das Genick brechen würde.

Die Richterin hob den Flachmann mit spitzen Fingern auf und stellte ihn vor mir auf den Tisch. „Haben Sie dazu etwas zu sagen, Frau Müller?"

Ich sprang auf, griff mir die Tasche. So wie sie nach Schnaps stank, mussten sie die halbe Flasche hineingeschüttet haben. „Ihr seid alle so armselig", schrie ich, lief los und schlug die Tür krachend hinter mir zu.

Drei Wochen später erhielt ich Post vom Gericht.

Das vorläufige Sorge- und Aufenthaltsbestimmungsrecht für Leah wurde Jan zugesprochen, ich dürfte sie nur alle zwei Wochen einen Nachmittag lang sehen. Ich heulte den halben Tag. Erst dann machte ich den Brief vom Jobcenter auf, der ebenfalls im Briefkasten gelegen hatte.

Danach heulte ich auch noch den Rest des Tages.

Meine neue Stelle, die ich heute antreten sollte, hatte ich vom münsterischen Jobcenter. Ganz plötzlich war irgendwo ein „interessanter Arbeitsplatz" freigeworden, der angeblich zu mir passte. Nach meiner Trennung von Jan hatte mir das Jobcenter nämlich ein betriebswirtschaftliches Weiterbildungsjahr in der boomenden Altenpflege angeboten. Als ehemalige Kinderkrankenschwester hatte ich dafür beste Qualifikationen. Außerdem war ich ja bei meinen Großeltern aufgewachsen. Mit alten Menschen kannte ich mich aus.

Wochenlang hatte ich Bewerbungen geschrieben. Dutzende, Hunderte! Nur Absagen. Und dann endlich, das Stift *Haus Maria Fröhlich Abendschein* … Ich solle mich vorstellen.

Dem Jobcenter war es egal gewesen, dass ich von Münster in das kleine, verschlafene Städtchen meiner Kindheit zurückziehen musste – nach Lippeneutrup mit seinem Milchkannenbahnhof, seiner Fußgängerzone mit gefühlt je einem halben Dutzend Backshops, Handyläden und Metzgern, einem Westfalen-Kaufhäuschen und einem Katholischen Krankenhaus. Einen AWO-Treff Ü70 und eine Disco aus den neunziger Jahren gab es auch noch. Das war's aber dann.

„Man muss nehmen, was kommt", hatten Opa und Oma immer gemeint, „sonst nimmt der Düwel dir auch noch den Rest."

Jan, dieses … dieses Schwein!

Ja, irgendwann würde ich ihn tatsächlich erschlagen, erwürgen und ausweiden. Im Lippeneutruper Moor gab es so viele Möglichkeiten, Leichen verschwinden zu lassen. Da konnte man in Entscheidungsnot kommen.

Ach, Anna, was denkst du da nur wieder …

Ich pumpte Luft und ging zügig auf die automatische Glastür des betagten, bei genauer Betrachtung jedoch in dezenter Weise modern gestalteten Eingangsportals zu. Die erhaltene Hausinschrift darüber lautete, in goldenen Lettern geschrieben: *Wer auf Gott vertrauet, hat wohl gebauet.*

Alles wird gut werden, sprach ich mir Mut zu.

Es war Montag nach dem ersten Advent – mein erster Arbeitstag. Ich freute mich.

Endlich wieder arbeiten, endlich nicht mehr auf andere angewiesen sein. Auch Natalie nicht mehr zur Last fallen, die mir in ihrer kleinen Wohnung eine Zeit lang Asyl gewährt hatte. Was für uns beide nicht einfach gewesen war, da Natalie als bekennender und freiheitsliebender Single Männer wie Küchentücher benutzte: wisch und weg! Ständig waren mir beim Frühstück in der Küche neue Kerle über den Weg gelaufen. Für mich ein Martyrium. Außerdem nervte Natalie mich ständig mit blöden Ratschlägen: „Mensch, Anna, du bist doch keine alte Jungfer, einfach nur probieren und genießen."

Nein, niemals! Mein Schwur galt. Männer? Nein, danke.

Erst jetzt entdeckte ich etwas abseits vom Hauptportal den schwarzen Bestatterkombi mit weißen Gardinchen, in den ein Sarg hineingeschoben wurde. Damit würde ich hier jetzt wohl leben müssen, dachte ich.

Hätte ich ahnen können, dass alles viel, viel schlimmer werden würde?

2

„Da leckst de Sau anne Föt!"

Krachend fiel die Tür ins Schloss, ein Rollator knallte gegen meinen Schreibtisch. Gläserne Tischplatte! Meine Cola schwappte bedenklich.

Eine Frau mit strubbligem Igelschnitt und in grellbunter Kittelschürze betrachtete mich von oben bis unten und wieder zurück. Hm, soweit ich wusste, hatte die Residenz nur sogenannte *bessere* Klientel, die im stillen Lippeneutruper Land ihren Lebensabend verbringen wollte. Aus dem Münsterland, klar, aber auch vom Niederrhein, dem Ruhrgebiet und sogar aus dem reichen Düsseldorf zogen sie hierher. Keine Vorurteile, Anna!, befahl ich mir.

„Du bist ja mal eine proper Erscheinung, Kindken. Da werden dir die alten Böcke die Bude einrennen. Kann ich ein Lied von singen. Leider ein paar Jährchen her, Kindken."

Kindchen? Ich war einunddreißig.

„Guten Tag, mein Name ist Anna Müller …"

„Kindken, das weiß ich doch schon längst." Dabei klebte noch gar kein Schild mit meinem Namen an der Tür.

„Was kann ich für Sie tun, Frau, Frau …?"

„Ich bin die Else, Else Erpenbeck. Und ich sehe Schmutz. Neun Leute hat die auf dem Gewissen. Neun arme Greise!"

Ich verstand überhaupt nichts.

„Da läuft vielleicht ein Ding. Die *Grande Dame*, diese falsche Schauspielerin. Die kannst du inne Tonne hauen."

„Frau Erpenbeck ..."

„Bisher war Paulinchen meine rechte Hand. Schade, war immer eine ehrliche Haut. Aber jetzt, die Schwarte gelb, die Leber hinüber, und nun hat der Schnaps auch ihren Kopp vergiftet. Ich brauche eine neue Assistentin. Kindken, du und ich, gemeinsam sind wir stark."

„Frau Erpenbeck ... Ich verstehe nicht ..."

„Du darfst Else zu mir sagen. Ich bin vierundachtzig." Sie machte eine Pause, damit ich feststellen konnte, dass sie nicht danach aussah. „Gut gehalten, was Kindken?"

Ich nickte überrascht.

„Ich bin ursprünglich Bauerstochter, aufgewachsen in Zeiten von Stalingrad, wo der Bekloppte meine älteren Brüder krepieren ließ. Ich war Trümmermädel, dann Putzfrau und später stolze Besitzerin einer Reinigungsfirma. Nicht verheiratet, nicht verwitwet, Einzelkämpferin, seit ich denken kann. So, jetzt kennst du mich. Ohne Herkunft keine Gegenwart. Und ich sag dir ein für allemal, der Dreck muss weg! Du und ich, wir schaffen das. Ich will hundertzwanzig werden. Alles klar?"

Ich verstand immer noch nichts.

„Ah, hab ich fast vergessen." Frau Erpenbeck schlug sich an ihren Kopf. In dem Metallkorb an ihrem Rollator steckte eine bunt karierte Einkaufstasche aus abgeschabtem, rissigem Lederimitat. Daraus holte sie etwas Grünes mit roten Kerzen hervor. Als sie mir den Adventskranz auf den Glastisch stellte, rieselten reichlich Nadeln herunter.

„Für dich, Kindken. Zum Einstand."

Eine Kerze hatte schon einmal gebrannt.

Mein letztes Geschenk war zur Hochzeit gewesen, eine sündhaft teure Perlenkette und eine Kreuzfahrt in die Karibik. Die Perlenkette hatte ich verkaufen müssen, um nach der Trennung von Jan zu überleben, die Kreuzfahrt war langweilig gewesen, die Inseln hatten alle gleich ausgesehen, die blauen Lagunen hatten mich angeödet, zumal ich mit Leah schwanger gewesen war und Jan meine permanente Übelkeit ausgenutzt hatte, um mal wieder nach anderen Weibern zu schauen. Damals hatte ich es noch nicht wahrhaben wollen.

„Nimmste jetzt endlich, ich krieg sonst Fingerrheuma", drückte mir Frau Erpenbeck den Kranz in die Hand. „Ist von der Frieda von nebenan, die braucht den nicht mehr."

„Frau Erpenbeck?", lächelte ich verlegen.

„Else. Und mach dir keinen Kopp. Die alte Frieda ist heute Nacht ganz friedlich abgenibbelt."

Deshalb also heute Morgen das Bestatterauto vor der Eingangspforte. Ich wollte etwas sagen, aber meine Besucherin winkte müde ab.

„Denk erst gar nicht drüber nach, Kindken. Wenn

du nicht mehr hören, sehen, sprechen und schlucken kannst, keine Angehörigen hast und seit Jahren an der Magensonde hängst, dann ist das ein Glück für dich, wenn du endlich erkaltest."

Ich schluckte, drapierte den Kranz auf meinem Schreibtisch, zündete die halb abgebrannte Kerze an, schob den Kranz nach links, dann nach rechts.

Wie sollte ich mich nur verhalten? Ich stand auf, um weitere Zeit zum Überlegen zu gewinnen. Schließlich öffnete ich mit einem entschuldigenden Blick das Fenster. Die hereinströmende Kälte machte mir nichts aus, im Gegenteil, der Raum war komplett überheizt.

„Ganz recht so, Kindken", meldete sich die alte Dame sofort zu Wort. „Im *Fröhlich Abendschein* stinkt's zum Himmel. Ätzend, da muss frischer Wind her." Sie beugte sich zum Gitterkorb ihres Rollators und schien etwas zu suchen.

Seit knapp einer Stunde war ich nun die neue Belegungsmanagerin des Stiftes *Haus Maria Fröhlich Abendschein, der beschaulich gelegenen Seniorenresidenz am Waldfriedhof, mit Innenstadtnähe und Industrieflair*, wie es im Internet hieß – und schon bei meinem allerersten Kontakt zu einer Bewohnerin kam ich in Schwierigkeiten. *Industrieflair* – damit war bestimmt die in einer Senke gelegene, von hier aus gut sichtbare, denkmalgeschützte *Alte Schmiede* gemeint, wo früher Pferde aus aller Welt ihre Hufeisen bekommen haben sollen. Aber warum diese

Werbung die Nähe der Residenz zum Waldfriedhof betonte, verstand ich ganz und gar nicht.

Vorrangig war ich im *Fröhlich Abendschein* für die Vermietung von Appartements, Wohnungen und Pflegeplätzen zuständig. Damit sich die Bewohner rundum wohlfühlten, musste ich mich auch um ihre Sorgen und Nöte kümmern, zumindest, was ihren Aufenthalt in der Residenz betraf. „Alte Menschen brauchen Zuwendung, Frau Müller“, hatte die Stiftsdirektorin Frau Hohnsteiner-Bartel beim Einstellungsgespräch mit einem einfühlsamen Gesichtsausdruck unterstrichen.

Natürlich war Empathie wichtig.

Das wusste schon meine Großmutter. Meine Oma konnte das Wort vermutlich nicht einmal buchstabieren, hatte jedoch alles richtig gemacht. Bis zu ihrem Tod hatte sie meine Uromi Gerda zu Hause gepflegt. „Nä, ins Heem kommt die Mama nich, nur über meine Leiche“, hatte sie gestöhnt, wenn sie jeden Abend todmüde auf ihr geliebtes Sofa gefallen war.

Als ich älter wurde, hatte ich ihr bei der Pflege der Uromi geholfen. Dafür hatte ich auf vieles verzichten müssen, aber ich hatte es gerne gemacht; zumal ich nicht mit ansehen konnte, wie meine Oma mit ihren zunehmenden Rückenschmerzen die Uromi fünfmal am Tag umbettete.

„Kannst du dich mal konzentrieren, Kindken, im *Fröhlich Abendschein* gehen Dinge vor, dagegen ist jeder Bankencrash Pipifax." Frau Erpenbeck rüttelte ungeduldig an der Glasplatte.

Ich schloss das Fenster wieder, die alte Dame setzte sich auf die Abstellfläche des Rollators und blickte mich eindringlich an. „Neun Leute hat die auf dem Gewissen. Neun arme Greise! Von der Ida gar nicht zu reden."

„Was meinen Sie ... eh, mit ... eh, neun?" Ich erschreckte zutiefst. „Ein Todesengel?"

„Kokolores. Die Sache ist viel schlimmer, Anna. Ich darf dich doch Anna nennen?"

Ich nickte. Das war mir jedenfalls lieber als *Kindken.*

Aber was gab es Schlimmeres als einen Todesengel?

„Wenn die neun tot wären, Kindken, müssten die wenigstens nicht ertragen, was ihnen angetan wurde. Haus und Hof, Hab und Gut, alles weg. Totaler Crash!"

„Was ist denn genau weg? Ich möchte ja helfen. Wir wünschen uns im *Fröhlich Abendschein* zufriedene Kunden."

„Bei mir kannste dir dein Gesülze sparen, Kindken." Blitzschnell fuhr sie mit einem Finger über die Glasplatte und hielt ihn mir samt Staubschmier unter die Nase. „Hier musse ja Allergien kriegen. Der Dreck muss weg."

Da hatte sie zweifellos recht. Mein sogenanntes Büro war nicht nur schmutzig, sondern eine bessere Bruchbude, sogar ein Pflegebett stand noch herum. Die einsame Gummimatte auf der unbezogenen

Matratze sah einfach nur traurig aus. Akten lagen auf dem Boden, ein paar Kisten stapelten sich in einer Ecke, nicht einmal der PC war angeschlossen. Ein halbhohes Regal, Eiche Natur, mindestens eine Generation alt, war in die Lücke zwischen Heizung und Tür gequetscht. An der Wand links neben mir hing ein staubiges Bild im barocken Goldrahmen, die Kreidefelsen von Rügen. Als einzige Sitzgelegenheit gab es einen billigen Gartenstuhl aus Plastik, dessen bessere Zeiten Jahrzehnte zurückliegen mussten.

Frau Hohnsteiner-Bartel hatte mir mitten im Wohnbereich 3b ein leerstehendes Bewohnerzimmer zugewiesen, offenbar seit Langem nicht genutzt. „Nur vorübergehend“, hatte sie gemeint. „Wir haben in der Verwaltung Platzmangel. Aber da sind Sie zwischen unseren Kunden, da bekommen Sie ganz schnell Kontakt.“

Hatte die Verwaltung vergessen, mein neues Domizil säubern und vernünftig einrichten zu lassen? Da würde ich gleich anrufen, wenn Frau Erpenbeck gegangen war.

Sie ging aber nicht, sondern riss mich erneut aus meinen Gedanken: „Die *Grande Dame* von Appartement 100 in der Beletage, die Schlachthauer … Bis zum Sommer konnte man hier in Ruhe leben, aber seitdem die hier haust …

Beletage? So nannten sie hier also die exquisiten Appartements auf der Südseite der Residenz, Anbauten des Rittergutes, mit wunderschönem Blick auf die Hügel, auf die Flussaue und die *Alte Schmiede*.

Jedenfalls hatte ich schon einmal einen Namen. Vielleicht ein Streit unter Bewohnern oder sogar eine Intrige? Angestellte sollten auf so etwas behutsam-distanziert reagieren, hatte man uns im Kurs geraten. Die Aufregung würde sich mit der Zeit von alleine legen.

„An sich ist das doch ein schönes Klima hier im Haus, nicht, Frau Erpenbeck?"

„Else."

„Else, ja, der prächtige Park, die Lage am Fluss, die wunderbaren Ilexhecken überall", versuchte ich die alte Dame zu beruhigen. „Das ist doch alles sehr schön", schob ich hilflos hinterher.

„Vielleicht überzeugt dich ja das hier, Kindken."

Aus den Tiefen ihres Rollatorgitterkorbes zog sie ein Tablet. Ihre dürren Finger glitten behände über das Display. Dann schob sie mir das Gerät über den Tisch.

„Leider nicht so gut, die Fotos, Kindken. War schon ziemlich düster auf dem Friedhof. Und ich stand weiter weg, in Deckung natürlich."

Jetzt, wo sie es sagte, erkannte ich Grabsteine. Und mit Müh und Not eine Frau, die auf Knien vor einem Grab saß und ein Loch schaufelte, erst mit einem Spaten, dann mit bloßen Händen. Oder buddelte sie es zu?

„Die wühlt in ihrem *eigenen* Grab herum. In ihrem eigenen, verstehst du? Da ist doch etwas oberfaul."

Da ich immer weniger verstand, was Frau Erpenbeck von mir wollte, ging ich zu ihr und nahm sie in den Arm. Ich wollte ihr das Gefühl geben, dass ich sie ernst nahm.

„Else, wenn Sie Schwierigkeiten haben, ich helfe Ihnen gerne. Aber ich habe heute meinen ersten Tag." Ich nahm mir vor, mich erst einmal im Haus zu informieren, mit wem ich es zu tun hatte. „Wir reden später über Ihre Probleme, was meinen Sie?"

Ich drückte sie, doch meine Strategie ging nicht auf. Frau Erpenbeck stieß mich von sich, sodass ich mich nicht halten und aufgrund der räumlichen Enge mit meinem Hintern auf der Glasplatte zu sitzen kam, die gefährlich knirschte.

„Kindken, wenn ich Streicheleinheiten will, melde ich mich. Schau dir lieber das an!" Sie hielt mir ein Blatt Papier unter die Nase. Eine Liste mit Namen, und hinter jedem Namen stand eine Summe. „Alle neun Bewohner auf dieser Liste haben ihre *Notgroschen*" – sie zog den Notgroschen spöttisch in die Länge – „der Schlachthauer für ihre sogenannte Stiftung gegeben oder womit sie sie sonst geködert hat. 300 000 Euro mittlerweile. Eher mehr."

300 000 Euro?! Das war für mich unvorstellbar.

„Was denn für eine Stiftung?"

„Für gefallene Mädchen. So was Antiquiertes." Sie machte eine verächtliche Geste. „Über die Mitleidsschiene hat sie die katholischen Bauerntölpel gekriegt."

„Ist doch eigentlich eine schöne Idee“, sagte ich.

„Die Kerle sind auch auf anderes reingefallen. Wie Kerle eben sind.“

„Frau Erpenbeck, Else, diese Stiftung …“

„Es gibt keine Stiftung! Immer mehr hat die aus denen herausgepresst. Aus Scham oder weil sie die Miete nicht mehr bezahlen konnten, sind die ausgezogen. Daher betrifft es auch dich. Du musst alles neu vermieten, Kindken.“

„Else, wenn es Hinweise auf Unregelmäßigkeiten gibt …“

„Unregelmäßigkeiten? Da lachen ja die Schweine im Pferch. Was diese falsche Schauspielerin tut, ist gemeine Gaunerei, schwere Prellerei.“

Falsche Schauspielerin, so hatte sie diese Schlachthauer schon einmal genannt, was meinte sie denn damit?

„Else, gesetzt den Fall, da stimmt etwas nicht und jemand hat diese Bewohner tatsächlich betrogen. Warum erstatten die denn keine Anzeige?“

Sie brach in schallendes Gelächter aus. „Weil es Schwarzgeld war, am Finanzamt vorbeigeschleust. Tun die alle hier, also, die, die noch Kohle haben. Unversteuerte Gewinne aus der Schweiz, Luxemburg, den Cayman Inseln, keine Ahnung. Panama geht ja nicht mehr.“ Sie machte eine Pause. „Und vermutlich aus Scham, weil sie so doof waren. Aber zuallererst, aus Angst.“

„Angst, wovor?“

„Das müssen wir ja gerade herausbekommen."

„Und warum gehen *Sie* nicht zur Polizei?"

Else Erpenbeck zögerte, dann fuhr sie sich durch ihren Igelschnitt. „Mit den Bullen hab ich es nicht so." Sie guckte betrübt, gab aber keine weitere Erklärung ab.

„Und warum wenden Sie sich nicht an die Pflegeleitung oder die Stiftsdirektorin? Sie wird Ihnen bestimmt zuhören und das Richtige in die Wege leiten."

Else Erpenbeck machte eine abfällige Handbewegung. „Meine Devise war immer: hart, aber gerecht, gegen jedes Staubkörnchen. Anna, die Zeit läuft uns davon. Ich brauche eine kompetente Partnerin in der Residenz, eine, die auch Einblicke in die Verwaltung hat. Die mich auch mal raushaut, wenn's hart auf hart kommt. Du bist neu hier, unbelastet. Komm in meine Mannschaft, in mein Team, ich lerne dich an!"

Mannschaft, Team? Hatte sie nicht was von *Einzelkämpferin* gesagt?

„Zusammen werden wir der falschen Schauspielerin ihr schmieriges Handwerk legen. Anna, ich meine es ernst. Todernst! Überleg es dir. Und jetzt muss ich weg. Meine ewige Blase drückt, auch eine Else Erpenbeck wird nicht jünger."

An solche Begegnungen werde ich mich wohl gewöhnen müssen, seufzte ich tief, als Frau Erpenbeck zur Tür hinaus war. Im Kurs hatten sie gesagt, wir sollten solche Situationen nicht überbewerten, sonst würden wir auf Dauer ein Problem mit unserer psychischen Stabilität kriegen. Alte Leute würden viele Geschichten erzählen. Andererseits, diese Fotos … Wieso wühlt eine Frau so aufgelöst in einem Grab herum? Sollte *ich* vielleicht die Pflegeleitung informieren?

Ich entschied, die Begegnung nachwirken zu lassen. Oma und Opa hatten über wichtige Entscheidungen immer eine Nacht geschlafen. Außerdem wollte ich nicht schon am meinem ersten Tag andere mit Problemen behelligen, die ich nicht lösen konnte. Wie würde das aussehen?

Jetzt musste ich mich erst einmal um mein Büro kümmern, besser gesagt, um mein Provisorium. Als Erstes schloss ich den Computer an. Der Drucker streikte. Internet hatte ich auch nicht. Immerhin hatte das Telefon ein Display. Im Gerät entdeckte ich das interne Telefonverzeichnis. Die Nummer des Hausmeisters war gespeichert. Niemand ging dran.

Ich ergriff selbst die Initiative. Da mein Büro ein ehemaliges Bewohnerzimmer war, gab es auch ein Bad. Sogar Handtücher hatte jemand hingehängt. Ich nahm mir eines und wischte damit Staub. Dann schob ich das Bett in eine Ecke unters Fenster, um mehr Platz für den Schreibtisch zu haben, und nahm anschließend Kisten und Akten zur Hand, um sie so gut wie möglich zu sortieren.

Im Regal entdeckte ich eine Kaffeemaschine. Immerhin schon eine für Pads. Welch guter Geist hatte mir denn die spendiert? Mist, ich hatte keine Pads. Also griff ich nach einer weiteren Cola, die ich mir mitgebracht hatte.

Auf der Glasplatte richtete ich mir mit Plastikkörbchen, die ich im Chaos gefunden hatte, eine Ablage ein. Dabei fiel mir Frau Erpenbecks Liste in die Hand, die sie zurückgelassen hatte. Automatisch überflog ich sie noch einmal: *Brinkkötter, Jellentrup, Poggenpohl …* Die Namen klangen nach sogenannten westfälischen Pohlbürgern, deren Familien über Generationen am gleichen Ort lebten. Sie sagten mir trotzdem nichts. Wie auch?

Etwas fiel mir jedoch auf. Es waren alles Männer. Eine weitere Spalte war überschrieben mit *Angehörige.* Und überall stand dort: *keine.* Hm, *neun Menschen auf dem Gewissen* – was sollte ich damit nur anfangen?

Frau Erpenbeck hatte von Betrug gesprochen. Abwegig war das nicht.

Betrug an alten Leuten war in unserer Gesellschaft leider an der Tagesordnung. Mir fiel sofort der *Enkeltrick* ein, vor dem Polizei und Medien regelmäßig warnten. War vielleicht doch etwas dran an ihrem Verdacht? Außerdem … Ihre direkte Art hatte mich an meine Großeltern erinnert. Vor allem an meinen Opa.

Der wäre auf so etwas nicht hereingefallen – der nicht!

Drei Jahre nach meiner Uromi, kurz nach meinem neunzehnten Geburtstag, war dann meine Großmutter gestorben. An Herzschwäche. Ich hatte gerade meine Ausbildung begonnen – studieren war nichts für mich, ich brauchte was Praktisches. Und ich musste und wollte mich um meinen Opa kümmern. Der wollte nicht ins Heim, und ich wollte das auch nicht. Fachschule, Arbeit im Krankenhaus und Opa – das war mein Leben gewesen. Bis ich Jan, diesen Mistkerl, kennenlernte und schließlich zu ihm gezogen war. Da hatte mein Opa allen Kontakt zu mir abgebrochen. Er wollte mich nicht mehr sehen, nicht mehr mit mir reden. Trotz meiner vielen Versuche damals …

Ob er überhaupt noch lebte?

Ach Opa … möchtest du Leah nicht kennenlernen?

Leah, Leah, Leah! Ich sehnte mich so nach ihr.

Das letzte Mal war Leah vor gut vier Wochen bei mir gewesen. Ich wollte mit ihr ins Kino gehen, in einen lustigen Zeichentrickfilm. Aber dann kannte Leah den Film schon. Ihre Nanny war mit ihr drin gewesen. Also waren wir zum x-ten Mal durch das kleine Out- und Indoor-Bauernmuseum spaziert, *die* Attraktion Lippeneutrups, allerdings auch die Einzige, die an einem Wochenende mitunter reichlich Familien aus dem Ruhrgebiet anzog, deren Kinder nicht glauben wollten, dass Wurst und Milch von lebenden Schweinen und Kühen kommen. Leah und ich hatten Esel und Ziegen gestreichelt und waren hinter Zwergeseln, Haushühnern, Hausgänsen und Warzenenten her gelaufen, trotz Kälte und Nieselregen. Wieso in einem westfälischen Bauernmuseum allerdings Husumer Protestschweine zu bewundern waren, das hatte sich mir nicht erschlossen.

Genauso war es mir bis heute ein Rätsel, wieso Jan mich überhaupt geheiratet hatte. Sicher, er wollte es seinen konservativen Eltern zeigen; und sehen lassen konnte er sich mit mir auch. Aber das war wohl alles gewesen, und es hatte nicht lange angehalten.

Und ich? Der gediegene, katholische Reichtum der Münsteraner war nicht meine Welt gewesen. Aber das hatte ich erst später begriffen, viel zu spät.

Wieso ich Jan bedingungslos geliebt hatte, war mir dagegen klar. Als ich noch ganz klein war, hatte ich mich immer bei der Uromi eingekuschelt. Sie erzählte mir Märchen und erfand sogar Geschichten von einsamen Prinzessinnen ohne Vater und ohne Mutter, die sich unglücklich in wunderschöne Prinzen verliebten und die sich am Ende zum Glück doch noch kriegten. Irgendwann hatte mein Großvater meiner Uromi einen Fernseher an ihr Bett gestellt, weil die Uromi nicht mehr aufstehen konnte. Wenn wir nicht gerade Krimis oder *Bonanza* geguckt hatten, dann Liebesfilme. Meine Uromi hatte Liebesfilme über alles geliebt, je kitschiger, desto besser, so was wie *Assistenzarzt verliebt sich in eine schöne arme Waise und beide feiern nach zahlreichen Irrungen und*

Wirrungen schließlich doch noch glücklich Hochzeit auf einem Schloss.

Als Teenie hatte ich der Uromi Gesellschaft geleistet, wenn sie sich solche Schinken ansah. Kurz vor Schluss der Filme war die Uromi dann stets weggenickt, ich aber hatte so lange gebannt geguckt, bis die Frauen ihren Traummann kriegten. Und vorm Einschlafen habe ich elternloser Kindskopp immer gebetet, dass es bei mir auch einmal so sein würde. Und dass ich sofort eine Familie gründen würde, mit dem besten aller Männer. Als ich älter wurde, sah ich ich solche Filme distanzierter, wenn überhaupt, aber etwas musste hängen geblieben sein. Irgendwann war nämlich *mein* Prinz in mein Leben getreten …

Unvermittelt stand hinter mir ein Bewohner in Cordhose und Strickjacke mit Lederapplikationen an den Ellbogen.

„Muorn, Buddenkotte, Gottfried Buddenkotte."

„Guten Tag, kann ich etwas für Sie tun?"

„Jau", sagte er.

„Und was genau kann ich für Sie tun?"

„Jau."

„Möchten Sie sich setzen?" Ich zeigte auf den Plastikstuhl.

„Nä."

Ich setzte ein freundliches, aber auch erwartungsvolles Gesicht auf. „Was haben Sie denn für ein Anliegen?"

„Nur so."

„Wohnen Sie bei uns im *Haus Maria Fröhlich Abendschein*?"

„Jau."

„Geht es Ihnen gut?"

„Jau, nä, nur so. Jau."

Ich hätte mich gerne mit Herrn Buddenkotte unterhalten, aber wie? Vielleicht brauchte er ja nur Gesellschaft? Daher blätterte ich in meinen Unterlagen, öffnete Programme im PC, konzentrieren konnte ich mich aber nicht. Ich stöpselte mir Eric Clapton ins Ohr. Nach einer Weile stieß mich etwas an.

Herr Buddenkotte! Den hatte ich völlig vergessen.

„Ich hab's ja so eilig wie eine Henne ohne Küken. Aber Sie halt ich auf, stimmt's?"

Ich nahm die Kopfhörer aus den Ohren und schüttelte entschuldigend den Kopf: „Nein, überhaupt nicht."

Herr Buddenkotte schmunzelte. „Ich bin Malermeister und habe meine Gesellen auch nicht fürs Quatschen bezahlt. Schön, dass Sie mir zugehört haben. Macht ja hier keiner."

Ich lächelte peinlich berührt.

„Sie sind ein Engel. Einen freundlichen Tag wünsch ich auch noch."

Meine nächste Besucherin war eine Dame mit weißlila Dauerwelle, die sich als Frau Sutthoff vorstellte. Um den Hals trug sie eine Silberkette mit einem Kreuz als Anhänger. Sie wollte kündigen. Ich bot ihr ebenfalls meinen Plastikstuhl an, aber auch sie wollte sich nicht setzen. Klar, er war nicht besonders einladend.

Da ich grob Ordnung gemacht hatte, fand ich die richtige Akte sofort. Ihr Vorname war Ida, ihr Alter achtundsiebzig, sie war verwitwet und Mieterin eines der kleineren Appartements und zwar bereits seit fünfzehn Jahren.

Ich legte ihr handgeschriebenes Kündigungsschreiben an die Seite. „Sind Sie unzufrieden mit uns? Sie wohnen doch schon so lange im *Haus Maria Fröhlich Abendschein*?"

Frau Sutthoff schluchzte auf, bewahrte ansonsten aber Haltung. Sie könnte, fand ich, Vorsitzende eines Heimat- oder Geschichtsvereins sein. Oder, als ich das Kreuz an ihrer Kette bedachte, Mitglied in einem Kirchenvorstand.

„Frau Sutthoff, wir nehmen Kritik ernst. Ihre Meinung ist uns wichtig."

„Frau Müller, verstehen Sie mich nicht falsch, ich habe mich hier stets sehr wohl gefühlt. Aber …" Sie stockte, aber nur kurz. „Ich werde Ordnung in mein Leben bringen."

„Aber warum möchten Sie dann ausziehen?"

„Frau Müller, *Fröhlich Abendschein* ist mein Zuhause."

Jetzt setzte sie sich doch, das Plastik quietschte.

„Aber … Ich bin so dumm gewesen. Ich habe alles verloren, ich habe alles falsch gemacht."

Ich schluckte.

Ich war auch dumm gewesen. Nicht nur, dass mich Jan und seine Sippschaft wegen Leah vor dem Familiengericht ausgetrickst hatten. Als ich ihm zuvor bereits angedeutet hatte, mich von ihm trennen zu wollen, hatte er nur gelacht und mich daran erinnert, dass ich vor unserer Eheschließung einer Gütertrennung zugestimmt hatte. Seine Eltern hatten darauf bestanden und Jan es sich nicht ganz mit ihnen verderben wollen. Mir war es egal gewesen, ich hatte Jan ja geliebt. „Lass etwas Gras drüber wachsen, später regeln wir das anders", hatte er seinerzeit gemeint. Ich hatte ihm vertraut und nie mehr daran gedacht. Bis die Hexe mich später, als ich mit Auszug drohte, mit einem gemeinen Grinsen darauf hinwies, dass ich „ein Nichts" sei, dass ich nichts, aber auch gar nichts hätte, wenn ich ihren Jan verlassen würde. Nicht einmal einen Job, denn Jan hatte damals gewollt, dass ich mich ganz um Leah kümmere.

„Was ist denn genau passiert, Frau Sutthoff? Kann ich Ihnen vielleicht helfen?"

„Nein, nein. Ich … ach!"

Diese Frau belastete doch etwas. „Erzählen Sie einfach. Wenn es einem nicht gutgeht, dann hilft es oft, darüber zu reden."

„Nein, ich kann nicht, auch die anderen …"

Die anderen?

„Bestätigen Sie mir die Kündigung bitte schriftlich."

Ich musste daran denken, was mir Frau Erpenbeck

erzählt hatte. Hatte sie nicht auch eine *Ida* erwähnt? Zuerst zögerte ich, dann fragte ich doch: „Sagt Ihnen die *Stiftung für gefallene Mädchen* etwas?“

Frau Sutthoff schüttelte abwehrend den Kopf.

Etwas zu heftig, schien mir, oder?

„Aber Frau Schlachthauer kennen Sie?“

Sie blickte überrascht auf. War da etwa Angst in ihren Augen? Sie schien zu überlegen, schließlich griff sie entschlossen in ihre Handtasche und holte ein Kuvert heraus. „Frau Müller, Sie sind neu hier … Sie sind doch die Enkelin von Gustav und Käthe …“

„Sie kennen, sie kannten meine Großeltern?“

Ich war echt überrascht.

Frau Sutthoff nickte. „Ich komme aus Lippeneutrup, da kennt jeder jeden. Ihre Großeltern waren anständige, sehr rechtschaffene Leute. Wir waren in derselben Kirchengemeinde. Wie auch Frau Erpenbeck.“

Hatte Frau Erpenbeck meine Großeltern etwa auch gekannt?

„Ich kann Ihnen also vertrauen.“

Worauf bezog sich dieses *also* – auf Lippeneutrup, meine Großeltern, auf beides?

Sie zögerte. „Frau Erpenbeck ist eine gute Frau.“

Frau Sutthoff schob mir den Umschlag herüber. *Für Frau Else Erpenbeck* stand in sauberer Handschrift in großen Druckbuchstaben darauf.

„Frau Müller, nehmen Sie diesen Brief bitte für sie in Verwahrung. Und geben Sie ihn ihr erst, wenn …“

„Ja, sicher, aber warum geben Sie ihn ihr nicht selbst?"

„Sie …" Ihre Hände zuckten und sie zog den Umschlag gerade in dem Moment zurück, als ich zugreifen wollte.

„Nein, ich darf Sie da nicht hineinziehen. Und Else auch nicht." Sie legte den Brief trotzdem wieder auf die Glasplatte, wenn auch mit einer Hand bedeckt, als ob sie einen Schatz hüten würde. „Sie müssen … Erzählen Sie niemandem von dem Brief! Verstecken Sie ihn, holen Sie ihn nur hervor, wenn etwas Außergewöhnliches passiert."

Das klang noch mysteriöser als sowieso schon alles.

„Sie werden merken, wann der Zeitpunkt gekommen ist. Und wenden Sie sich dann an Frau Erpenbeck, sie wird entscheiden, was zu tun ist. Vielleicht hole ich den Brief auch irgendwann wieder ab."

Ein weiteres Rätsel.

„Frau Müller, es gibt so viel Böses auf der Welt, ich …" Sie führte das Kreuz an der Kette zu ihren Lippen. „Ich regele das mit meinem Herrgott … ich …" Sie verstummte, da sich die Tür öffnete.

Ein großer Mann um die vierzig kam herein. Er trug Lederjacke, offenes Hemd, hatte massig Brusthaare und seine pottschwarzen Haare waren bis auf eine auffällige Tolle nach hinten gegelt. Im Ohr blitzte ein Brilli.

„Holla, die Waldfee, endlich mal ’ne angenehme Erscheinung im Altersknast. Kannst dich sehen lassen, Schätzchen."

Meinte der etwa mich?

Diesen starrenden Blick kannte ich. Natalies Kerle hatten mich auch immer so angestiert. Also nicht mich, sondern meine Brüste und ab und zu auch meinen Hintern.

Frau Sutthoff stand auf, nahm ihren Brief und wandte sich zur Tür. Doch die Lederjacke blockierte sie und guckte neugierig auf das Kuvert, das Frau Sutthoff etwas umständlich wieder in ihre Handtasche steckte. Etwas zu interessiert, wie ich fand. Sehr unangenehm, dieser Typ.

Frau Sutthoff zuckte zusammen. Als die Lederjacke schließlich an die Seite trat, ging sie ohne weiteren Gruß.

„Dann ma vill Glück!", rief der Typ ihr nach. „Habn ja nich viel von gehabbt in letzter Zeit, wie man so hört."

Der unverschämte Kerl drehte sich zu mir um. „Was wollte die, was hat die da …? Hat die wat erzählt? Die Sutthoff hat gekündigt, richtig?"

„Vielleicht sagen Sie erst einmal, wer Sie sind und was Sie hier wollen?"

„Schätzchen, du wolltest wat von mir!" Die Lederjacke hob demonstrativ etwas hoch, was ich als einen Piepser identifizierte. „Ich bin der Heiko."

„Und weiter?“

„Heiko Quakernack. Aber dafür kann ich nix“, grinste er. „Da musse meine ostlippische Sippschaft fragen. Da komm ich nämlich wech. Also mein Vadder, meine Modder is aus Castrop-Rauxel. Aber für dich bin ich der Heiko.“

„Und was wollen Sie hier?“

„Raffste dat nicht? Ich bin der Hausmeister. Vertretung zwar nur, weil der Chef seit Monaten krank ist, aber an mir geht kein Weg vorbei, Schätzchen.“

Wie der mich wieder anstarrte! Also, meine ...

Okay, wenn ich auch niemals *Germany's Next Topmodel* werden würde, was ich, ehrlich gesagt, auch nie wollen würde – ich sah ganz annehmlich aus. Die Natur hatte mich mit Reizen ausgestattet, die andere Frauen meines Alters gerne hätten. Meine Figur war in Ordnung, vielleicht zwei Kilo zu viel zurzeit, aber ich hatte etwas zu bieten. Nicht, dass mir das wichtig wäre, aber es war halt so. Jan hatte meine Brüste geliebt. Leider nur die, und selbst die nicht allzu lange. Er hatte sich nur deshalb lange einer Trennung widersetzt, weil die Kanzlei seines Vaters nicht nur die Finanzen des Bischofs von Münster verwaltete, sondern auch die des Bistums Osnabrück. Und das sollte etwas heißen. Bis heute waren wir nicht geschieden. Mit allen juristischen Finessen hatten er und seine Familienbande meine entsprechenden Versuche unterlaufen.

„Also, Schätzchen, wat willse? Habb echt noch andres zu tun.“

Dieser Ton missfiel mir. Den müsste Frau Hohnsteiner-Bartel mal zu einer Fortbildung schicken, dachte ich, *Teambuilding*, aber vor allem für Umgangsformen.

„Ich bin nicht Ihr Schätzchen, ich bin Frau Müller."

„Meine Süße, Kollegen duzen sich. Ich bin der Heiko."

„Okay, ich bin die Anna, aber auch die Süße verbitte ich mir."

„Wenn's mehr nicht ist", grinste er noch dreister.

Dieser Heiko roch. Ich wusste nur noch nicht genau, wonach. Zu seinen Gunsten nahm ich an, dass es ein gepanschtes Herrenparfüm vom Drogeriediscounter war. Fünf Minuten später funktionierten allerdings mein Drucker und das Internet. Kurz darauf hatte ich sogar einen Schreibtischsessel, auf dem ich wippen konnte, wenn ich die lockeren Schrauben an den Füßen nicht überstrapazierte. Das alte Plastikteil fungierte nun endgültig als Besucherstuhl.

„Und nun das noch raus." Ich deutete auf das Pflegebett.

„Hab keinen Platz dafür." Heiko musterte mich dreist und blieb mit seinem Blick wieder weit unterhalb meines Kinns hängen. „Da wird sich schon eine Verwendung für finden."

Während ich noch überlegte, was ich ihm auf seine Unverschämtheit antworten sollte, streckte er mir seine Rechte entgegen und produzierte ein schmieriges

Lächeln. „Auf gute Zusammenarbeit. Bin immer für dich da, Bienchen."

Ich behielt meine Hände bei mir. „Dann eben nicht, Bienchen, bin aber trotzdem immer für dich da."

Er grinste und verschwand. Zum Glück!

Was für ein widerwärtiger Typ. Und dazu im gegelten Schädel ziemlich schlicht gestrickt. Aber ich konnte mich doch nicht schon an meinem ersten Tag bei der Leitung wegen sexueller Belästigung beschweren? Nein, niemals, mit dem würde ich schon fertig werden.

Und wie rotzfrech er mit Frau Sutthoff umgegangen war. Die Frau tat mir leid. Auch so. Es war nicht zu übersehen, dass es ihr gar nicht gutging. Warum wollte sie mir nur diesen geheimnisvollen Brief für Frau Erpenbeck geben? Irgendetwas stimmte da doch nicht. Sollte ich Frau Sutthoff später noch einmal aufsuchen?

Zunächst kramte ich mir die Kündigungen des letzten Jahres heraus. Das sah überhaupt nicht gut aus. Seit Sommer ein Auszug nach dem anderen. Ich griff nach der Liste von Frau Erpenbeck und verglich. *Overbeck, Johannimloh, Grewerbeck, Jagielski, Herbrueggen* ... Alle Ausgezogenen hatten mittlere bis größere Appartements bewohnt und waren wohl gut situiert gewesen, eigentlich wie alle unsere Bewohner. Im Jahr zuvor hatten nur drei gekündigt, die normalen *Abgänge* ausgenommen. Abgänge, was für ein hässliches Wort, aber so wurde das hier wohl genannt, denn so stand es auf der Akte.

Wo waren die monatlichen Belegungsstatistiken abgeheftet? Ich stieß auf einen prallen Ordner, der mir ein weiteres Rätsel bescherte. Alles nur Kopien, wo waren die Originale? Ich überflog die Daten und versuchte mir sowohl die exakte Zahl der verfügbaren Pflegebetten und die Plätze fürs *Betreute Wohnen* in den Appartements als auch die tatsächliche Belegung zu errechnen.

Seltsam. Die letzte Meldung, die für Oktober, die an die Regionalleitung gegangen war, wich deutlich von den tatsächlichen Belegzahlen ab, die ich vorfand. Die Residenz hatte eigentlich fünf Appartements im *Betreuten Wohnen* und acht Betten im Pflegebereich mehr im Bestand als gemeldet worden waren. Hatte ich mich verrechnet? Auch im September, im August, immer ähnlich falsche Zahlen. Was hatte sich meine Vorgängerin dabei gedacht? Jedenfalls sah die Statistik dadurch besser aus, als sie war. Bemerken konnte die Differenz in der Regionalleitung niemand. Erst wenn wir komplett belegt wären, würde das auffallen.

Als ich die Akte schloss, fiel mir etwas auf. An der Innenseite des Ordners klebte ein gelbes Post-it:

Für meine Nachfolgerin: Ich bin nicht schuld.

Darunter stand ein Kürzel *SG* und eine Handynummer.

Pünktlich zur Mittagszeit meldete sich mein Magen. Ich kramte in den Tiefen meiner Umhängetasche und fand einige Münzen. Die kleine Mitarbeiterkantine war gut gefüllt. An der Theke griff ich mir einen Joghurt. Als ich nach einem Platz Ausschau hielt, entdeckte ich Helmut, den Pfleger, den ich kennengelernt hatte, als mich Frau Stiftsdirektorin heute Morgen vorab durchs Haus geführt hatte. Er nahm zusammen mit einigen Kollegen seine Mahlzeit ein.

„Darf ich mich dazusetzen?", grüßte ich in die Runde.

„Natürlich." Helmut rückte mir einen Stuhl zurecht.

„Und, hast du dich schon eingewöhnt?"

Ich lernte Aurica kennen, deren schönen Namen ich auf einem Schild an ihrer Bluse las, die ihre prallen Brüste nicht versteckte. Wenn ich doch nur dieses Selbstbewusstsein hätte, aber nein, seit der Trennung von Jan trug ich ja immer nur Rolli. Wenn's offenbar auch nicht viel nutzte, wie mir Heiko Quakernack gezeigt hatte. Aurica hatte eine tiefe, aber sanfte Stimme, kurzes feuerrotes, krauses Haar. Sie war etwa zehn Jahre älter als ich, ziemlich kräftig, und sie strahlte mich freundlich an.

„Blöde Frage, nicht? Bist ja grad erst einen halben Tag hier." Einen kurzen Moment legte sie ihre Hand auf meine.

„Aurica heißt die Goldene. Sie kommt aus einem Kaff in Rumänien, aus Siebenbürgen, irgendwo in den Karpaten, da laufen noch Bären frei rum." Helmut lachte und schaufelte irgendetwas Undefinierbares in sich hinein. „Dracula kommt da auch her. Sie ist eine Roma." Warum betonte er das so?

„Anna, wenn du mal Hilfe brauchst, komm zu mir. Hast du die Kaffeemaschine gefunden?" Aurica lächelte mich an.

Sie war das also gewesen. Ich lächelte dankbar zurück. „Ich weiß gar nicht, wie ich mich dafür revanchieren kann?"

„Ach, nicht der Rede wert, Angehörige schenken uns oft Sachen von Verstorbenen, die sie nicht gebrauchen können. Du glaubst gar nicht, was sich da mitunter alles ansammelt."

Doch, das konnte ich mir sogar sehr gut vorstellen. Einen Adventskranz von einer Toten hatte ich ja schon.

Ich wollte noch etwas sagen, aber Helmut fuhr dazwischen „Schmeckt super heute! Mal probieren?" Er schaufelte seine Gabel voll und hielt sie mir genau vor den Mund.

Ich schob seinen Arm vorsichtig weg und lehnte höflich ab. Und nicht nur, weil ich ungern von fremden Tellern speiste. Was er da gierig in sich hinein schaufelte, war nämlich, wie ich mittlerweile erkannt hatte, ein spezielles Kalbsragout. Meine Oma hatte das *Töttchen*, das ehemalige westfälische Arme-Leute-Essen, aus Resten von Lunge, Herz, Hirn und Magen gemacht, wobei sich meiner spätestens dann umdrehte, als ich im Alter von zehn Jahren begriffen hatte, was ich da seit Ewigkeiten zu mir nahm. Seitdem nie wieder!

„Danke“, sagte ich, auch wenn Helmuts Töttchen wohl mehr aus Fleischstückchen als aus Innereien bestanden. „Alle hier im Haus sind so hilfsbereit.“ Ich schaute in die Runde. „Auch Frau Hohnsteiner-Bartel ist sehr liebenswürdig.“

„Liebenswürdig, die?“ Die Pflegerin mir gegenüber stocherte mürrisch in einem Blumenkohlauflauf. Auf ihrem Namensschild stand *Rita.* Rita guckte mich an, als ob ich vom Mond käme. Ich rührte schweigend im Joghurt.

„Die ist ein Drachen“, grinste Helmut. „Die mobbt, wo sie nur kann. Bossing ist das, klassisches Bossing. Nur der Heiko kann machen, was er will. Die steht auf den.“

„Helmut, jetzt ist aber gut.“ Aurica legte mir einen Arm um die Schulter.

Rita beugte sich verschwörerisch zu mir herüber. „Ich bin sogar mal mit Migräne zum Dienst gekommen, weil wir knapp besetzt waren. Der Drache hat gesehen, wie ich Tabletten genommen habe, und schon gab's einen Vermerk, dass ich womöglich medikamentenabhängig bin.“

Helmut griff zum Nachtisch. „Shoppen, Friseur, Wellness ...“

„Und poppen!“ Rita grinste.

„Die macht alles in der Dienstzeit. Was glaubst du,

wo sie heute Morgen war? Wichtiger Termin, pah, die ist gejoggt!“ Mit einer Serviette wischte sich Helmut Schokoladencreme von den Lippen. „Hoffentlich verläuft die sich mal im Moor“, grinste er nun noch fieser als Rita.

Aurica stieß mich an. „Gehen wir mal zusammen spazieren, vielleicht in der Flussaue?“

Ich nickte. Aurica war wirklich eine Liebe.

„Wirst schon sehen, wie der Drachen wirklich ist“, sagte Rita und sah triumphierend in die Runde.

„Rita, halt dich zurück!“ Ein weiterer Pfleger, laut Namensschild *Adam*, stand wie aus heiterem Himmel neben uns. Ich schätzte ihn Mitte vierzig. Er war relativ klein, gerade einmal so groß wie ich, hatte krauses Haar mit beginnender Tonsur und war etwas dicklich. Trotzdem strahlte er Autorität aus. „Rita, so redet man nicht über die Residenzleitung. Auf deiner Station geht es drunter und drüber. Hast du mal was von Qualitätsmanagement gehört?“

„Du kannst mich mal!“

Rita ging, Adam lief ihr hinterher.

„Sagt mal“, fragte ich einem plötzlichen Einfall folgend in die restliche Runde, „kennt ihr eine Frau Erpenbeck?“

„Wer kennt den Pumpernickelterrier nicht.“ Helmut verdrehte die Augen. „Mit der wirst du deinen Spaß haben.“

Pumpernickelterrier, was meinte er denn damit?

„Kommst du mit, ich geh noch eine rauchen?“

Vor der Pforte gab es einen Raucherpavillon. Aurica bot mir eine Zigarette an, ich lehnte dankend ab. Jegliche Art von Süchten hatte ich mir strikt verboten, seit ich damals so grausam hereingelegt worden war. Nur die Unmengen an Kaffee, Cola und die Kartoffelchips, von denen ich mich überwiegend ernährte, musste ich mir noch abgewöhnen.

Aurica qualmte hektisch wie ein Schlot. Ob ihre dunkle Stimme vom vielen Rauchen kam?

„Arbeitest du schon lange hier?", fragte ich und sah über den gepflasterten Innenhof durchs Torhaus hinaus auf die Weidenallee. Die Bäume mussten Jahrhunderte alt sein.

„Ein gutes halbes Jahr. Es gibt Schlimmeres. Und die Frau Stiftsdirektorin – ihr Deutschen habt da so ein Sprichwort: *Hunde, die bellen, beißen nicht.*" Sie machte eine Pause. „Sie ist anders als viele denken. Dass ich hier eine Stelle habe, habe ich ihr zu verdanken. Eine Roma stellt nicht jeder ein."

Ich fasste zu Aurica immer mehr Vertrauen. Deshalb fragte ich: „Sag mal, wieso sind in den letzten Monaten eigentlich so viele Bewohner ausgezogen? Ist das normal?"

„Ach, nein, ist das so?"

„Stimmt etwas mit der Pflege nicht?", hakte ich nach. „Nicht dass ich euch Pflegekräften etwas will, aber ich müsste das wissen, weil ich ja die Wohnungen neu vermieten muss."

Aurica zündete sich eine neue Zigarette an. „Über

die Pflege im *Fröhlich Abendschein* hat sich noch niemand beschwert. Wenn auch Frau Erpenbeck mitunter das Gegenteil behauptet. Aber eigentlich ist sie eine Gute."

„Was meinte Helmut denn mit *Pumpernickelterrier*?"

Das war nämlich, wie ich fand, ziemlich beleidigend. Von meiner Oma wusste ich, dass *Pumpernickel* nicht nur westfälisches Schwarzbrot ist, sondern auf Platt auch *furzender Nikolaus* bedeutet und ein Schimpfwort für einen ungehobelten Menschen, einen groben Flegel ist. Das traf wohl eher auf Heiko Quakernack zu.

„Mach dir keinen Kopf. Ist doch lustig. Manche nennen Else auch nur *Treppenterrier*, weil sie die ganze Zeit im Heim herumrast und überall ihre Nase hineinsteckt. Aber so verrückt sie manchmal scheint, sie setzt sich für die Schwachen und Armen ein." Sie strahlte übers ganze Gesicht.

Aurica – ihren Namen trug sie zu recht.

Ich traute mich noch einmal. „Frau Erpenbeck verbreitet merkwürdige Anschuldigungen. Sie beschul…"

Aurica wandte sich ab. „Ach, die Else. Komm, lass uns gehen, mir ist kalt."

Ich bewunderte noch ihre schicke weiße Bluse, dann ging sie auf ihre Station.

Vor meiner Bürotür traf ich auf Adam. „Anna, schön,

dass du bei uns bist! Ich hatte eben leider keine Zeit, dich zu begrüßen, hast es ja mitbekommen. Einigen Mitarbeitern fehlt einfach die Empathie. Schön, dass du hier bist. Du bist bestimmt nicht so."

Er lächelte mich lange an, sodass ich beinahe verlegen wurde. „Dazu kann ich nichts sagen, ist ja mein erster Tag. Ich werde mich auf jeden Fall bemühen. Ich bin so froh, die Stelle bekommen zu haben."

„Ja, schön für dich." Adam schien über etwas nachzudenken. Plötzlich fragte er: „Frau Sutthoff war bei dir, stimmt das? Hat sie irgendetwas gesagt?"

„Sie hat gekündigt."

Adam nickte, allerdings ohne überrascht zu sein. Mit einer Pobacke setzte er sich lässig auf die Kante meiner gläsernen Schreibtischplatte, was mir eigentlich gar nicht gefiel, aber ich sagte dazu nichts, da ich mehr über Frau Sutthoff erfahren wollte. „Du kennst Frau Sutthoff bestimmt schon lange. Es schien ihr nicht gut zu gehen."

„Ja, ich mache mir auch große Sorgen um sie. Sie nimmt ihr Essen nicht in ihrem Appartement, sondern normalerweise in der Einrichtung ein. Heute ist sie aber zum Frühstück und zum Mittagessen nicht erschienen. Und auf mein Klingeln öffnet sie nicht."

„Weißt du vielleicht, warum sie ausziehen will?"

Adam druckste herum. „Na ja, warum soll ich es dir nicht erzählen. Eigentlich weiß es jeder im Stift. Sie hat ihr Geld verspielt."

Frau Sutthoff eine Spielerin?

„Hm … Als sie bei mir war, sie war irgendwie … Wie soll ich das sagen. Es war so seltsam. Sie hat mir einen Brief für Frau Erpenbeck geben wollen, ich sollte ihn für sie …"

„Einen Brief, was für einen Brief?" Adam fing an mit den Papieren zu spielen, die in meiner Ablage lagen.

Das ging dann doch entschieden zu weit. „Das ist mein Büro, Adam!"

„Oh, entschuldige, ja sicher." Während er sich erhob, knirschte die Glasplatte bedenklich. „Was war denn so seltsam … an diesem Brief?"

„Sie hat ihn wieder mitgenommen. Sie wirkte ziemlich durcheinander, fand ich. Und traurig war sie."

„Ja, das passt ins Bild. Frau Sutthoff ist oft niedergeschlagen, sie hat schon länger mit Depressionen zu kämpfen. In letzter Zeit ist es leider schlimmer geworden. Und sie hat sonst wirklich nichts weiter gesagt?"

Ich sah ihn fragend an. „Was meinst du denn?"

„Ach, nur so, wenn man weiß, was unsere Bewohner bedrückt, kann man ihnen vielleicht helfen."

„Das ist lieb von dir, Adam, danke für den Hinweis. Ich wollte sowieso noch einmal nach ihr sehen und mit ihr sprechen." Ich erhob mich.

„Nein, Anna, das ist nicht dein Job. Ich übernehme das."

Nachmittags wurde es ruhiger. Beinahe ungestört arbeitete ich mich in sämtlichen Verwaltungskram ein. Eine Pedantin war meine Vorgängerin in Sachen Aktenführung definitiv nicht gewesen. Und was hatte sie nur mit diesem Post-it gemeint? SG, diese Initialen, das war sie doch. Silke … Silke Geschonnek, genau. Jetzt erinnerte ich mich. Frau Hohnsteiner-Bartel hatte ihren Namen bei meiner Einstellung erwähnt. Irgendetwas von „jeden Kontakt meiden", hatte sie gesagt und: „So etwas Unzuverlässiges und Illoyales habe ich in den dreißig Jahren meiner Berufstätigkeit noch nicht erlebt. Ich musste ihr fristlos kündigen."

Ich wippte auf dem neuen Schreibtischsessel und blickte nachdenklich in die flackernde Kerze des Adventskranzes. Ob ich diese Silke Geschonnek anrufen sollte? Ich suchte den Post-it hervor und drehte ihn hin und her. Tatsache war, dass etwas mit den Statistiken nicht stimmte. Nein, ich sollte das mit Frau Hohnsteiner-Bartel besprechen, bestimmt gab es eine Erklärung. Es gab keinen Grund, so etwas nicht intern zu regeln. Was wusste ich schon von dieser Geschonnek? Ich legte den Zettel zurück in meine Ablage.

Auf Interessenten für einen Pflegeplatz oder gar für Appartements wartete ich vergebens. Ich hatte also reichlich Zeit, mich mit anderen Dingen zu beschäftigen. In drei Wochen war Weihnachten und ich hatte kein Geschenk für Leah. Wie auch, bei meiner Kassenlage? Jan überhäufte sie mit Geschenken. Tag für Tag, mehr oder weniger. Dagegen konnte ich nicht im Entferntesten anstinken.

Ich griff nach Leahs Kuscheltier. Ich sehnte mich so nach meinem Mädchen. Nach ihrer Nähe, nach ihrem Lachen, ihrem Weinen, nach ihren altklugen Sprüchen, ihren nervenden Fragen, nach ihren kleinen Fingerchen. Wie gerne würde ich sie wieder einmal ins Bett bringen und ihr eine Geschichte vorlesen …

Ich könnte Leah eine Mütze häkeln, überlegte ich. Häkeln hatte mir meine Uromi beigebracht. Etwas Selbstgemachtes, das hatte doch einen ganz anderen Wert. Aber ob Leah eine Häkelarbeit zu schätzen wüsste? Galt Selbstgemachtes schon bei kleinen Kindern als *uncool*? Andererseits war Häkeln wieder in. Oder doch besser etwas kaufen? Aber was? Vielleicht etwas von der Blütenfee – ein Lillifee-Ballkleid, kuschelige Bettwäsche oder Silberschmuck? Doch dann müsste ich wochenlang sparen, um das Geld zusammenzubekommen. Sparen – wovon denn noch? Es reichte doch so schon vorne und hinten nicht.

Jan, dieser Mistkerl! In mir kochten erneut Mordgedanken hoch. Vielleicht sollte ich bald mal im Moor nach einer geeigneten Stelle Ausschau halten und endlich Nägel mit Köpfen machen.

Um sechs machte ich aber erst einmal Feierabend. Ich überlegte, ob ich noch zu Frau Sutthoff gehen sollte, ließ es aber. Es war spät und Adam wollte ja nach ihr sehen. Ich würde morgen vorbeischauen … Ja, das würde ich. Denn ich wollte meinen Bus kriegen, der nur jede Stunde fuhr.

Im Foyer saß einsam und verlassen vor den Fahrstühlen eine Frau. Auf einer Decke vor sich hatte sie Schuhe ausgebreitet. Nur linke Schuhe.

„Jeder Schuh nur zehn Cent", rief sie mir zu und sah mich mit einem erwartungsfrohen Lächeln an. Ich kramte eine Münze hervor und kaufte einen abgelatschten Halbschuh, dessen eingerissenes Leder schlimme Zeiten erlebt haben musste. Dann hetzte ich weiter zur Haltestelle, wo ich den Schuh in einem Abfallbehälter entsorgte.

Zuhause angekommen machte ich mir einen Tee und sann wieder einmal über mein sogenanntes neues Leben nach. Hatte ich alles richtig gemacht, würde ich im *Haus Maria Fröhlich Abendschein* bestehen können? Ich wollte doch alles gut machen.

Nein, ich *würde* alles gut machen.

Ich legte mich auf mein Klappbett, knuddelte Leahs Bärchen und hörte noch etwas Blues … Schon bald überfiel mich der Schlaf.

In der Nacht wachte ich schweißgebadet auf. Ich hatte geträumt, in meinem Schuhschrank stünden nur linke Schuhe.

Dabei hatte ich nicht einmal einen Schuhschrank.

3

Am nächsten Morgen kam kein Bus. Wie ich später erfuhr, streikten die Busfahrer. Selbst im Lippeneutrup. Wobei das keine besondere Leistung war, weil höchsten drei Lippeneutruper Busfahrer zuhause bleiben mussten, um in unserem Städtchen den Nahverkehr vollkommen zum Erliegen zu bringen.

Ich wartete und wartete. Nichts tat sich. Als ich das Warten leid war, lief ich los. Da ich spät dran war, kürzte ich den Weg durch das Lippeneutruper Moor ab, wobei mir das bei Frühnebel nicht ganz geheuer war. Ein Fehltritt und ich würde erst in Tausenden von Jahren als Moorleiche wieder auftauchen und in einem Museum ausgestellt.

Dann doch besser Jan!

Der unverkennbare Geruch von Torf und feuchter Erde zog in meine Nase. An einer morschen Holzbank blieb ich stehen und betrachtete den Teil des Moores, der noch von Wasserflächen geprägt war. Der ehemalige Flutrasen der Zwiebelbinse war vollständig verschwunden, leider. Früher, als ich noch sehr klein war, hatte mein Opa mich oft hierhin mitgenommen. Da hatte es den Flutrasen noch gegeben.

Was hatte mir Opa nicht alles gezeigt, was hier alles kreuchte und fleuchte: den Moorfrosch, seltene Vogelarten wie Blaukehlchen, die Bekassine, wegen ihrer Balzflüge auch Himmelsziege genannt, der Große Brachvogel. Selbst eine seltene Kreuzotter war uns am Rande des Weges begegnet. Ich musste unbedingt mit Leah einmal hierhin, wenn alles blühte und die Libellen wieder da wären …

War es nicht endlich an der Zeit, dass ich versuchte, doch noch einmal Kontakt zu meinem Opa aufzunehmen?

Ach Opa.

Schon bald erreichte ich die *Botanische Insel*, einen etwas höher gelegenen, teils bewaldeten Torfhügel. Rosmarinheide, Moosbeere, Wollgras, Sonnentau und Torfmoos sprangen mir ins Auge.

Wer war denn die Joggerin dort hinten? Das war doch … Ja, das war Frau Erpenbeck, soweit ich das von hier aus beurteilen konnte. Sie trug einen schlabbrigen Jogginganzug und eine dicke Pudelmütze.

Frau Erpenbeck machte Laufsport? Gut, sie war nicht besonders schnell unterwegs, aber für ihr Alter war ihr Tempo dennoch beachtlich. Wieso lief sie in der Residenz nur immer mit ihrem Rollator herum?

Als ich ziemlich durchgefroren am *Haus Maria Fröhlich Abendschein* angekommen war, stand vor dem Haupteingang ein schwarzer Bestatterkombi. Ist das jetzt jeden Morgen so, wenn ich zum Dienst komme?, erschrak ich. Nein, etwas war anders. Noch schlimmer. Ich entdeckte Notarztwagen und Polizeiautos und eine Menge Menschen, die herumstanden und sich aufgeregt unterhielten.

Ich näherte mich dem Auflauf. Bewohner und Pflegekräfte hatten sich versammelt und schwätzten aufgeregt: „Frau Sutthoff tot." „Heute Morgen in ihrer Badewanne gefunden." „Pulsadern aufgeschnitten." „Alles voll Blut." „Wieder eine Wohnung frei."

Frau Sutthoff tot? Ich stürmte ins Haus und direkt zum Fahrstuhl. Pfleger Helmut fing mich ab. „Außer Betrieb gesetzt. Und die Etage ist abgesperrt. Tu dir das nicht an. Klassischer Suizid", flüsterte er mir zu.

Ich konnte das nicht glauben. Ich wollte das nicht glauben und nahm die Treppen. Vielleicht erfuhr ich bei der Pflegedienstleitung, was genau geschehen war.

Helmut folgte mir. Unterwegs trafen wir auf Pflegerin Rita. „Ich glaub ja, das war Mord!", sagte sie anstelle einer Begrüßung.

„Ein Mord im *Fröhlich Abendschein,* wäre mal was anderes", meinte Helmut. „Aber warum sollte jemand die Sutthoff ermorden?"

„Auf keinen Fall war das Selbstmord. Die Sutthoff war streng religiös. Die ging jeden Tag fünfmal in der Hauskapelle beten und sonntags fuhr sie nach Münster in den Dom. Die wollte im Himmel ihre Tochter wiedersehen." Rita guckte uns herausfordernd an. „Wer sich selbst umbringt, begeht eine schwere Sünde, der kommt nicht in den Himmel."

„Wir leben doch nicht mehr im Mittelalter", sagte Helmut.

„Aber im erzkatholischen Lippeneutrup", grinste Rita böse, die mit Helmut einen Kaffee trinken ging.

Die Pflegedienstleitung war nicht besetzt. Aber auf dem Gang entdeckte ich Pfleger Adam. Vielleicht wusste er mehr, er wollte doch gestern Frau Sutthoff noch aufsuchen.

Ein junger Mann mit einem wuscheligen Lockenkopf und wunderschönen dunkelbraunen gefühlvollen Augen kam mir zuvor und lächelte mich entschuldigend an, als er Adam ansprach. Automatisch drückte ich mir eine Haarsträhne hinters Ohr. Und kratzte mich im Nacken, direkt unterm Haaransatz. Gleich zwei blöde Angewohnheiten.

Der schmucke Lockenkopf ging mit Adam davon. Irgendwie hatte er was von Steve McGarrett aus *Hawaii Five-0*.

Ich ging in die Personalkantine, in der Hoffnung, hier mehr über das Geschehen zu erfahren. Fehlanzeige. Bei einem Cappuccino dachte ich über die gestrige Begegnung mit Frau Sutthoff nach. Hätte ich Anzeichen für einen drohenden Selbstmord entdecken können, vielleicht sogar müssen? Gut, sie hatte auf mich traurig gewirkt, aber war das nicht normal, wenn man gerade eine Wohnung gekündigt hat, in der man sehr lange gelebt hatte? Hätte ich sie doch persönlich aufsuchen sollen? Ein wenig seltsam hatte sie sich schon verhalten. Aber muss man denn sofort an Selbstmord denken, wenn jemand traurig ist und sich merkwürdig verhält?

Da meine Grübeleien ergebnislos blieben, machte ich mich auf zum Mittwochssingkreis der Residenz, der mich, die Neue, zu einem Begrüßungsständchen eingeladen hatte. Wenn mir heute auch nicht ansatzweise der Sinn nach fröhlichen Liedern stand.

„Kindken, wir müssen reden!"

Unheimlich, wie sich Frau Erpenbeck an mich herangeschlichen hatte. Sie zog mich behände in die nächste Flurnische hinter eine große Plastikpalme. Jetzt hatte sie ihren Rollator wieder dabei.

Und sie war kaum wiederzuerkennen. Frau Erpenbeck trug ein graues Kostüm, eine weiße Bluse, darüber eine in sich verschlungene Perlenkette, flotte schwarze Schuhe mit halbhohem Absatz, schwarze Strumpfhose und lange blonde Haare. Toll, diese Perücke. Und überhaupt: Mich umnebelte eine Wolke sinnlichen Duftes. Ich roch Apfelaromen, exotische Blumen und sinnliche Hölzer.

Ob ich sie fragen sollte, wieso sie Rollator fuhr, wenn sie doch im Moor joggte? Nein, das war nicht der richtige Moment dafür.

„Frau Erpenbeck …"

„Else."

„Ich bin so traurig, dass Frau Sutthoff …"

„Sie war meine beste Freundin."

„Frau Erpenbeck … Else … Herzliches Beileid."

„Alles zu seiner Zeit." Sie wischte sich energisch eine Träne aus einem Augenwinkel. „Erst einmal muss ich Idas Tod aufklären. Das bin ich ihr schuldig. Dann kommt das Trauern."

„Else, ich … Als Frau Sutthoff gestern kündigte, hat sie gemeint: Ich werde Ordnung in mein Leben bringen. Und kurz darauf bringt sie sich um."

„Quatsch mit Soße. Niemals! Bringt man so sein Leben in Ordnung? In einer Badewanne? Mit aufgeschnittenen Pulsadern? Das würde ich Ida krummnehmen. Das war Mord! Und die falsche Schauspielerin hat damit etwas zu tun. Glaubst du mir nun, dass im *Fröhlich Abendschein* was nicht stimmt?"

„Else, die Polizei ist doch im Haus, die Polizei …"

„Ida ist nur die Spitze des Eisberges. Anna, bei diesen dramatischen Entwicklungen musst du endgültig ins Team. Meine Devise war, immer nur im Team, immer eine Kollegin in der Nähe. Einzelkämpferin ist Mist!"

Mal so, mal so, oder?

Jedenfalls hatte sie das mit der Einzelkämpferin schon mal genau andersherum gesagt. Diese Frau drehte sich offenbar alles so, wie sie es brauchte.

„Du glaubst ja nicht, wie die Vertreter in den Hotels uns Putzen angemacht haben. In der linken Hand den Schniedel, in der rechten Whiskey auf Eis. Gibt's nicht nur im Film, das ist die nackte Wahrheit."

Irgendwoher holte Frau Erpenbeck ein Papiertaschentuch und wischte seufzend von den cremeweißen Fliesen einen Fleck auf. „Fünfzig Jahre Putze, immer Putze! Ich …"

Sie verstummte, weil sich Heiko pfeifend mit einer Sackkarre näherte. Ekelige Pheromone waberten durch die Flure. Heiko grinste mich breit an. „Alles klar, Süße?"

Als Heiko weg war, kommentierte Else abfällig: „Dieser Vollhorst verdient sein Geld im Schlaf. Oder beim Kartenspielen. Und der ist so spitz wie Nachbars Lumpi." Sie machte eine kurze Pause und fuhr dann nachdenklich fort. „Anna, Ida war strenggläubige Katholikin, sie hätte sich niemals selbst umgebracht."

Ja, das hatte ich schon einmal gehört.

„Ida wollte der falschen Schauspielerin nichts für ihre angebliche Stiftung geben, die hat durchgeblickt, die hat mich gewarnt. Ich …" Sie stutzte. „Egal, danach hat die *Grande Dame* sich nur noch an Kerle rangemacht. Die spielt nur die sozial Engagierte. Die erzählt denen rührselig Geschichten vom barmherzigen Herrn Jesu und schon rücken die ihre Kohle raus. Glaub mir Anna, bitte!"

In der Stimme von Frau Erpenbeck war etwas Flehendes.

„Ida wollte ihrer schwerkranken Tochter eine teure, aber notwendige Operation bezahlen, aber ihr Geld reichte nicht. Da hat sie sich dann an die Schlachthauer gewandt, ob die ihr vielleicht aushelfen könne. Doch die konnte nicht. Besser gesagt, sie wollte nicht, so sehe ich das wenigstens. Idas Tochter ist übrigens bald darauf verstorben. Anna, komm in meine Mannschaft."

„Else, ich bin in der Residenz Belegungsmanagerin, ich bin keine Detektivin."

Sie zupfte an meinem Pullover und sagte ernst: „Anna, wir sind niemals das, was wir sind – oder meinen zu sein. Glaub mir, wer mich nur als Putze sieht, der kriegt Probleme."

Ich zeigte auf ihre Gehhilfe. „Ich habe Sie joggen gesehen."

„Kindken, man muss was tun, wenn man hundertzwanzig werden will. Ich gehe auch ins Fitnessstudio und dreimal in der Woche schwimm ich meinen Kilometer im Lippeneutruper Hallenbad. Ich war in meinen Jugendjahren mal Westfälische Meisterin im Kanalschwimmen."

Klang da Stolz durch?

„Sie machen also allen nur etwas vor?"

„Ach Gottchen. Die Gehhilfe da hat mir vor Jahren ein Doktor verschrieben, als ich mal kurz ein Ziehen im Rücken hatte. Soll vorkommen, wenn man Zug kriegt. Da hat der auf mein Geburtsdatum geschaut und war völlig entsetzt, dass ich noch nicht im Rollstuhl sitze." Von einem auf den anderen Moment wirkte sie in sich gekehrt. „Wer Rollator fährt, wird unterschätzt. Verstehst du das?"

„Else, ich muss jetzt, ich habe einen Termin."

„Kindken", rief sie mir nach, „ich kenne dich noch als rotzfreche Göre. Hast vor nichts und niemandem Angst gehabt. Hast mit den Jungs gerauft und Fußball gespielt. So eine brauche ich!"

Abrupt drehte ich mich um. Aber nicht, weil ich überrascht war. Dass Frau Erpenbeck meine Großeltern kannte, hatte ja bereits Frau Sutthoff erwähnt. Die Frage, die ich auf den Lippen hatte, war eher …? Ich zögerte einen Moment, was Frau Erpenbeck offensichtlich bemerkte. Denn bevor ich etwas sagen konnte, kam sie mir mit der Antwort zuvor.

„Nee, Kindken, an deine Mutter kann ich mich kaum erinnern. Sie hat sich ja mehr als rar gemacht. Und jetzt geh zu deinem Termin. Über alte Zeiten können wir uns immer noch unterhalten."

Im großen Saal warteten bereits zwei Dutzend Frauen und Männer in ihren Roll- und auf anderen Stühlen auf mich, ordentlich in Halbkreisen aufgestellt. Vor ihnen stand eine stilvoll gekleidete Frau, die sehr selbstbewusst wirkte. Mit Hut über roten Fransenhaaren. Ziemlich ausgefallen, aber passend zu einem schlichten grauen, ausnehmend schicken Kostüm. Der Rock war gerade mal knielang, die traute sich was. Die Figur dazu hatte sie. Farblich abgestimmter Schmuck, nicht übertrieben, trotzdem auffällig. Und schwarze High Heels trug sie. Die Dame sah aus wie sechzig, war aber vermutlich älter.

„Frau Müller, schön, dass Sie trotzdem gekommen sind."

Sie reichte mir die Hand, fasste sich mit der anderen ans Revers ihrer Kostümjacke und betastete fahrig ein dezentes weiß-goldenes Sonnensymbol – eine

Trauernadel. Ihr Parfüm kam fruchtig-frisch daher; keiner von den schweren blumigen Düften, wie sie ältere Damen oft auftrugen.

„Ich habe es auch eben erst erfahren. Die arme Ida. Ich war gestern Abend mit einer Freundin in Münster im Theater und habe im Parkhotel übernachtet."

Parkhotel! Die allerbeste Adresse in Münster.

„Ich bin gerade noch pünktlich zur Probe zurückgekommen. Immer diese Hetze. Aber was tut man nicht alles für die alten Leutchen." Sie fasste sich an ihren Hut und richtete ihn, wie um die Strapaze zu betonen, von der sie gerade berichtet hatte.

Alte Leutchen?

„Ach, Entschuldigung, ich habe mich noch gar nicht vorgestellt. Ich bin Margarete Schlachthauer, ehrenamtliche Leiterin des Singkreises. Ich war Schauspielerin und habe in Hamburg, Frankfurt und Köln gespielt. Ach Gott, wo ich nicht überall herumgekommen bin. Ich leite im *Fröhlich Abendschein* auch Zeitungsrunden, kegele mit den Leutchen, spiele mit ihnen und und und … Es ist wichtig, dass unsere Senioren Beschäftigung haben. Gerade jetzt, heute, weil … " Sie ertastete erneut die Nadel.

Vor meinem inneren Auge blitzten die Fotos vom Friedhof auf. Unwillkürlich guckte ich daher wohl auf die Fingernägel von Frau Schlachthauer. Sie waren nicht nur sauber, sie waren betont gepflegt, ein feiner lila Farbstrich war aufgetragen, der zum grauen Kostüm passte, und sich als lila Lidschatten und auf ihren Lippen wiederholte. Nein, heute hatte Frau Schlachthauer nicht in einem Grab gewühlt. Ich erkannte sie kaum wieder, die Frau auf den Fotos hatte sehr verstört gewirkt.

„Ich bewohne das Appartement 100."

Oha, wie sie diese Information betonte. Appartement 100 war nämlich das teuerste der Residenz. Die Beletage als Ganzes war zwar top ausgestattet, Appartement 100 war aber nicht zu überbieten; es hatte zudem die größte und schönste Dachterrasse, wie ich mittlerweile wusste.

Wie hatte Frau Erpenbeck sie genannt – *Grande Dame*?

Ja, aber auch *falsche Schauspielerin*.

„Für die singe ich nicht, für die nicht!", schallte es plötzlich aus der zweiten Reihe des Singkreises. Eine Frau mit Dutt im Rollstuhl gestikulierte wild herum. „Für die singe ich nicht!" Ihr ausgestreckter Finger zeigte auf Frau Schlachthauer. „Ik un du, Möllers Ko, Möllers Iesel dat büs du! Du Fotze!"

Frau Schlachthauer sah mich entschuldigend an. „Machen Sie sich nichts daraus, Frau Müller. Das ist Änneken, sie redet immer so. Haben Sie schon einmal in einer Residenz gearbeitet?" Sie seufzte. „Unsere alten Leutchen sind mitunter etwas eigen."

„Ich singe nur für die Else … Else, Else, Else!"

„Änneken, nu gib maol Ruh! Lass das Krijööl." Pflegerin Rita hatte ich bisher gar nicht bemerkt. Wieso duzte sie die alte Dame, war das hier erlaubt?

Die Frau schrie weiter nach Else. Rita warf genervt ihren Kopf zurück und mir einen verständnisheischenden Blick zu, dann packte sie den Rollstuhl der Störenden. „Wir drehen jetzt eine Runde durchs Haus."

Dagegen konnte sich die Frau nicht wehren, aber singen konnte sie. Laut und kräftig intonierte sie: *„Pillemann Fotze, Pillemann Fotze, Pillemann Fotze Arsch … Pillemann Fotze, Pillemann Fotze, Pillemann Fotze Arsch …"*

Das vulgäre Lied, das auch auf dem sechzigsten Geburtstag meines Schwiegervaters gesungen worden war und praktisch zu fortgeschrittener Stunde zum Standardrepertoire von Feiern und Jubiläen aller Gesellschaftsschichten in Westfalen gehörte, verhallte nach und nach, nachdem Rita die Tür zum Saal geschlossen hatte.

„Und nun singen wir alle für Anna." Frau Schlachthauer schlug, ungerührt von diesem bizarren Auftritt, ihre Stimmgabel und gab den Einsatz zu einem neuen Lied.

Hallo Anna, schön, dass du da bist, wir wollen uns begrüßen mit Händen … Alle klatschten … *und mit Füßen …* Alle stampften … *Guten Tag, guten Tag, die Anna ist da, zum Singen, zum Spielen …* Alle winkten … *Fiderallalala, fiderallalala …* Alle klatschten …

Und mir stieg Pipi in die Augen.

Nachdem ich mir noch ein paar weitere Lieder angehört hatte, verabschiedete ich mich und drehte eine

Runde durch den Residenzpark. Ich wollte mich sammeln. Zum Schluss hatte der Chor nämlich ein Trauerlied für Frau Sutthoff gesungen: *Niemals geht man so ganz, irgendwas von mir bleibt hier …*

Ich zitterte immer noch wie Espenlaub. Die CD mit diesem Lied musste ich immer für meine Oma einlegen, wenn in der Verwandt- oder Nachbarschaft jemand gestorben war. Jedes Mal hatte sie geweint, wenn diese … diese schrullige Trude es gesungen hatte.

Frau Sutthoff. Sie wollte mir einfach nicht aus dem Kopf.

Frau Müller, ich möchte Ordnung in mein Leben bringen.

Das konnte doch alles und nichts heißen!

Es gibt so viel Böses auf der Welt.

Hatte sie etwas Bestimmtes damit gemeint?

Als ich im Foyer durch die liebevoll adventlich geschmückte Ruhe- und Begegnungszone kam, blieb ich kurz stehen. Drei Damen spielten Karten. Canasta. Ich schaute einen Augenblick zu, stellte mich dann vor, doch die drei nickten nur, nahmen ansonsten keine Notiz von mir. Schön, dass sie sich so gut mit sich selbst beschäftigen konnten. Die beiden Männer am Schachbrett störte ich besser erst gar nicht. Ob ich im hohen Alter geistig auch noch so fit sein werde, überlegte ich. Ich trat heran und sah, dass die beiden ihre Augen geschlossen hatten und fest schliefen.

Hinter dem Paravent in der Ecke musste sich eine Skatrunde versammelt haben. Es war nicht zu überhören, dass ein Null Ouvert angesagt wurde. Aber was roch denn hier so?

„Hallo Schätzchen“, rief Heiko herüber.

Ich machte, dass ich wegkam.

Vor meinem Büro stieß ich auf Adam. Wusste er vielleicht mehr?

„Ich konnte nichts mehr machen, Anna“, sagte er. „Frau Sutthoff war schon mindestens zehn Stunden tot, als ich sie …“ *Er* hatte sie also gefunden.

Ich bugsierte ihn auf meinen Besucherstuhl und bot ihm eine Cola an. Er nahm sie dankbar an und sagte: „Doktor Weise war dabei, unser Residenzarzt. Kennst du ihn schon?“

Ich nickte. Er war mir gestern beim Begrüßungsrundgang vorgestellt worden. Ein etwa sechzig Jahre alter, grauhaariger Herr, der aussah, wie er hieß.

„Wir sind heute Morgen zu ihr. Doktor Weise überlegte, einen Facharzt zu Rate zu ziehen. Frau Sutthoff hat nicht geöffnet. Wir sind mit dem Generalschlüssel hineingekommen. Doktor Weise konnte nichts mehr machen.“

„Und war es wirklich Selbstmord?“

„Ja, sicher. Was sonst, Raubmord? Nein, Geld hatte sie keines mehr, Verwandtschaft auch nicht, Feinde in der Residenz sowieso nicht. Also, was man so hört. Sie hatte nur noch ihre Tochter, bis die dann kürzlich …“

Adam nahm nahm eine großen Schluck von der Cola.

Wollte sie womöglich deshalb ausziehen, sich verändern? Der Tod ihrer Tochter erklärte auf jeden Fall ihre Niedergeschlagenheit.

„Vielleicht kam daher auch ihre Spielsucht", sagte Adam und stellte nachdenklich die Cola ab. „Anna, es war schrecklich, das Wasser, so blutig. Da waren Medikamentenspuren, weiße Krümel und ein Glas mit dem Rest einer milchigen Flüssigkeit. Doktor Weise hat ihr vor Wochen schon starke Tabletten verschrieben. Sedativa und Antidepressiva. Sie hat sie wohl gesammelt. Die Schachteln lagen im Bad herum. Also, die leeren Packungen."

„Warst du denn gestern noch einmal bei ihr?"

„Natürlich. Aber wir haben nichts bemerkt. Keine Anzeichen, nichts!"

„Wir?"

„Ich hatte Aurica gebeten mitzukommen, ich wollte mich absichern, eine weitere Einschätzung haben. Frau Sutthoff hat in ihrer Bibel gelesen, war ganz in sich versunken. Aurica hat ihr noch einen Tee gemacht und gemeint, wir sollten auf jeden Fall Doktor Weise bitten, heute nach ihr zu sehen. Und das haben wir ja dann auch gemacht." Adam stand auf, öffnete ungefragt das Fenster und sah wortlos hinaus. Auch ihn, den hartgesottenen Pfleger schien Ida Sutthoffs Tod mitzunehmen. Es strömte sofort kalter, für den Moment angenehm frischer Wind herein.

„Ich hätte mich um sie kümmern müssen", brach ich die Stille zwischen uns.

„Anna, mach dir bitte keine Vorwürfe, du bist neu bei uns, wie hättest du das merken sollen? So etwas kann immer passieren. Wenn es auch schwer zu verkraften ist."

Sicherlich hatte Adam recht, aber der Gedanke, dass ich Frau Sutthoffs Tod möglicherweise hätte verhindern können, ließ mich einfach nicht los.

„Unser Job ist nicht leicht, Anna. Vor allem, wenn man so wie du bisher nur mit Kindern gearbeitet hat."

Was sollte das denn heißen?

„Wenn du länger bei uns bleiben willst, musst du dir ein dickes Fell zulegen. Ich kann dir Geschichten erzählen …"

Ich wollte sie nicht hören.

Ich ging mit Adam hinaus, ich wollte zu Aurica. Ihr wird es ebenfalls nicht gutgehen, überlegte ich, sie brauchte wie ich selbst bestimmt auch jemanden zum Reden. Vor der Tür trafen wir auf Steve McGarrett. Sofort erinnerte ich mich daran, was mich an ihm bereits bei unserer ersten Begegnung so irritiert hatte. Seine Augen: dunkelbraun und so faszinierend gefühlvoll.

„Sind Sie Frau Anna Müller?"

„Ja, wieso?"

„Kriminalpolizei Münster. Können wir irgendwo ungestört reden?"

Er war Polizist? Ich sah mir die Plastikkarte an, die er mir hinhielt. Als ich aufblickte, bemerkte ich, wie hinten auf dem Flur zwei glatzköpfige, muskulöse Männer in schwarzen, eng sitzenden Anzügen Adam ansprachen.

Ich bat den Kommissar zu mir herein. Er war etwa in meinem Alter, hatte eine gut durchtrainierte Figur, war etwa eins fünfundachtzig groß, trug Jeans, Sneaker, schwarzes T-Shirt und einen schnittigen Blazer. Er könnte tatsächlich direkt aus *Hawaii Five-0* herübergekommen sein. Nur dass er eben wuschlige lockige Haare hatte. Und wie ich seinem Ausweis entnahm, gar nicht Steve McGarrett, sondern *Kubitza* hieß, *Kevin Kubitza.*

„Kalt heute", sagte er.

Ich nickte.

„In den nächsten Tagen soll es wärmer werden."

Ich nickte.

„Ich mag Kälte und Schnee."

Schön, da hatten wir eine Gemeinsamkeit, aber sollte das hier ein Gespräch übers Wetter werden?

„Sie sind neu hier?"

Wieso fragte er, er war doch offensichtlich informiert.

Ob er wohl verheiratet war oder eine Beziehung hatte? Bestimmt, solche Männer liefen nicht lange frei herum. Einen Ring trug er allerdings nicht. Aber was hieß das schon? Ich hatte da so meine Erfahrungen mit Männern. Also zumindest mit einem. Und

Jan war ein Schwein, also waren alle Männer Schweine. Diese krude Logik mochte für andere völliger Bullshit sein, aber für mich absolut überzeugend. Druckstellen eines Ringes entdeckte ich an den Fingern des Kommissars allerdings keine.

Ich schob mir Haarsträhnen hinters Ohr und kratzte mich am Nacken. Schließlich fragte ich: „Ist Frau Sutthoffs Leiche eigentlich schon freigegeben?"

„Warum interessiert Sie das?" Seine Augen wirkten einen winzigen Moment wie aus Stahl.

„Nur so." Ich dachte an die muskulösen Männer von eben. Das waren doch Bestattergehilfen, oder?

Verdammtes Kratzen!

„Frau Müller, Sie sollen Frau Sutthoff am Montag als eine der Letzten gesehen und gesprochen haben, ist das richtig?"

Auch das wusste er also schon.

„Ist sie denn ermordet worden?"

Wieder war da dieser kalte Blick, der so gar nicht zu ihm passte. „Haben Sie vielleicht Hinweise, dass Frau Sutthoff eines unnatürlichen Todes gestorben sein könnte?"

„Nein, ich meinte nur … Ich, also … in der Residenz … Es gibt Gerüchte."

Der Kommissar lächelte mich an, seine gefühlvollen dunkelbraunen, beinahe hypnotischen Augen kamen wieder voll zur Geltung. Sein Blick war nun freundlich, fast nachsichtig. „Wann genau war Frau Sutthoff denn bei Ihnen gewesen?"

„Ich weiß nicht. Doch, natürlich doch, gestern, gegen Mittag etwa."

„Und was wollte sie von Ihnen?"

„Sie hat ihr Appartement gekündigt."

„Ist Ihnen etwas Besonderes an ihr aufgefallen?"

„Sie war traurig. Verständlich, sie hat lange hier gewohnt."

„Wieso wollte sie ausziehen?"

„Das hat sie mir nicht gesagt."

„Hat sie irgendetwas gesagt, was darauf hinweisen könnte, dass sie …"

„… sich umbringen wollte? Frau Sutthoff war niedergeschlagen, ja. Aber ehrlich gesagt, ich konnte das nicht einschätzen. Ich kannte die Frau bisher gar nicht, es war mein erster Tag."

„Sie sollen sich Sorgen um Frau Sutthoff gemacht haben, hielten sie aufgrund ihrer depressiven Stimmungslage für gefährdet, wollten unbedingt noch einmal nach ihr sehen."

Das konnte ihm nur Adam erzählt haben. Aber so war das doch gar nicht gewesen. Wenigstens nicht ganz.

„Da war etwas. Aber ich weiß nicht, ob das wichtig ist."

Steve McGarrett nickte mir aufmunternd zu. Ich erzählte ihm von dem Brief für Frau Erpenbeck, den Frau Sutthoff dann wieder mitgenommen hatte. Von Frau Erpenbecks Anschuldigungen erzählte ich ihm nichts, die waren mir zu unbestimmt, geradezu obskur. Das könnte sie ihm ja selbst sagen, wenn er sie wegen dieses Briefes aufsuchen würde.

Er notierte sich etwas, dann erhob er sich und reichte mir seine Visitenkarte. Gleich kam bestimmt der Satz, den ich aus Filmen kannte: *Falls Ihnen noch irgendetwas einfällt, dann melden Sie sich bitte.*

Der Satz kam aber nicht. Vielmehr sah er mir ziemlich lange in die Augen, sodass ich irgendwann seinem Blick auswich und mir erneut links wie rechts Haarsträhnen hinters Ohr strich. Das Nackenkratzen verbot ich mir im letzten Augenblick.

Nach einer gefühlten Ewigkeit sagte Steve McGarrett schließlich: „Es kann sein, dass Sie vielleicht noch einmal aufs Präsidium kommen müssen, Frau Müller. Ich hoffe zwar, ich kann Ihnen die Umstände ersparen, aber es kommt auf den Verlauf der Ermittlungen an."

Hieß das etwa, dass er mich nicht mehr sehen wollte?

Und schon wieder fummelte ich an meinen Haaren herum.

Das musste aufhören!

„Falls Ihnen noch irgendetwas einfallen sollte, dann melden Sie sich bitte."

Als der Kommissar gegangen war, begann ich damit, einen Brief an die sozialen Dienste der Krankenhäuser und sonstigen Einrichtungen aufzusetzen, die Senioren auf Heime und Residenzen wie unsere aufmerksam machten, um mich als neue Kraft vorzustellen. Schließlich musste ich etwas tun, um an neue Interessenten für unsere Wohnungen und Pflegeplätze zu kommen. Irgendwo gab es bestimmt Werbeflyer für die Residenz, die ich beilegen könnte. Tatsächlich entdeckte ich in einem abgegriffenen Ordner, auf dem *Werbung* stand, ein Exemplar, total vergilbt und genauso überholungsbedürftig wie die Internetseite *Haus Maria Fröhlich Abendschein*, wie mir sofort klar wurde, als ich mir diese genauer anschaute.

Da wartete viel Arbeit auf mich. Zuerst würde ich einen neuen Flyer entwickeln, dann die Internetseite umgestalten, mit Fotos von *Fröhlich Abendschein*, außen wie innen, vor allem von dem herrlichen Park. Mit der Boulebahn, den malerisch angelegten Ruhezonen, den Rosenrabatten, dem Kräutergarten, der Gräfte. Und der Gegend drumherum, den Lippeauen, dem Moor, den Wiesen, dem Waldfriedhof … Nein, was dachte ich da nur. Ja, Wald und Fluss sollte ich erwähnen, den Friedhof besser nicht.

Ein aktuelles Gruppenfoto des Pflegeteams musste auf jeden Fall her. Human touch. So was war immer gut, hatten sie im *Marketing-Kurs* gesagt.

Der Koch sollte auf jeden Fall rein. Wie er das Essen zubereitete: Pfefferpotthast, Möppkenbrot, Blindhuhnsuppe – regionale Spezialitäten kamen immer gut an. Wie schön, dass in unserer Residenz noch selbst gekocht wurde. Und Frau Hohnsteiner-Bartel müsste als Stiftsdirektorin ein Grußwort schreiben.

Eine großgewachsene Frau kam herein. Sie schob einen unglaublich dicken Bauch vor sich her. Ihr Gesicht war fleckig, ihre Augen stechend gelb, ansonsten wirkte sie äußerst gepflegt, wie eigentlich alle Bewohner im *Fröhlich Abendschein.* Erst beim zweiten Blick erkannte ich sie – sie war bei der Skatrunde eben dabei gewesen.

„Ich suche die Else. Wo hat die sich versteckt?"

„Guten Tag, was kann ich für Sie tun, Frau ... Frau ..."

„Ik hait Middendorp, Paula Middendorp, hihihi, Middendorp mit dd wie *Damens-Doilett.*"

Sie kramte aus den Tiefen ihres Rocks einen Flachmann hervor. „Büörgermesterstiet. Nach elf, Zeit, einen zu trinken. Stößchen!" Sie nahm einen tiefen Schluck.

Ich starrte unwillkürlich weiter auf ihren Bauch.

„Nu glupsch maol nich so. Is nur Wasser. Gespeichert, wie bei den Kamelen. Wenn wi inne Wüste wärn, wär ik klaor in Vorteil, hihihi." Sie klopfte sich auf den Bauch. „Häb's anne Leber. Zirrhose und Aszites, säg dat Onkel Doktorchen. Hört sich gefährlich an, nich?"

Frau Middendorp nahm einen weiteren Schluck.

„Was wollte ich noch mal sagen? Verdammt, hab mehr Löcher im Kopp als ein Bergwerk Stollen." Sie hämmerte mit der Faust gegen ihre Stirn.

Als gelernte Krankenschwester wusste ich, dass solche Ausfallerscheinungen bei beginnender Leberinsuffizienz normal waren. Bei fortgeschrittener sowieso. Zum Glück löste sich ihre Selbstaggression wieder auf.

„Allerletztes Stadium, sagt Doktorchen Weise. Aber ik bin zäh, ik bin een Bauersfrau … Egaol, Weihnachten erleb ich noch. Trotzdem, soll ja vorkommen, dat di Weißkittel auch maol richtigliegen, hihihi. Stößchen!“ Der Flachmann klirrte gegen mein Colaglas. „Hihihi.“

Ich fand die Situation überhaupt nicht lustig.

„Dat stimmt, wat die Leute über dich säggen.“ Und als ob sie die Wichtigkeit ihrer Worte betonen wollte, wechselte sie plötzlich vom Platt ins Hochdeutsch. „Du hörst zu, das mögen wir Alten. Und du bist von hier, eine waschechte Lippeneutruperin, du verstehst uns. Das spricht sich rum, mein Engel.“

Engel – so hatte mich schon Herr Buddenkotte genannt.

Draußen hatte es angefangen zu schneien.

Frau Middendorp beugte sich vor. „Keine falsche Bescheidenheit, mein Engel. Wenn du erst mal so alt bist wie ich, wirst du begreifen, dass übertriebene Scham tödlich ist. Guck dir die tote Ida an. Konnte ohne Rolli laufen, ihr Kopf tickte noch, verspielte trotzdem ihre Kohle. Mit der Ida hätte ich gern getauscht. Leben gegen Kohle. Die hätt nur was sagen müssen. Ich hab was auf der Seite, ein bisschen hat der Hof noch eingebracht. Aber hilft mir das jetzt?“ Sie setzte den Flachmann an. Nachdem sie ihn abgesetzt hatte, wischte sie energisch mit einem Handrücken über ihre Lippen. „Bald ist zappenduster mit dat Paulinchen. Aber ich säg di, die Eierbirne geht leer aus."

Wovon und von wem redete sie?

Mir wurde etwas anderes klar. Frau Erpenbeck hatte doch eine *Paulinchen* mit einem Leberschaden erwähnt. Das konnte nur Frau Middendorp sein.

„Een Kopp wie ene Eierbirne, hihi, und een Bauch wie ene Biertonne. Mein Neffe, dieser Erbschleicher! Der größte Schmierlappen unter der Sonne." Frau Middendorp knallte den Flachmann auf meinen Schreibtisch. „Früher kam der nicht maol zum Geburtstag. Und jetzt schiet er sich ein, wo er nur kann. Geht mit mir spazieren, besorgt mir Wacholder … Aber ich durchschau den, der will eher gestern als heute, dass ich die Stiefmütterchen von unten grüße."

„Kann ich etwas Bestimmtes für Sie tun, Frau Middendorp?"

„Mein Engel, ich häb mi min Geld mit dem Hof hart verdient. Jeder Schein eine Erinnerung, die Scheine sind mein Leben."

Nach dieser Logik konnte ich kein Leben mein eigen nennen.

„Mit meinem Geld mach ich, was ich will, da redet mir nicht mal die Else rein, vor allem die nich. Die soll sich ins Knie …" Sie hielt inne. „Oder wat meinste, soll ich meine Kohle vielleicht doch eher den Anonymen spenden? Hihihi. Dat wär doch ein angemessener Abgang." Plötzlich lockte sie mich mit geheimnisvollem Blick und ausgestreckten Zeigefinger zu sich heran. „Vierzigtausend Euro", flüsterte sie. „Für gefallene Mädchen. Is dat nich schön?"

Ich horchte auf.

„Margarete ist eine so engagierte Frau. Wir werden die gefallenen Mädchen retten und ihnen Starthilfe für ein neues Leben geben. Die Else wollte mir das immer ausreden, aber nicht mit mir! Mich hat die Margarete jedenfalls überzeugt. Und ein bisschen Knete hab ich trotzdem noch für mich. Oder soll ich der alles geben, was meinst du, mein Engel?"

Wieder führte sie den Flachmann an ihre Lippen.

„Frau Middendorp, vierzigtausend Euro sind sehr, sehr viel Geld. Vielleicht brauchen Sie es …" *Noch,* wollte ich sagen, biss mir aber im letzten Moment auf die Lippen.

„Mir hat niemand geholfen nach dem Krieg, als ich fast gestorben bin bei der Kurpfuscherin. Eine *Stiftung für gefallene Mädchen* … Dat gefällt mir." Frau Middendorp beugte sich erneut vor und flüsterte: „Die Else is pa-ra-no-id." Sie zögerte einen Moment lang, als ob sie eine Reaktion erwartete. „Sagt die Margarete. Ich glaub dat auch: Die Else is wat fürs Dulhuus."

„Frau Middendorp, schauen Sie mal, es hat angefangen zu schneien." Ich ging zum Fenster und schloss es.

Irritiert blinzelte sie mich an. Mein Ablenkungsmanöver, so billig es auch war, hatte Erfolg. „Ich suche für heute Nachmittag noch einen dritten Mann für den Skat."

„Frau Middendorp, ich muss Sie leider enttäuschen."

Ich zeigte auf meine Akten.

Frau Middendorp drehte den Flachmann um, aus dem es nicht einmal mehr tropfte. „Überall Wüste. Aber ik säg di wat, mien Engel: Wenn die Else nicht endlich damit rausrückt, wat mir gehört, is Schluss mit lustig. Die soll sich ins Knie ficken. Und jetzt bin ich müde, muss mich was hinlegen. Adjus."

In der Tür wendete sie sich noch einmal um. „Mein Engel, kannst du nicht mal mit der Else sprechen?"

Nachdem Frau Middendorp gegangen war, zündete ich eine Kerze auf dem Adventskranz an, blickte in die Flamme, kraulte Leahs Kuscheltier und wippte auf meinem Schreibtischstuhl, der mittlerweile bedenklich wackelte. Ich musste die Schrauben an den Füßen unbedingt nachziehen lassen. Aber nicht von Heiko.

Ich würde gerne wieder einmal Karten spielen. Mein Großvater hatte mir Skat beigebracht. Schöne Abende waren das gewesen, wenn seine Freunde zu uns kamen. Später, als ich älter war, durfte ich ab und zu mit in die Kneipe an der Ecke, als es noch Kneipen an der Ecke gab.

Für Sentimentalitäten war jetzt aber keine Zeit. Ich schrieb meinen ersten offiziellen Brief. Das fertige Schreiben musste ich Frau Hohnsteiner-Bartel zeigen, sie wollte alles von mir sehen, was an Korrespondenz das Haus verließ. „Ich arbeite Sie persönlich ein", hatte mir die Stiftsdirektorin beim Begrüßungsrundgang mit herzlichem Blick versprochen. Außerdem wollte ich sie auf den neuen Flyer und die Überarbeitung der Internetseite ansprechen.

Sie war aber nicht in ihrem Büro. Dafür suchte ich jetzt endlich Aurica. Auch sie fand ich nicht. Ob sie vielleicht draußen eine rauchen war? Ich schnappte mir meine Winterjacke und ging nachsehen.

Vor dem Portal stand etwas abseits die *Grande Dame* am gläsernen Raucherhäuschen; sie drückte gerade ihre Zigarette aus und steckte dann einen silbernen Filter in die Tasche ihres Pelzmantels. Ob der echt war?

„Schön, dass ich Sie treffe, Frau Müller, ich wollte Sie sowieso besuchen kommen. Gehen wir ein paar Schritte?"

Warum eigentlich nicht? Es schneite zwar immer noch, aber es reizte mich, durch die sanft rieselnden Flocken spazieren zu gehen. Im Park waren die Büsche bereits mit einem Hauch von Weiß überzogen.

„Entschuldigung, ich möchte Sie nicht unnötig aufhalten. Sie haben bestimmt viel zu tun. Aber, Sie müssen wissen, ich war mit Ida Sutthoff befreundet." Dezent tupfte sie sich mit einem Stofftaschentuch mit fein gestickter Borde ihre Augenwinkel aus. „Ich bin so bekümmert, ich habe stets zu ihr gestanden, habe ihr doch nur helfen wollen mit ihrer Tochter. Hat Ida etwas gesagt, als sie bei Ihnen war? Hat sie über mich gesprochen? Das wäre mir wichtig."

„Nein, tut mir leid, sie hat nur ihre Wohnung gekündigt."

„Aber sie wollte Ihnen doch einen Brief geben?"

Das schien mittlerweile die ganze Residenz zu wissen.

Der Schneefall nahm zu. Der Schnee wurde allerdings nasser. Mist, meine Winterjacke hatte keine Kapuze.

„Ich konnte mich kaum um Ida kümmern, die ehrenamtliche Arbeit frisst mich auf. Ich habe so ein schlechtes Gewissen." Sie fasste sich an den Kopf, schüttelte sich den Schnee aus den Haaren, zog schließlich von irgendwoher eine elegante Mütze hervor und fuhr dann fort: „Und Sie wissen wirklich nicht, was in dem Brief stand?"

„Nein … Also …"

„An wen war er denn gerichtet?"

Mir war kalt. Ich hatte keine Mütze, die mich schützte.

„Er war an Frau Erpenbeck gerichtet, richtig? Die arme Ida, die letzten Monate, sie hatte keine gute Zeit mehr. Und wendet sich ausgerechnet an Else Erpenbeck."

Ausgerechnet – wie meinte sie das denn?

„Warum hat sie nicht mit mir gesprochen? Ich habe immer versucht, ihr zu helfen." Als Zeichen hilflosen Unverständnisses schüttelte sie ihren Kopf hin und her. „Haben Sie den Brief an Frau Erpenbeck weitergeleitet?"

„Nein, Frau Sutthoff hat ihn ja wieder mitgenommen."

„Ach, wirklich? Und sie hat Sie nicht noch einmal besucht?"

Wieso war ihr der Brief nur so wichtig?

„Vielleicht sollte die Polizei davon wissen, vielleicht ist es ja so etwas wie ein Abschiedsbrief."

Daran hatte ich auch schon gedacht.

„Die Polizei weiß davon."

„Und, wurde der Brief gefunden?"

Ich schüttelte hilflos den Kopf.

Wir waren wieder am Portal angekommen. Als ich mich von ihr verabschieden wollte, weil ich mich unbedingt aufwärmen musste, fiel ihr noch etwas ein. „Frau Müller, Sie bekleiden hier im Haus eine sehr verantwortungsvolle Position. Wie Sie wissen, engagiere ich mich in der Residenz, da ist es wichtig, dass wir beide ein gutes Verhältnis haben. Ich habe lange mit mir gerungen, ob ich Ihnen das erzählen darf. Ich …" Sie stockte und zündete sich eine Zigarette an.

Jetzt machte sie es aber spannend. Okay, ein paar Minuten würde ich es in der Kälte noch aushalten.

„Sie müssen wissen, dieser Vorfall heute Morgen, Frau Müller, das Änneken … Frau Hohnsteiner-

Bartel hat mich erst vor wenigen Tagen gebeten, auch die Funktion der Chorleiterin zu übernehmen. Ich wollte das gar nicht. Nicht das auch noch, es ist einfach so viel! Andererseits, ich mache es gerne. Als Schauspielerin habe ich nicht nur eine Stimm-, sondern auch eine Gesangsausbildung."

Worauf wollte sie hinaus?

„Wissen Sie, meine Vorgängerin hat es stimmlich nicht mehr geschafft, den Ton anzugeben. Die alten Leutchen hatten sich so an sie gewöhnt, da ist es natürlich schwer für sie, jemand Neues zu akzeptieren. Und Frau Erpenbeck, Else ... Sie war natürlich sehr enttäuscht ..."

„Frau Schlachthauer, ich bin dankbar, wenn ich Zusammenhänge verstehe. Aber jetzt muss ich wirklich ..."

Ich stand zitternd da und schlug mit meinen Händen um meinen Körper.

„Ich nehme Else die Enttäuschung als solche nicht übel. Sie hat den Chor und andere Gruppen viele Jahre geleitet. Da ist es schwer loszulassen. Ich kann gut nachfühlen, wie es ist, keine Bühne mehr zu haben. Was ich allerdings nicht dulden kann, ist üble Nachrede und Verleumdung."

In ihre Stimme hatte sich ansatzlos eine selbstsichere Härte eingeschlichen, die mich noch mehr hätte frieren lassen, wenn sie nicht sofort wieder verschwunden wäre.

„Frau Müller, Mobbing ist in Seniorenheimen

eine Art Sport. Die alten Leutchen haben ja kaum etwas anderes als über andere Bewohner herzu…" Sie brach ab. „Entschuldigung, ich muss auf Sie wie eine bissige Ziege wirken. Aber ich möchte vorbeugen."

Vorbeugen?

„Seit einigen Wochen verfolgt sie mich. Ich kann keinen Schritt machen, ohne dass Else mich beobachtet. Frau Müller, ich mache mir ernsthaft Sorgen um sie, etwas stimmt nicht mit ihr. Sie haben sie doch schon erlebt, nicht? Ich denke, ein Arzt sollte sich Else anschauen, rein vorsorglich, zu ihrem eigenen Schutz … Was meinen Sie?"

„Sie sollten sich an die Pflegedienstleitung oder die Stiftsdirektorin wenden."

Frau Schlachthauer lächelte. „Ich möchte ja nur helfen."

Sie reichte mir ihre Hand und drückte meine kräftig, mit freundlichem Blick. „Und jetzt gehen Sie sich aufwärmen, Sie holen sich ja noch den Tod, meine Ärmste. Aber darf ich Ihnen noch sagen, dass ich mich sehr, sehr freue, dass gerade Sie nun bei uns sind? Wie ich höre, werden Sie bereits der Engel vom *Haus Maria Fröhlich Abendschein* genannt."

Ich lächelte steif. „Und ich habe gehört, Sie sind ebenfalls sozial eingestellt, Sie haben eine gemeinnützige Stiftung ins Leben gerufen?"

Die Antwort kam nur eine Millisekunde später, aber die Verzögerung war spürbar: „Ach, die Stiftung. Natürlich."

„Eine Stiftung für eine gute Sache ist doch etwas Schönes. Ich würde gerne mehr darüber erfahren."

„Ach, nicht der Rede wert. Aber besuchen Sie mich doch einmal. Sie trinken doch Tee? Ich habe einen Darjeeling aus Indien, hat mir eine Freundin mitgebracht. Vom Feinsten, unglaublich aromatisch. Dazu englisches Gebäck."

Im Büro riss ich mir die nasse Jacke vom Leib und drückte mich an die Heizung, die Hände zwischen den Heizrippen. Als ich langsam wieder auftaute, lieh ich mir in der Pflege einen Föhn aus und trocknete die nassen Haare, die sich wie Eiszapfen anfühlten. Bei alledem dachte ich krampfhaft nach, denn ich hatte die ganze Zeit das mulmige Gefühl, dass ich da in etwas hineingezogen wurde, mit dem ich eigentlich nichts zu tun haben wollte. Betonung auf *eigentlich!* Denn da war mein Job und den wollte ich gut machen.

Wieso hatte Frau Schlachthauer ihre Stiftung so heruntergespielt? Und was sollte ihre penetrante Nachfrage nach diesem ominösen Brief von Frau Sutthoff? Warum wollte sie mich gegen Frau Erpenbeck aufwiegeln, wie es Frau Erpenbeck umgekehrt gegen Frau Schlachthauer versucht hatte? Waren die beiden nur ein paar hysterische Streithennen, die andere mit ihren Problemen belästigten, weil sie selbst nicht mehr klarkamen?

Ich musste ja nicht gleich zur Detektivin werden.

Aber neugierig war ich schon. Kurz darauf lagen jedenfalls die *Akten Schlachthauer* und *Erpenbeck* vor mir.

Außer dem, was Else Erpenbeck mir über sich selbst erzählt hatte, erfuhr ich auf diesem Wege nichts. Eher weniger. Also suchte ich im Internet nach digitalen Spuren von ihr. Ebenfalls erfolglos. Auch keine Accounts in sozialen Netzwerken.

Ich sah mir Frau Schlachthauers Mietvertrag und einige weitere Schriftstücke an, die jedoch nur spärliche persönliche Daten enthielten. Jetzt kannte ich zwar ihr Geburtsdatum und ihren Geburtsnamen, und dass sie in Appelhülsen geboren wurde und ihr verstorbener Mann Bruno hieß. Aber auch nicht viel mehr. Daher gab ich in den Browser Stichwörter wie *Margarete, Schlachthauer, Theater* oder *Schauspielerin* ein, wurde aber nicht fündig, auch nicht, als ich Kombinationen mit ihrem Geburtsnamen ausprobierte.

Hm, die *Grande Dame* hatte zu unseren Akten auch ihren ehemaligen Künstlernamen gegeben: Maeggie Meyerling.

Ich tippte *Maeggie Meyerling* ins Suchfeld. Sofort listete die Maschine Ergebnisse. Die Informationen waren spärlich, immerhin erfuhr ich, dass es eine *Maeggie Meyerling* als Schauspielerin gegeben hatte. Ich fand digitalisierte Plakate und Programmhefte, sogar Archivlisten von Theatern mit den ehemals gespielten Stücken und Inszenierungen – mit Rezensionen und Besetzungen.

Eines war merkwürdig: Maeggie Meyerlings Karriere endete etwa Ende der sechziger, Anfang der siebziger Jahre. Zumindest im Internet. Ich gab daher die Kombination *Margarete* und *Meyerling* ein, möglicherweise hatte die Schlachthauer ja in späteren Jahren, als sie älter geworden war, auf ihren richtigen Vornamen zurückgegriffen. Wieder nichts. Ich wollte den Browser bereits schließen, als ich noch eine Idee hatte. Viel versprach ich mir davon zwar nicht, aber wenn ich schon einmal dabei war: *Meyerling* und *Schlachthauer.* Wieder Fehlanzeige.

Ein allerletzter Versuch: *Maeggie* und *Schlachthauer.* Bingo! Aber was war denn das? Was vor mir auf dem Bildschirm flimmerte, war keine Besetzungsliste für ein Theaterstück; es war ein makaberer Artikel über den Tod eines Bordellbesitzers namens Bruno Schlachthauer, von dem nach einem schweren Unfall nur noch ein Finger gefunden worden war. Sein Club hieß: *Maeggies Club.*

Was tat ich hier eigentlich?

Konzentriere dich auf deine Arbeit, befahl ich mir.

Ich bastelte noch ein wenig am Konzept für die neue Internetseite, las die Texte für den Image-Flyer Korrektur und war stolz auf die Ergebnisse. Ich druckte die Entwürfe aus, kramte meine Sachen zusammen und ging los. Doch Frau Hohnsteiner-Bartel war schon wieder nicht in ihrem Büro. Auch Aurica war immer noch nicht auffindbar. Dafür traf ich im Foyer auf Frau Middendorp und einen älteren, etwas zittrigen Herrn, den sie mir als Herrn Lämmerhirt vorstellte, einen ehemaligen Ministerialdirigenten aus Düsseldorf, der das Landleben liebte. „Mein Engel, du kommst genau richtig. Wir suchen einen dritten Mann. Ein Stündchen nur, tu mir den Gefallen." Sie lächelte mich hintersinnig an. „Häb doch sonst niks mehr, bevor ik ins Gras beiße."

Warum eigentlich nicht? Es war Mittagszeit. Und in der Kantine würden die Kollegen doch nur über die Stiftsdirektorin herziehen.

„Aber nur ein halbes Stündchen, Frau Middendorp, länger Pause habe ich nicht."

„Nenn mich Paulinchen, mein Engel."

Herr Lämmerhirt, der kaum die Karten halten konnte, war ein Zocker vor dem Herrn. Als ich aufbrechen wollte, hielt mich Paulinchen zurück. „Hast du Else, diesen Dübel, schon gefragt?", flüsterte sie mir zu.

„Tut mir leid, ich habe sie noch nicht wieder gesehen."

„Wenn die nich endlich rausrückt, wat mi gehört, is Schluss mit lustig!"

„Was soll sie Ihnen denn zurückgeben?"

„Dat frög se maol schön selbst, mein Engel."

Ich wollte gerade um die Flurecke zum Fahrstuhl abbiegen, um erneut die Führungsetage aufzusuchen, da legte sich eine Hand auf meine Schulter.

„Kindken, zum letzten Mal, das war Mord. Die Schauspielerin, wir …“

Ich unterbrach Frau Erpenbeck harsch. „Sie glauben doch nicht wirklich, dass Frau Schlachthauer Ida Sutthoff umgebracht hat?“

„Anna, bitte … lass es mich erklären …“

„Okay, nennen Sie mir nur einen Grund! Sie haben ja nicht einmal für diese angeblichen Betrügereien Beweise.“

Ich ging zum Aufzug und drückte den Knopf. Else Erpenbeck schob ihren Rollator blitzschnell hinter mir her.

„Anna, die Ida hat sich von der Margarete nicht einfangen lassen mit dieser Stiftung, die hat keinen Sündenablass nötig gehabt. Im Gegenteil, Ida brauchte selbst Geld, viel Geld. Ich habe dir doch von dieser Operation erzählt, damit ihre todkranke Tochter gerettet werden konnte, eine spezielle Behandlung sollte das sein, die nur in den USA vorgenommen werden kann. Ida brauchte das Doppelte von dem, was sie selbst hatte. Und da hat die Schlachthauer letztlich doch zugeschlagen. Als die Ida nicht mehr ein noch aus wusste, ist sie nämlich zu der gegangen, hat sie angebettelt, wie andere auch; sie sah keinen anderen Ausweg mehr, niemand hat ihr Geld geliehen. Und da hat ihr die falsche Schauspielerin einen Vorschlag gemacht. Sie hat Ida mit ins Casino genommen und ihr eingeredet, sie müsse das Glück erzwingen, ja, sie werde es zwingen. Sie solle sich also entscheiden: Rot oder Schwarz! So hat die Ida mir das erzählt und sich gegen meine Einwände leider dafür entschieden. Das Casino war gewissermaßen ihr letzter Rettungsanker. Und dann tauchten plötzlich Gerüchte auf, dass die Ida immer schon … "

„… eine Spielerin war. War sie das denn nicht?"

„Nein, nein, das war sie nicht! Die Ida war nur einziges Mal im Casino, an dem besagten Abend, und als sie zurückkam, war das Geld weg. Ich weiß nur: Idas Geld hat nicht die Spielbank."

„Und woher wollen Sie das wissen? Hat Frau Sutthoff Ihnen dazu etwas erzählt?"

„Die Ida hat immer schon alles in sich hineingefressen. Und nach ihrem Casinobesuch hat sie überhaupt niemanden mehr an sich rangelassen, selbst mich nicht. Sie ist vor Trauer über ihre Tochter, als diese dann schließlich starb, in sich selbst versunken. Und auch alles andere fing an, kurz nachdem die *Grande Dame* eingezogen ist."

„Else, das ist doch nicht einmal ein Hinweis. Da verstehe ich, dass Sie nicht zur Polizei gehen wollen. Und gesetzt den Fall, nur einmal gesetzt: Falls Frau Sutthoff tatsächlich ermordet worden sein sollte, Frau Schlachthauer hat an dem Abend in Münster im Hotel übernachtet."

„Das hat sie dir gesteckt? Interessant. Trotzdem …"

Diese Frau war einfach nicht kleinzukriegen.

„Warum schauen Sie nicht einfach einmal nach, was mit dem ominösen Grab ist, in dem Frau Schlachthauer gewühlt hat? Vielleicht finden Sie ja auf dem Friedhof *Ihre* Beweise."

Wieso dauerte das nur so lange mit dem Fahrstuhl?

„Keine schlechte Idee, Kindken. Aus dir wird noch was. Aber das klappt nur, wenn sie was vergraben haben sollte. Falls sie es ausgegraben hat, ist es weg."

„Dann haben Sie wenigstens Gewissheit."

„Kindken, halt mich nicht für doof. Auf die Idee bin ich auch schon gekommen." Sie grinste breit. „Aber erstens ist der Vorschlag Aufforderung zur Grabschändung und zweitens ist der Boden hartgefroren. Aber bald soll es Tauwetter geben. Ich gebe dir Bescheid, dann schauen wir da oben mal nach."

Wie bitte?

Der Aufzug kam und kam nicht. Ob irgendwo auf den Etagen ein Rollator die Tür blockierte?

„Hätten *Sie* Frau Sutthoff nicht das Geld leihen können, Else? Sie war doch Ihre beste Freundin?"

Sie sah mich mit großen Augen an, dann guckte sie weg, beinahe etwas betreten. „Anna, ich …"

Die Fahrstuhltür öffnete sich. Else Erpenbeck drückte sich samt Gehhilfe zu mir in die Kabine. „Else, wenn da wirklich etwas sein sollte, was nicht in Ordnung ist … Die Polizei ist im Haus und wird alles aufklären."

Der Aufzug hielt, ich stieg aus. Else heftete sich weiter an meine Fersen. Eine Frau im Rollstuhl wurde an uns vorbeigeschoben, von einem rundlichen, etwas untersetzten Mann, der griesgrämig blickte. Ein Gesicht wie ein Oval. Ich grüßte freundlich. Kein Gruß zurück.

„Das ist der Neffe von Paula Middendorp", klärte mich Else auf. „Seit der arbeitslos ist, ist der hier ehrenamtlich tätig. Aber nicht aus Überzeugung, sondern weil er in der Nähe seiner Tante sein will. Kriecht ständig um sie rum, macht auf *lieber Verwandter,* der der armen alten Kranken beistehen will. Der will nur an ihr Erbe, je früher desto besser. Ich kenn den von früher, schon als Kind fett wie eine Sau vorm Schlachten. Ein richtiger Kotzbrocken ist das. Von dem hält die Paula nix, den hat sie durchschaut, nennt den nur ‚Eierbirne auf Biertonne', aber von der raffinierten Schauspielerin lässt sie sich umdrehen."

Bei dieser Bemerkung fiel mir etwas ein. „Else, kann es sein, dass …" Wie sollte ich es nur sagen? „Frau Middendorp spricht mich ständig darauf an, dass sie von Ihnen etwas zurückhaben möchte."

Else verdrehte die Augen.

„Was sollen Sie Frau Middendorp denn zurückgeben?" Ich legte einen spürbar strengeren Ton in meine Stimme.

„Irgendwie kann ich dir nix krummnehmen, Anna. Weißt du, ich kannte deine Großeltern sehr gut, auch deine Uromi, die alte Gerda. Deshalb hab ich Vertrauen zu dir. Gerdas Tochter, die Käthe, war ein prima Mädchen. Auch der Gustav, der hat zwei Straßen weiter gewohnt. Arbeitsam, gerecht und das Herz auf dem rechten Fleck. Ich habe noch viele Fotos von früher. Möchtest du die sehen?"

Natürlich wollte ich sie sehen. Ich überlegte einen kurzen Moment, dann sagte ich: „Else, ich muss jetzt zu Frau Hohnsteiner-Bartel, aber ich komme Sie sehr gerne einmal besuchen, einverstanden?"

So schräg mir Frau Erpenbeck begegnete: Diese Fotos interessierten mich schon. Brennend sogar. Ob die Frau, die biologisch meine Mutter war, vielleicht auf einem zu sehen war? Diese Frau war für mich ein blinder Fleck, ein unbeschriebenes Blatt in meinem Leben. Ich wusste nichts von ihr, vor allem nicht, wie sie aussah. Nicht ein Foto hatte ich von ihr. Nach meiner Geburt war sie verschwunden und hatte mich einfach bei meinem Vater zurückgelassen. Der hatte lange gehofft, dass sie zurückkehren würde. Irgendwann hatte er aus Enttäuschung oder Wut alles verbrannt, was er von ihr besaß. Und als ich gerade einmal sieben Jahre alt war, stürzte mein Vater auf Montage von einem Gerüst. Ob diese Frau, die meine biologische Mutter war, die vielen Jahre auch nur einmal an mich gedacht hatte – ob sie überhaupt noch lebte?

Als ich ihr Büro betrat, wollte die Stiftsdirektorin

gerade etwas unter einen Aktendeckel schieben. Wie es aussah, hatte ich sie bei der Lektüre neuester Klatschgeschichten gestört. Zu spät! Ich ließ mir nichts anmerken und reichte ihr meinen Brief. Sie studierte ihn mit gerunzelter Stirn. „Da ist ein Komma falsch."

Ich fand, das Komma war richtig gesetzt.

„Ich bin nun einmal eine Pedantin", lächelte sie mich scheißfreundlich an. Anders konnte ich es nicht bezeichnen. „Ansonsten haben Sie ja einen ganz netten Stil."

Nett? In Deutsch hatte ich eine Eins gehabt!

„Ist sonst noch etwas, Frau Müller?"

„Ja, das mit Frau Sutthoff. Es tut mir so leid."

„Schlimm, ja, nicht gut für unser Haus. Sonst noch was?"

Sie schlug den Deckel des Aktenordners auf, den einzigen auf ihrem Schreibtisch.

„Ja, eh … nein …"

„Ja was denn nun?" Sie sah nicht einmal auf.

„Frau Hohnsteiner-Bartel, ich habe ein kleines Problem", formulierte ich vorsichtig. „Die Belegungszahlen gehen stetig zurück. Wenn ich das Haus voll belegt bekommen will, muss ich die Gründe kennen. Es gibt Gerüchte …"

„Gerüchte?" Sie sah auf und mich scharf an. Doch augenblicklich wurde ihr Blick entspannter. „Ach je, die Erpenbeck, stimmt's? Dieser Treppenterrier. Rast den ganzen Tag durch die Residenz, fährt mit dem

Fahrstuhl rauf und runter und verbreitet überall Verschwörungstheorien."

Sie kam um den Tisch herum, fast schien es mir, sie wollte mich in den Arm nehmen. „Frau Erpenbeck hat Sie also auch schon mit wilden Behauptungen belästigt?"

„Frau Stiftsdirektorin, Frau Erpenbeck hat mir eine …"

Eine Liste gezeigt, wollte ich sagen, aber die Hohnsteiner-Bartel fuhr mir über den Mund.

„Diese Hexe ist eine Pest. Früher hätte man so eine auf dem Scheiterhaufen verbrannt. Wie diese impertinente Frau sich aufspielt. Nur weil sie mal eine kleine Firma besessen hat. Egal, Putzfrau bleibt Putzfrau."

Das hatte ich eben schon einmal so ähnlich gehört. Aber über sich selbst konnte Frau Erpenbeck schließlich sagen, was sie wollte.

„Bewohner-Mobbing ist das, was die betreibt. Dabei sind wir so glücklich, dass Frau Schlachthauer bei uns residiert. Sie hat unsere Einrichtung mit außerordentlich großzügigen Spenden bedacht. Ihr Engagement ist überwältigend, diese großartige Dame! Und Frau Müller, machen Sie sich wegen der Auslastung unseres Hauses keine Sorgen. *Fröhlich Abendschein* macht einfach momentan eine schlechte Phase durch, das sind Zyklen. Völlig normal. Sie werden schon alles belegt kriegen. Ich verlass mich da auf Sie, Sie wollen Ihren Fürsprecher doch nicht enttäuschen?"

Meinen *Fürsprecher*? Was meinte sie denn damit? Ehe ich nachfragen konnte, schob sie mir ein Papier unter die Nase. „Ich habe die Statistik für November erstellt."

„Ist das nicht meine Aufgabe?"

Mit einem gewinnenden Lächeln, das an falscher Liebenswürdigkeit nicht nicht mehr zu überbieten war, hielt sie mir einen edlen Tintenfüller hin. „Ich will Sie zu Beginn nicht überfordern. Sie müssen dort unten unterschreiben."

„Sollte ich die Statistik nicht überprüfen?"

„Frau Müller, machen Sie es nicht so kompliziert. Oder trauen Sie mir etwa nicht?" Sie blitzte mich an.

Tief in mir zuckte es. Aber sollte ich mich schon in meiner ersten Arbeitswoche mit meiner Chefin anlegen? Andererseits war ich die Enkelin meines Opas und der hatte auch kein Blatt vor dem Mund genommen, wenn es nötig war.

„Frau Müller, ich zeichne das Blatt selbstverständlich ebenfalls ab. Verantwortlich natürlich. Ich lasse Ihnen eine Kopie in Ihr Postfach legen. Und im neuen Jahr erstellen wir die Dezemberstatistik gemeinsam, der Weihnachtsstress derzeit, ich komme zu nichts."

Gut, wenn dem so war, konnte ich meinen Adrenalinspiegel ja wieder herunterfahren. Ich unterschrieb und reichte ihr meinen Flyertext. „Ich habe mir Gedanken gemacht, wie wir für *Haus Maria Fröhlich Abendschein* werben können. Noch besser werben können, natürlich", fügte ich an.

„Eine neue Werbekampagne", sagte sie mit flatternden Augenlidern. „Daran habe ich auch schon gedacht."

Das hörte sich zum ersten Mal gut an.

„Schön, dass Sie meine Idee zu Ihrer gemacht haben."

Wie bitte?

Sie überflog meinen Text. „Da müssen Fotos dazu. Gute Fotos."

„Natürlich."

„Halbe Sachen gibt es bei mir nicht."

Mist, warum hatte ich ihr mein Konzept zu einer neuen Fotoserie nicht gleich mit in die Hand gedrückt?

„Und ein Grußwort muss in den Flyer. Von mir! Und unser Internetportal müsste ebenfalls dringend überarbeitet werden. Darüber sollten Sie einmal nachdenken."

Das hatte ich doch …

„Es muss ein komplett neues Marketingkonzept her. Sie müssen groß denken!" Sie wedelte mit meinem Text. „Und wenn wir eine neue Drucksache machen, dann Hochglanz. Am besten zweiunddreißig Seiten. Mit vielen Naturfotos. Mit Weiden, Heide, Moor, Wasserburgen, die Wildpferde aus dem Merfelder Bruch. Darauf steht unsere Klientel. Haben Sie schon mal an Fotos von unserem Koch gedacht? Wie er das Essen zubereitet: Möppkenbrote, Panhas oder Blindhuhnsuppe, Pumpernickel mit Blutwurst.

Traditionelle regionale Küche, Zutaten nur aus der Vieh- und Landwirtschaft der Region. Aber schön, dass Sie sich Gedanken machen. Und das mit der Kommasetzung kriegen Sie auch noch in den Griff."

Sie erhob sich.

Ich wollte sie noch auf den Post-it meiner Vorgängerin ansprechen, doch als ich anheben wollte, winkte sie ab. „Das nächste Mal klopfen Sie an, bevor Sie hereinkommen."

Ende der Audienz. Ich zog mich zurück und hörte noch, wie sie am Telefon einen Termin fürs Callanetics-Workout im *Fitnessstudio Lippeaue* buchte.

Draußen auf dem Flur trat ich gegen den erstbesten Blumentopf. Die Hohnsteiner-Bartel war tatsächlich ein Drachen. Aber wieso ließ ich mich von der so abfertigen? So bin ich doch gar nicht, machte ich mir klar. Als Kind schon hatte ich mit Opas Kumpeln Karten gezockt, ich hatte in einer Mädchenfußballmannschaft gespielt, in der Schule hatte ich sogar bei den Jungs mitspielen dürfen. Mir konnte keiner was, ich hatte mich durchgesetzt. In dem Punkt hatte Frau Erpenbeck recht, ich war rotzfrech gewesen.

Okay, ich musste Kompromisse machen, ich war noch in der Probezeit. Außerdem konnte ich viele Dinge noch nicht einschätzen. Wie ein Elefant im Porzellanladen wollte ich mich daher nicht benehmen, ich wollte einfach nur meine Arbeit gut machen. Aber alles würde ich mir künftig auch nicht gefallen lassen. Wütend wie ich immer noch war, rammte ich beinahe einen Rollator, den eine nur spärlich bekleidete Dame schob.

„Platz da, ich muss einkaufen. Heute ist Markt."

„Möchten Sie sich denn nicht erst einmal etwas anziehen?"

„Aus dem Weg, aus dem Weg! Auf dem Markt sind die Aeräppel heute billiger", keifte mich die Frau an.

Rita kam angelaufen und fasste die Frau am Arm. „Na, Kubitzchen, ab Marsch, ins Zimmer! Wir ziehen uns jetzt erst mal was an."

„Hau ab, du Kohlkopp, du hast mir gar nichts zu befehlen. Aus dem Weg, aus dem Weg …" Die Frau schlug um sich.

„Muss ich böse werden? Wir wollen doch nicht böse werden, Kubitzchen?"

Ich mischte mich ein. „Rita, was ist denn los? Ich finde, du solltest die Dame angemessen anreden." Ich dachte an den Vorfall heute Morgen beim Begrüßungssingen. „Du solltest überhaupt alle unsere Bewohner respektvoll behandeln."

„Was willst du denn? Du hast mir gar nichts zu sagen." Rita guckte mich böse an und zerrte weiter an der Frau herum. Die schrie immer noch. „Lass mich los, du Arsch, die da soll mich anziehen!" Sie zeigte auf mich. „Die da!"

„Siehst du, Anna, so geht das hier zu. Solche Beleidigungen muss ich mir nicht gefallen lassen."

Von irgendwoher war Aurica aufgetaucht und

schickte Rita fort, die ohne weiteren Kommentar ging.

Kein Wort, kein Lächeln, nichts. Aurica wirkte gestresst, vielleicht lag es daran. Denn um die verwirrte Dame kümmerte sie sich rührend und redete liebevoll auf sie ein. Mit der Zeit beruhigte die sich.

Ich begleitete Aurica, als sie die Frau auf ihr Zimmer schob. *Renate Kubitza* stand auf dem Türschild.

Kubitza? Irgendwas sagte mir dieser Name.

„Mir ist kalt“, klagte Frau Kubitza.

Aurica winkte ab, als ich im Kleiderschrank nach einem Pulli oder etwas ähnlich Wärmenden suchte. „Ich mache das schon.“

„Aurica“, versuchte ich ein Gespräch zu beginnen, „das war schon ziemlich krass, wie Rita mit Frau Kubitza umgegangen ist. Das ist doch nicht der normale Umgang hier im Haus?“

„Nein, ist es nicht. Wenn du wüsstest, was die Rita im Moment leisten muss. Wir alle leisten müssen ...“

Aurica wirkte immer noch abweisend.

„Aurica, hast du in der Pause Lust auf einen Spaziergang?“

„Keine Zeit.“

Als Letztes zog sie Frau Kubitza eine Strickjacke über. „So, fertig, Frau Kubitza, jetzt haben Sie es wieder warm. Und nun mach ich Ihnen noch einen Tee.“

„Ich muss aufs Klo.“

„Kein Problem, ich helfe Ihnen. Dafür sind wir ja da.“ Wie herzlich sie das sagte und wie sie ohne

Hektik Frau Kubitza ins Bad begleitete, musste ich ihr das glauben.

Als sie ohne Frau Kubitza wieder herauskam, nahm ich all meinen Mut zusammen und sprach sie nochmals an. „Aurica, Adam hat erzählt, du warst mit ihm bei Frau Sutthoff, kurz bevor … Du hast nicht bemerkt, was sie vorhatte?“

„Bin ich der liebe Gott?“

Noch eine Abfuhr. Hatte ich etwas falsch gemacht, dass sie mir so schroff begegnete? Aurica wendete sich dem Kleiderschrank zu und ordnete Frau Kubitzas Wäsche.

„Aurica“, sagte ich, „glaubst du eigentlich auch, dass Frau Sutthoff eine Spielerin war und sich aus Geldnöten umgebracht hat?“

„Das weiß doch jeder hier.“

„Im Haus geht das Gerücht, dass sie ermordet worden ist.“

Mit einem Ruck drehte sie sich um. „Wer sagt das?“

Sie schloss den Schrank, öffnete das Balkonfenster, trat hinaus und steckte sich mit zittrigen Händen eine Zigarette an. „Entschuldigung Anna, der schreckliche Tod von Frau Sutthoff hat mich mehr mitgenommen, als ich mir eingestehen will“, sagte sie. Sie schien bemerkt zu haben, wie unfreundlich sie mit mir umgegangen war. „Ich habe sie gemocht. Und habe nicht einmal Zeit zu trauern, bei dem Trubel hier.“

Das verstand ich gut.

Bei einer zweiten Zigarette erzählte sie – etwas ruhiger – von ihrer Heimat in den Karpaten, dort wo noch Bären und Wölfe zuhause seien. Und dass sie sich zurücksehne, dass sie Heimweh habe, dass sie den ganz großen Wunsch habe, endlich einmal ihre Familie wiederzusehen. Wenn sie es auch nicht direkt sagte, zwischen den Zeilen konnte ich erahnen, dass Aurica einen nicht geringen Teil ihres Gehalts in ihre Heimat schickte. Als ich sie fragen wollte, was sie eigentlich nach Lippeneutrup verschlagen hatte, meldete sich ihr Piepser. Fast schien es mir, als wäre sie dankbar dafür.

„Ein Notruf. Kümmerst du dich bitte gleich um Frau Kubitza. Im Bad …"

Ich nickte. „Natürlich."

Erst jetzt, als sie ging, fiel mir auf, dass sie heute gar nicht ihre schicke weiße Bluse, sondern einen Rolli trug, wie ich.

Ich nahm mir die Zeit und trank mit Frau Kubitza noch einen Tee. Sie war nun ruhig und nicht wiederzuerkennen. Als ich sie fragte, ob sie schon immer in Lippeneutrup gewohnt habe, begann sie in ihren Erinnerungen zu kramen. Aus den Bruchstücken reimte ich mir zusammen, dass sie irgendwo im Ruhrgebiet aufgewachsen, ihr Vater in Russland gefallen und ihre Mutter in einem Bombenhagel umgekommen war. Sie kam in ein Kinderheim und war aufs Land verschickt worden. Schließlich landete sie auf dem Hof eines Kartoffelbauern im Münsterland, der sie nach dem Krieg als Magd aufgenommen hatte. Nach und nach hatte sie das bäuerliche Westfalen lieben- und in Lippeneutrup ihren Mann kennengelernt, den Sohn eines alteingesessenen Schweine- und Kartoffelbauern.

Frau Kubitza holte gerade ihr abgegriffenes Fotoalbum hervor, als die Tür aufging.

„Hallo", sagte ich verblüfft.

Steve McGarrett fixierte mich kurz, aber umso länger umarmte er Frau Kubitza. Seine Augen strahlten eine fast unheimliche Wärme aus. Die beiden hatten ein inniges Verhältnis, das sah ich sofort, als sie ihm freudig sanft über seine Wangen strich. Unvermittelt löste er sich von Frau Kubitza und guckte sich argwöhnisch um. Da war wieder dieser durchdringende, hochkonzentrierte Blick, als ob er Gefahr witterte. „Was machen Sie hier, Sie sind doch gar keine Pflegerin?"

„Frau Kubitza, ich meine … Ihre … Sie ist mir im Haus begegnet. Sie … ich habe sie begleitet und dann …", druckste ich herum, strich mir eine Haarsträhne hinters Ohr und kratzte mich am Hals.

„Kevin, die Anna ist eine Liebe", sagte Frau Kubitza und guckte mich beinahe verschmitzt an. Der Kommissar entspannte sich sichtlich. Da nun seine gefühlvollen Augen wieder voll zur Geltung kamen, wurde ich nur noch nervöser.

Der Lockenkopf streichelte Frau Kubitzas Hand.

„Ach Oma, du bist wieder mal ausgebüchst." Er wandte sich mir zu. „Schön, dass Sie sich um meine Oma kümmern. Sie ist manchmal …"

Ich signalisierte, dass ich verstehen würde und wollte gehen. Steve McGarrett begleitete mich in den kleinen Korridor der Wohnung. „Entschuldigung, Frau Müller, hat meine Oma vielleicht etwas erzählt, was Ihnen ungewöhnlich vorgekommen ist? Manchmal hat sie klare Momente."

„Nein, nicht dass ich wüsste. Wieso?"

„Nicht so wichtig."

Das hatte sich anders angehört. Einen Moment überlegte ich, ob ich ihm doch von Frau Erpenbecks Beschuldigungen berichten sollte. Aber was? Dass sie Frau Schlachthauer des Mordes verdächtigte? Das kam mir falsch vor.

„Gibt es Neuigkeiten wegen Frau Sutthoff?", fragte ich stattdessen. „Haben Sie Frau Erpenbeck wegen des Briefes aufgesucht?"

Der junge Kommissar schüttelte seine Locken. Was wohl heißen sollte, ich darf Ihnen nichts sagen. Doch dann fragte er etwas, was mich aus der Fassung brachte, insbesondere wohl deshalb, weil er dabei ziemlich unsicher wirkte, was dem Ganzen eine besondere Note gab. „Eh, also, Frau Müller, ich meine … Hätten Sie vielleicht mal Lust, mit mir einen Kaffee zu trinken?"

Mein Bauch krampfte, meine Brust verengte sich. War das etwa ein Angebot für ein Date? So plötzlich und aus heiterem Himmel? Was sollte ich nur tun? Klar, seine Augen gefielen mir, auch mehr und auch so … aber … Ich war so was von sprachlos. Da war doch mein Schwur. Ich konnte ihm ja schlecht davon erzählen. Und schon wieder mussten mir Haarsträhnen und Nacken aus der Klemme helfen. Ob Steve McGarrett wohl bemerkte, wie verwirrt ich war?

„Also, falls nicht, weil … Ich meine, nur ganz zwanglos … Sie sind neu hier …“

Puh, zum Glück war der auch verlegen. Sein Stammeln machte ihn sogar noch sympathischer.

„Sie sehen vielleicht Dinge, die andere nicht sehen. Wir können uns natürlich auch im Präsidium treffen.“

Ruderte er etwa zurück? Oder hatte ich ihn falsch verstanden? War das Interesse an mir gar nicht persönlich, sondern doch nur dienstlich? Ich dumme Kuh!

„Wenn ich Ihnen helfen kann, gerne, rufen Sie mich doch an, nächste Woche vielleicht, diese Woche habe ich viel zu tun“, sagte ich und setzte ein übertriebenes zuckersüßes Lächeln auf. Sofort ärgerte ich mich über mich selbst.

„Also dann, vielleicht … in Lippeneutrup oder … im Präsidium? Oder gar nicht?“

Er war enttäuscht. Sehr enttäuscht sogar. Das wollte ich doch wohl hoffen. Andererseits, ich hatte doch einen Schwur geschworen.

Hm, einen dünnen Spalt Hoffnung sollte ich offenhalten. Man wusste ja nie. Daher sagte ich völlig unverbindlich: „Wissen Sie, ich bin neu in der Residenz, ich muss mich noch einarbeiten. Und dann steht auch noch Weihnachten vor der Tür." Er nickte. „Melden Sie sich doch einfach, vielleicht ergibt sich ja eine Gelegenheit, im neuen Jahr oder so."

Als er zum Abschied meine Hand einen Moment zu lang drückte, kribbelte es in mir, als ob ich gleich explodieren würde. Das durfte nicht sein. Der Korridor war so verdammt eng. Wir standen ja quasi schon die ganze Zeit Brust an Brust. Ich wollte nur noch raus hier.

„Ich muss jetzt wirklich. Gehen Sie mal zu Ihrer Oma."

Kevin nickte und ging zögerlich ins Wohnzimmer zurück. Ich hörte noch, wie seine Oma sagte: „Kevin, die Anna ist ein Engel, die musst du dir warmhalten. Und jetzt Jünksken, mach maol dat Fenster auf, ich riech die Swine so gern."

Auf dem Weg über die Flure schwirrten mir diese prachtvollen Locken und gefühlvollen dunkelbraunen Augen derart heftig durch den Kopf, dass mir ganz flau im Magen wurde. Das war mir gar nicht recht, doch ich konnte das Steve-McGarrett-Synopsen-Kaleidoskop einfach nicht abstellen. Zum Glück lief mir Paulinchen über den Weg. Ihr fehlte der vierte Mann zum Doppelkopf. Warum eigentlich nicht? Niemand wartete vor meinem Büro, der ein Appartement mieten wollte, und die Statistik machte die Hohnsteiner-Bartel, dieser Drache, ja selbst. Und so konnte ich am besten Frau Kubitzas Enkel aus meinen Gedanken verdrängen.

Herr Lämmerhirt stand schon vor Paula Middendorps Appartementtür – und Heiko!

Gut, da musste ich jetzt durch, ich wollte Paulinchen nicht enttäuschen. Also spielte ich eine Runde mit und noch eine und noch eine. Und hatte am Ende eine neue Freundin gewonnen. Während Paulinchen, Heiko und Herr Lämmerhirt weiter Skat spielten, machte ich bei ihr sauber. Die kleine Küche war ein Schlachtfeld. Als ich ging, blitzte sie.

Paulinchen drückte mich. „Mien Engel!"

Ich stand am Fenster meines sogenannten Büros und betrachtete den Innenhof. Es schneite immer noch, wenn auch nur leicht. Die wie in Zeitlupe auf den Boden segelnden Flocken waren schön anzusehen, doch ich musste mich meiner Arbeit zuwenden. Zweiunddreißig Seiten Hochglanz-Magazin benötigten weit mehr Text als ein einfacher Flyer.

Mein Handy piepte. Eine SMS von Jan: *Leah ist wieder mal krank. Kann nächsten Samstag auch nicht kommen!*

Nein, nicht schon wieder!

Wieso weiß Jan heute schon, dass Leah am Wochenende nicht kommen kann? Ob es etwas Schlimmeres war? Warum schrieb er nicht, was Leah hatte, ich war schließlich ihre Mutter! Hatte Leah sich etwas gebrochen, hatte sie Fieber, mussten die Mandeln raus, Windpocken vielleicht? Ich steigerte mich in meine Ängste hinein: Kinder kriegten oft Krebs, Leukämie und Hirntumore, ganz oft hatten Kinder so was, als ehemalige Kinderkrankenschwester kannte ich mich da aus.

Ob ich nach Münster fahren sollte? Münster war nicht gerade einen Katzensprung entfernt, vor allem ohne Auto. Nein, beruhigte ich mich: Dass Leah angeblich nicht kommen kann, war bestimmt wieder nur ein mieser Trick von Jan.

Ich brauchte jemanden, mit dem ich reden konnte. Aber mit wem? Mit Aurica? Nein, heute besser nicht mehr. Natalie hatte ich lange nicht gesprochen. Meine beste Freundin fühlte sich bestimmt schon von mir vernachlässigt.

Ich rief sie an, aber sie ging nicht dran. Daher schickte ich eine Nachricht, ob wir uns vielleicht mal wieder sehen könnten: *Zwanzig Uhr Eiscafé am Bahnhof? Wäre schön!*

Nein, das reichte nicht. Ich musste Jan sprechen. Dringendst! *Der Teilnehmer ist vorübergehend nicht erreichbar,* meldete sich eine grässliche Automatenstimme. Ich wählte seine Festnetznummer und geriet an den Anrufbeantworter. „Ruf mich sofort zurück", schrie ich in die Ferne. Vor Wut feuerte ich das Handy auf den Boden, wo es sich in seine Einzelteile zerlegte. Na toll.

Das Haustelefon klingelte.

„Was ist mit Leah, sag schon!"

Keine Antwort. Stille sogar am anderen Ende der Leitung. Gar nicht typisch für Jan, der an sich nicht auf den Mund gefallen war und auf alles eine Antwort hatte. Schließlich hörte ich ein Räuspern. Mist, das war der unverschämte Heiko Quakernack, ich erkannte ihn sofort. „Meine Süße, ich kenn keine Leah. Also weiß ich aunich, wat mit der is. Aber ich würd die gern ma kennenlernen, wenn die nur ansatzweise so gut ausgestattet is wie du."

„Fuck you! Was willst du?"

Heiko wollte das Pflegebett aus meinem Büro holen.

„Nein, jetzt nicht."

„Wieso denn nicht?"

„Weil ich es so sage!" Ich knallte den Hörer auf.

Auf dem Boden kriechend suchte ich nach der SIM-Karte meines Handys, als Aurica die Nase zur Tür hineinsteckte. „Ich hab noch Licht gesehen. Ist was passiert?"

„Das Handy. Kann mir kein neues leisten." Ich zeigte auf den Boden.

„Anna, ich hab ein schlechtes Gewissen."

„Schon gut, mir geht's ab und zu auch nicht besonders."

„Anna … ich …"

„Sag doch einfach."

„Nein, ich kann dich da nicht … Ach, nicht so wichtig. Anna, manchmal überlassen uns Angehörige alte Handys, wenn … Ich hol dir eines."

Zwei Minuten später steckte ich meine wiedergefundene SIM-Karte in ein pechschwarzes Gerät aus den Anfangszeiten der drahtlosen Telefonie. Aurica rief mich zur Probe an. Mein Ersatzhandy spielte als Klingelton tatsächlich *Bonanza*, die Titelmusik der alten Westernserie, die meine Uromi so geliebt hatte – sämtliche Wiederholungen hatte sie sich angeschaut. Uromi war Fan von Little Joe gewesen. Little Joe hatte sie an ihren toten Mann Josef erinnert, der früher als Knecht im Merfelder Bruch mit den Wildpferden gearbeitet hatte.

Zum Abschied drückte ich Aurica. Sie zuckte zurück.

„Ist was, hast du Schmerzen?"

„Ach, nichts. Nur ein Stechen in der Brust."

„Geh zum Arzt. Mit Stichen in der Brust ist nicht zu spaßen", sagte ich und versprach ihr, morgen mit ihr in der Mittagspause einen Spaziergang über die Felder zu machen.

So spät schon? Feierabend! Ob ich noch zu Frau Erpenbeck gehen sollte, die alten Fotos ansehen? Nein, das machte ich besser morgen. Für so etwas müsste ich Zeit und Ruhe mitbringen. Und beides hatte ich nicht. Natalie hatte geantwortet, sie würde kommen. Ich freute mich, sie mal wiederzusehen. Aber zuvor musste ich noch etwas anderes erledigen. Ich packte meine Sachen.

Im *Fröhlich Abendschein* war Abendruhe eingekehrt. In den Wohnungen liefen die Fernseher, die Aufenthaltsräume waren leer. Auf dem Weg zur Pforte machte ich einen kleinen Umweg. Kurz darauf streichelte ich über ein Namensschild unter einer ganz bestimmten Klingel. Das war meine Weise, mich von Ida Sutthoff zu verabschieden.

An der Tür klebte ein polizeiliches Siegel. Aber was war das denn? Jemand hatte das Siegel durchtrennt. Im nächsten Moment hüllte mich vom Gang her eine unsägliche Duftwolke ein. Der arbeitete noch? Der hatte mir gerade noch gefehlt.

„He, Süße!" Heiko taxierte mich von oben bis unten und warf mir einen Blick zu, den er selbst vermutlich für unwiderstehlich hielt. „Und was machen wir jetzt mit deinem Pflegebett?"

„Warst du das?" Ich zeigte auf das Siegel.

Seine Verblüffung schien echt zu sein.

„Quatsch", sagte er und machte, dass er weiterkam.

Dafür ging plötzlich die Appartementtür auf und vor mir stand ein Mann mit Vollbart und Pudelmütze in einer olivgrünen Latzhose und Gummihandschuhen. In der Hand hielt er eine Blume, eine Orchidee in einem Topf mit Hydro-Granulat. Er schloss Frau Sutthoffs Appartement ab und klebte das Siegel so gut wie möglich wieder zusammen. Meine Anwesenheit störte ihn offenbar überhaupt nicht.

Im Gegenteil, er sprach mich sogar an. „Die Bullen sind zu nachlässig, Kindken, es ist immer besser, sich den Tatort selbst anzusehen."

An der unverstellten Stimme erkannte ich sie. „Sind Sie wahnsinnig, Else?", rutschte es mir heraus. „Sie haben sich strafbar gemacht", zischte ich.

„Wahnsinn und Genie liegen oft nah beieinander." Sie winkte mit dem Schlüssel. „Alles korrekt, Kindken. Und das Siegel, pah, kann doch jeder durchgeschnitten haben. Hier gehen doch viele ein und aus."

„Woher haben Sie den Schlüssel?", fragte ich.

„Von der Ida natürlich. Guten Freunden vertraut man doch den Wohnungsschlüssel an, oder?"

„Und was haben Sie in der Wohnung gemacht?"

„Mich um Idas Blumen gekümmert. Das ist das Wenigste, was ich für sie noch tun kann. Hier, halt mal!" Sie drückte mir die Orchidee in die Hand und putzte sich geräuschvoll mit einem Taschentuch die Nase. Blätter und Blüten der Orchidee hingen vor meinem Bauch welk herab.

„Anna, der Kubitza ist bei mir gewesen. Ida soll mir einen Brief geschrieben haben, kurz vor ihrem Ableben. Aber das weißt du ja." Sie musterte mich, als ob ich ein Verbrechen damit begangen hätte, den Kommissar darüber informiert und zu ihr geschickt zu haben. „Der Brief ist nie bei mir angekommen. Ich vermute mal, dass die Polizei ihn nicht gefunden hat. Entweder war er nicht in Idas Wohnung, also woanders, oder sie haben ihn übersehen. Das musste ich nachprüfen."

„Und, haben Sie ihn gefunden?", fragte ich.

„Nein." Wieder fixierte sie mich.

Ich überlegte kurz, dann erzählte ich Frau Erpenbeck, wie merkwürdig das gewesen war, als Frau Sutthoff den Brief dann doch wieder mitgenommen hatte. „Sie wollte niemanden hineinziehen, hat sie gesagt."

Else Erpenbeck nickte. „Ja, so war die Ida."

Sie zog sich die Pudelmütze vom Kopf und den Bart aus dem Gesicht und schien dabei etwas zu überlegen. „Anna, du wolltest doch die alten Fotos sehen." Sie drehte sich argwöhnisch nach allen Seiten um. „Gehen wir zu mir, da können wir reden. Die Orchidee auf deinem Arm birgt nämlich ein Geheimnis."

„Alles, was die braucht, ist Wasser", sagte ich.

„Ida hat Orchideen gehasst."

Drei massive Schlösser schlossen sich hinter uns, nachdem wir Elses Appartement betreten hatten und Else auf ihrem Tablet herumtippte. Wie von Geisterhand gesteuert, schoben sich zudem dicke Stahlriegel vor. Innen war die Tür mit dickem Schaumstoff gepolstert.

„Abhörsicher! Heutzutage weiß man nie." Sie lachte mich an. „Ich muss eben mal aufs Klo. Aber nichts anfassen!"

An einer Wand hing ein mindestens eins sechzig breiter Flachbild-Fernseher. Überall standen Laptops, PCs und sonstiger elektronischer Schnickschnack herum. Der Zweck dicker Rohre unter der Decke erschloss sich mir nicht.

Als Else Erpenbeck zurückkam, schlabberte an ihr ein Jogginganzug, der aus der Zeit der Olympischen Spiele von 1936 stammen musste. Früher nannte man so etwas wohl Trainingsanzug. Aber ich hatte mich um exakt zwanzig Jahre verschätzt. Auf seiner Rückseite stand: *Schwimmverein Lippeneutrup*. Vorne: *Münsterlandmeisterin 1956*.

„Wenn ich nicht zuhause bin, kann ich von überall auf der Welt sehen, ob jemand bei mir einbricht", erklärte sie und zeigte auf Kameras in den Ecken und auf den Türrahmen, die eines Überwachungsstaates würdig gewesen wären.

So böse ich es auch fand, was die Hohnsteiner-Bartel und Frau Schlachthauer über Frau Erpenbeck erzählt hatten –, als ich all das hier sah, wurde ich unsicher. Hatte nicht auch Frau Middendorp etwas von *Paranoia* gesagt?

Als Else erneut mit ihrem Tablet hantierte, schlossen und öffneten sich die Rollläden. Lichter zuckten wie in einer Neunziger-Jahre-Disco und aus versteckten Lautsprechern ertönte Beethovens Fünfte: *Tötötö tööööö*… Immer wieder. *Tötötö töööööö*… *Tötötö tööööö*… Die Bässe brummten besonders laut, sodass es kaum auszuhalten war.

„Kindken", schrie mich Frau Erpenbeck über den ohrenbetäubenden Lärm an, „willst du vielleicht lieber Hardrock oder Heavy Metal? Led Zeppelin, Uriah Heep, Black Sabbath, Iron Maiden oder Metallica – alles im Angebot!"

Plötzlich war Ruhe, Else hatte über ihr Tablet gewischt. „Special effects, vertreiben Einbrecher im Nullkommanix. Ich hab noch anderes in petto, aber das gibt nur Schweinereien."

Nein, das wollte ich nicht vorgeführt bekommen.

„Also, Kindken, da wir jetzt ein Team sind, lade ich dir erst einmal einige Apps herunter und gebe dir den Code für mein Security-Center, man weiß nie, wofür es gut ist."

Wieso waren wir jetzt ein Team?

„Zeig mir mal dein Smartphone."

Smartphone, und wieso überhaupt? Ich holte das Leihhandy trotzdem hervor.

„Das ist ja ein Steinzeitteil! Das gehört ins Nixdorf-Museum nach Paderborn."

Ich steckte das Gerät wieder ein und sagte, weil mir nichts anderes einfiel: „Ich finde es schön, wenn sich ältere Menschen der neueren Technik gegenüber aufgeschlossen verhalten." Mein Opa hätte gebrummt: „Jetzt eiere mal nicht so rum."

Else knurrte: „Kindken, jetzt eiere mal nicht so rum."

Ich sah mich weiter um und entdeckte einige Meter Bücherregal an der Wand – und zwar mit richtigen Büchern, nicht mit Attrappen wie bei Jans Eltern in der Mega-Eichenschrankwand.

„Da guckste, Kindken. Ich lese jeden Tag auch drei Zeitungen. Komplett. Die Zeitungsrunden im Heim sind nichts für mich. Da karren sie dich in den Gemeinschaftsraum, die Ehrenamtlichen lesen dir die Überschriften vor und dazu kannst du ein Nickerchen machen, Kindken. Tolles Konzept."

„Es wäre wirklich schön, Else, wenn Sie mich ab jetzt Anna nennen würden. *Kindken* ist auf Dauer etwas unpassend, meinen Sie nicht auch?"

„Wieso?" Sie strubbelte sich durch ihren Igelschnitt.

„Ich sage zu Ihnen ja auch nicht Omachen."

„Alles klar, Kindken. Kommst echt auf den Gustav raus!"

„Und was soll die Orchidee nun für ein Geheimnis bergen?", fragte ich mit Blick auf die Blume, die ich auf Elses Wohnzimmertisch abgestellt hatte und die uns in ihrem erschlafften Zustand traurig anschaute. Ich wartete die Antwort nicht ab, ging in die Küche und schüttete vorsichtig Wasser in das im Topf dafür vorgesehene Röhrchen, bis der Wasserstandsanzeiger ganz oben schwamm.

Else war mir gefolgt. „Da Ida Orchideen gehasst hat, und sie wusste, dass ich das wusste, nehme ich an, dass die Blume eine Botschaft ist."

„Ja, Else, Sie nehmen das an. Was für eine Nachricht aber soll denn eine Orchidee transportieren?

Orchideen symbolisieren Leidenschaft, Sehnsucht, Fruchtbarkeit und Hingabe, Schönheit und Reichtum. Was wollte Frau Sutthoff denn damit sagen?"

„Nicht immer zeigt sich, was verborgen ist, auf den ersten Blick."

Tolle Erkenntnis.

„Verborgenes zeigt sich oft gerade dann, wenn nicht angestrengt darüber nachgedacht wird. Möchtest du einen Kakao, Kindken, Kakao macht glücklich."

„Ein für allemal, ich heiße Anna!"

„Kindken, ich mache den besten Kakao der Welt, das kannst du mir zur Abwechslung mal glauben."

Als der Kakaoduft in meine Nase zog und ich an der Tasse nippte, glaubte ich das sofort. Dazu servierte Else Pumpernickel und „*gute* Butter vom besten Bauern Lippeneutrups", wie sie erklärte, dazu westfälische Blutwurst und eine Käseplatte.

„Und jetzt gucken wir Fotos."

Else zündete Kerzen an und kramte alte Fotos hervor. So erfuhr ich, dass sich meine Großeltern schon als Fünfzehnjährige heimlich am alten Feuerwehrteich getroffen hatten. Else prustete vor Lachen. „Da hab ich auch schon mit meinen Lovern rumgemacht."

Wir saßen auf Elses Sofa so eng nebeneinander, dass ich Else riechen konnte. Es war der Geruch meiner Kindheit, wie überhaupt bei Else alles so roch wie damals. Und als sie meine Hände nahm und mich dann mit einem „Ach, Kindken" in die Arme schloss, fühlte es sich auch genauso an wie früher. Ich wollte nicht, dass es aufhörte …

Auf weiteren Bildern erkannte ich meinen Vater, meine Großeltern, Nachbarn und alte Bekannte und Verwandte – bei Feiern, auf Gartenfesten oder Kellerpartys, bei denen Else dabei gewesen war. Wen ich nicht erkannte, den ordnete Else zu. Wenigstens die meisten. Meine Mutter war auf keinem Foto abgelichtet. Obwohl Else sie flüchtig gekannt hatte.

Else erzählte und erzählte … Sie hatte schon in jungen Jahren an der Lippeneutruper Volksschule geputzt und durfte einen Schulausflug in eine Tropfsteinhöhle mitmachen, weil Aufsichtspersonal fehlte. „Die Jungs haben die Stalaktiten … oder waren das Stalagmiten? Egal, die haben einen Wettbewerb gestartet und die Dinger von unten angepinkelt, um die Spitzen zu erreichen. Gewonnen hat dein Opa, allerdings hat der hinterher auch am meisten gestunken."

Irgendwann war Else bei der Residenz angelangt. Vor einigen Wochen sollte es im Wohnbereich 1 bei einem der – so Else – berüchtigten Rollatorrennen ums Flurkarree einen schweren Unfall gegeben haben. Fritz Hülskamp, der aus der Poleposition gestartet war, wäre angeblich gegen eine Mauerecke geflitzt und hätte sich die Stirn gespalten. Seine Verfolger hätten nicht stoppen können, sodass es eine Massenkarambolage mit Schwerverletzten gab, für die dann drei Rettungswagen und ein Notarzt kommen mussten.

„Else, warum übertreiben Sie immer so?"

„Shingshangsing, shangshingsang. Konfuzius. Nur wer übertreibt, wird gehört. Und ab jetzt duzt du mich auch, Anna."

Eine halbe Stunde später hatte ich Else mein verkorkstes Leben erzählt und alle meine Zwangsneurosen gebeichtet. Vor allem die, wie ich Jan zerstückelt im Moor versenken wollte. Als ich davon berichtete, dass mein Verhältnis zu meinem Opa ebenfalls nicht das beste war, also ich eigentlich gar keines mehr hatte, ich nicht einmal mehr wusste, wo er … ob er überhaupt noch lebte, heulte ich von einem Moment auf den anderen Rotz und Wasser.

„Ja, lass es raus." Else klopfte mir so fest auf den Rücken, dass ich mich fast verschluckte. „Einfach alles auskotzen. Dann ist es irgendwann vorbei. Anna, der Gustav, so lieb wie er war, war schon als Kind ein sturer Bock. Aber falls er noch lebt, dann würdest du es irgendwann bereuen, es nicht versucht zu haben, noch einmal Kontakt aufzunehmen. Dem verstockten Gustav zeigen wir, wo der Hammer hängt, und deinem Ex erst recht."

„Else, so einfach ist das nicht", sagte ich zerknirscht und zeigte ihr diskret mein Tattoo auf meinem … nun ja, verlängerten Rücken.

Else versuchte die Schrift zu entziffern. *„Jan und Anna. Forever!"* Dann patschte sie mir auf den Hintern. „Sieh es einfach so, dass dir der Scheißkerl jetzt am Arsch vorbeigeht! Vertrau mir, für dein Hinterteil finden wir auch eine Lösung. Und wenn ich den Laser selbst in die Hand nehme."

Mein Handy meldete sich: *Bin gleich da. Freu mich!*

Natalie! Die hatte ich ja völlig vergessen.

Spontan sprang ich auf, stieß dabei an den Tisch und die Orchidee um. Ein Schwall rötlicher Hydrokultur-Granulat-Kügelchen prasselte auf Elses Couchtisch und auf den Boden, danach folgte ein Schwall Wasser.

„Schiet happens", grinste mich Else breit an. Sie drückte mir eine blaue Mappe in die Hand. „Bin gespannt, was du sagen wirst."

Ich sah sie erstaunt an.

„Später. Schau mal in Ruhe da rein. Und nun ab, deine Freundin wartet! Ich mach das hier schon."

Es war spät und ich hundemüde, aber ich konnte trotzdem nicht einschlafen, da ich mich mit Natalie gestritten hatte. Dabei war es nur eine Nichtigkeit gewesen. Ich hatte gedacht, ich könnte mit Natalie reden, über den schlimmen Tag, die neue Stelle, über den blöden Heiko. Denkste! Natalie hatte einen Kumpel mitgebracht, mit dem sie mich verkuppeln wollte. Einen echten Bauerntölpel aus Schermbeck, der nur Schweine und Fußball im Kopf hatte. Da war ich stinkig geworden und abgehauen.

Natalie war hinter mir hergelaufen. „Mensch, Anna, du sollst den doch nicht heiraten! Mach dich doch mal locker da unt…“ Bevor sie es aussprechen konnte, hatte ich ihr eine geknallt.

Als ich mir aus der Küche ein Glas Wasser holte, fiel mir die blaue Mappe von Else in die Hand. Vielleicht sollte ich einen Blick hineinwerfen, ich konnte ja sowieso nicht schlafen.

Dossier Margarete Schlachthauer stand handschriftlich auf dem ersten Blatt. Dahinter fand ich Ausdrucke von Zeitungsartikeln über Theaterpremieren. Das waren doch, die hatte ich doch auch schon … Ich blätterte weiter und stieß auf schlecht lesbare Kopien von Theaterzetteln und Theaterplakaten. Überall war der Name *Maeggie Meyerling* angemarkert. Zu mehr als nur Nebenrollen hatte es bei Frau Schlachthauer offenbar nicht gereicht. Soweit ich das beurteilen konnte.

Die Engagements der *Grande Dame* endeten auch nach Elses Recherchen Anfang, spätestens Mitte der siebziger Jahre. Wie hatte sie die weiteren vierzig, fünfundvierzig Jahre ihres Leben verbracht? Diese Frage hatte sich Else ebenfalls gestellt, denn sie notierte am Rande eines Besetzungszettels: *Karrierebruch? Ehe, Kinder, Hausfrau? Weiterer Lebenslauf? Hinweis München nachgehen.*

Hinweis München?

Ich blätterte weiter. Und fand eine Zeitungsmeldung, datiert auf den dreizehnten September des letzten Jahres. Auf die war ich doch auch schon gestoßen:

Maeggies Club schließt

München. Nach dem tödlichen Unfall des Mitinhabers Bruno Schlachthauer, der von der Polizei seit Monaten wegen mehrfachen gewaltsamen Raubes gesucht wurde (wir berichteten), schließt Insiderinformationen zufolge Ende des Monats endgültig eines der bekanntesten Etablissements Münchens, *Maeggies Club.* Der Club soll bereits seit einigen Jahren finanzielle Schwierigkeiten gehabt haben. Bruno Schlachthauer galt als eine der schillerndsten Gestalten des Münchener Rotlicht-Milieus, in dem er als Bruno Brutalis bekannt war. Er kam wahrscheinlich ums Leben, als er mit seinem Wagen in das bei einem plötzlichen Tagesbruch aufreißende Erdloch stürzte. Weder der Wagen noch seine Leiche konnten bislang aus dem ungewöhnlich tiefen Krater geborgen werden. Der einzige Hinweis, dass Bruno Brutalis ein Opfer des tragischen Geschehens wurde, ist ein abgetrennter Finger, der an der Unfallstelle gefunden wurde und der nach einer ersten erkennungsdienstlichen Behandlung zur weiteren Untersuchung ins rechtsmedizinische Institut gebracht wurde.

Auf der Rückseite des Papiers fiel mir ein handschriftlicher Vermerk auf: *Margarete eine Puffmutter?*

Ich hatte es kategorisch abgelehnt, den Artikel irgendwie mit Frau Schlachthauer in Beziehung zu setzen. Glaubte Else etwa, dass es hier eine Verbindung gab? Das wäre ja ungeheuerlich.

Ich griff nochmals zu den Besetzungslisten: Münster, Bielefeld, Gießen, Frankfurt, Köln, Heidelberg, Kassel, wieder Frankfurt. Das waren Maeggie Meyerlings Stationen. Aber es waren auch die Stationen einer Julie Jensen. Und zwar zu identischen Zeiten an denselben Theatern. Auch sie besetzte Nebenrollen, wie Maeggie Meyerling. Zufall?

Die beiden könnten Freundinnen gewesen sein. Zumindest müssen sie sich gekannt haben, kombinierte ich, wo sie stets am gleichen Theater engagiert waren. Ob ich Frau Schlachthauer einmal auf Julie Jensen ansprechen sollte?

Unsinn, dann könnte ich sie ja gleich danach fragen, ob ihr Mann einmal ein Münchener Edelbordell geführt hat.

4

Hatte mich Else mit ihrer Art in etwas hineingezogen, dem ich nach und nach verfiel? In gewisser Weise ja. Frau Schlachthauers Aura zog mich an und ihre geheimnisvoll anmutende Lebensgeschichte mit ihren vielen Leerstellen faszinierte mich erst recht. Jedenfalls hatte ich für den heutigen Nachmittag ihre Einladung angenommen. Ihre Wohnung, in der Beletage – ein Traum!

Auch der servierte Darjeeling war erstklassig. Frau Schlachthauer erzählte erneut begeistert, wie wichtig ihr die ehrenamtliche Arbeit mit den *alten Leutchen* wäre, erwähnte Else jedoch mit keinem Wort mehr. Als ich sie, wenn auch vorsichtig, nach ihrer ehemaligen Schauspielerei fragte, wich sie mir aus. Stattdessen forderte sie mich auf, von mir zu erzählen.

Um Vertrauen aufzubauen, kam ich dem mit bedachten Andeutungen über meine gescheiterte Ehe nach. Als ich schließlich klagte, wie sehr mir Leah fehlen würde, schüttelte sie mitfühlend den Kopf. „Vielleicht bringen Sie Ihre Kleine ja einmal mit zu mir, Frau Müller?“

Wie sollte das gehen, ich sah Leah ja selbst kaum.

Während ich nachdenklich an der Teetasse mit dem kunstvoll verschlungenen Dekor nippte, bot sie mir an, ihr Appartement für Führungen mit potenziellen Kunden zur Verfügung zu stellen – quasi als Musterwohnung. „Ich habe gerne Kontakt zu Menschen, Frau Müller. Und Ihnen würde das bei den Vermietungen bestimmt helfen, was meinen Sie?"

„Eine schöne Idee, Frau Schlachthauer."

Na ja, dachte ich, unsere Appartements sind zwar alle vorzeigbar, aber gegen ihres können die anderen nicht anstinken, da würde ich unseren Kunden nur etwas vormachen. Andererseits, das Angebot war nett gemeint. Und ausschlagen wollte ich es vor allem deshalb nicht, weil ich nicht wusste, ob es mir nicht mal von Nutzen sein konnte.

Während die *Grande Dame* aus einem silbernen Etui eine Zigarette entnahm, sie auf einen silbernen Filter steckte, dann anzündete, um anschließend mit besinnlicher Miene Ringe in die Luft zu blasen, stand ich auf und lobte ihre geschmackvolle Einrichtung. Auf einem exquisiten Buchenboard entdeckte ich eine Urne.

„Darin werde ich einmal neben meinem Mann auf dem Waldfriedhof meine letzte Ruhe finden." Frau Schlachthauer lächelte und nahm die Urne aus dem Regal. „Im Gegenstück ist mein Bruno begraben. Ist sie nicht wunderschön?"

Sah ich da etwa Tränen in ihren Augen?

„Ja, sehr geschmackvoll", brachte ich etwas gepresst hervor. „Wann ist denn Ihr Mann eigentlich verstorben? War er auch Schauspieler?", unternahm ich einen weiteren Versuch, etwas über ihr Leben herauszubekommen.

„Ach nein, Bruno doch nicht."

Ich sah sie erwartungsvoll an, doch sie hatte nur Augen für das Behältnis, in der einmal ihre Asche bestattet werden sollte. „Sehen Sie doch, diese wundervolle Gravur."

Die Buchstaben waren perfekt ineinander verschlungen: *M und B – für immer vereint.*

So ähnlich lautete auch mein Tattoo.

Sie stellte die Urne ins Regal zurück. „Entschuldigen Sie, Frau Müller, wenn ich Sie mit dem Tod belästige. Das ist das Thema der Alten, nicht Ihres."

„Als Schauspielerin sind Sie sicherlich ganz viel herumgekommen. Waren Sie eigentlich auch einmal in München engagiert?", fragte ich unvermittelt.

Abrupt fuhr sie herum. „Wie kommen Sie denn darauf?", fuhr sie mich ungehalten an. Etwas zu laut, fand ich. Doch sofort fand sie wieder zu einem freundlichen Ton zurück. „Entschuldigen Sie, aber Idas Tod nimmt mich immer noch mit." Sie machte eine Pause. „Eigentlich war ich überall und nirgends engagiert." Nun lächelte sie gepresst. „Aber jetzt habe ich Chorprobe, ich möchte nicht zu spät kommen."

„Natürlich."

Hm, die Chorprobe war erst für vier Uhr angesetzt und wir hatten gerade mal kurz nach drei.

Nach Feierabend suchte ich Else auf. Sie hatte mich angerufen, ich solle zum Abendessen vorbeikommen, sie habe Neuigkeiten. Es gab Panhas mit Kartoffelbrei. Wie lange hatte ich diese gebratenen Blutwurstscheiben aus Speck, Buchweizenmehl, Zwiebeln, Muskat, Majoran und Schweineblut nicht mehr gegessen. Herrlich! Ich überlegte kurz, dann entschloss ich mich, von meinem Besuch bei der *Grande Dame* und meinen Überlegungen zu berichten. Else nickte des Öfteren, sagte aber nichts.

Dass sie mich immer noch „Kindken" nannte, störte mich nicht mehr. Für sie war ich halt die Enkelin von der Käthe und dem Gustav und ich würde immer das Kindken bleiben. Als wir den Küchentisch abräumten, lobte sie mich: „Ich bin stolz auf dich, Kindken. Hast gut kombiniert mit dieser Julie, hab mich nicht in dir getäuscht. Das ist bestimmt eine ganz alte Freundin dieser Puffmutter."

„Else, ich glaube nicht, dass Frau Schlachthauer mit all dem wirklich etwas zu tun hat."

„Sie hat. Die hat nämlich in München gelebt, in Schwabing, beste Adresse, sehr lange sogar, seit den achtziger Jahren, bis sie vor einem Jahr dort wegzog."

Ich fiel aus allen Wolken: „Woher weißt du das?"

„Recherche à la Else. Im Bürgermeisteramt von Lippeneutrup sitzt der Sohn einer guten Freundin von mir, dem ich mal aus der Patsche geholfen habe. Hat mir eine Melderegisterauskunft besorgt."

„Und warum macht Frau Schlachthauer über ihre Münchener Zeit so ein Geheimnis?"

„Ja, warum wohl? Ich werde mich jedenfalls mal darum kümmern, ob ich diese Julie aufstöbern kann. Wird aber nicht einfach, wenn *Julie Jensen* ein Künstlername ist. Übrigens, du hast ziemlichen Mist gebaut."

„Wie bitte?"

„Dein Unglück mit der Orchidee gestern. Ich habe versucht zu retten, was zu retten war." Sie grinste breit. „Idas Brief lag auf dem Boden des Blumentopfes."

„Du hast den Brief gefunden?! Was steht drin?"

„Kann ich nicht sagen."

„Wieso? Ich dachte, wir sind ein Team."

„Ach, sind wir jetzt? Schön Kindken, freut mich, echt!"

„Sag schon."

„Totaler Wasserschaden." Sie zeigte auf ihren Kühlschrank. „Ich habe den Brief eingefroren. Nur Könner können ihn lesbar machen. Durch Sublimation. Das ist …"

„Else, wir müssen die Polizei einschalten."

„Pannas in Pullen. Wir wissen doch gar nicht, ob der Brief verwertbare Inhalte hat."

„Allein schon für diese … diese Subli …"

„Kindken, *Sublimation* ist der physikalische Prozess, wenn was von einem festen in einen gasförmigen Zustand übergeht oder umgekehrt. Aus dem gefrorenen Papier wird das Wasser herausgezogen. Das sollte ich ja wohl als alte Putze hinkriegen. Hab nicht umsonst jahrzehntelang Putzlappen ausgewrungen."

„Aber für so etwas hat die Polizei doch Fachleute."

„Kindken, soll ich dir einmal den Polizeiknüppel zeigen, den ich bei Kehrarbeiten siebenundsechzig nach der Anti-Schah-Demo gefunden habe? Erzähl mir nichts von Bullen."

„Else, lass das doch besser diesen … diesen Kevin … eh, also diesen Kommissar Kubitza machen."

Else grinste das breiteste Grinsen, das ich je gesehen hatte. Wieso war mir das mit Kevin nur herausgerutscht?

„Der Kevin hat wunderschöne Augen, nicht, Anna? Und erst einmal seine Lockenpracht."

„Else!"

„Der kann an jedem Finger drei haben, wenn er wollte. Und ich glaube, der will. Oder hat sogar."

Vermutlich war das so, so attraktiv wie er war. Bestimmt sogar. Aber was interessierte mich das?

„Else, du musst den Brief auf jeden Fall der Polizei übergeben."

„Kindken, ein für allemal, eine Else Erpenbeck muss gar nix, höchstens mal wieder aufs Klo."

Ich blickte sie strafend an.

„Okay, okay, wird sich schon ein Weg finden."

Zwei Tage später, es war Freitagmorgen, hatte Else Julie Jensens Adresse immer noch nicht herausgefunden. Dafür stand vor meiner Bürotür eine Pappschachtel mit einem Dutzend Kaffeepads und einem Zettelchen: *Kannst du sicher gebrauchen!* Und wie! *Nochmals Entschuldigung, dass ich so ruppig zu dir war.* Wie lieb von Aurica.

Wenig später schlürfte ich meinen Morgenkaffee,

zündete die Kerze auf dem provisorischen Adventskranz an, wippte mit meinem Schreibtischstuhl und wartete darauf, was der Tag bringen würde. Den fünften Tag arbeitete ich schon in der Residenz, aber nicht einen Mietvertrag hatte ich abgeschlossen.

Kundschaft – Fehlanzeige.

Was stand noch auf diesem Post-it meiner Vorgängerin?

Ich bin nicht schuld!

Ich nippte an der dritten Tasse Kaffee und dachte an Frau Schlachthauer, die ich gestern erneut besucht hatte. Wieder ohne Erfolg. Abends war ich dann bei Else gewesen. Es gab westfälische Reibekuchen wahlweise mit Speck oder Rübenkraut. Else hatte gemeint, wer wüsste schon, wozu meine Besuche bei der *Grande Dame* einmal gut sein würden.

Ich blickte zur Fensterbank, wo Frau Sutthoffs Orchidee sich mittlerweile langsam von ihrem Trauma erholte. Else hatte mir die Blume mitgegeben, weil sie „keinen grünen Daumen" hätte. Der Brief von Ida lag immer noch in ihrem Tiefkühlfach. Irgendwie war das nicht richtig. Das war doch Unterschlagung von Beweismaterial, oder?

Ob *ich* vielleicht den Kommissar anrufen und darüber informieren sollte? Niemand in der Residenz wusste, wann Frau Sutthoffs Leiche freigegeben würde. Da Frau Sutthoff keine Angehörigen hatte, musste die Gemeinde von Lippeneutrup in Zusammenarbeit mit der Residenzverwaltung die Beerdigung organisieren, zu der ich natürlich gehen wollte; da hätte ich einen guten Grund nachzufragen. Kevin Kubitza hatte sich nämlich nicht wieder gemeldet, seit er mich zum Kaffee hatte einladen wollen. Was mir ganz recht war.

Drei Weiber an einem Finger. Pah! Und ich sollte wohl die vierte am kleinen Finger der linken Hand sein, was? Nicht mit mir, zumal ich mit Männern sowieso nichts mehr am Hut hatte. Mein Opa hatte zwar immer gemurrt: „Sag niemals nie." Aber man muss ja nicht jede Altersweisheit übernehmen. Zumal Opa nicht einmal einen einzigen James-Bond-Film gesehen hatte. Andererseits, als Roland Kaiser seine gleichnamige Schnulze bei Wetten, *dass*? im Fernsehen sang – ich war damals fünf Jahre und kann mich noch gut erinnern – hatte er zu Omas, Uromis und meinem Leidwesen den Apparat ausgeschaltet und lautstark über die Rundfunkgebühren gemeckert, für welchen Schiet die ausgegeben würden. Ach Opa.

Ich überlegte. Wie lauteten noch die Zeilen aus diesem Song, die mich seinerzeit als kleines Mädchen so tief beeindruckt hatten? Richtig: *Sag niemals nie. Denn tief in uns, brennt ein Vulkan …*

Okay, dieser Kevin gefiel mir. Das musste ich zugeben. Aber das war weit weg von einem brennenden Vulkan. Außerdem war ich einfach noch nicht so weit. Und wenn überhaupt mal wieder, bräuchte ich für meine Zukunft einen seriösen Mann, einen, der treu sein konnte. Sowieso! Feuerspeiende Berge waren da eher kontraproduktiv. Ich bräuchte jemanden mit Familiensinn, einen Mann, der fleißig, hilfsbereit, sparsam, durchschnittlich gut gebildet, lebensfroh, witzig, charmant, kinder- und tierlieb und einfühlsam war. Gut, auf *tierlieb* könnte ich vielleicht verzichten, alles andere war ein Muss. Oder war das in dieser Welt zu viel verlangt?

Trotzdem, ich konnte es nicht leugnen: Irgendwo tief in meinem Inneren war etwas berührt. Ich schob es auf meine Eitelkeit. Steve McGarrett könnte doch wenigstens einen zweiten Versuch für ein Date unternehmen. Ich konnte ihn ja locker auch ein zweites Mal abblitzen lassen.

Sollte ich oder sollte ich nicht?

Ich griff zum Hörer und ließ ihn sofort wieder fallen. Nein, hinter Elses Rücken mit dem Kommissar über den Brief zu reden, gefiel mir nicht. Ich entschloss mich, Else noch einmal darauf anzusprechen. Ich könnte ja immer noch aktiv werden, wenn sie nicht zur Polizei gehen wollte.

Ich wippte und wippte … Hatten die ungewöhnlich zahlreichen Kündigungen vielleicht ganz plausible Gründe? Wahrscheinlich war es ganz anders als Else vermutete. Diese Frage wuselte schon länger in meinem Kopf herum. Möglicherweise waren die Ausgezogenen ja mit den Pflegeleistungen nicht zufrieden gewesen. Oder hatten sich verändern wollen. Waren zurück zu Verwandten nach Lippeneutrup oder sonst wohin gezogen. Es gab bestimmt ganz einfache Erklärungen für die gehäuften Kündigungszahlen. Vielleicht war auch nur ein abnormer statistischer Ausschlag am Werke, den es immer mal geben konnte, nach oben wie nach unten, und niemand wusste, warum.

Schließlich wusste ich, was ich zu tun hatte: Ich musste nur die Liste Elses nehmen und alle Ausgezogenen aufsuchen, um mir Klarheit zu verschaffen. Vielleicht sagte ja der ein oder andere etwas. So oder so. Und womöglich hätte ich dann einen guten Grund, Kevin anzurufen. Doch erst einmal teilte ich Else telefonisch mein Vorhaben mit. Sie war nicht gerade begeistert.

„Kümmere dich lieber um deinen Opa", pfiff sie mich an. „Und denk an morgen. Haupteingang Waldfriedhof."

Ich seufzte tief auf. Else hatte ja recht, ich hatte es lange genug herausgeschoben. Ich griff also entschlossen zum Hörer. Kein Anschluss unter dieser Nummer. Hatte ich mich verwählt? Nein, Opas Nummer, die auch mal meine gewesen war, kannte ich in- und auswendig. Ich erinnerte mich an eine Nachbarin aus dem Kotten nebenan und fand ihre Nummer im Internet. Eine Minute später wusste ich, dass mein Großvater noch lebte, zumindest vor einem knappen Jahr noch, als er weggezogen war.

„Irgendwo in ein Heim", glaubte Frau Jäger, „der hat ja nie viel gesprochen."

Ob sie wisse, in welches Heim?

Nein, wusste sie nicht. „Aber nicht in Lippeneutrup."

Kaum hatte ich aufgelegt, meldete sich die Hohnsteiner-Bartel. „Wo bleiben Sie denn? Wir haben einen Termin!"

Wir haben einen Termin?

„Es pressiert."

Als ich in der Tür stand, klingelte das Telefon schon wieder. Die Regionalleitung war dran, sie hatte Fragen zur Belegungsstatistik für November. Ich wollte zur Stiftsdirektorin durchstellen. Die Kollegin bei der Regionalleitung wurde schnippisch: „Das ist Ihr Job!" Ich sagte ihr, dass ich mich kümmern würde.

Drei Minuten später klopfte ich geschlagene fünfmal an der Tür des Drachens. Irgendwann wurde ich hereingerufen.

„Schön, dass Sie es doch noch geschafft haben."

Die Stiftsdirektorin lächelte mich derart freundlich von oben herab an, dass ich innerlich zu kochen begann.

„Ihr Konzept für die Werbekampagne. Sehr schön."

Das hörte sich jedoch gut an.

„Mein Input hat sie offenbar motiviert. Großes Lob!"

„Ich darf das Konzept also umsetzen?", fragte ich.

„Ohne Kostenplan geht nichts." Sie nahm auf ihrem Schreibtischstuhl Platz. Der war so was wie ein Thron. „Frau Müller, Sie müssen schon mitdenken."

Du kannst mich kreuzweise, dachte ich.

„Frau Hohnsteiner-Bartel, heute Nachmittag haben Sie Angebote für jede Position."

„Machen Sie sich keine Mühe, ich habe keinen Etat für Werbung."

Das hatte sie doch bestimmt schon gewusst, bevor ich mir die ganze Arbeit gemacht hatte.

„Ich wollte sehen, wo Ihre Fähigkeiten liegen."

Ich fand, ihr Drachenlächeln war jetzt ein gemeines Alien-Grinsen. Dieser Ausdruck, bevor der Außerirdische zubeißt. Die Hohnsteiner-Bartel hatte nämlich kaum Zahnfleisch im Oberkiefer. Und die Reihe der freistehenden Zahnhälse – das sah echt alienmäßig aus.

„Ist sonst noch etwas?" Sie schob mich zur Tür.

Ich druckste herum, dann fasste ich Mut. „Die Regionalleitung möchte eine korrigierte Novemberstatistik haben", sagte ich. „Ich überprüfe sie gerne noch einmal. Dafür brauche ich aber die Kopie, Dateien und Programme."

„Ach, die Regionalleitung!" Sie zog mich zurück. „Die Sachbearbeiterin ist immer etwas übereifrig. Frau Müller, ich regele das. Im Januar arbeite ich Sie dann ein."

„Frau Hohnsteiner-Bartel, auch in der Vergangenheit sind unkorrekte Meldungen abgegeben worden."

So, jetzt war es raus!

„Wie bitte?" Sie blickte verdutzt, ja empört. „Das kann nicht sein! Das können Sie gar nicht beurteilen.

Es geht um das große Ganze. Ich will immer nur das Beste für unser Haus." Eine erschöpfte Blässe zeichnete sich auf ihren Wangen ab. Zum ersten Mal hatte ich das Gefühl, sie begegnete mir … Ja, wie? Etwa natürlich?

Der Moment währte nur kurz.

„Es gibt Zusammenhänge, die verstehen Sie nicht. Das ist Chefsache", bellte sie mich an. „Woher haben Sie die Meldungen eigentlich? Haben Sie etwa mit dieser Geschonnek Kontakt? Hm, schon Ihr Fürsprecher hat gemeint, dass Sie zwar etwas einfältig, aber mitunter nicht einfach sind."

Schon wieder dieser Fürsprecher?!

„Wenn Sie nicht loyal sind, dann sehe ich für Sie auf Dauer trotz Ihres Engagements in unserem Haus keine Perspektive."

Ich erinnerte mich an die Gene meines Opas und wollte zu einem Rundumschlag ausholen, doch das Alien kam mir zuvor.

„Ach, lassen wir das, ich kümmere mich selbst um die Regionalleitung", schlug sie urplötzlich einen versöhnlichen Ton an. „Und wenn wir beide uns anstrengen, kriegen wir bestimmt für beide Seiten ein vernünftiges Verhältnis hin. Ich bin dabei! Wissen Sie was, vielleicht kann ich doch etwas Geld für die Broschüre auftreiben. Wäre doch schade um Ihre Arbeit."

Egal, ob es die Werbung geben würde oder nicht, egal, was dieses Alien möglicherweise für krumme

Sachen durchzog, egal, wer mein sogenannter *Fürsprecher* war, und was sie damit gemeint hatte: Ich suchte den Post-it hervor. Es meldete sich nur die Mailbox: *Hi, ihr Lieben, hab einen neuen Freund. Sind abgetaucht. Hihi. Montag wieder gerne.*

Es schien mir mehr Natalies auf der Welt zu geben, als ich mir vorstellen konnte. Natalie – ich sollte *sie* anrufen, schließlich war sie meine beste Freundin und hatte zu mir gehalten, als es mir dreckig ging. So eine Freundschaft setzte man für einen blöden Spruch nicht aufs Spiel. Sie ging sofort dran. Ich entschuldigte mich für die Ohrfeige, sie sich für ihre unpassende Bemerkung und wir verabredeten uns für denselben Abend.

Jetzt aber musste ich mich ranhalten. Also: Termine machen. Vorsprache bei Multiplikatoren. Akquise. Als Erstes kontaktierte ich die Pflegestützpunkte, von der Knappschaft über die Caritas bis zur AOK, dann die sozialen Dienste in der ganzen Region. Das hätte ich schon längst tun sollen. Vielleicht konnte ich den einen oder anderen Sachbearbeiter davon überzeugen, unsere Einrichtung zu empfehlen, damit ich in der Residenz endlich Neubelegungen bekam.

Schnell merkte ich, wie reserviert die sogenannten *Empfehler* oder *Zuweiser* am Telefon wurden, während ich von *Haus Maria Fröhlich Abendschein* sprach. Bis auf einen. Den vom Katholischen Krankenhaus, den ich mir für zuletzt aufgespart hatte. Sein Name kam mir bekannt vor.

„Wenn Sie unbedingt wollen“, sagte er gnädig, „ist zwölf Uhr recht? Ich schlage vor ...“

„Kein Problem, Montag, zwölf Uhr geht in Ordnung.“

„Eh, zwölf Uhr, morgen in zwei Monaten.“

Ich fasste es nicht. Aber dann wusste ich, wen ich an der Strippe hatte. „Kaltenkötter, Gerd Kaltenkötter. Haben wir nicht die Ausbildung zusammen gemacht?“

Ja, genau, er war damals auf derselben Station wie ich gewesen. Ein verschüchtertes Muttersöhnchen, das noch mit einundzwanzig zuhause gewohnt hatte, von seiner Mutter zum Dienst gefahren und abgeholt worden war. Aber irgendwie auch süß mit seinen scheuen Rehaugen, mit denen er mir so oft melancholisch hinterhergeschaut hatte.

Ob er immer noch bei seiner Mutter lebte, fragte ich ihn besser nicht. Doch er kam von selbst drauf zu sprechen, aber anders als gedacht. Er pflege seine Mutter, sagte er. Zuhause. Das wäre nicht leicht, aber er mache das gerne.

„Toll“, sagte ich. Und ich bekam meinen Termin, und zwar gleich für den nächsten Montag.

Gegen Ende der Ausbildung hatte Gerd sich getraut, mich zu fragen, ob ich mit ihm einen Kaffee trinken gehen würde. Aber nur ein einziges Mal. Ich hatte ihm lange und verführerisch in die Augen geschaut und dann zurückgefragt, ob der Kaffee von seiner Mutter serviert würde. Meine Freundinnen hatten sich darüber später vor Lachen fast in die Hose gemacht. Wir blöden Hühner.

Ob sich Gerd an diese gemeine Abfuhr noch erinnerte?

Nach einem beschwingten Abend mit Natalie in einem Club in Münster, wo wir abtanzten und ausnahmsweise, wofür ich Natalie sehr dankbar war, über alles sprachen, nur nicht über Männer, war ich trotz späten Heimkommens früh aufgestanden und stand unter der Dusche. Es war Wochenende und eigentlich hätte ja heute Leah zu mir kommen sollen. Ich ließ mir von heißen Wasserstrahlen die Haut verbrennen. Anschließend rubbelte ich mich so fest trocken, dass es wehtat. Ich wollte Leah wiederhaben! Aber was hatte ich ihr zu bieten? Auf meinem Konto herrschte gähnende Leere. Und erst meine Wohnung?

Mein neues *Daheim* hatte ich kurzfristig bezogen, als ich wusste, dass ich in der Residenz die Stelle hatte. Ich wohnte zur Miete im dritten Stock. Vermutlich das einzige Hochhaus von Lippeneutrup. Auf sechsundfünfzig Quadratmetern standen in zweieinhalb Zimmern ein Klappbett, ein Küchentisch, ein Stuhl, zahlreiche noch nicht ausgepackte Umzugskisten und ein uralter Röhrenfernseher, ein Geschenk von Natalie zum Einzug. Nägel in der Wand dienten als Kleiderhaken. Außer zu einer Kochplatte hatte es gerade mal für einen Wasserkocher gereicht.

Prachtstück meiner Einrichtung war das Sofa à la Gelsenkirchener Barock, das ich von meiner Oma übernommen hatte. Ich hatte es sogar mit zu Jan genommen, weil ich etwas von meiner Oma bei mir haben wollte. Das Problem war, es bestand aus jeder Menge Dellen und zerschlissen war es auch. Deshalb hatte die Hexe von Schwiegermutter es auch auf den Sperrmüll schmeißen wollen. Aber ich liebte es. Letztlich war es im Keller der Villa gelandet.

Als ich das Hängeschränkchen öffnete, in dem ich meine Lebensmittel aufbewahrte, konnte ich mein Frühstück vergessen. Knäckebrot war aus, von der Pfirsichmarmelade nur noch ein lächerlicher Klecks vorhanden.

Ich fand noch eine Tüte Kartoffelchips mit Balsamicogeschmack. Bah, Balsamico am Morgen schmeckte wie, wie … Mir fiel kein Vergleich ein. Unvergleichlich also!

Ich schnappte mir meine Sachen und brach auf.

Sich auf dem weitläufigen Waldfriedhof zu orientieren, war schwierig genug. Dichte Nebelschwaden machten es nicht einfacher. Außerdem lag eine dünne Schneeschicht über den Gräbern und ließ sie alle gleich aussehen.

Seit es mit meiner Ehe bergab gegangen war, war ich nicht mehr bei Oma hier oben an ihrem Grab gewesen. Ich hatte mich so geschämt. Heute hatte ich endlich die Kraft dazu gefunden. Aber es tat so weh.

Mein Großvater hatte mich vor Jan gewarnt – aber ich? Ich war zweiundzwanzig gewesen und schrecklich verliebt!

„Der passt nicht zu uns", hatte mein Opa gegrollt, den ich nach Omas Tod im gemeinsamen Haushalt alleine versorgt hatte. „Der kommt aus einer anderen Welt, dieser Fatzke." Ganz ruhig hatte er das gesagt. Mit einem Stumpen im Mund am Küchentisch. Immer wenn er etwas ganz ruhig gesagt hatte, war Opa am gefährlichsten gewesen. Noch gefährlicher als in der Kneipe nach dem zehnten Gedeck. „Bänker und Anwälte, pah! Noch dazu so 'n alten Knochen."

Jan war acht Jahre älter als ich. Wir hatten uns in einer Disko in Münster kennengelernt, in die mich Natalie damals mitgeschleppt hatte. Sie hatte Mitleid mit mir gehabt, weil ich „in Lippeneutrup noch versauern" würde. Kurz nachdem Jan und ich uns verliebt hatten, war er in die gutgehende Kanzlei seines Vaters eingetreten.

„Ich hab unter Tage meine Kohle anständig verdient", hatte Opa nicht lockergelassen und gegen Jan gewütet.

Mein Opa war Bergmann, hatte auf Zechen im Ruhrgebiet geschuftet, später auf einer in Ibbenbüren, nördlich von Münster. Als er einen Unfall hatte und sein Knie steif wurde, ging er in Frührente und zog mit Oma nach Lippeneutrup zurück.

„Der guckt doch nur auf dein Äußeres. Der wird dich eine Zeit lang auslutschen und dann wie Schlacke auffe Halde werfen.“ Solche Sprüche hatte ich mir anhören müssen.

„Opa, ich lasse dich nicht alleine, du kannst zu Jan und mir ziehen.“

„Unter einem Dach mit diesem Klötenpony? Niemals!“

Jan hatte mich nämlich noch vor unserer Verlobung betrogen. Und ich Schaf hatte ihm verziehen, wie auch später noch so oft. Er war doch mein Prinz!

Ich hatte das Grab wiedergefunden und stand fröstelnd davor. Wie oft hatte ich früher hier gestanden und mit Oma gesprochen. Aber sie hatte nur gesagt: „Anna, wo der Großvadder recht hat, da hat er recht.“

„Oma, ich schwöre dir, ich liebe Jan.“

Kurz darauf war ich zu Jan gezogen und hatte mir dieses blöde *Forever*-Tattoo auf den Steiß stechen lassen. Und ich hatte die Pille abgesetzt, um möglichst schnell eine eigene, komplette Familie zu haben. Neun Monate später kam Leah auf die Welt. Großvater war weder zur Hochzeit noch zur Taufe der Kleinen gekommen. Als ich ihn besuchen wollte, hatte er mir die Tür nicht aufgemacht.

Irgendwann hatte ich es aufgegeben.

Vorsichtig legte ich das mitgebrachte Tannengesteck auf das Grab, zündete eine Kerze an und sagte: „Oma, ich schwöre nie wieder mehr was.“

Ich musste mich beeilen. Für elf Uhr hatten Else und ich uns verabredet. Ich wollte aber noch die Gelegenheit nutzen, mir die Grabanlage des Ehepaars Schlachthauer anzuschauen. Else hatte mir den Weg beschrieben. Mir fiel nichts Ungewöhnliches auf. Gerade, als ich den Weg herunter zum Haupteingang des Friedhofs einschlug, entdeckte ich in der Ferne Adam. Was machte der denn hier?

Kurz nach Adam lief mir Aurica über den Weg. Ziemlich abgehetzt, wie ich fand. Als sie mich erkannte, stammelte sie: „Du hier? Hab nicht viel Zeit. Lass uns Montag einen Kaffee zusammen trinken, ja?“ Und schon lief sie weiter.

Merkwürdig, so verschwitzt wie Aurica war, machte *sie* bestimmt keinen Spaziergang. Plötzlich durchfuhr es mich wie ein Blitz: Aurica und Adam, ob sie sich hier oben in der Friedhofseinsamkeit heimlich trafen?

Das wäre ja … Ich grinste in mich hinein.

War Aurica deshalb so verändert. Nein, absoluter Quatsch. Nein, nicht Aurica und Adam.

Als ich den Haupteingang erreichte, meinte ich aus den Augenwinkeln auf der anderen Straßenseite links vor der Friedhofsgärtnerei Frau Schlachthauer zu erkennen. War das Heiko neben ihr? Frau Schlachthauer drückte ihm etwas in die Hand. Genau sehen konnte ich es nicht, dafür war die Entfernung zu groß, aber es war so etwas wie ein Umschlag. Da es auf der Straße hupte und mich aus einem offenen Schiebedach ein Lederhandschuh heranwinkte, wurde ich abgelenkt. Ein offenes Schiebedach im Winter? Das konnte nur Else sein, die mich hier abholen wollte.

Sie hatte darauf bestanden mitzukommen, falls ich die Männer auf ihrer Liste unbedingt noch einmal abklappern wollte. Und hatte sogar ein überzeugendes Argument auf ihrer Seite. „Alleine brauchst du dafür Wochen. Du hast ja nicht mal einen fahrbaren Untersatz."

Als ich hörte, dass Else ein Auto besaß und sogar fuhr, hatte ich geschluckt. Else hatte nur drohend ihren Zeigefinger erhoben. „Kindken, keine Altersdiskriminierung! Hinter meinen Fahrkünsten können sich alle Caracciolas und Fangios der Welt verstecken." Else schien meine Gedanken gelesen zu haben. „Das waren mal berühmte Rennfahrer. Hab ich alle überlebt."

Else fuhr eine Automarke, die ich nur aus uralten Filmen kannte. Sie trug eine gefütterte Lederjacke, eine Mütze mit Pelzklappen für die Ohren und eine Rennfahrerbrille, die aus Zeiten stammen mussten, als die ersten Autos erfunden worden waren. „Der letzte Wagen dieser Art wurde gebaut, als du noch in den Pampers lagst", begrüßte sie mich, als ich in die Ente einstieg. Und schon knatterte sie los.

Seit vier Stunden waren wir nun in Lippeneutrup und Umgebung unterwegs, und was hatte es gebracht? Nichts. Außer, dass wir durch eine schöne Winterlandschaft fuhren.

Einer von den Ausgezogenen war verstorben, bei dreien stimmten die Adressen nicht mehr. Die restlichen drei Herren hatten uns freudestrahlend hereingebeten, weil sie endlich einmal jemand zur Unterhaltung hatten. Als sie hörten, worum es ging, schwiegen sie wie ein Grab. Das höchste der Gefühle war ein *Nä!*

Else wollte abbrechen. „Hab ich dir doch gesagt, die feige Bande sagt kein Wort", zog sie ein abfälliges Resümee. „Die werden definitiv bedroht", fügte sie an.

Bald darauf standen wir in Münster vor unserer vorletzten Adresse. Im ersten Obergeschoss empfing uns ein freundlich lächelnder Herr, der uns erst hineinbat, dann wieder herausschmiss, als ich unser Anliegen vorgetragen und den Namen Schlachthauer erwähnt hatte.

„Ich sage nichts." Der Herr schlug uns die Tür so fest vor der Nase zu, dass ich um mein Trommelfell fürchtete.

Else stieß mich an. „Schluss. Aus. Finito. Wir müssen bessere Methoden finden, um die Maeggie zu überführen."

Ich schlug schweren Herzens vor abzubrechen. Die Zeit drängte, wir hatten noch anderes vor.

„Gut Ding will Weile haben", grinste Else.

Mit solchen Sprüchen kamen wir auch nicht weiter.

„Okay, schau mal hier." Sie reichte mir ein Stück Papier. „Es kommt Bewegung in die Sache. Hab ich heute Morgen in meinem Briefkasten gefunden."

Auf dem Zettel stand in Maschinenschrift geschrieben: Hör endlich auf rumzuschnüffeln!

Ich erschrak zu Tode. „Wir müssen zur Polizei! Wenn nicht jetzt, wann dann? Das ist eine Drohung."

„Nein, das ist eine liebevolle Aufforderung." Sie zerknüllte den Zettel und warf ihn aus dem Auto. „Eine Else Erpenbeck hat vor nichts Angst."

Else hatte vorgeschlagen, wenn wir schon einmal in Münster waren, bei Jan vorbeizufahren und zu schauen, wie es Leah ginge. Präziser ausgedrückt: Else wollte Jan ausspähen. Wann er aus dem Haus ging, wie er seine Freizeit gestaltete, was er mit Leah unternahm, ob Leah wirklich krank war und so weiter. Ich hatte kein gutes Gefühl dabei, aber Else beharrte darauf, weil ja bereits in wenigen Wochen vor dem Familiengericht die erneute Verhandlung über das Sorge- und Aufenthaltsbestimmungsrecht für Leah anstand.

Ein Attest, dass ich niemals alkoholsüchtig gewesen war, einschließlich der Dokumentation regelmäßiger Blutbildkontrollen hatte ich bei Gericht bereits eingereicht. Außerdem hatte ich nun eine feste Arbeitsstelle und konnte für meinen Lebensunterhalt selbst sorgen. Nichts sprach dagegen, dass auch ich endlich das Sorgerecht für Leah erhielt. Warum also diese Aktion?

Else hatte eine Antwort parat gehabt, die ich leider akzeptieren musste: „Anna, Jan ist so ein Fiesling, der wird dich wieder austricksen. Wir müssen vorbereitet sein. Du musst deinen Feind so gut kennen wie dich selbst.“ Das Problem war, dass ich mich mitunter selbst kaum kannte.

Kurze Zeit später parkten wir in einer ruhigen Anliegerstraße in einem der Reichenviertel von Münster. Jans Haus lag am Aasee. Als ich mit Jan zusammen gewesen war, wohnten wir noch bei seinen Eltern, in ihrer riesigen Gründerzeitvilla mitten in der City, in der Nähe des fürstbischöflichen Schlosses. Auch nicht schlecht.

Das hier war eine moderne Burg. Aus Beton und Glas. Ich musste sofort an Opa denken. Vermutlich hatte Jan sie sich gebaut, um fern seiner konservativen Eltern in aller Ruhe seinen Gelüsten nachgehen zu können.

Ich hätte damals so gerne mit Jan und Leah in einem eigenen Haus gelebt, weg von der Hexe und dem Hundebaby. Vielleicht wäre dann ja alles ganz anders gekommen?

Anna, befahl ich mir, Anna, fang nicht schon wieder an, dir etwas vorzumachen. Alles wäre genauso gekommen.

Else ging das Gelände erkunden. Ich sollte im Auto warten und auf die Einfahrt achten. Ob sich da was tun würde. Es tat sich aber nichts. Lange hielt ich das nicht mehr aus. Nicht, weil die Autositze Campingstühle waren, sondern weil sich jetzt doch etwas tat. Jan kam aus dem Haus, eine Sporttasche in der Hand. Alleine. Von Leah keine Spur.

Ich stieg aus, doch als ich gerade auf das Haus zulaufen wollte, um ihn zur Rede zu stellen, kam Else zurück und drückte mich grob hinter die Kühlerhaube. „Bist du verrückt? Niemals aus der Deckung gehen."

Währenddessen fuhr Jan mit seinem Porsche davon.

Else drückte mich in die Ente und zeigte mir einen Stapel bunter Hefte, den sie mit spitzen Fingern anfasste.

„Du bist doch nicht etwa ins Haus eingebrochen?"

„In der Papiertonne gefunden. Alte Profiler-Regel. Wenn du einen Menschen kennen willst, musst du in seinem Ausschuss wühlen." Sie wedelte mit den Heften vor meiner Nase herum. „Pornos von der übelsten Sorte."

Ich wollte danach greifen, doch Else zog die Zeitschrift weg. „Nicht anfassen!" Erst jetzt sah ich, dass sie Gummihandschuhe trug. Sie grinste. „Was wohl die Bischöfe in Münster und Osnabrück dazu sagen werden?"

„Dieser Schrott kann doch jedem gehören."

„Aber nicht mit tausend Fingerabdrücken und Spermaspuren von deinem Ex auf jeder Seite."

„Fingerabdrücke, Spermaspuren von Jan. Wie willst du die denn beweisen? Bist du das Landeskriminalamt?"

„Kommt Zeit, kommt Rat. Und Tat!" Sie grinste mich an.

Sie schob mir ihre Kamera rüber. Im Display tauchten Fotos und ein Video auf. Jan hatte mich angelogen. Leah war gar nicht krank, im Gegenteil, sie war putzmunter. Ich sah, wie sie in ihrem Zimmer auf einem Mini-Trampolin hopste.

Meine Kleine, mein Liebling, so lebendig!

Else packte etwas aus, was nach Pumpernickel aussah, mit drei Zentimeter dicker Blutwurst belegt. Sie biss herzhaft hinein. „Hast du auch Hunger, Kindken?"

Ich hatte alles, nur keinen Appetit.

„Mach dir keine Sorgen, Anna, bei Leah ist eine Nanny."

Ich machte mir aber Sorgen. Und das Warten auf den sperrigen Sitzen einer über vierzig Jahre alten rostigen und zugigen Karre bei Temperaturen um den Gefrierpunkt machte die Sache auch nicht besser. Da half mir auch nicht Leahs Bärchen, in dessen abgewetzten Fell ich meine Hände notdürftig zu wärmen suchte. Zumal Else mittlerweile eingeschlafen war und laut schnarchte.

Ich zergrübelte mir unterdessen wieder einmal den Kopf darüber, was für ein Geschenk ich Leah nur zu Heiligabend unter dem Baum legen sollte – und wovon? Ob ich Leah über die Feiertage überhaupt zu sehen bekommen würde? Ich traute Jan alles zu. Vermutlich würde er mit Leah über den Jahreswechsel irgendwo in den Süden fliegen.

Nach zwei Stunden, ich war steif gefroren, kam Jan vom Sport zurück. Ich stieß Else an, die seine Rückkehr grunzend zur Kenntnis nahm und dann weiterduselte. Ich spürte, wie sich in meinem Bauch Wut aufstaute, aber da ein Taxi in die Einfahrt brauste und auf dem Kies scharf bremste, konnte ich ihr keine Luft verschaffen. Zwei junge Frauen stiegen aus. Was sage ich: Zwei Teenies waren das.

Jan begrüßte die beiden Tussis schon in der Tür mit leidenschaftlichen Küssen. Die eine war doch Leahs Klavierlehrerin! Wie wild knutschte die Jan ab, der mit der einen Hand ihre Brüste betatschte und mit der anderen ihren verlängerten Rücken hinunterkrabbelte und sie schließlich unter den Mantel schob. Die andere Tussi drängte sich von hinten an Jan … Ich musste weg hier.

„Wir brechen ab!“ Ich stieß Else meinen Ellbogen in die Rippen. In aller Ruhe streckte sie gähnend ihre Glieder.

Als ich sie wild gestikulierend darauf hinwies, was da in der Einfahrt passierte, war sie von einem Moment auf den anderen hellwach, griff nach ihrem Fotoapparat und stellte auf Dauerfeuer, bis sich die drei ins Haus zurückzogen.

„Tolles Material, aber da geht noch was. Und du kommst dieses Mal mit. Nicht, dass du mir noch Dummheiten machst.“

Wenig später lauerten wir im hinteren Teil des Gartens an der Grundstücksmauer in einer Buschgruppe mit guter Sicht auf Jans vollverglasten Wintergarten. Im schummrigen Licht erkannte ich umrissartig drei Personen. Else sah mehr, weil sie durch das riesige Teleobjektiv ihrer Kamera starrte.

„Else, was machen die da?"

„Das wird dir nicht gefallen."

„Sag schon."

„Willst du es wirklich wissen?"

„Ja."

„Ich glaube nicht."

„Doch!"

„Kannst du dir das nicht denken?"

„Klar, die machen es zu dritt." Ich wollte Else die Kamera aus der Hand reißen, aber sie war schneller und umklammerte sie mit beiden Händen.

„Kindken, du liegst komplett falsch."

„Wie?"

„Zu viert, die Nanny ist auch dabei! Die Bischöfe werden ihren Spaß haben, erst die Pornos, jetzt die Nummer direkt neben Leahs Spielzimmer. Wie ich diese Brüder kenne, werden die sich das Video in Endlosschleife ansehen."

Ich wurde mir zunehmend unsicherer, ob das wirklich der richtige Weg sein würde, Jan und seine Eltern unter Druck zu setzen. Doch Else gab mir keine Zeit für weitere Überlegungen. „Rückzug, die packen ihre Sachen."

Wir schlichen uns zu Elses Ente zurück, warteten ein paar Minuten, bis Jan mit den Tussis herauskam und auf seinem Porsche einen Skigepäckträger anbrachte. Der fuhr doch nicht etwa mit den beiden ins Sauerland? Klar, es lag Schnee und morgen war Sonntag. Und Leah, die ließ er mit der Nanny einfach zuhause?

Else startete ihre Karre.

„Verfolgungsjagden machen Spaß!“

Elses Karre schien kein Bremspedal zu kennen. In den Kurven befürchtete ich jedes Mal, dass sie gleich umkippte, und ich schwöre, dass wir mehr als einmal nur auf zwei Rädern um die Ecke rauschten. Zwei Straßen weiter hängte Jan uns ab.

„Fangio wäre das nicht passiert“, kommentierte Else enttäuscht.

Ich dagegen war froh, dass unsere Aktion endlich beendet war. Was hätte unsere Verfolgung überhaupt gebracht? Nichts. Wie eigentlich alles heute. Was Jan mit seinen Tussis im Sauerland anstellen würde, konnte ich mir auch ohne meine Anwesenheit lebhaft vorstellen. Wollte ich aber nicht …

Dafür tauchten in meinem Kopf wieder diese Bilder auf, wie ich Jan zersägte, ausweidete und die blutigen Teile im Moor versenkte. Ich griff zu Elses Imbiss und verschlang das feuchte schwarze Brot mit den dicken Blutwurstscheiben mit einem solchen Heißhunger, als ob sie tatsächlich aus Jans Eingeweiden gemacht worden waren.

„Und jetzt?“, fragte ich irgendwann.

„Wir kaufen einen Ferrari. Dem werd ich’s zeigen!“

Zuhause ließ ich mich gemeinsam mit Leahs Bärchen ziemlich frustriert auf Omas Sofa fallen. Dann überwand ich mich und rief Steve McGarrett an.

Der Ruf ging durch. Ich legte wieder auf.

Was sollte ich ihm sagen? Dass ich mit Else Erpenbeck in einem Betrugsfall ermittelte? Allein das Wort *ermitteln* ließ mir die Haare zu Berge stehen. Sollte ich ihm erzählen, dass die Betrogenen jedoch keine Anzeige erstatten, nicht einmal eingestehen würden, dass sie betrogen wurden, und dass unsere Hauptverdächtige, eine vermutlich ehemalige Puffmutter aus München-Schwabing, sich verdächtig gemacht hatte, weil sie wie eine Irre in ihrem eigenen Grab gewühlt hatte?

Machte es Sinn, ihm zu berichten, dass Else bedroht wurde? Else hatte den Zettel ja weggeworfen.

Die angeblich von Frau Schlachthauer erschlichenen Geldsummen standen bisher ebenfalls nur auf dem Papier – auf Elses Liste. Und sollte ich dem Kommissar etwa erzählen, dass ich so doof war, Ida Sutthoffs Brief zu zerstören, der nun in einem Tiefkühlfach schlummerte und vermutlich niemals seine Geheimnisse freigeben würde – falls es überhaupt welche gab. Nein, ich wollte mich nicht zur Idiotin machen. Vermutlich verbrachte der Lockenkopf das Wochenende sowieso gerade mit einer seiner Geliebten.

Oder mit zweien, wie Jan.

Der Kevin hat drei an jedem Finger, hatte Else gesagt. Oder vermutet? Egal, das passte schon.

Mein Handy spielte *Bonanza*. Rückruf vom Kommissar. Nein, da ging ich nicht dran, auf keinen Fall, niemals!

Auch den folgenden Sonntag spielte *Bonanza* mindestens ein Dutzend Mal. Ich kochte mir einen Kaffee und überlegte, mir einen neuen Klingelton zuzulegen. *Bonanza* spielte nämlich gerade das dreizehnte Mal. Hartnäckig war er ja.

Der Sonntag wurde länger und länger. Ich hörte Eric Clapton und anderen Blues, dachte an meinen Vater und malte mir aus, was er mir wohl geraten hätte?

Ich suchte Elses Nummer heraus, um ihr mitzuteilen, dass ich die längste Zeit Mitglied unseres, *ihres* sogenannten Teams gewesen bin.

Ich legte das Handy wieder weg.

Nein, ich würde erst noch eine Nacht darüber schlafen.

5

„Noch 'ne Tote! Jetzt ist zappenduster mit der Maeggie!"

Ein Rollator knallte gegen die gläserne Tischplatte. Mein Büro war nämlich so eng wie am ersten Tag, denn Heiko hatte das Pflegebett immer noch nicht abgeholt. Er hatte nur dreckig gefeixt, als ich ihn am Morgen dazu angerufen hatte. „Nee, is Montag, lass langsam angehen. Können ja ma Mittagsschlaf drauf machen, wat meinste?" Ich hatte sofort aufgelegt. Blöd, denn mein Schreibtischstuhl wackelte mittlerweile mehr als bedenklich. Da müsste Heiko eigentlich dringend ran.

Else trug einen schlabberigen Männeranzug mit Weste und eine übergroße Schirmmütze, tief in die Stirn gezogen. Mit dem Handrücken wischte sie sich Schweiß von der Stirn. „Sag mal, Anna, hörst du mir nicht zu?"

„Ich hab zu arbeiten." Ich zeigte auf den Bildschirm mit meinem Entwurf für die Broschüre.

„Das Paulinchen ist ermordet worden."

„Nicht solche Scherze. Ich muss dir was sagen. Ich … wir beide, unser Team … Also, das geht so nicht weiter."

„Anna, Paula Middendorp ist tot, wirklich!"

Ich lief los, Else hinter mir her. Ich fand sie hinter ihrer Appartementtür auf dem Rücken liegend. Überall Blut. Ich vermutete einen Blutsturz, das kam bei fortgeschrittener Leberinsuffizienz öfters vor.

„Frau Middendorp, Paulinchen?" Ich kriegte Panik, zwängte mich durch die Tür und wollte mich bücken, um ihren Puls zu fühlen. An ihrem Hinterkopf klebte ebenfalls Blut. Das sah nach einer Schürfwunde aus. Neben ihr entdeckte ich ein angebissenes Brot und etwas weiter weg eine dicke Scheibe Blutwurst.

Wieso war hier eigentlich niemand?! Else hatte doch bestimmt schon die Pflegedienstleitung benachrichtigt?

Hatte sie nicht, wie sie mir gestand: „Die ist doch schon tot. Da gibt es nix mehr zu pflegen."

„Else, wie kannst du nur so reden?"

„Hast ja recht, Anna. Schließlich war sie meine Freundin. Eigentlich immer noch, sie wusste es nur nicht mehr." Else schaute betrübt. „Ein paar Tage hätte die Arme noch gehabt."

Ich zog an der Notrufkette im Korridor. Dabei entdeckte ich auf den weißen Fliesen einen blutigen Schuhabdruck, auf den ich Else hinwies.

„Täterkreis eingegrenzt: alle Menschen ohne Gehhilfen", sagte sie lapidar.

„Das sind Pumps, oder?"

„Jemand vom Personal kann es nicht gewesen sein, die laufen in Birkenstock rum."

„Else, das ist kein Mord", unterbrach ich sie barsch in ihren Spekulationen.

Ungerührt zog sie mit einer Pinzette ein Stück dünner Pappe unter der Hüfte Paulinchens hervor. Eine Visitenkarte. *Hausfrauen-Sex-Treff* stand darauf. Und ein Logo war zu sehen: Eine nackte Frau mit Schürze und Kochlöffel lächelte uns anzüglich entgegen.

„Blücherstraße 66", las Else. „Passt irgendwie."

Blücherstraße? Das musste das neue Bordell an der Ausfallstraße nach Münster sein, an dem wir am Samstag vorbeigefahren waren. Else hatte noch gescherzt: „Ob die auch eine Seniorenabteilung haben? Da müsste es aber Rabatt geben, denn bei den alten Säcken hier im Heim sind höchstens noch die Knochen steif."

Ich hatte auch darüber nicht lachen können.

Dafür zog ich noch einmal an der Notfallkette.

„Die Sache ist noch schmieriger, als ich gedacht hatte", grummelte Else. Auf ihrem Tablet zeigte sie mir Fotos. Ich erkannte Frau Schlachthauer, wie sie auf Knien auf dem Flur vor Paulinchens Appartement den Boden aufwischt. Else musste diese Bilder aufgenommen haben, bevor sie zu mir ins Büro gekommen war.

„Glaubst du mir vielleicht jetzt, Kindken? Da stimmt doch was nicht. Spurenvernichtung. Schau dir die Schlieren an, bei mir hätte die sofort ihre Papiere gekriegt. Den Abdruck konnte sie nicht mehr wegmachen, weil ich sie gestört habe."

Merkwürdig war das schon.

Ich sah auf den Flur hinaus. Niemand zu sehen. Eigentlich war immer ein Arzt im *Fröhlich Abendschein.* Nur wenn ein Bewohner einen brauchte, dann nicht.

Else zog sich Latexhandschuhe über, die sie irgendwoher hervorgezaubert hatte. Ein weiteres Paar drückte sie mir in die Hand. Was wollte sie damit? Im Wohnzimmer wandte sie sich zuerst der Vitrine zu.

„Else, das geht doch nicht."

„Anna, keine Debatten. Das ist die Chance. Wir müssen uns ranhalten, du musstest ja unbedingt den Notfallalarm auslösen", sagte sie genervt. Dann öffnete sie das Barfach des wuchtigen Eichenschranks. Eine Duftwolke abgestandenen Alkohols kam uns entgegen. Sorgfältig fuhr Else mit der Fingerkuppe an den Einlegebrettern des Schranks entlang, hob sie an, so es irgend ging. Schließlich nahm sie sich einen Stuhl. „Stütz mich mal ab, Kindken."

Sie stieg auf den Stuhl und fuhr mit der Handkante hinter den oberen Rahmen. Dann stellte sie sich auf die Zehenspitzen, um auf den Schrank zu schauen. Ich gab ihr Halt, indem ich meine Hände in ihre Hüften drückte. Doch da war offenbar nichts. Wonach suchte sie überhaupt? Und wieso machte ich dabei mit?

Schließlich kontrollierte Else im Schlafzimmer die Kommode. Ein hübsches antikes Teil, mit vielen Schnitzereien und buntem bäuerlichen Dekor.

„Blutflecke auf dem Unterhemd.“ Else fotografierte es. „Am Nachtschränkchen klebt auch was Rotes.“

„Else, was wir hier tun, ist irrsinnig. Das hat doch alles nichts mehr mit deinen Verdächtigungen zu tun.“

„Mit *meinen* Verdächtigungen?“

„Ach Else.“

„Und die Puff-Visitenkarte? Die ist doch ein Zeichen! Die Karte ist die Verbindung zur falschen Schauspielerin.“

„Sei vernünftig, Else. Das wird sich aufklären.“ Und dann sagte ich in meiner Erregung etwas, was ich nicht hätte sagen sollen. „Ich verstehe ja, dass du wegen der Chorleitung gekränkt bist. Es ist bestimmt nicht leicht, an Jüngere abzugeben. Aber das hier hat nichts damit zu tun.“

Else stützte entrüstet die Hände in ihre Hüften. „Schön zu hören, wie du wirklich denkst, Anna. Ich – gekränkt? Wegen dieser Puffmutter? So weit kommt's noch.“

„So meinte ich das nicht, wir müssen einfach nur noch mal alles genau überlegen“, versuchte ich einzulenken. „Vielleicht haben *wir* uns in etwas verrannt.“ Ich hatte mich in diese Bemerkung absichtlich eingeschlossen, aber Else verstand das erneut völlig falsch.

„So siehst du das also! Die Alte hat sie nicht mehr alle. Aber den Kühlschrank kann ich ihr ja mal leerfressen. Du glaubst also auch, dass ich hier oben …“ Sie tippte sich an die Stirn. „Hast dich gut verstellt.

Lauf doch zur Hohnsteiner-Bartel, erzähl ihr, was die verspinnerte Else alles so anstellt. Oder weise mich gleich höchstpersönlich ein." In ihrer Rage war Else kaum zu bremsen. Und ungerecht war sie noch dazu.

„Else, bitte! Tu so, als ob ich das nie gesagt hätte."

„Ach, leck mich doch! Die Schlachthauer hat Dreck am Stecken, und ich weiß das."

Jetzt reichte es mir. „Else, jetzt ist aber mal gut! Endgültig!", schrie ich und erschreckte mich selbst. Aber ich konnte mir doch nicht alles gefallen lassen. Es reichte völlig, wenn das Alien auf mir rumhackte.

„Wer schreit, hat Unrecht. Und das Paulinchen kriegste dadurch auch nicht wieder wach. Ich war so voller Hoffnung, wollte dich langsam aufbauen. Dabei dachte ich, die Enkelin von dem Gustav und der Käthe …"

„Else, lass meine Großeltern da raus!"

„Hör auf, dir selbst leidzutun. Bemitleide dich nicht selbst. Mach es lieber wie deine Natalie, denn ohne Sex ist auch scheiße, du benimmst dich wie eine alte Jungfer."

Else drehte ihren Rollator um und schoss davon.

„Else", rief ich ihr nach. „Else, lass uns reden, bitte!"

„Ab heute Frau Erpenbeck! Für Sie, Frau Müller, Frau Erpenbeck!"

Bevor sie in den Fahrstuhl stieg, sah ich noch einen Stinkefinger.

Endlich kam jemand.

„Was machst du denn hier, Anna? Bist du in die Pflege eingestiegen?“ Adam erwartete offenbar keine Antwort und bückte sich zu Frau Middendorp hinunter. „Entschuldigung für die Verspätung. Aber wir sind total unterbesetzt. Schlaganfall auf Station 2e.“ Auch er versuchte noch einmal, den Puls von Frau Middendorp zu ertasten.

„Sie ist tot, Adam.“

Er nickte. „Du hast sie gefunden?“

Der Einfachheit halber nickte ich.

„Hat uns alle gewundert, dass sie so lange durchgehalten hat.“ Adam zückte sein Handy. Nachdem er aufgelegt hatte, sagte er: „Doktor Weise ist noch auf der 2e. Aber er kommt.“

Ich wollte Adam auf die Blutspuren ansprechen, doch sein Piepser ging. „Komme gleich wieder. Noch ein Notfall.“

Kaum war Adam weg, roch ich etwas. Sofort schrillten bei mir alle Alarmglocken. Heiko witterte ich mittlerweile um drei Ecken herum. Sein schwarzes Hemd stand weit offen, total behaart war der. Wo kam er überhaupt her? Ich fröstelte. Den Flur entlang war er nicht gekommen, da hätte ich ihn sehen müssen.

„Hallo Anna“, begrüßte er mich, mehr als verlegen, wie mir schien. Auch das war merkwürdig. Da ich nichts sagte und ihn nur fragend anguckte, gab er so was wie eine Erklärung für seine Anwesenheit ab.

„Hat mich angerufen, das Paulinchen, wegen Doppelkopp. Eigentlich schade um die, die konnte vielleicht zocken, für eine Frau Eins a."

Ja, irgendetwas war anders mit Heiko. Er hatte „Anna" gesagt, nicht „Süße" oder „Schätzchen". Und er starrte nicht auf meine Brüste.

„Heiko, warst du etwa die ganze Zeit hier?"

„Ääh, ja", druckste er herum, „ich war auffn Klo."

Stimmt, da hatten Else und ich nicht nachgesehen. Das war nachlässig gewesen von Else. Und die wollte mich anlernen.

Er machte eine Bewegung, die Erbrechen andeuten sollte. „Ich kann kein Blut nich sehen."

Heiko war mindestens zehn Minuten im Bad gewesen – und wir hatten nichts gehört? Hm, Heiko trug keine Pumps. Als er gegangen war, sah ich im Bad nach, ob ich dort Blutflecken finden konnte. War ich auch schon paranoid?

Als ich zurück in den Korridor trat, kam Doktor Weise angelaufen. Eine Zeit lang hantierte er routiniert an der Toten herum. Tastete hier und da, hob ein Augenlid, drehte den Kopf leicht. Dann sagte er: „Leberinsuffizienz durch Alkoholabusus. Vermutlich mit Hirnödem und Einblutungen in Speiseröhre, Magen- und Darmtrakt." Genau das hatte ich Else versucht klarzumachen. „Ich wollte sie schon vor Wochen einweisen, aber sie wollte nicht."

„Die Wunde am Hinterkopf, haben Sie die gesehen?"

„Diese Schramme da?“ Er drehte den Kopf nochmals hin und her. „Die ist vom Sturz. Sehen Sie dort das Blut?“

Ja, jetzt, wo er auf die Wand zeigte. Allerdings war das abgeriebene Blut auf der dunklen Tapete nur mit Mühe zu erkennen.

„Sie wird gegen die Wand gefallen sein, ist daran entlanggerutscht und hat sich so die Schramme zugezogen.“

Aber was war dann mit den Blutflecken im Schlafzimmer?

Adam kam zurück und nahm den Totenschein entgegen. Als Doktor Weise gegangen war, sagte er: „Anna, alles klar, ich regele das jetzt hier.“ Er legte den Arm um mich. „Ist ja nicht deine Zuständigkeit.“

Ich wand mich aus seiner Umarmung und ging energischen Schrittes ins Schlafzimmer. „Adam, wie erklärst du dir das hier?“ Ich wies auf das Blut an den Möbeln und der Unterwäsche.

„Hm, was soll ich da erklären?“

Ich nahm all meinen Mut zusammen und äußerte die Vermutung, dass möglicherweise jemand mit dem Blut von Paula Middendorp in Berührung gekommen war und etwas gesucht oder gar gestohlen haben könnte.

Er sah mich ungläubig an. Dann lachte er auf. „Wie kommst du denn darauf? Wahrscheinlich war das Paulinchen im Schlafzimmer, als der Blutsturz begann und wollte sich festhalten. Dann hat sie sich noch in den Korridor schleppen können, hat es aber nicht mehr geschafft, die Notrufkette zu ziehen, und ist gestürzt."

„Und wieso liegt die Stulle dann hier auf dem Boden?" Ich zeigte auf die Reste der Blutwurstschnitte. „Sie wird sie ja kaum im Schlafzimmer gegessen und schon gar nicht mitgenommen haben, als sie merkte, dass es ihr schlecht ging. Für mich sieht das eher so aus, als hätte jemand anderes nach etwas gesucht. Heiko hatte sich im Bad eingeschlossen."

„Ja, das hat er mir eben erzählt. Ein Riese von Mann, aber bei ein bisschen Blut kotzt der wie ein Reiher." Dann sah er mich streng an. „Was ist mit Else, sie war auch hier, richtig?"

„Wir müssen die Polizei einschalten, Adam."

„Anna, hat dich etwa der Treppenterrier mit ihrer Verbrechensmanie angesteckt?", lachte er.

„Und wieso lag bei der Leiche eine Visitenkarte eines Bordells?"

Adam stutzte. „Was lag da? Zeig mal!"

Ich zuckte mit den Schultern.

„Die Else hat sie, stimmt's?"

Ich sagte wieder nichts.

„Die Karte hat mit Sicherheit der Heiko verloren. Der kennt doch sämtliche Puffs von der Nordsee bis zu den Alpen. Lass dich nicht von der Else einwickeln. Über die kann ich dir Geschichten erzählen. Dass sie die *Grande Dame* mobbt, hast du sicher mitbekommen?"

Von Frau Schlachthauer und den Fotos, die Else gemacht hatte, erzählte ich Adam jetzt besser nichts, das würde alles nur noch komplizierter machen.

Komm, geh ein wenig an die frische Luft. Das wird dir guttun."

Ich ersparte mir eine Antwort und trat auf den Flur.

„Ich unterrichte Frau Hohnsteiner-Bartel", sagte Adam noch geschäftig. „Aber als Erstes werde ich Frau Middendorp zurecht machen und ihr ihr bestes Kleid anziehen. Ich finde es schön, wenn die Angehörigen von ihren Verstorbenen in Ruhe Abschied nehmen können. Hat etwas mit Würde zu tun, findest du nicht auch?"

Zurück in meinem Büro war ich zum ersten Mal froh, dass Heiko das Pflegebett noch nicht abgeholt hatte. Ich warf mich darauf und heulte. Nachdem ich mich beruhigt hatte, fiel mir siedend heiß der Termin mit Gerd Kaltenkötter ein.

An der Pforte meldete ich mich ab und entdeckte vor dem Eingangsportal in der Einfahrt den Bestatterwagen. Unverkennbar mit seinen dunklen Scheiben und den weißen Gardinchen. Jetzt schon? Ich drehte kurzentschlossen um.

Als ich ankam, transportierten Männer einen grauen Plastiksack auf einer speziellen Sackkarre ab. Es waren aber nicht die, die ich neulich im Haus gesehen hatte; vermutlich gehörten sie zu einer anderen Bestatterfirma. Aber wieso waren sie überhaupt schon hier? Adam hatte Paulinchen doch noch für ihre Angehörigen schön machen wollen?

Alles war so still. Als ob mit Paulinchen auch ihre Wohnung gestorben wäre.

Im Flur lagen auf dem Boden verstreut Notizzettel herum. Automatisch sammelte ich sie auf und legte sie zurück auf die kleine Flurkommode. Einkaufslisten waren das, Kassenzettel, nichts Besonderes, vor allem für Alkoholika. Termine hatte Frau Middendorp darauf notiert, für Kartenrunden aller Art. Etwas umsichtiger hätten die Bestatter schon sein können. Das waren die doch gewesen, oder? Aber warum standen dann die Schubladen des kleinen Schrankes offen und waren durchwühlt?

Zwischen Kommode und einer Flurecke lag verloren ein Skatblatt, unangetastet in einer durchsichtigen Plastikschachtel. Ich steckte das Blatt ein. Paulinchen hätte bestimmt nichts dagegen gehabt, dass ich eine Erinnerung an sie mitnahm.

Als ich das Wohnzimmer betrat, erschauerte ich. Anrichten und Schränke waren durchwühlt. Zerrissene Papiere lagen auf dem Boden, Bierdeckel und Tischdecken, zerknüllte Servietten, zerbrochene Gläser … Und Flaschen – rücksichtslos aus den Fächern gezogen.

Wer hatte in dieser Wohnung gewütet? Und warum?

Im Schlafzimmer das gleiche Bild. Nachtschränkchen und Kleiderschrank waren fast vollständig ausgeräumt. Das Bett zerwühlt, Kissen und Oberbett, selbst die Matratze aus dem Bett gehoben und aufgeschlitzt.

Langsam wich ich zurück und öffnete die Tür zur schmalen Küche. Ich hatte nichts anderes erwartet. Alle Türen standen auf, auch der Backofen und der Kühlschrank, Töpfe und Deckel lagen herum, zerschlagene Teller, Besteck, Suppentüten, Gewürze …

Das musste ich sofort melden!

Ich wollte losrennen, aber jemand versperrte mir den Weg. Vor Mund und Nase seines ovalen Gesichtes hielt er sich ein kanariengelbes Taschentuch. Das war der Neffe von Paula Middendorp.

„Was machen Sie hier? Das ist privat", raunzte er mich an.

„Entschuldigung, ich dachte … Ich wollte mich von Frau Middendorp verabschieden." Immer noch schockiert zeigte ich auf das Chaos. „Wer war das gewesen?"

Er zuckte mit den Schultern. „Sie sind Frau Müller, nicht? Sie waren im Appartement meiner Tante, kurz nachdem sie gestorben ist." Keinen guten Tag, nichts.

„Herzliches Beileid. Ich habe Ihre Tante gemocht."

„Die war doch immer nur besoffen." Herr Middendorp hustete heftig, seine Lungen rasselten. Er holte einen Inhalator hervor.

Da Herr Middendorp mit seinem Spray hantierte,

konnte ich ihn näher mustern. *Eierbirne auf Biertonne* hatte Paula Middendorp ihren Neffen genannt. Das stimmte, war aber überhaupt nicht so lustig, wie es klang.

Was hatte er in der Wohnung seiner Tante nur gesucht? Das war er doch gewesen, oder? Und warum diese Hast, dieses Chaos? Es war so entwürdigend.

„Haben Sie etwas Auffälliges bemerkt? Antworten Sie!"

Sein Ton wurde immer unverschämter. Ob die Visitenkarte des Bordells vielleicht ihm gehört hatte? Nein, den wollte ich mir nicht in einem Bordell vorstellen. Eigentlich wollte ich mir da niemanden vorstellen.

„In meinem Büro können wir ungestört reden."

Herr Middendorp ließ sich keuchend auf den knarrenden Plastikstuhl fallen, hustete vor sich hin und benutzte wieder sein Spray. Hoffentlich war er nicht ansteckend. Ich rief Gerd an. Zum Glück machte es ihm nichts aus, unsere Verabredung ein wenig nach hinten zu verschieben.

Sofort, als ich aufgelegt hatte, legte Herr Middendorp los: „Meine Tante hat bei sich eine nicht unbeträchtliche Summe Geld aufbewahrt. Es ist weg."

„Ich dachte … Wo hat sie denn das Geld aufbewahrt?"

„Da, wo es hätte sein sollen, war es jedenfalls nicht."

„Wie viel Geld war es denn?"

Ich versuchte Zeit zu gewinnen. Immerhin waren Else und ich im Appartement seiner Tante gewesen. Es hatte einen Zeugen gegeben, und ich hatte es gegenüber Adam zugegeben.

„Meine Tante hat in ihrem Leben gut verdient und lang vorausgeplant", schnaubte Herr Middendorp weiter. „Schon vor sechs Jahren, als sie ins Appartement einzog, hat sie alle ihre Sparkonten aufgelöst und ihr Bargeld gehortet. Es handelt sich um gut sechzigtausend Euro. Das Geld muss noch da sein. Sie hat es mir ständig vorgezählt."

„Und wann war das, das letzte Mal?"

„Vor einigen Wochen?" Er überlegte kurz. „Da war sie schon schwer durcheinander gewesen."

„Könnte sie vielleicht größere Ausgaben getätigt haben?"

„Andere als für ihren Schnapskonsum? Ich wollte nicht, dass sie das viele Geld bei sich aufbewahrt. Ich habe ihr angeboten, es bei mir … es auf die Bank … Sie ist eigen gewesen."

Ja, eigen war Paulinchen gewesen. Abgesehen davon: Ich hätte Herrn Middendorp auch keinen Cent anvertraut.

„Sie haben nichts angefasst?"

Mir wurde noch mulmiger. „Schauen Sie noch einmal genau nach, Herr Middendorp. Das Geld muss doch irgendwo sein. Vielleicht hat Ihre Tante ja das Versteck gewechselt."

„Ich habe alles durchsucht."

„Und wenn Sie noch einmal suchen?"

Herr Middendorp verzog sein Gesicht. „Diese Erpenbeck, dieser Terrier war auch in der Wohnung?"

Mein Adrenalinspiegel schoss in die Höhe. „Ähm, ja, aber der Hausmeister war auch im Appartement."

Er ging, erneut ohne Gruß.

Ich wippte vor und zurück, zurück und vor, wilder denn je. Wer könnte das Geld entwendet haben? Heiko war mein Spitzenkandidat. Andererseits, er trug keine Stöckelschuhe. Elses Fotos machten Frau Schlachthauer auf jeden Fall zu einer Verdächtigen. Aber Paulinchen wollte ihr doch sowieso für ihre ominöse Stiftung Geld zukommen lassen, vierzigtausend Euro, hatte das vielleicht sogar schon getan?

Trotzdem blieben noch zwanzigtausend übrig.

Nächste Frage: Wer wusste von dem Geld? Paula Middendorp, klar, ihr Neffe auch. Und Else natürlich. Puh.

Natürlich hätte Else die Möglichkeit gehabt, das Geld zu entwenden, ehe sie zu mir gekommen war. Aber warum hatte sie die Wohnung dann aufgeregt durchsucht, als ich dabei war? War ihre Aktion ein Ablenkungsmanöver gewesen? Und ich die blöde Zeugin, die beschwören würde, dass sie nichts mit dem verschwundenen Geld zu tun hatte. Else? Nein, niemals!

Noch etwas anderes quälte mich: Ob Herr Middendorp wohl Anzeige erstatten würde? Und was war mit dieser Visitenkarte? Zufall? Gab es etwa tatsächlich einen Zusammenhang mit *Maeggies Club*? Oder erklärte Heikos Anwesenheit ihre Existenz vielleicht doch auf ganz einfache Weise, wie Adam gemeint hatte. Mir fiel ein, dass ich Heiko am Samstagmorgen zusammen mit Frau Schlachthauer am Friedhof gesehen hatte. Hm …

Weil mir bei meinen Überlegungen noch kälter wurde als sowieso schon, schob ich die Hände in die Taschen meiner Strickjacke, die ich über dem Rolli trug. Und stieß auf etwas Kantiges. Es war das Skatblatt, das ich eingesteckt hatte. Ich musste heulen. Das arme Paulinchen. Sie war doch so glücklich gewesen, wenn ich mit ihr Karten gespielt hatte.

Beim Spielen war sie viel ins Reden gekommen. Erst war ihr Mann unter den eigenen Trecker geraten. Dann wollte ihr einziger Sohn den Bauernhof nicht übernehmen, sodass sie alleine versucht hatte, die Schweinemast zu halten. Ihr Bruder war schon länger tot, der hatte ihr dabei nicht mehr helfen können. Da das mit der Zeit über ihre Kräfte ging, musste sie verkaufen. Als kurz danach bei einem Autounfall ihr abtrünniger Sohn mit seiner Frau ums Leben kam, wurde der Wacholder endgültig zu ihrem Gefährten.

Ich strich über die Schachtel. Was war das denn? Dieser Klebestreifen passte nicht. Jemand hatte das Spiel schon einmal geöffnet, anschließend die Schutzfolie mit Klebefilm geschickt repariert. Bei flüchtigem Hinsehen nicht zu erkennen. Paulinchen hatte Dutzende von frischen Kartenspielen in ihrem Schrank gehabt. Wieso hatte sie mit diesem hier so einen Aufwand betrieben?

Ich entfernte Klebestreifen und Folie. Ein unbenutztes Französisch Blatt, zweiunddreißig Karten. Nichts weiter. Nachdenklich mischte ich unwillkürlich das Blatt. Plötzlich hakte es, ein kleiner Zettel lag dazwischen, der da nicht hingehörte. Dünnes Papier, zweimal gefaltet. Die krakelige Schrift, die sich darauf hin und her beugte, immer wieder neu ansetzte und vollkommen schief über das Blatt lief, war kaum lesbar. Als ob ein kleines Kind die Buchstaben gemalt hätte. *Schuldschein,* entzifferte ich. Es folgte ein kurzer Text, dessen Sinn ich mir mühsam zusammenreimte: *Ich bestätige, von Paula Middendorp 40 000 Euro für die Stiftung Gefallene Mädchen erhalten zu haben. Margarete Schlachthauer.*

Das Telefon klingelte. Die Hohnsteiner-Bartel, sie wollte mich umgehend sprechen. Ja, ich sie auch.

Aber zunächst musste ich über meinen Schatten springen.

Ich rief Steve McGarrett, den Kommissar, an.

Kein *Herein.* Ich klopfte noch mal. Wieder kein *Herein,* obwohl ich laute Stimmen hörte, sehr laute sogar, als ich das Ohr an die Tür legte. Und auf einmal ging sie auf und ich lag mit meinem Kopf auf dem Bauch von Herrn Middendorp.

Der stierte mich verstört, ja beinahe entgeistert an, um dann fluchtartig davonzuhetzen. „Wie von der Tarantel gestochen“, wie meine Oma es ausgedrückt hätte. Hinter ihm stürmte Heiko aus dem Büro des Aliens und zischte mir im Vorbeilaufen zu: „Und ich muss die Schiete jetzt saubermachen!“

Zögerlich trat ich ins Heiligtum ein, wo sich gerade Frau Schlachthauer ausnehmend freundlich von der Stiftsdirektorin verabschiedete. Als sie mich entdeckte, ergriff sie mit sorgenvoller Miene meine Hände. „Frau Müller, Sie Arme! Sie haben ein so gutes Herz. Ich habe mich immer für die Else eingesetzt, aber nun, ich habe alles versucht.“ Sie nickte Richtung Alien, ein ebenso leidendes Nicken kam zurück. „Kommen Sie mich doch mal wieder auf einen Tee besuchen. Bitte, tun Sie das.“

Dann stöckelte sie davon. Mein Blick folgte ihr, ich konnte jedoch kein Blut an ihren Pumps entdecken.

Das Alien strahlte mich an. „Schön, dass Sie die Zeit gefunden haben, vorbeizukommen, Frau Müller. Ich habe einen Sonderetat auftun können. Versprochen ist versprochen.“

In welchem Film war ich hier eigentlich?

„Fünftausend Euro liegen fürs Werbemagazin bereit.“ Sie setzte sich auf ihren Thron. „Herr Middendorp hat …“

Ich ging in Habachtstellung, musste ihr zuvorkommen, mein Schicksal selbst in die Hand nehmen.

„Herr Middendorp hat Ihnen bestimmt erzählt, dass Frau Erpenbeck …"

Sie winkte ab. „Alles geklärt, Frau Müller. Diese Erpenbeck wieder, wühlt in den Sachen einer Toten herum. Leichenfledderei! Zum Glück ist das Geld wieder aufgetaucht. Ich konnte den Neffen überreden, keine Anzeige zu erstatten. Polizei ist nicht gut für unser Haus. Frau Schlachthauer hat das übrigens auch so gesehen und Herrn Middendorp ebenfalls gut zugeredet."

War der deshalb eben so verwirrt gewesen? War er wirklich überzeugt worden oder würde er sich das mit der Anzeige noch mal überlegen? Das wäre gar nicht gut für Else – und mich.

„Frau Hohnsteiner-Bartel, dieses Chaos … Else, Frau … sie war das nicht … Ich …" Der Zettel aus dem Skatspiel brannte in meiner Hand. „Wo war das Geld denn überhaupt?"

„Hauptsache ist, es ist wieder da", sagte das Alien mit flatternden Augenlidern. „Wir sollten froh sein, dass die Angelegenheit glimpflich ausgegangen ist. Nicht wahr?"

Jetzt nahm sie mich auch noch in den Arm, so wie Vorgesetzte jemand in den Arm nehmen, wenn sie sich besonders fürsorglich zeigen wollen. „Herr Middendorp war natürlich nicht begeistert, dass eine Angestellte unseres Hauses … Schwamm darüber. Ich sehe es Ihnen nach, weil Sie noch in der Probezeit sind. Aber halten Sie sich ab jetzt von der Erpenbeck fern. Mittlerweile sieht die sogar Geister und schändet Gräber. Dieser Terrier."

Was?

„Ich bin ebenso bestürzt wie Sie." Das Alien nickte voller Sorge. „Frau Schlachthauer wird beleidigt, verfolgt, gemobbt und setzt sich dennoch für diese Frau ein. Was für eine Dame! Ab Januar erhalten Sie ein neues Büro, im alten Haupthaus, direkt neben dem Rittersaal." Sie stiefelte hinter ihren Schreibtisch zurück. „Haben Sie übrigens unsere Weihnachtsfeier schon vorbereitet?"

Davon hörte ich das erste Mal.

„Frau Schlachthauer hat sich bereit erklärt mitzuhelfen. Sie wird sich um das Liedgut und den Chor kümmern und sogar ein Krippenspiel einstudieren. Sie, Frau Müller, übernehmen alles andere. Vor allem die Tombola. Und besorgen Sie als Gewinne nicht so einen Schnickschnack wie Ihre Vorgängerin. Wir sind ein renommiertes Haus. Nur modernste Smartphones und Flachbildfernseher zählen. Und E-Bikes natürlich, das ist es! Auf keinen Fall diese westfälischen Fresskörbe mit Hausmachersenf, Mettendchen, Schweineleber, Blutwurst, Rauchpeitschen und Wacholder, wie sie diese Geschonnek letztes Jahr angeschleppt hat." Sie schüttelte sich angewidert, als ob man von dieser Art Schlemmerkörbe die Krätze bekommen könnte. „So was kriegt man doch an jeder Ecke nachgeworfen. Ich verlass mich da auf Sie."

Wie sollte ich das schaffen? Bis Weihnachten waren es nur noch gut zwei Wochen. Der Schuldschein brannte immer noch in meiner Hand. „Frau Hohnsteiner-Bartel, ich habe etwas Wichtiges gefunden …“

Ich wollte ihr den Schein reichen, doch sie hob abwehrend ihre Hände. „Der Fall ist erledigt. Und was die Erpenbeck angeht: Sie kündigen ihr das Appartement, fristlos! Wegen Störung des Hausfriedens. Und versuchtem Diebstahl. Sie soll froh sein, dass ich sie nicht doch noch anzeige. Und Hausverbot hat sie auch. Das ist eine Dienstanweisung.“

Ich schrie noch auf dem Flur los: Scheiße, Scheiße, Scheiße! Dann rannte ich zu Elses Appartement. Sie machte nicht auf. Ich zückte mein Handy, sie nahm nicht ab.

Zurück im Büro trat ich mit Wucht gegen meinen Bürostuhl. Das tat allerdings nur meinen Zehen weh. Okay, Else hatte sich nicht korrekt verhalten. Das hatte sie nun davon, dass sie sich überall einmischte!

Trotzdem, so ging das nicht. Ich rieb meinen schmerzenden Fuß. Wieso kündigte sie Else nicht selbst? Auge in Auge, mit fletschenden Alienzähnen. Stattdessen bestach sie mich mit einem neuen Büro und drohte gleichzeitig mit Kündigung.

So war das doch gewesen. Was war da los?

Erst verschwand sehr viel Geld, der Erbe machte einen Aufstand, verwüstete die Wohnung seiner Tante und von einem Moment auf den anderen tauchte das Geld wieder auf?

Ich setzte mich an den Computer und tippte in das Formular mit dem Briefkopf des Heimes: *Sehr geehrte Frau Erpenbeck, aufgrund Ihres für die Residenz nicht tragbaren Verhaltens sehen wir uns gezwungen ...* Ich löschte alles wieder. Else fristlos kündigen – ging das überhaupt, von meinen Skrupel einmal abgesehen? Sie wohnte seit ewigen Zeiten im *Fröhlich Abendschein.* Und den angeblichen versuchten Diebstahl müsste man Else erst einmal beweisen.

Ich wippte und wippte. Plötzlich lag ich auf dem Boden. Das tat jetzt richtig weh. Die Schrauben am Bürostuhl hatten nachgegeben, zwei Rollfüße waren abgebrochen. Ich rappelte mich hoch. Jetzt waren nicht nur meine Zehen, sondern auch mein Tattoo geprellt. Als ich mir den Hintern rieb, hatte ich eine Eingebung: Else, du hattest recht! Meine Großeltern waren arbeitsam, hilfsbereit und hatten das Herz am rechtem Fleck. Und ich bin ihre Enkelin und lasse mir nicht alles gefallen.

Wenn das Alien Else rauswerfen wollte, dann sollte sie das mal schön selber machen. Ich war Belegungsmanagerin und keine Kündigungsbeauftragte. Dafür nahm ich mir ganz fest vor: Ich werde meinen Job behalten, ich werde Else retten und ich werde die Machenschaften aufklären, die im *Fröhlich Abendschein* vor sich gingen. So!

Den Termin mit Gerd verschob ich noch einmal – und zwar auf den nächsten Tag. Er klang hörbar enttäuscht, war aber wieder sehr verständnisvoll. Dann machte ich etwas eher Feierabend. Mein Ziel war nicht weit entfernt, ich ging zu Fuß. Mitten auf den Äckern entdeckte ich das Schild mit einem Pfeil: *Café Moorblick. Hundert Meter rechts.* Das Café, in dem ich mich mit Steve McGarrett verabredet hatte, lag hinter der sandigen Erhebung mit dem Kiefernwald. Dort, wo das Lippeneutruper Moor begann.

Kurz darauf saß mir Elses „Weiberheld" gegenüber. Aber nicht deshalb traf ich mich mit ihm. Daher vermied ich es auch, so es irgend ging, in seine gefühlvollen dunkelbraunen Augen zu schauen. Dafür guckte ich ständig auf seine Hände. Als ob er darauf seine aktuellen Liebschaften notiert hätte. Jedenfalls, noch bevor die bestellten Cappuccinos serviert wurden, kam ich schnellstmöglich zur Sache und berichtete dem Kommissar von den Gerüchten, die umgingen, dass in der Residenz angeblich eine Reihe alter Menschen betrogen worden seien.

„Ist was mit meinen Händen, meinen Fingern?" Er lächelte mich an.

„Eh, nein. Ich bin nur …" Ich strich mir gleich mehrere Haarsträhnen hinter die Ohren, unterließ aber mit aller Konzentration, die ich aufbringen konnte, das Kratzen am Nacken.

Ich könne die Gerüchte nicht bestätigen, erzählte ich zügig weiter, doch aufgrund der statistisch ungewöhnlich hohen Kündigungszahlen der letzten Monate würde ich mir Sorgen machen. Vermutlich sei das alles nicht wichtig, aber ich wollte es wenigstens mitgeteilt haben. Schließlich reichte ich ihm eine Kopie von Else Liste.

„Haben Sie die erstellt?", fragte er nach einer Weile und beugte sich dabei über den Tisch, sodass ich an seinen angenehm duftenden Locken schnuppern konnte.

„Nein, nein, sie stammt von Frau Erpenbeck."

„So, so, von der Else."

Mist, ich hatte doch gewusst, warum ich Else erst einmal heraushalten wollte. Nahm er mich noch ernst?

„Auf der Liste stehen nur Namen von Männern?" Jetzt kratzte ich mich doch. „Ganz komisch haben die sich verhalten."

„Sie haben sie aufgesucht?"

„Ja, und ich habe, also, ich weiß nicht … Aber könnte nicht Frau Sutthoffs … eh, also Tod, mit diesen Betrügereien, also den angeblichen … etwas zu tun haben?"

Der Kommissar blickte auf und mir direkt in die Augen. Ein Blick wie ein Messerwurf. „Sie glauben, dass der Todesfall etwas mit den Gerüchten zu tun haben könnte?"

„Ich weiß nicht … nicht wirklich", stammelte ich weiter. Sollte ich ihm davon berichten, was Else über Frau Sutthoffs Casinobesuch erzählt hatte?

„Anna, ich darf Sie doch Anna nennen?"

Ich nickte zögerlich.

„Ich heiße übrigens Kevin."

Ja, das wusste ich schon.

„Anna, Sie haben doch eine Vermutung, sonst wären Sie nicht zu mir gekommen?"

Steve McGarrett konnte man nichts vormachen. Auch wenn ich nicht wirklich eine Idee hatte. Ich nippte am mittlerweile servierten Cappuccino. „Ich hatte Ihnen doch von dem Brief erzählt, den Frau Sutthoff mir anvertrauen wollte. Haben Sie mit Else darüber gesprochen?"

Er blickte mich erneut prüfend an.

„Wenn jemand etwas weiß, dann Frau Erpenbeck. Vielleicht fragen Sie sie noch einmal nach dem Brief." Weiter wollte ich mich nicht vorwagen, das mit dem eingefrorenen Brief war Elses Sache. „Sie hat Nachforschungen angestellt. Und ist sogar bedroht worden." Steve McGarrett zog seine Augenbrauen hoch. Vorsichtshalber fügte ich an: „Ist bestimmt alles nur dummes Zeug. Wann wird denn eigentlich die Leiche von Frau Sutthoff freigegeben?"

„Anna, Sie haben mir sehr geholfen." Er stand auf.

So wie mein Name über seine Lippen kam, könnte ich ihn wieder und wieder hören. Ob er sich wohl noch mal mit mir treffen wollte? Also ... wegen mir?

„Falls Ihnen noch etwas einfällt, melden Sie sich."

Letzte Woche war er viel offensiver gewesen.

Er zahlte für mich mit. Draußen fragte er mich: „Soll ich Sie mit nach Lippeneutrup nehmen? Das mache ich sehr gerne." Er strahlte.

Ich dagegen schüttelte heftig mit dem Kopf. „Danke fürs Angebot, aber ich muss noch kurz ins Büro zurück“, log ich. „Ich gehe zu Fuß. Die frische Luft wird mir gut tun.“

Tatsächlich war der Himmel sternenklar, am Rande des Moores waren kaum störende Lichter zu sehen.

„Lieben Sie die Sterne, Anna? Ich gehe manchmal nachts im Moor spazieren.“

Ja, früher hatte mein Opa so was öfters mit mir unternommen.

„Als Kind habe ich mich immer auf den Rücken gelegt und die Sterne gezählt. Ein tolles Gefühl, ich und die Sterne.“

Ja, ich kannte diese unendliche Freiheit, aber auch das Gefühl einsam und allein auf der Welt zu sein.

Jan hatte sich aus der Natur nichts gemacht.

„Anna, ich muss sowieso noch im *Fröhlich Abendschein* nach meiner Oma schauen. Ich nehme Sie mit.“

Der war aber sprunghaft.

Kevin fasste mich an die Schulter und drückte mich liebevoll Richtung Parkplatz. Durfte der das?

Mein Bauch prickelte, was wohl hieß: ja!

Kevin hielt mir die Beifahrertür auf. Nahm ich in seinen Augen etwa ein erfreutes Lächeln wahr? Als er losfuhr, drehte er sich zu mir und fragte unvermittelt: „Haben Sie eigentlich meine Oma mal wieder besucht, Anna?“

Ich schüttelte unangenehm berührt den Kopf. „Ich werde es nachholen, versprochen."

„Ich bin ihr einziger Verwandter, ich besuche sie, wann ich nur kann. Leider arbeite ich ja in Münster, da ist es nicht immer so einfach …"

Im Foyer der Residenz trennten sich unsere Wege.

„Ja, dann", sagte ich.

Ich ging zum Aufzug, doch er folgte mir. „Ich, Anna, ich würde mich freuen noch einmal einen Kaffee … mit Ihnen?"

War da etwa ein Minischmelz in seiner Stimme?

Verdammt noch mal, warum kam nur der Aufzug nicht?

„Vielleicht am nächsten Wochenende. Wir könnten einen Spaziergang durchs Moor machen. Was halten Sie davon?"

Natalie hätte gesagt: „Da kriege ich ja einen spontanen Eisprung." Aber ich war ja nicht Natalie.

„Sonntagnachmittag vielleicht?"

Während ich noch einmal kurz auf seine Finger guckte, schaffte ich es doch tatsächlich, es zu unterlassen, mir ins Haar zu greifen oder gar mich zu kratzen. „Meine Tochter kommt am Wochenende zu mir", log ich erneut und fühlte mich dabei überhaupt nicht wohl.

Enttäuscht zuckte er mit den Schultern.

Wegen der Absage oder weil ich ein Kind hatte?

„Vielleicht ein andermal, ja?", sagte er. Jetzt entdeckte ich in seinen Augen so etwas wie Erwartung.

Der Aufzug, endlich! Ich stieg ein und sagte: „Ich muss jetzt wirklich ..."

Kevin hielt eine Hand vor die Lichtschranke. „Anna, unternehmen Sie in der Sache nichts mehr, bitte. Das ist Sache der Polizei. Bringen Sie sich nicht in Gefahr."

Er machte sich Sorgen um mich, schön.

„Aber Sie werden doch nun bestimmt Ermittlungen anstellen, ja? Und mit Frau Erpenbeck sprechen?"

Er sah mich eindringlich an. „Sicher, aber halten Sie sich künftig aus allem heraus."

Er winkte mir noch einmal zu. Dann fuhr ich zwei Stockwerke hoch und nach einer Minute schon wieder hinunter.

Hätte ich mich doch von Kevin nach Lippeneutrup fahren lassen, dann wär alles einfacher gewesen. So musste ich zum Bus hetzen. Im Innenhof der Residenz drehte ich mich trotzdem um. Wo war Frau Kubitzas Wohnung? Shit, stand Kevin dort oben etwa am Fenster und beobachtete mich? Wo ich doch angeblich noch im Büro zu tun hatte?

Schnell drückte ich mich unter das Torhaus, lehnte mich an eine Wand und atmete tief durch. Ich würde gerne einmal wieder eins mit der Unendlichkeit werden.

Ich tippte eine Nachricht: *Sonntagnachmittag. 14.00 Uhr, an der Hütte vom Naturschutzbund, Lippeneutruper Moor.*

Sekunden später piepste es. *Ich freue mich. Bis Sonntag!*

Ich küsste das Handy. Es war ein sehr langer Kuss!

Zuhause holte ich Omas alte Weihnachtskisten aus dem Keller: mit Schwibbögen, Pyramiden mit Engeln, einem riesengroßen Nussknacker und Räuchermännchen aus dem Erzgebirge. Ich machte es mir weihnachtlich und auf Omas Sofa bei Kerzenschein gemütlich.

Warum war bloß noch nicht Sonntag?

6

Als ich am nächsten Morgen in die Residenz kam, hatte ich nicht einmal mehr Zeit, mir einen Kaffee zu machen. Die Regionalleitung war am Telefon und wollte wissen, wo die korrigierte Statistik für November bliebe. Also hatte die Hohnsteiner-Bartel sie doch nicht gemacht?

Es wurde Zeit, endlich diese Geschonnek zu kontaktieren. Das Wochenende war vorüber und sie müsste aus ihrer Liebesquarantäne aufgetaucht sein. Ich fiel sofort mit der Tür ins Haus: „Ich habe da mal eine Frage."

Am Telefon wollte sie nichts sagen. „Heutzutage werden Mitarbeiter überall überwacht." Wir verabredeten uns.

Nachdem ich aufgelegt hatte, brach mir der Schweiß aus allen Poren. Reflexartig blickte ich mich nach Kameras um. Dass das Alien mir aus irgendeinem Off zusah, war eine ungeheure Vorstellung! Noch schlimmer: Was, wenn Heiko mich beobachtete, wenn ich im Bad …? Überwachung wurde oft an subalterne Mitarbeiter delegiert.

Ich musste mit jemandem reden. Aurica kümmerte sich gerade um einen alten Herrn. Wie viel Zeit sie sich nahm! Danach ging sie auf den Balkon, um eine zu rauchen. Es war beinahe warm. Über Nacht hatte es einen Temperaturanstieg gegeben.

Ich erzählte ihr von Frau Middendorp. Das tat gut.

„Sag mal Aurica“, fielen mir plötzlich ihre Brustschmerzen ein. „Warst du beim Arzt?“

„Ach, Doktor Weise sagt, das wäre etwas vorübergehend Muskuläres. Ist auch nicht wieder aufgetreten.“

Dann wechselte sie schnell das Thema. Sie erzählte von ihrer Kindheit in den Karpaten. Wieder einmal. Mit leuchtenden Augen. Kurz überlegte ich, ob ich sie fragen sollte, ob sie etwas mit Adam hätte und warum sie jetzt immer Rollis trug. Aber das kam mir doch etwas albern vor. Dann ging Auricas Piepser und wir verabschiedeten uns.

Ich suchte Frau Kubitza auf. Als ich eintrat, sagte sie mit einem hintersinnigen Lächeln: „Kevin ist nicht da.“

„Frau Kubitza, ich wollte doch *Sie* besuchen.“

„Ich hab ja sonst niemanden mehr. Trotzdem, der Junge muss unter die Haube. Ich würde mich so freuen, seine Hochzeit noch zu erleben.“

Ich setzte den Wasserkocher in Gang und suchte nach Teebeuteln. Frau Kubitza folgte mir in die kleine Küche. Sie hatte heute wohl einen sehr guten Tag.

„Der Junge sucht schon so lange. Er arbeitet so viel, nachts und an den Wochenenden … Aber die Frauen heute, die haben hohe Ansprüche.“ Kleine Pause. „Ist ja richtig. Und Kevin ist sehr wählerisch. Aber Sie, Anna, Sie …“

Hm, was Else über den Weiberheld erzählt hatte, hörte sich aber ganz anders an.

„Diese Nachricht gestern … Die war doch von Ihnen?“ Sie erwartete offenbar keine Antwort. „Ich spüre so was. So strahlen hab ich den Jungen lange nicht gesehen. Er sagt immer, die Richtige würde er sofort erkennen. Er mag Sie, Anna. Er hat sogar Ihren Namen vor sich hingeflüstert.“

Ich starrte sie ungläubig an.

„Hören kann ich noch gut.“ Sie lächelte.

Der Tee hatte gezogen. Als ich schließlich ging, hüpfte ich vor Freude zum Fahrstuhl.

Kaum saß ich wieder hinter meinem Schreibtisch, kam jemand herein, mit einem Krempenhut in einem langen beigefarbenen Trenchcoat, den Kragen hochgestellt.

Ich stellte mich auf das gewohnte Programm ein, aber nichts passierte. Kein deftiger Spruch, kein heftiger Knall. Else nahm den Hut ab und schüttelte ihr Haar. Sie trug heute einen Pagenschnitt.

Else ließ sich in den Plastikstuhl fallen. „Die Schlachthauer sieht Gespenster.“

„Die Stiftsdirektorin behauptet genau das Gegenteil!“, sagte ich bewusst etwas kühl.

„Die dreht sich alles so, wie es ihr in den Kram passt.“

„Else, was war gestern mit dir los?“ Ich konnte mir die Nachfrage nach ihrem cholerischen Verhalten nicht verkneifen. „Wir sind doch Freundinnen … dachte ich."

„Anna, vergiss unsern Kriech. Es gibt Wichtigeres. Du kriegst auch wieder einen Kakao", grinste sie mich an.

„Else, die Situation ist ernst. Ich muss dir …"

„Wenn ein Geist erscheint, ist die Lage per se ernst."

„Else, lass den Unsinn. Du schaufelst dir endgültig dein eigenes Grab."

„Grab, gutes Stichwort!" Sie hob den Zeigefinger. „Ich habe neue Erkenntnisse." Sie schob mir eine rote Mappe rüber. Ob Kevin Kubitza mit ihr gesprochen hatte?

„Und, hast du Kevin den Brief gegeben?"

„Wird das ein Verhör? Er hat gemeint, du sollst dich raushalten."

„Das hat er mir auch schon gesagt", sagte ich zickig.

„Keine Einmischung mehr, und ich soll auf dich achten. Von Novizin, Welpenschutz … hat er was gefaselt."

Mir blieb die Luft weg. „Das hat er gesagt?"

Else übertrieb doch immer so. Wieso erzählte sie mir das überhaupt, konnte sie nicht taktvoller sein? Ich griff trotzdem zum Handy und wollte sofort unsere Verabredung absagen. *Ich will Sie nie wiedersehen!*

Else zuckte mit den Schultern. „Falls es dich tröstet, auch mir hat er eine Ansage gemacht."

Ich löschte die Nachricht. Ich würde einfach nicht

hingehen! Eben noch unendliches Milchstraßenglück und jetzt?

„Hat dich das verletzt, Anna?"

Ich wollte ihr den Zettel aus dem Skatspiel reichen. Doch Else ignorierte ihn. „Zur Sache: Halt dich fest, ihr toter Männe ist der Schlachthauer als Geist erschienen."

Wie sollte ich gegen sie nur ankommen? Ich stellte mir vor, wie sie früher ihre Putzkolonnen kommandiert hatte.

„Ihr Bruno, aus Asche auferstanden."

„Else, was ist das nun wieder für eine Geschichte?"

„Nenn es, wie du willst, Kindken. Renaissance, Wiedergeburt, Reinkarnation. Jedenfalls, der ist wieder da. Wie Jesus." Sie schlug sich glucksend auf die Schenkel.

„Else, ich kann über so was nicht lachen."

„Ist ja schon gut, Kindken, aber stellen wir uns der Wirklichkeit: Wenn die Schlachthauer einen Geist sieht, dann brennt der Baum."

„Else, ich muss dir kün…"

„Noch was, in Margaretes Grab liegt eine andere drin."

Diese Residenz war ein Tollhaus!

„Die Schlachthauers haben doch auf dem Waldfriedhof oben dieses Doppelgrab. So weit klar? In dem einen Grab liegt ihr Bruno. Und in dem daneben, von der Puffmutter, da vermodert jetzt eine andere. Jedenfalls nicht die Schlachthauer."

„Margarete lebt ja auch noch! Und fürs Protokoll: Bislang wissen wir nicht mehr über ihr Leben, als dass sie in Schwabing gewohnt hat." Ich wurde beinahe verrückt.

„Aber es ist *ihr* Grab!"

„El...se!" Ich stöhnte am Rand eines Zusammenbruchs. „Du! Hörst! Mir! Jetzt! Zu! Ich muss dir kündigen!"

Augenblicklich war eine Stille zwischen uns, die ich nie für möglich gehalten hätte. Dann sagte Else: „Ach Gottchen, ist das alles, was die draufhaben? Dann erzähl doch mal."

Es gab noch Zeichen und Wunder – Else unterbrach mich kein einziges Mal. Als ich fertig war, befingerte sie den Zettel von allen Seiten und schüttelte missmutig den Kopf.

„Else, hast du gestern nach diesem Schuldschein gesucht?"

„Ach, Unsinn, ja, nein ... Schuldschein? Der ist nichts wert. Höchstens ein Hinweis, dass die Puffmutter ihre Finger im Spiel hat. Hast du Unterschriften von der Puffmutter und vom Paulinchen?"

Ich zog die Mietverträge aus den Akten, Else verglich die Unterschriften mit den Schriften auf dem Zettel. „Hab ich's mir doch gedacht. Den hat Paulinchen im Suff geschrieben. Die Unterschrift der Schlachthauer ist ebenfalls von Paula." Bei näherem Hinsehen erkannte ich auch die Übereinstimmung der Schrift.

„Anna, es gibt zwei Möglichkeiten. Die erste: Die Schauspielerin hat den Zettel, so falsch, wie sie ist, Paulinchen diktiert. Und die hat ihn, bräsig wie sie drauf war, mit *Schlachthauer* eigenhändig unterschrieben, hat ihr das Geld gegeben und geglaubt, sie hätte einen wasserdichten Schuldschein."

„Dann hat wohl Margarete im Appartement von Frau Middendorp danach gesucht", überlegte ich. „Damit Herr Middendorp nichts davon erfährt."

„Nein, glaube ich nicht. Da sie ihn nicht unterschrieben hat, ist nichts einklagbar. Der Zettel ist nur Makulatur."

„Was wäre, wenn Paulinchen den Text auf diesem Zettel erst einmal nur entworfen hätte?"

„Das wäre die zweite Erklärung. Deshalb auch die merkwürdige Bezeichnung *Schuldschein.* Das Paulinchen wusste nicht mehr, was sie tat. Für eine Stiftung gibt man in der Regel Geld, ohne dass man es zurückbekommt."

Ich überlegte. „Aber warum versteckt sie diesen Entwurf? Das macht doch keinen Sinn, außer dass ihr Neffe nichts von ihren Plänen wissen sollte. Außerdem war das Geld doch in der Wohnung. Herr Middendorp hat es ja schließlich gefunden." Wieso hatte ich das unbestimmte Gefühl, dass es noch eine weitere Möglichkeit gab?

Else grübelte mit. „Auf jeden Fall hat die Schlachthauer nach Paulinchens Tod in der Wohnung etwas gesucht."

„Vielleicht nach den restlichen zwanzigtausend Euro. Wir wissen ja nicht, ob sie diese vierzigtausend für die Stiftung nicht doch schon irgendwann bekommen hat. Ich verstehe vor allem nicht, wieso die sechzigtausend Euro insgesamt wieder aufgetaucht sind."

Else machte ein nachdenkliches Gesicht. „Ja, kaum zu glauben, dass die *Grande Dame* freiwillig Kohle wieder rausrückt."

„Falls sie die vierzigtausend tatsächlich gehabt haben sollte. Und falls, dann fehlen immer noch zwanzigtausend."

Else fixierte mich mit einem unbestimmten, beinahe trübseligen Blick, den ich nicht deuten konnte. Und dann hatte ich auch noch das Gefühl, als ob sie mir etwas sagen wollte. Oder täuschte mein Eindruck?

„Ist was, Else?

„Nein, was soll denn sein?" Von einem Moment auf den anderen hellte sich ihre Miene wieder auf. „Anna, die Puffmutter muss heute Morgen bei der Hohnsteiner-Bartel einen Deal gemacht haben. Fragt sich nur welchen? Jedenfalls ist sie in die Offensive gegangen und hat der Eierbirne irgendeine einleuchtende Erklärung für ihr seltsames Verhalten gegeben. Sie wusste ja, dass ich Fotos gemacht habe. Daher ist sie mit ihm direkt in die Chefetage marschiert." Sie überlegte kurz etwas, dann fuhr sie fort. „Und du meinst, der Middendorp war verärgert, als er aus dem Büro des Drachen kam?"

„Glücklich sah er jedenfalls nicht aus."

Else blickte aus dem Fenster. Ein einsamer Schwan zog auf der aufgetauten Gräfte seine Kreise. „So kommen wir nicht weiter. Wir müssen uns auf diesen dämlichen Geist und das falsch belegte Grab konzentrieren. Aber erst mal muss ich aufs Klo."

Als sie zurückkam, berichtete sie: „Also, nach unserem Streit gestern hab ich die Puffmutter observiert. Sah wie ein normaler Friedhofsbesuch aus. Was eigentlich ganz schön war, weil ich des Öfteren da oben auch schon mal luken gehe nach einem *Lokkus Amönnus*, wie der Lateiner sagt. Schließlich will man selbst bestimmen, wo man einmal zu liegen kommt. Weitsichtige Planung ist heutzutage alles. Man weiß ja nie, wie das Leben einem so mitspielt. Egal. Jedenfalls, als sie am Grab ihres Brunos angekommen war, bin ich fast genauso erschrocken wie sie. Auf ihrer Seite des Doppelgrabes lagen Kranz und Gestecke wie bei einem frischen Begräbnis. Erst stand sie wie versteinert davor, dann hat sie blitzartig alles heruntergefegt, mit einer Wahnsinnswut, das sag ich dir. Ich habe natürlich Fotos geschossen. Aber da war plötzlich meine volle Blase. Was hätte ich tun sollen? Platzen lassen? Da hab ich lieber die Gräber gedüngt."

Ich seufzte auf.

„Aber nicht das Strullen, du hast mich verraten."

Ich?!

„Du hast versucht mich anzurufen. Und ich konnte

dein Gebimmel nicht schnell genug wegdrücken. Ich hatte vergessen, auf leise zu stellen. Ich sag ja immer, auch eine Else Erpenbeck wird älter. Traurig, traurig."

„Kommst du bitte mal auf den Punkt?"

„Na ja, als ich aus meiner aufgeflogenen Deckung auf sie zugegangen bin, hat sie geschluchzt, geklagt und ziemlich wirres Zeug gestammelt, von wegen ‚falsche Frau im Grab … Bruno erschienen … Befehl … unbedingt ausgraben …' Total verstört war die. Ich dachte, die zieht nur eine Show ab, aber nee, da war echte Angst dabei. So durcheinander kannte ich die gar nicht. Ich habe sie dann lieb gefragt, ob ich helfen kann. Man ist ja schließlich kein Unmensch. Aber nein, es ginge ihr gut. Als sie sich ein wenig beruhigt hatte, hat sie schließlich erzählt, dass sie ihren Mann besuchen wollte und plötzlich feststellen musste, dass man in ihrer Ruhestätte jemand anderen bestattet habe."

„Das ist aber doch verständlich, Else, dass Frau Schlachthauer da einen Schrecken kriegt."

„Aber muss sie sofort einen Geist sehen? Nur weil in unserem Kaff Moorgeister an der Tagesordnung sind? Jedenfalls habe Bruno ihr befohlen, die Urne der fremden Frau auszugraben. Weil er sie abgöttisch liebe, also die Margarete, und weil ihr Bruno es nicht ertragen könne, dass da jetzt jemand anders das Doppelbett … eh Doppelgrab … mit ihm teile. Okay, so weit habe ich der geglaubt, denn ein Geist kann ja selbst nix bewegen, Geister brauchen ausführende Organe. Gerade in unserem Nebelland, wo man nichts sieht. Nee, nee, dieser Mysteryschiet, wo Geister Feuer entfachen und Möbel bewegen, den kannst du in die Tonne kloppen. Geister sind Geister, die brauchen Helfer."

Bonanza erklang.

Gerd! Er wollte wissen, ob es denn heute mit uns klappen würde? Um neunzehn Uhr müsse er seiner Mutter Essen machen.

„Okay", sagte Else, als ich aufgelegt hatte, „fahr du ins Krankenhaus und bezirze diesen Gerd, damit er in die Puschen kommt und was für die Residenz tut. Und denk an deine Stärken", grinste sie mich an. „Um den Geister-Kokolores kümmern wir uns später. Ich zieh jetzt erst einmal aus."

Ich guckte sie verblüfft an.

„Kindken, du musst mir doch kündigen, fristlos."

„Nein, niemals! Rechtlich ist eine fristlose Kündigung sowieso nicht haltbar. Jeder Richter würde dir Recht geben. Und den versuchten Diebstahl müsste sie dir erst einmal beweisen, wo das Geld doch wieder da ist."

„Nix da. Du kündigst mir."

„Das soll das Alien mal schön selbst machen, wenn du das unbedingt willst."

„Das *Alien*!" Else kicherte. „Das ist ja mal eine Variante. Kindken, du machst dich."

„Else, ich kann das nicht, ich will das nicht!"

„Du musst das tun." Sie nahm ihre Perücke ab und strubbelte sich mal wieder durch ihren Igelschnitt, damit die geplätteten Haare auch wieder wie ein Igelschnitt aussahen. „Für unsere Ermittlungen, für das Team, für *Fröhlich Abendschein*. Wir brauchen im Heim unbedingt einen Agenten, der mitbekommt, was da vorgeht."

„Und das soll ich sein?"

„Wenn du mir kündigst, ist das ein Zeichen der Loyalität. Das macht alles einfacher. Verstehst du das?"

Nicht wirklich. Also nicht ganz. Also: Nein.

Je mehr Else redete, um so verwirrter wurde ich.

„Anna, hörst du mir überhaupt zu? Wir spielen ein Spiel, und wir werden es gewinnen. Ich tue so, als ob ich tatsächlich binnen weniger Tage ausziehen würde. Und auch du hältst mich nun reif für die Klapse." Sie grinste. „Ich werde das stante pede im Heim verbreiten. Kindken, sag mal, hast du Schüssel oder Kabel?"

„Ich weiß nicht", zuckte ich abwesend mit den Schultern, weil ich bereits überlegte, wie wir Else kurzfristig eine neue Bleibe besorgen könnten.

„Aber WLAN gibt's in Lippeneutrup?"

Erst jetzt begriff ich, dass Else die vorübergehende Wohnungsfrage für sich schon entschieden hatte.

„Dein Alien soll sich in dem Gefühl sonnen, dass sie mich los ist. Vermittele ihr nur, dass ich ab und zu noch in meine Wohnung muss, um den Umzug zu organisieren. Und kein Wort darüber, wohin ich ziehe."

„Else, ich bin nicht blöd."

„Dann ist ja gut."

Ich hörte noch, wie sie auf dem Flur herumschrie: „Die kündigt mir! Dieser schiet Engel, nix Engel, scheiße, die kündigt mir … Die setzt mich auf die Straße. Die schmeißt mich einfach raus! … Fuck you, du Düwel!"

Der Soziale Dienst des Katholischen Krankenhauses hatte seine Büros in einem Kellergeschoss, ganz hinten am Ende eines scheinbar endlosen Gangs, gleich neben den Lagern und der Heizungszentrale. Es gab einen Vorraum mit einem Jesuskreuz, einer Bibel und einem Berg Fachzeitschriften.

Niemand da. Ich pustete die Lungen aus, quetschte das Zwerchfell leer, zog erst meine Daunenjacke aus, dann den Rolli. Schließlich glättete ich meinen Rock, öffnete zwei Knöpfe an meiner Bluse, die ich wie den Rock für den bevorstehenden Termin extra sorgsam auserkoren hatte, und fummelte am Ausschnitt herum. Dann knöpfte ich mich wieder zu. Das hatte ich nun wirklich nicht nötig.

Andererseits, es ging um das Wohl der Residenz. Else hatte mir mit auf den Weg gegeben, alles zu geben, man müsse auch mal über seinen eigenen Schatten springen, wenn man etwas erreichen wolle.

Also wieder auf. Aber nur einen Knopf.

Ich las das Schild an der Bürotür: *Sozialer Dienst – Leitung: Sozialpädagoge Gerhard Kaltenkötter.*

Leitung sogar. Gerd hatte offenbar studiert. Vom Kinderkrankenpfleger zum Sozialpädagogen …

Noch mal durchatmen. Anklopfen.

Mich begrüßte ein flotter Dreitagebart mit einem Ansatz von Bauch. Ich fragte nach Herrn Kaltenkötter. Er lächelte, ganz sozialpädagogenmäßig. „Anna, ich bin's doch!"

Es gab Selbstgebackenes. Ich setzte mich, schlug zögerlich die Beine übereinander und gab Bein frei. Was ziemlich blöd war, da sich Gerd mir gegenüber an seinen Schreibtisch setzte und er mit an Sicherheit grenzender Wahrscheinlichkeit keine Röntgenaugen hatte.

Bei einem kurzen Smalltalk über alte Zeiten und so und dass ich seit einiger Zeit getrennt lebte, stellte sich heraus, dass Gerd ganz in der Nähe von mir wohnte. Ich berichtete, dass ich kurzfristig im Stift *Haus Maria Fröhlich Abendschein* den Job als Belegungsmanagerin bekommen hätte und wie hart die Arbeit dort sei. Er schluckte. „Anna, ich würde es nie übers Herz bringen, meine Mutter …"

Als direkter Kunde fiel Gerd also aus.

„Deswegen bin ich auch nicht hier, Gerd." Ich lachte ziemlich gekünstelt. „Ich finde das total toll, dass du dich um deine Mutter kümmerst."

Hoffentlich war das nicht zu dick aufgetragen.

„Anna, auch unsere Generation hat Verpflichtungen gegenüber unseren Eltern", sagte Gerd ernst.

Klar, wenn man selbst keine Eltern hatte, um die

man sich kümmern konnte. Mir ging ein Stich durchs Herz.

„Ich lebe übrigens auch getrennt", sagte Gerd plötzlich. „Wir haben nur gestritten. Angelika wollte Mutti ins Heim geben. Es war ihr alles zu viel, sie hatte ja auch einen Vollzeitjob." Er lächelte, traurig wirkte er trotzdem.

„Also, ich finde das bewundernswert, dass du dich aufopferst." Ich sah ihn zugleich anerkennend wie mitleidig an, ließ die Augenlider flattern und beugte mich weit vor. Ganz wohl war mir nicht dabei, aber ich musste erneut an Elses Rat denken. Jedenfalls wurde es Zeit, auf den Punkt zu kommen. „Gerd, wir haben im *Fröhlich Abendschein* in letzter Zeit größere Fehlbelegungen. Kannst du uns nicht helfen und Empfehlungen aussprechen? Also … mehr Empfehlungen. Also, überhaupt …"

So, jetzt war es raus. Und hatte nicht den gewünschten Erfolg. Gerd starrte überall hin, nur nicht auf meine Brust. Ich zupfte an meinem Ausschnitt und nestelte sogar am zweiten Knopf herum. „Echt heiß hier."

„Das liegt an der Heizungszentrale nebenan", sagte Gerd und schaute irgendwo an die Wand hinter mir.

War Gerd für weibliche Reize etwa nicht empfänglich? Um dies endgültig zu testen, müsste ich vielleicht meine Bluse vollständig öffnen, aber das wäre zu viel des Guten, das konnte niemand von mir verlangen. War die Reizstrategie möglicherweise sogar die vollkommen falsche Taktik? Egal, was könnte ich nur tun, um Gerd für mich zu gewinnen?

Er kam mir zuvor. „Anna, ich finde es schön, dass wir uns wiedergetroffen haben.“ Er lächelte verschämt. „Jetzt kann ich es dir ja sagen, ich habe dich immer schon gemocht.“

„Ach, ja …“ Ich war sprachlos.

„Natürlich helfe ich dir, Anna.“

Nachdem wir noch eine Weile geplaudert hatten, sah er plötzlich auf die Uhr. „Oh, so spät schon. Jetzt muss ich heim, Mutti wartet. Sie muss sich auf mich verlassen können, Anna, das verstehst du doch sicher.“

Natürlich verstand ich das und fand es richtig schön, dass es einen Mann gab, auf den man sich verlassen konnte.

„Anna, ich mag dich.“

Puh! Das kam jetzt etwas schnell. Und überraschend zugleich, auch wenn Gerd mich schon vor ewigen Zeiten während unserer Ausbildung zum Kaffee hatte einladen wollen.

„Sehr sogar. Wirklich.“

„Gerd, ich mag dich auch“, stotterte ich, da mir im Moment nun wirklich nichts anderes einfiel.

„Ehrlich?“ Er schluckte und strahlte zugleich.

„Anna, wir beide …“. Er kam auf mich zu.

Der wollte mich doch jetzt nicht etwa anmachen?

„Eh … Gerd … eh, ich glaube, deine Mutti muss

sich auf dich verlassen können. Du musst jetzt gehen, glaube ich, nicht?“

Beim Abschied strich ich ihm unvermittelt, ich weiß auch nicht warum, mit dem Handrücken zärtlich über seinen Dreitagebart, wie als stumme Entschuldigung für mein dummes Verhalten mit den offenen Knöpfen. Oder nur so, aus Mitleid, weil er bei mir nie eine Chance haben würde.

Ein Fehler, wie sich sofort herausstellte.

„Anna, das war sehr schön. Also das … und heute, mit dir … hier … Ich werde dir auf jeden Fall helfen. Und wir sollten uns bald mal treffen. So ganz privat. Was meinst du … eh … kann ich deine Handynummer haben?“

Zuhause empfing mich unangenehme Kälte. Weil ich sparen musste, nahm ich mir gleich zwei Decken, zündete eine Kerze an und schaltete den Fernseher ein. Heute lief doch *Hawaii Five-0*? Nein, heute lief kein *Hawaii-Five-0*, also kein Steve McGarrett alias Alex O’Loughlin. Gut so! Ich kuschelte mich auf Omas Sofa und tröstete mich mit einem langweiligen Bayernkrimi, in dem der Kommissar dümmer als die ganze Verbrecherwelt war, zudem noch total verfressen, eigentlich nichts anderes tat als Fressalien aller Art in sich hineinzustopfen, aber trotzdem Mörder fing.

Wo blieb Else nur? Ich war doch so müde …

Als ich in meiner Tasche nach dem Pflegestift für

meine Lippen suchte, fiel mir die rote Mappe mit Elses Recherchen in die Hände. Darin waren drei Folientaschen mit großformatig ausgedruckten Fotos. Einige davon kannte ich bereits, sie zeigten Frau Schlachthauer auf dem Friedhof auf den Knien beim Graben und beim Aufwischen vor Paulinchens Appartement. Auf der dritten Tasche war auf einem Klebestreifen notiert: *Observation, 08. Dezember, 12 Uhr, Waldfriedhof, Grabstelle Margarete Schlachthauer.* Diese Fotos waren also gestern Mittag gemacht worden.

Die Bilder waren unscharf, dennoch war zu erkennen, wie die *Grande Dame* vor ihrem Grab hockte, Gestecke und Kranz beiseite räumte und mit einem Schippchen in der Erde grub. Ein Holzkreuz war zu sehen, wie man es provisorisch auf Gräber stellt, bevor ein Grabstein gesetzt wird. Die Buchstaben auf dem Kreuz waren allerdings kaum zu lesen. Ich entzifferte ein großes *H*, ein kleines *e* und ein *g* zum Schluss. Beim Nachnamen konnte ich die ersten drei Buchstaben lesen: *Dann* … Bildete ich mir das ein oder sagte mir das etwas? Hatte Else den Namen der Frau genannt, die in dem Grab liegen sollte? Das Geburtsjahr war ebenfalls ins Holz gebrannt – das war doch das der *Grande Dame*? Anstelle des Sterbejahres standen vier Fragezeichen.

Merkwürdig …

Hinter den Fotos lag die Kopie eines Schreibens, davor eine Notiz in Elses Handschrift.

Handschriftlicher Brief Ida Sutthoffs, datiert auf den 1. Dezember, adressiert an Else Erpenbeck (also an die Verfasserin dieser Notiz), zufällig aufgefunden auf dem Boden eines Blumentopfes – Orchidee (Hydrokultur) –, eingeschweißt in eine kleine Plastiktüte.

Fundort der Orchidee: Fensterbank Ida Sutthoffs Wohnzimmer

Fundort des Briefes: auf dem Boden des Blumentopfes

Aufbewahrungsort des Asservats: streng geheim

Zustand des Objekts: beschädigt

Die Hydrokultur wurde durch einen Unglücksfall zerstört, sodass Wasser seinen Weg ins Papier finden konnte, da die Plastiktüte an einigen Stellen porös war. Die Briefseiten wurden durch die Verfasserin dieser Notiz schockgefroren, in der Hoffnung, dass sich dabei keine Eiskristalle bilden würden, was kontraproduktiv für eine erfolgreiche Sublimation wäre, damit die briefliche Nachricht künftig wenigstens in Teilen gelesen werden kann. Die ersten beiden Seiten waren nicht so verwaschen wie die folgenden. Dennoch wurden sie sicherheitshalber zunächst ebenfalls eingefroren. Später hat die Verfasserin sich ein Herz gefasst und diese Seiten – selbstverständlich mit aller notwendigen Vorsicht und mit übers Web sich kurzfristig angeeigneter Kenntnisse – aufgetaut. Sie war sich dabei bewusst, dass die Papiere Schaden hätten nehmen können, aber der aufzuklärende Fall bettelte geradezu danach, we-

nigstens diese Seiten zu lesen, um Licht ins Dunkle zu bringen.

Ich unterbrach die Lektüre und stellte mir vor, wie Else voller Wissbegier und neugieriger Erwartung auf glühenden Kohlen tagelang vor ihrer Tiefkühltruhe gesessen und überlegt hatte: Soll ich oder soll ich nicht?

Sie hatte es getan. Natürlich! Das hieß zugleich aber auch: Sie hatte Kevin den Brief doch nicht gegeben, oder?

Wie in Trance las ich weiter:

Beurteilung des Beweisstückes: Die einigermaßen lesbaren Teile der aufgetauten Seiten lassen darauf schließen, dass die Verdachtsmomente gegen Frau Schlachthauer berechtigt sind, wenngleich Fragen offen bleiben. Sie legen unter Umständen nahe, dass Ida Sutthoff keines natürlichen Todes gestorben ist. Wenngleich das immer noch Spekulation ist, denn die Behörden halten sich in Bezug auf Erkenntnisse hinsichtlich des Todes von Ida Sutthoff weiterhin bedeckt. Aufschluss können nur, wenn überhaupt, die weiteren Briefseiten geben, falls es den Experten gelingen sollte, sie irgendwann doch noch einmal lesbar zu machen.

Ungläubig nahm ich zur Kenntnis, wie sachlich sich Else äußern konnte. Ich griff zu den beiden Briefseiten.

Liebe Else,
wenn du diesen Brief liest, bin ich aller Voraussicht nach tot. Denn nur dafür sind diese Zeilen gedacht … gestorben … Dass du … Ableben finden wirst, bin ich sicher, denn ich kenne dich! Und du kennst mich. Künstlich gezüchtete Orchideen … sind das Schrecklichs… auf der Welt gibt!

Eigentlich wollte ich den Brief … Müll… geben, … sie ihn dir aushänd…, falls … passieren sollte. … nicht geschafft, mich … anzuvertrauen … Du hattest mir erzählt, dass die Neue die Urenkelin deiner ehemaligen Freundin Gerda ist … ahnte aber, dass du mit ihr … … eiten würdest … ich hatte dann doch Scheu… …ülle… hineinzuziehen. Daher … Idee … mit der Orchidee … Nun hast du also meine Nachricht erhalten.

Verzeih mir bitte, wenn ich … ni… direkt anvertraut habe. … ich schäme … so. Ich … viele Fehler gemacht und … möglicherwe… den Tod meiner Tochter auf dem Gewissen, weil ich mich … eingelassen habe, was ich besser nicht hätte tun sollen. Ich hätte auf deinen Rat hören sollen. Mit meiner tiefen Scham konnte … nur diesem Papier anvertrauen.

Auch … ich dich nicht in etwas hineinziehen wollte, was … schaden kann. Sie sind gefährlich, … sie schrecken vor nichts zurück. Wenn du weiterliest, hast du den Beweis dafür. Zumindest meine Aussage. Denn ich will … dass wenigstens die Schuldigen … gezogen … Casino …

Die Türklingel ging. Als ich mich übers Geländer beugte, sah ich, dass es Else war, die ihren Rollator in den Hausflur schob – Plastiktüten im Gitterkorb, an den Griffen hängend und unter den Armen. „Kindken, hilf mir mal“, rief sie herauf. Oben angekommen musste sie ins Bad. Bis sie fertig war, hatte ich ihren Kram hochgeschafft.

„Schlicht und schön wie Lippeneutrup“, meinte sie, als sie meine Wohnung begutachtete. Für meine erzgebirgische Weihnachtsdeko hatte sie keinen Blick. „Nur ein bisschen kalt hier.“ Sie fummelte ihre Geldbörse raus. „Hier, Kostgeld. Mach mal Power mit der Heizung.“

„Else, das kann ich nicht annehmen.“

„Kindken, was nutzt es uns, wenn wir erfrieren?“

„Else, es hat heute getaut.“

„Klar, gefühlt haben wir echt Sommer.“

Ich drehte die Heizung auf.

„Du kannst mein Bett benutzen“, sagte ich.

„Bett?“, runzelte Else die Stirn bei Betrachtung meiner Klappliege.

„Ich nehme das Sofa“, sagte ich.

„Später, erst machen wir uns an die Arbeit.“ Sie zeigte auf die Papiere, die auf dem Boden herumlagen.

„Else, Idas Brief … Du hast ihn Herrn Kubitza nicht übergeben, stimmt's? Wir müssen endlich zur Polizei.“

„Ich glaube, deine CD hat 'nen Sprung. Aber zu deiner Beruhigung, Kevin hat den Brief. Okay, seit heute erst, aber er hat ihn. Er wird Experten einschalten. Zufrieden?"

„Wird er etwas unternehmen?"

Else ignorierte meine Frage und begann mittels mitgebrachter Reißzwecken jede Menge von übergroßen Fotos an meine kahlen Wohnzimmerwände in die alte, nicht einmal neu gestrichene Raufasertapete zu pinnen. Porträtfotos! Alle Bewohner und Angestellten vom *Fröhlich Abendschein* – unglaublich! Dazu verschiedene Listen und Zeitungsartikel, auch Ida Sutthoffs Briefreste, schließlich die Theaterplakate und Programmzettel, die die Theaterkarriere der *Grande Dame* nachzeichneten. Schlagartig sah es bei mir aus wie in einem dieser professionellen Ermittlerbüros, wie man sie aus Filmen kennt. Nur nicht so modern mit Glastafeln und hochtechnisiert wie bei CSI und so.

„Was soll das?", fragte ich vorsichtig.

„Wir müssen jedes Detail präsent haben", erklärte sie.

„Else, ich bin müde, können wir nicht morgen weitermachen, wo sich doch nun Herr Kubitza um alles kümmert? Das tut er doch, oder?"

„Soll er doch, aber meinst du, Kindken, ich lass mir den Fall wegnehmen? Denk nur mal daran, wie dich der Kevin beleidigt hat."

Ja, *Welpenschutz, Novizin* – das tat immer noch weh. Von den drei Weibern an jedem Finger gar nicht zu reden.

„Bis die Bullen in die Pötte kommen, haben wir den Fall längst gelöst! Als Erstes ziehen wir Verbindungslinien. Wir suchen nach zwei Schurken. Die Puffmutter ist klar. Wer ist der andere? Ida hat in ihrem Brief mehrere erwähnt."

Ich resignierte und spielte mit. „Vielleicht ihr Mann? Der Bordellbesitzer. Seine Leiche ist nie gefunden worden."

Else winkte unwirsch ab. „Kindken, bisher vermuten wir nur, dass die Maeggie eine Puffmutter war. Bewiesen ist das nicht."

Das war ja etwas ganz Neues!

„Widmen wir uns lieber den Lebenden."

Also zogen wir Linien, zeichneten Pfeile, notierten alles Mögliche auf Papierbögen, hefteten auch die an die Wand, malten neue Geraden und Kurven. Irgendwann stöhnte Else auf. Ich auch. Das Problem war nämlich, dass sich keine aufschlussreichen Bezüge zwischen irgendwem oder irgendwas ergaben, schon gar keine gemeinsamen.

Vor allem, was sollte Aurica mit all dem zu tun haben?

Ich nahm ihr Foto von der Wand.

Else sah das anders. „Aurica ist herzenslieb, Anna, aber grundsätzlich sind erst einmal immer alle verdächtig." Sie pinnte das Foto wieder an. „Aurica hat jederzeit Zugang zu den Bewohnern. Genauso wie Rita, Adam, Helmut und alle Pfleger überhaupt. Und Doktor Weise. Oder das Putz- und Verwaltungspersonal. Letztlich sogar jeder Besucher vom *Fröhlich Abendschein.*“

Hm, das machte den Fall doch eigentlich unlösbar.

„Aurica ist vor einem halben Jahr eingestellt worden, da hat alles angefangen.“

„Das macht sie doch nicht gleich verdächtig.“

Ich nahm das Foto erneut von der Wand und zerriss es.

„Legst du deine Hand für sie ins Feuer?“

„Beide Hände! Was ist mit der Hohnsteiner-Bartel? Die nimmt die *Grande Dame* doch ständig in Schutz, weil die der Residenz Spenden zukommen lässt. Vielleicht stecken die beiden ja sogar unter einer Decke? Und was ist mit Herrn Middendorp? Er hat sich ziemlich merkwürdig benommen“, sagte ich stirnrunzelnd.

„Daran habe ich auch schon gedacht“, sinnierte Else. „Beide sind ehrenamtlich tätig, zusammen sind sie allerdings noch nicht auffällig geworden.“

Doch, sie waren gemeinsam bei der Stiftsdirektorin.

„Soll ich bei Gelegenheit einmal mit Herrn Middendorp reden, Else? Vielleicht kriege ich etwas über das wieder aufgetauchte Geld heraus.“

„Auf keinen Fall! Du scheuchst die nur auf.“

„Und Heiko?“, fragte ich. „Was ist mit ihm? Er war in Paulas Bad. Und Frau Sutthoff wurde plötzlich richtig ängstlich, als Heiko in mein Büro kam, damals, als sie mir den Brief geben wollte.“

„Hm, diese Flachpfeife? Wen soll ich noch alles observieren? Wir müssen Prioritäten setzen."

Ich erzählte Else, dass ich Heiko mit Frau Schlachthauer am Friedhof gesehen hatte.

„Der Heiko mit der Margarete? Na, das wär ja mal was. Warum eigentlich nicht? Der geile Heiko treibt es doch mit jeder Schabracke, die ihm unter die Finger kommt. Kindken, hab ich dir das schon mal erzählt? Selbst die Hohnsteiner-Bartel hat mitunter mehr Empathie als wir alle glauben. Bei der sitzt das Herz allerdings unterhalb der Gürtellinie. Ich hab die und Heiko letztens zufällig in der City von Münster in einem Hotel verschwinden sehen. Über Heikos Arbeitsmoral haben die bestimmt nicht palavert."

Das glaubte ich Else aufs Wort!

„Else, Frau Schlachthauer hat Heiko etwas zugesteckt."

„Sicher, alte Vogelscheuchen müssen ihre Lover reichlich entlohnen."

„Else!"

Sie tigerte in die Küche. Also, was man so Küche nennt.

„Sag mal, Kindken, hast du vielleicht was zu futtern im Haus?"

Else durchsuchte meine Vorräte. Das ging schnell. Müsli, Milch und ein paar Bananen schob sie beiseite, als sie meine neuen Chipsvorräte entdeckte. Mit Paprika, mit Käse, mit Bacon, mit Rote Beete, mit Speck. Mit Chili-Pepper und mit Chakalaka-Geschmack. Ich liebte die Abwechslung.

Else griff zu den Balsamico-Chips. „Lecker! Was man im Alter noch so an Köstlichkeiten entdecken kann.“ Dann musste sie wieder einmal aufs Klo. Klar, ihre leidige Blase. „Meine einzige Schwachstelle“, wie sie regelmäßig selbstironisch behauptete. Als sie zurückkam, stellte sie den Fernseher an.

„Mal hören, was sonst noch so in der Welt passiert ist.“ Schmatzend vertilgte sie die letzten Chipsreste und zappte mit der Fernbedienung herum. „Nur Mist in der Kiste. Apropos Kiste: Ich hab mich heute auch noch um den Puff gekümmert. Diesen *Hausfrauentreff*. Du erinnerst dich an die Visitenkarte, als das Paulinchen …? Die Arme.“

Natürlich erinnerte ich mich an die nackte Hausfrau mit Schürze und Kochlöffel. Und eine Minute später wusste ich, dass Else herausbekommen hatte, dass sie im Prinzip nichts herausbekommen hatte. Nicht, wem der Club gehörte, nicht, wer dort hinging oder arbeitete. Nur, dass er erst seit einigen Wochen, vielleicht zwei, drei Monaten existierte.

Sie wischte sich den Mund ab. „Auf der Internetseite tun sie diskret. Telefonisch erreichst du gar nichts. Wir sollten uns also besser zunächst darauf konzentrieren, was auf dem Friedhof passiert ist.“ Else ging erneut in die Küche und warf den Wasserkocher an. Dann drehte sie sich um. „Warum ist die Puffmutter vorgestern nur so in Panik geraten?“

Vorgestern? Richtig, wir hatten weit nach Mitternacht.

Else kramte in meiner Küche herum. „Wo hast du die Teebeutel, Kindken?"

Kein Tee mehr da. Kaffee auch nicht mehr.

„Hast du wenigstens eine Thermoskanne? Wir müssen uns warmhalten da oben. Heißes Wasser wird es auch tun. Schnaps oder Rum hast du zufällig nicht im Haus, oder?"

„Was?" Ich ahnte etwas ganz Schlimmes.

„Du hast es selbst gesagt: Es ist Tauwetter."

„Nein, Else, nein! Ich komme nicht mit, jedenfalls nicht heute Nacht mehr."

Else parkte ihre Ente unter einer Eiche auf der anderen Seite des Hügels, von wo aus die Residenz nicht zu sehen war. Der Pfad, den sie wählte, führte um die Flussaue herum und den Berg hinauf zu einem Hintereingang des Friedhofs. Ihren Rollator hatte sie nicht dabei. Der war ja sowieso nur Tarnung, den brauchte sie in der einsamen Nacht hier oben nicht.

„Ist nicht weit bis zum Grab", hatte Else gemeint, als wir losgegangen waren, aber nichts von den gefühlten dreihundert Meter Höhenunterschied erwähnt. „Tolle Aussicht", grummelte sie nur, als ich darum bat, eine kurze Pause einzulegen.

„Schau mal, Kindken, die Flussaue, das Lippeneutruper Moor dahinten."

Tagsüber mochte die Aussicht ja wunderbar sein, leider nicht um drei Uhr morgens im Winter. Es war stockfinster.

Trotz der Anstrengung fröstelte ich. Es war wieder deutlich kälter geworden, die Temperatur musste knapp unter null liegen. Und dann machte mir auch noch diese unfassbare Stille zu schaffen. Wieso hatte ich mich auf diese nächtliche Tour überhaupt eingelassen? Klar, weil Else mir keine Wahl gelassen hatte: „Dann erledige ich alte Frau eben alleine diesen gefährlichen Job. Aber ich ernte dann auch die Lorbeeren …"

Ich glaubte nicht daran, dass wir tatsächlich etwas finden würden, aber ich wollte Else nicht nachts allein in der Gegend rumlaufen lassen. Als wir schließlich an einem schmiedeeisernen, hohen Tor ankamen, war es verschlossen. Ein Drahtzaun, eins sechzig hoch, schätzte ich, verwehrte drumherum ebenfalls den Zugang. Das war's jetzt also.

„Halt mal", befahl Else.

Ehe ich mich versah, leuchtete ich ihr mit einer Art Grubenlampe, die sie mir in die Hand gedrückt hatte, während sie mit einer Drahtschere hantierte.

„Immer diese Zäune überall. Wir sollten sie sämtlich einreißen. Wie die Mauer damals. Freiheit für alle!"

Kurze Zeit später war ein Loch im Zaun, durch das sich Else behände durchbückte. Ich hatte da meine Schwierigkeiten. Schließlich standen wir mitten auf einem Gräberfeld zwischen riesigen Grabmalen. Unheimlich war das.

„Du zitterst ja, Kindken." Else stieß mich an. „Schiss inne Bux? Keine Angst, ich bin doch bei dir."

Mitten in der Nacht auf einem Friedhof herumzuschleichen, war absolut nichts für mich. Jan hatte Zombie-Filme über alles geliebt. Diese Untoten, die aus den Gräbern stiegen, hatten mir immer totale Angst gemacht.

Als wir schließlich Frau Schlachthauers Grab erreichten, war die Grabstelle hergerichtet und selbst die Wege drumherum sauber geharkt.

„Genau wie ich es erwartet habe", murmelte Else. „Anna, reich mir mal den Handspaten. Ist im Rucksack."

„Else, wenn uns jemand entdeckt?"

„No risk, no fun!"

Während ich zitternd das Schlachthauersche Grab beleuchtete, buddelte Else mit dem Klappspaten ein etwa zehn Zentimeter tiefes Loch. Da sie auf nichts stieß, verbreiterte sie das Terrain zu den Rändern hin.

Plötzlich fiel mir etwas ein. „Sag mal Else, welcher Name stand eigentlich auf dem Kreuz, du hast ihn nicht auf der Ermittlungswand notiert."

Else schnaufte schwer. „Demenzielle Schwäche. Die Entgeisterung der Zeit geht offenbar auch an mir nicht spurlos vorüber. Hedwig hieß die. Und irgendwas mit Apfel."

Erneut sagte mir das etwas, aber was?

Else grub weiter. Bald darauf musste ich sie ablösen, denn auch eine Else Erpenbeck verließen irgendwann die Kräfte. Eine ganz neue Erfahrung. Ich kam nicht viel tiefer, schon gar nicht mit diesem Kinderspaten, höchstens einige Zentimeter, dann ging nichts mehr. Bodenfrost! Die obere Erdschicht war angetaut, aber die untere noch lange nicht.

„Was suchen wir eigentlich, Else?"

„Bei Ermittlungen kommt es nicht darauf an, was man sucht, sondern darauf, was man findet."

Schweigend schütteten wir das Loch wieder zu. Else mit dem Spaten, ich mit den Händen. Bloß weg von hier!

Plötzlich hatte ich ein Stück Papier in der Hand. Das war doch … „Else, leuchte mal!" Der Schein war verschmutzt, aber eindeutig ein Hunderteuroschein.

Else betrachtete ihn näher. „Schau mal, der lila Fleck da in der Ecke. Eine Markierung." Sie steckte die Banknote ein. „Als solches beweist der Schein zwar nichts, aber eine Hypothese können wir uns erlauben. Die Puffmutter deponiert in ihrem Grab das Geld aus ihren Betrügereien", erklärte Else, als habe sie gerade ein Jahrhundertgeheimnis gelöst.

Da es inzwischen fünf Uhr war und damit zu spät, um noch ein Auge zuzutun, lud Else mich zum Frühstück in die Lippeneutruper Bäckerei ein. Endlich mal eine Idee, die ich vollständig mittragen konnte. Es tat unheimlich gut, in dem warmen Lokal zu sitzen, Kaffee zu trinken und Brötchen mit Ei und Wurst und Croissants mit Marmelade zu essen. Mal etwas anderes als Chips oder Pumpernickel mit Blutwurst.

„He, was ist los?“, fragte ich, nachdem wir aufgebrochen waren und Else die Abbiegung zur Residenz ignorierte.

„Ich muss noch kurz was überprüfen.“ Ihr Ton duldete keinen Widerspruch. Sie hielt vor der Friedhofsgärtnerei.

Kurze Zeit später standen wir einem Herrn Köttelhön junior gegenüber, gerade knapp zwanzig, schätzte ich, der sich als Chef der Friedhofsgärtnerei Köttelhön vorstellte. Seine langen Haare hatte er mit einem Gummi straff zu einem Pferdeschwanz gebunden. Als er hörte, worum es ging, führte uns der junge Mann, im Gesicht mit schwerer Akne gezeichnet, in sein Büro.

Dann starrte er mich an. Also, meine Brüste.

Noch unverblümter als Heiko.

Gegen seines war mein Büro ein Juwel. Überall standen ausgemusterte PC-Tower herum, dazwischen klobige Röhrenbildschirme aus den Anfängen des Computerzeitalters. Dazu Kabelsalat, Kabeltrommeln, Tastaturen, Akten. Efeupflanzen überwucherten die technologischen Fossilien. Staubiges Gerümpel aller Art türmte sich in anderen Ecken, dutzende Blumentöpfe, Sträucher mittendrin, Gartenzwerge in allen Farben. Und Urnen, schlichte, kitschige, teure …

„Fehlt eigentlich nur noch eine Kiste", flüsterte Else mir zu. „Ein Sarg würde hier toll zur Geltung kommen."

„Else, versprich mir, halt dich zurück!"

„Kein Problem, bin doch Pazifistin. Habe schon in den Achtzigern, nach den Demos gegen die Pershings, ganz friedlich den vielen Dreck weggekehrt."

Ich seufzte tief durch. Was würde das hier werden?

Als Herr Köttelhön junior Else einen Stuhl anbot, fuchtelte Else unwirsch mit ihren Händen. „Herr Köttel, unterstehen Sie sich. Seh ich etwa so aus, als ob ich nicht mehr stehen könnte?" Sie zückte ihr Tablet, rief die Fotos mit dem Grabkreuz auf und schob die Bilder hin und her.

Der Friedhofsgärtner war sichtlich irritiert, was ich daran bemerkte, dass er kurz meinen Busen aus den Augen ließ. Ich nutzte seine Verwirrung aus und fragte: „Frau Schlachthauer hat doch bestimmt einen Dauergrabpflege-Treuhandvertrag mit Ihrer Gärtnerei abgeschlossen. Somit liegt das Grab doch in Ihrer pflegerischen Verantwortung?"

„Sie meinen die *Grabstelle.*"

„Jetzt wird der auch noch spitzfindig", erregte sich Else.

„Ein Grab ist es erst, wenn jemand darin liegt", erklärte der junge Chef nun seinerseits etwas trotzig und kratzte sich an einem seiner vielen Pickel.

„Früher habe ich bockende Furzknoten wie dich mit einer Kopfnuss zur Raison gebracht, wenn ihr wieder mal das Schulklo versaut habt."

Herr Köttelhön junior kriegte den Mund nicht mehr zu.

„Else! Das reicht jetzt."

Else reichte es längst nicht. „Also Köttelchen", trat sie ganz nah ihn heran, „jetzt hör mir mal gut zu."

Ich wollte sie zurückziehen, aber schon tippte sie ihm auf die Brust, genau oberhalb des Latzes seiner grünen Gärtnerhose. *Tippen* war untertrieben. Der junge Mann kippte nach hinten und konnte sich gerade noch an einem Bonsai festhalten. Da es ein Bonsai war, nutzte das nicht viel. Er riss die Pflanze herunter und stolperte beinahe zu Boden.

„Die Schlachthauer braucht bald ihren Liegeplatz, die sieht schon Gespenster. Jetzt rede endlich, Köttel, sonst ...!"

Vermutlich hatte Elses Auftreten Herrn Köttelhön stark beeindruckt. Jedenfalls kam er nicht auf die Idee, uns rauszuschmeißen. Im Gegenteil, er gab eine Erklärung ab: „Das mit der Grabstelle war bestimmt ein bedauerlicher Irrtum, wirklich ... Ich bin nicht eingearbeitet, wissen Sie, ich studiere Literaturgeschichte und Kulturwissenschaften im vierten Semester, ich musste den Laden kurzfristig übernehmen."

„Herr im Himmel, mach, dass das nicht wahr ist." Else schlug die Hände über den Kopf zusammen.

„Ich kümmere mich nur vorübergehend ums Geschäft. Mein Vater ist gestorben. Er war dement."

„Lass deinen Vadder da raus", fauchte Else. „Demenz ist in unserer Welt Normalzustand und keine Entschuldigung."

Während Herr Köttelhön junior erneut einen Blick auf meinen Oberkörper riskierte, stutzte er plötzlich. „Haben Sie überhaupt eine Vollmacht, im Namen von Frau Schlachthauer zu handeln?"

„Reichen wir nach", sagte ich geistesgegenwärtig.

„Hier wird gar nichts nachgereicht." Else trat wieder nach vorne. „Köttelchen, du wirst jetzt den Vertrag heraussuchen und wenn wir hier Wurzeln schlagen. Ansonsten bekommst du eine satte Anzeige wegen Störung der Totenruhe, Grabschändung, Leichentausch, was weiß ich ... Und ich geh an die Presse. Und nun zackig – schau endlich nach. Bereich Süd, auf dem Hügel zum Fluss hin, Feld 31, Garten der Erinnerung, Grabstellen 70/71. 70 ist Bruno Schlachthauer, wem gehört Nr. 71? Und wer lag oder liegt da drin?"

Warum hatte Else nicht schon längst so präzise gefragt?

„Und Köttelchen, wenn du die da weiter so anstarrst, dann bist du auch noch wegen sexueller Belästigung dran."

Wenig später zog Herr Köttelhön junior aus einem Regal zwischen Efeu und anderen Schlingpflanzen einen Ordner und schlug ihn auf. Je länger er in die Akte schaute, desto mehr verzog sich sein Gesicht zu einem Befremden. „Wie soll die Frau heißen, die in Nummer 71 begraben sein soll?“

Hatten wir etwas gesagt?

„Hedwig Dannapfel“, antwortete Else laut. „Sind doch nicht alle Zellen abgestorben“, flüsterte sie mir zu.

Ich erschrak augenblicklich, denn jetzt wusste ich, warum mich die Buchstaben auf dem Holzkreuz an etwas erinnert hatten. Ich hatte ja ihre Akte gelesen.

Herr Köttelhön wurde plötzlich noch blasser, seine gelben Pickel glänzten umso mehr. „Wenn dieses Grab tatsächlich belegt sein soll, dann liegt sie selbst darin.“

„Wer liegt wo drin?“ Jetzt schien Else irritiert.

Ich freute mich. Endlich hatte ich Else einmal eine Erkenntnis voraus. Scheinheilig fragte ich: „Else, wusstest du das nicht? Frau Schlachthauers Geburtsname ist *Dannapfel*, ihr zweiter Vorname *Hedwig*.“

Draußen stauchte ich Else zusammen. „So einen Auftritt will ich nie wieder erleben.“

„Good cop, bad cop. Willst du lieber die Böse sein?“ Sie stiefelte zurück in die Gärtnerei. „Muss dem Köttel noch einen Rat geben. Für die Pickel. Pipi hilft immer.“

Als ich zurück in der Residenz war, entschied ich, Kevin Kubitza wegen unserer brandneuen Erkenntnisse eine Nachricht zu schicken: *Lieber Kevin, Frau*

Erpenbeck weiß Neues zu berichten. Ich überlegte kurz, dann tippte ich dazu: *Ich freue mich auf Sonntag.* Das war boshaft, da ich ja nicht hingehen würde. Doch diese Gemeinheit verschaffte mir wenigstens etwas Befriedigung.

Es piepste. *Danke, liebe Anna, ich freu mich auch sehr!*

Umso mehr würde er leiden.

Der Rest des Tages verlief ereignislos. Nicht ein Kunde tauchte auf. Hatte mein Besuch bei Gerd nichts genutzt? Andererseits, ich war ja erst gestern spät bei ihm gewesen.

Nach Dienstschluss brach ich zu meinem Termin auf. Wir hatten uns in einem Lippeneutruper Café verabredet. Die brünette, für meinen Geschmack zu dünne, etwa Vierzigjährige musste es sein. Sie saß hinten in einer Ecke, auf dem Tischchen lag einer der uralten Werbeflyer vom *Fröhlich Abendschein* – das vereinbarte Erkennungszeichen.

Ich bestellte einen Cappuccino. Silke vertilgte mit sichtlichem Genuss ein überdimensionales Stück Sahnetorte und erklärte ungefragt, sie verbrenne alle Kalorien sofort.

„Supi, echt supi“, sagte ich. Ich hatte keine Lust auf Smalltalk und kam daher sofort zur Sache. „Wieso ist dir denn eigentlich gekündigt worden?“

Sie verdrehte die Augen. „Hat Sie das gesagt? Dieses falsche Biest! Ich habe selbst gekündigt. Weil ich den Laden satthatte. Aber ich habe ein Eins-a-

Zeugnis bekommen." Sie machte eine Kunstpause und grinste dabei. „Weil ich ansonsten die Zentrale informiert hätte."

„Worüber?"

„Dass die Hohnsteiner-Bartel betrügt, natürlich. Ich wusste es nicht wirklich, ich hatte aber eine Ahnung. Natürlich muss die als Chefin die Belegungsstatistiken kontrollieren. Aber dass die faule Sau die Meldungen stets alleine gemacht hat, das hat mich misstrauisch werden lassen. Auch, weil mich ständig die Regionalleitung angerufen hat. Und weil ich deren Fragen nicht beantworten konnte, haben die mich regelmäßig angepfiffen."

Wie bei mir, dachte ich.

„Ich habe schließlich etwas recherchiert und die vorhandenen Zahlen so weit wie möglich mit den faktischen Belegungen und Raumkontingenten aus der Verwaltung verglichen. Damit habe ich den Drachen auf gut Glück konfrontiert. Da wusste ich schon, dass ich kündige. Wie hältst du das mit der nur aus?"

Ich zuckte mit den Schultern, das war jetzt nicht das Thema. „Wie lange geht das denn schon?", fragte ich.

„Keine Ahnung. Aber, kurz bevor ich anfing, vor einem halben Jahr etwa, da hat der Eigentümer gewechselt. *Fröhlich Abendschein* ist attraktiv. Die Residenz wurde damals umgebaut, ein paar von den großen Wohnungen sind in mehrere Appartements aufgeteilt worden. Und im Pflegebereich gab es früher Büros der Verwaltung. Ich nehme mal an, dass die Verhandlungen mit dem neuen Träger über den Verkauf seinerzeit mit den alten Zahlen geführt wurden und aus irgendeinem Grund der Umbau nie in die Statistik der dann tatsächlich vorhandenen Räume eingegangen ist. Ich denke, das ist die Lücke, die der Drachen genutzt hat."

Silke bestellte ein weiteres Stück Torte.

„Hm", überlegte ich laut, „*Fröhlich Abendschein* verfügt also mittlerweile über mehr Pflegeplätze und Appartements als dem neuen Träger verkauft worden sind? Aber warum fällt das der Zentrale nicht auf?"

„Wie denn? Die hatten niemals andere Zahlen. Und die Quadratmeter sind eh gleich geblieben. Außerdem sind die nicht wirklich am *Fröhlich Abendschein* interessiert. Der neue Eigentümer ist ein Finanzjongleur, der hat die Residenz nur gekauft, um sie wieder abzustoßen."

„Das kann er doch noch besser, wenn *Fröhlich Abendschein* gut dasteht?"

„Anna, warum lassen große Wohnungsbaugesellschaften wohl ihren Bestand rücksichtslos vergammeln?" Silke wischte sich Sahne von den Lippen.

„Du meinst also, die Hohnsteiner-Bartel verdient an den Mieten und Pflegekosten der nicht gemeldeten Plätze?"

„Ja, und sie muss in der Buchhaltung oder sonst wo jemanden haben, der ihr hilft. So einfach ist das nämlich nicht, Einnahmen verschwinden zu lassen. Und um den Betrug hieb- und stichfest zu beweisen, müsste man an die alten und die neuen Baupläne kommen. Aber das ist aussichtslos, der Drachen hält alles unter Verschluss."

„Sag mal, Silke, hast du eine Idee, wieso in letzter Zeit so viele Leute ausziehen, vor allem aus dem *Betreuten Wohnen*? Das hat doch schon zu deiner Zeit angefangen."

Silke stopfte nachdenklich Stückchen um Stückchen der Sahnetorte in sich hinein. „Ja, das war mehr als merkwürdig, so viele Kündigungen. Niemand von den Bewohnern hat mir damals gesagt, warum sie gekündigt haben. Als ob sie sich geschämt hätten."

7

Es war Donnerstagvormittag, mein Magen knurrte schon wieder, Kaffeepads waren auch aus. Also bekam die ominöse Orchidee auf der Fensterbank erst einmal ein neues Röhrchen Wasser. Sie hatte sich richtig gut erholt, dafür war ich umso trauriger. Ich hatte eben vom Alien erfahren, dass die Polizei die Leiche von Frau Sutthoff freigegeben habe, schon am Montag solle die Beisetzung sein.

Ich setzte mich, wippte und wippte und blickte dabei grüblerisch in die vor sich hin brennenden Adventskerzen. Heute schon sollte Paula Middendorp unter die Erde gebracht werden. Wobei, *unter die Erde* traf es nicht ganz. Der Neffe wollte ihre Asche auf einer *Wiese des Vergessens* begraben lassen. Ohne Begräbnisfeier, ohne nichts. Dabei hätte ich Paulinchen so gerne ihr Skatblatt ins Grab geworfen.

„Irgendwo muss man seine Trauer lassen", hatte mir Aurica zugestimmt.

Wenigstens von Frau Sutthoff werde ich mich verabschieden können, dachte ich. War es doch Suizid gewesen? War die Leiche deshalb endlich freigegeben worden? Der Flurfunk schwieg sich darüber aus. Kevin Kubitza wollte ich aus naheliegenden Gründen nicht fragen. Was sollte ich nur machen – am Sonntag doch ins Moor gehen, den Lockenkopf zur Rede stellen? War es wirklich so, wie Else es dargestellt hatte? Sie übertrieb doch immer so.

Der Himmel zeigte sich auch nur grau in grau. Da tröstete auch die Lichterkette nicht, die seit heute die riesige Tanne vor dem Portal schmückte. Viel zu spät, Weihnachten stand ja praktisch vor der Tür, aber Heiko hatte eben ein eigenwilliges Zeitmanagement.

Der Vormittag zog sich weiter quälend in die Länge. Auch deshalb, weil sich Else nicht blicken ließ. Was zu unserem Plan gehörte, denn Frau Hohnsteiner-Bartel sollte möglichst zufrieden gestellt werden. Allerdings hatte ich das Alien davon überzeugt, dass Elses Hausverbot und eine fristlose Kündigung nicht tragbar wären, denn für ihren Umzug bräuchte sie ja ab und zu Zugang zu ihren Räumlichkeiten; Frau Erpenbeck plane aber, vor Neujahr auszuziehen. Sie habe mir im Übrigen versprochen, sich ruhig zu verhalten, da sie Angst hätte, wegen ihrer Aktion in der Wohnung von Frau Middendorp doch noch angezeigt zu werden.

„Kaum zu glauben, dass diese Hexe einmal nachgibt“, hatte die Stiftsdirektorin mein Statement skeptisch kommentiert, schließlich jedoch schulterzuckend gemeint: „Es geschehen offenbar noch Zeichen und Wunder.“

Bis Ende des Jahres, war Else überzeugt, würden wir den Fall gelöst haben. „Und dann zeigen wir es der! Rache ist süß“, hatte sie gegrummelt, als ich ihr gestern Abend von meinem Treffen mit meiner Vorgängerin berichtet hatte. „Kommt Zeit, kommt Tat. Erst die Todesfälle, dann dein Alien.“

Else hatte sich inzwischen eine Faltmatratze organisiert; ansonsten lebte sie nach wie vor aus Tüten. Allerdings hatte sie mir ein Handy geschenkt. Angeblich weil sie es nicht mehr brauchte. Was hieß hier Handy? Auf dem rosaroten Smartphone hatte sie mir sofort jede Menge Apps heruntergeladen. Mit einer konnte ich sogar die Kameras in Elses Wohnung einschalten und sehen, was dort passierte.

„Was soll das?“, hatte ich verblüfft gefragt.

Else hatte geknurrt: „Merk dir einfach die Codes, Kindken, in heutigen Zeiten weiß man nie.“

Wir wussten so vieles nicht. Denn unsere *Ermittlungen* stagnierten. Also, falls sie überhaupt schon einmal richtig in Bewegung waren. Ich hatte Else daher erneut vorgeschlagen, Herrn Middendorp direkt danach zu fragen, wo und wie und vor allem warum nach Paulinchens Tod das verschwundene Geld so schnell wiederaufgetaucht war. Irgendwie mussten wir ja weiterkommen. Doch seit seinem Verschwinden aus dem Büro des Aliens war er unauffindbar.

„Geduld, Anna“, hatte Else nur gemeint. „Selbst die Bullen brauchen mitunter Jahrzehnte, um einen Fall zu lösen. Wenn sie es überhaupt schaffen.“

„Und wenn nicht?“

„Dann tritt Plan B in Kraft.“

„Plan B?“

„Vielleicht auch Plan C.“

„Verstehe. Du hast überhaupt keinen Plan.“

Es klopfte. Ein Kunde, der sich nach einem Appartement erkundigte. Als er eintrat, sah ich, dass ein weiterer Herr wartete, der ebenfalls Interesse an einem Appartement zeigte. Hatte Gerd Wort gehalten und sich gekümmert?

So ereignislos der Vormittag verlaufen war, so stressig wurde der Nachmittag. Als ich Feierabend machte, hatte ich zwei Appartements vermietet und drei Verträge für Pflegeplätze abgeschlossen. Das Geschäft war in Schwung gekommen. Und der Kunden-Boom hatte einen Namen: Gerd Kaltenkötter! Ich wollte mir einen gemütlichen Abend gönnen und den Erfolg genießen. Gerade als ich es mir auf Omas Sofa gemütlich gemacht hatte, meldete sich mein neues Smartphone. *Bonanza* natürlich. Gerd war dran, er würde mich gerne treffen, er wolle aber nicht einfach unangemeldet kommen und deshalb vorher fragen, ob es mir passen würde.

Wie taktvoll. Nein, es passte mir gerade gar nicht.

Er stünde unten, sein Nachhauseweg führe bei mir vorbei.

Damit setzte er mich aber gehörig unter Druck.

Er habe etwas Wichtiges zu besprechen.

War das jetzt wegen der Residenz oder wegen …? Ich wollte mir das Letztere nicht ausmalen.

„Haben sich Interessenten gemeldet? Ich habe sogar Kollegen von anderen sozialen Diensten angerufen und *Maria Fröhlich Abendschein* wärmstens empfohlen."

Spätestens jetzt konnte ich nicht mehr Nein sagen.

Hätte ich das nur getan. Oben angekommen übergab er mir nämlich einen Strauß roter Rosen.

„Eh, wieso …? Ich müsste mich eher bei dir bedanken."

„Die sind für dich …"

Das hatte ich mir schon gedacht.

„Weil ich dich mag."

Wenn er sich auch wiederholte: Auch das hatte ich befürchtet, denn rote Rosen waren so was von eindeutig.

Ich wurde trotzdem knallrot, schob das jedoch auf meine wenig perfekte Behausung: „Schau dich bitte nicht um, ich bin erst kürzlich eingezogen und …"

„Anna, ich seh nur dich."

Puh! Zum Glück war Else noch außer Haus. Wer weiß, wie rotzig sie dieses Ereignis kommentiert hätte. Nein, die Frage war eher, wie ich reagieren sollte?

„Gerd, ich mag dich auch, wirklich, aber … Du musst verstehen …" Ich stammelte. „Weißt du, mögen und … da gibt es Unterschiede."

Unwillkürlich streichelte ich Gerd wieder über seinen Dreitagebart. Dieses Mal eindeutig aus Mitleid. Seine Augen glänzten dennoch wie der komplette Weihnachtsmarkt in Münster. Oh nein, das hatte er bestimmt wieder falsch verstanden.

„Gerd, lass uns kurz reden, ja? Ich glaube, ich muss etwas klarstellen."

Ich platzierte Gerd auf Omas Sofa und setzte mich

neben ihn. Was blöd war, wegen der Nähe, aber anders ging es nicht, da ich ja keine weitere Sitzgelegenheit hatte. Gerd rückte an mich heran, ich von ihm weg, aber irgendwo war das Sofa zu Ende.

„Anna, ich habe lange überlegt, ob ich dich damit überfallen soll. Aber ich bin mir sicher, du bist die Richtige für mich. Ich habe so lange gesucht … Ich habe auch Mutti von dir erzählt. Sie kennt dich noch von früher, sie freut sich so. Anna … "

„Ja, aber …"

„Anna, erinnerst du dich, dass ich dich einmal eingeladen habe, mit mir einen Kaffee zu trinken?"

Und wie!

„Gerd, ich finde es wirklich toll, dass du mir bei den Vermietungen hilfst, aber …"

Ich spürte, wie sich etwas an meine Schulter herantastete. Ich befürchtete Schlimmstes. Und tatsächlich trat der worst case ein. „Anna, ich liebe dich!"

Seine Finger tasteten an meinem Haaransatz herum. Der traute sich was. Wie kam ich aus dieser Nummer nur wieder heraus?

Erst einmal streifte ich seine Hand ab und stand auf.

„Gerd, lass mich ganz ehrlich zu dir sein."

Auch das verstand Gerd mal wieder komplett falsch. „Du hast vollkommen recht, Anna, Ehrlichkeit ist das Wichtigste in einer Beziehung."

Beziehung – was spielte sich nur in seinem Kopf ab?

„Gerd, nein … das kommt nur alles so … überraschend."

Er stand auf und streichelte mir übers Haar: „Anna, das ist mein Fehler. Entschuldigung, ich habe dich überrumpelt, du hast recht, es muss sich alles entwickeln."

Ja, sicher, aber in welche Richtung?

Ich schob starke Kopfschmerzen vor und bugsierte Gerd aus meiner Wohnung. In der Tür betonte er noch einmal, wie wichtig ich ihm wäre, und ich solle mir ruhig Zeit lassen, meine Gefühle für ihn wachsen lassen, er verstünde das gut, Gefühle müssten reifen … Man könne sich ja auch irren, wenn man sich zu schnell binden würde …

Wo Gerd recht hatte, hatte er recht. Wobei es bei mir nichts zu reifen gab, da ich keine Gefühle für Gerd hatte. Nicht einmal Ablehnende, weil er für mich eigentlich eine Art Neutrum von Mann war, also, so ähnlich wenigstens. Aber dafür hatte ich im Irren bei Männern verdammt viel Erfahrung. Hm, eigentlich hatte ich mich bisher ja nur in Jan geirrt.

Egal, Hauptsache, Gerd war gegangen. Wenn ich auch ein verdammt schlechtes Gewissen hatte. Um ihn endgültig loszuwerden, hatte ich nämlich heuchlerisch gesäuselt, ich würde es mir durch den Kopf gehen lassen. Dabei hatte sich ja mein Bauch schon entschieden, noch bevor Gerd mich mit seiner Liebe überhaupt bedrängt hatte. Schamlos hatte ich ihn ausgenutzt, nutzte ihn immer noch aus.

Andererseits, schon mein Opa hatte immer behauptet: „Geschenkt krisse auffe Welt nix."

Es war Freitagmorgen, neun Uhr. Und so langsam sollte ich mich den zahlreichen Kunden auf dem Flur widmen.

Die alte Dame, die ich zu mir hereinbat, trug ein Hörgerät. Nein, hinter jedem Ohr klemmte ein kleines graues Ding. Sie hatte ihre Tochter mitgebracht. Oder war es umgekehrt?

„Herr Kaltenkötter vom *Sozialen Dienst*", sagte die Tochter. „Er ist begeistert von Ihrer Einrichtung."

Die Mutter lächelte.

Ich freute mich über die Bemerkung und wies professionell auf die vorzügliche Betreuung und andere Vorteile unseres Hauses hin. Anschließend führte ich die beiden durchs Haus. Zum Schluss ging es in Margaretes Appartement, die mir mittlerweile das Du angeboten hatte. Margarete rühmte das gute Essen, die liebevolle Pflege, die engagierten Ehrenamtlichen. „Frau Müller wird der Engel vom *Fröhlich Abendschein* genannt."

Die Mutter lächelte, die Tochter lächelte.

Ich lächelte auch, aber peinlich berührt.

Die Tochter wollte sich noch einmal in der Residenz umsehen, bevor sie sich entschied. „Tun Sie das, tun Sie das", säuselte Margarete und brachte sie mit ihrer Mutter zur Tür. Dann nahm sie mich beiseite. „Hier, als Spende für die Weihnachtstombola."

Sie drückte mir zweihundert Euro in die Hand. „Wir wollen doch, dass die Feier ein Erfolg wird."

Ob ich sie noch einmal nach München fragen sollte? Jetzt war vielleicht ein guter Moment dafür. „Toll, Margarete, dass du die Regie für das Krippenspiel übernimmst und dich auch sonst so engagierst. Ich finde Schauspielerei unglaublich spannend, welche Rollen hast du eigentlich gespielt, Margarete? Du warst doch bestimmt auch einmal in München engagiert, ich finde diese Stadt einfach großartig! Vor allem Schwabing muss aufregend sein."

Margarete sah mich verblüfft an. Hatte ich mich erneut zu weit vorgewagt?

„Möchtest du vielleicht einen Tee, Anna?" Ich nickte, ich musste jetzt dran bleiben.

Soweit Else und ich wussten, hatte Margarete ihr nachweislich letztes Engagement in Frankfurt gehabt, die Zofe der Lady Milford in *Kabale und Liebe*. „Die beste Nebenrolle, die die je hatte", hatte Else behauptet. Obwohl sie sehr viel wusste, hatte ich mich dennoch gewundert, wie gut sie sich mit Theaterstücken auskannte. „Kindken, schau nicht so doof aus der Wäsche", hatte sie gelacht, „auch auf Bühnen muss Dreck weggemacht werden. Learning by putzing."

Margarete goss den Tee auf. „Ach, das mit meiner Schauspielerei ist lange her. Eine schwere Zeit, du glaubst nicht, wie schwer. Theater sind Intrigennester, und wenn du nicht mit Regisseuren oder Intendanten ins Bett gehst, kommst du nicht weit. Es hat mich so angewidert."

Und was hieß das jetzt?

„Immer wieder habe ich überlegt, die Schauspielerei aufzugeben. Krankenschwester wollte ich werden, wie du, oder Erzieherin, mit Kindern arbeiten. Ich hatte schon alles in die Wege geleitet, aber dann … Menschen helfen, das wollte ich von Kind an, nach Afrika gehen, wollte ich, Albert Schweitzer, das war mein Vorbild. Ach, Anna, die Schauspielerei, sie ist lange her, sehr lange."

Klang da Wehmut mit?

„So lange kann das doch noch gar nicht her sein?"

„Das wühlt mich nur wieder auf", seufzte sie und machte eine große Geste, als würde sie gleich einen Nervenzusammenbruch kriegen. Doch unvermittelt war sie wieder ganz *Grande Dame* – energisch, beinahe etwas herrisch sogar. „Ich habe Besetzungsprobleme für das Krippenspiel, Anna. Ida Sutthoff wäre eine schöne Maria gewesen. Ich wollte Else die Rolle anbieten, als Wiedergutmachung. Ich wollte ihr Selbstwertgefühl stärken, aber nun …"

Erst nach einer Weile verstand ich.

„Ich kann das nicht."

Margarete machte eine abwehrende Handbewegung. „Ich habe bereits mit Frau Hohnsteiner-Bartel gesprochen, sie ist einverstanden, dass du mitspielst. Du wirst eine wunderbare Maria sein. Heute fünfzehn Uhr, ja?"

Ich seufzte zustimmend. Je besser mein Verhältnis zu Margarete war, desto mehr kriegte ich vielleicht aus ihr heraus, dachte ich. „Wer spielt denn den Josef?", fragte ich.

Draußen auf dem Flur schoss mir die Hitze ins Gesicht. Warum hatte ich mich nur darauf eingelassen? Ob Heiko wohl wusste, was eine unbefleckte Empfängnis ist?

Vor meinem Büro warteten Tochter und Mutter auf mich. „Meine Mutter findet es sehr, sehr schön hier", sagte die Tochter. Und ganz laut dann: „Nicht wahr, Mutter?"

Die ältere Dame lächelte mich an.

„Können wir die Formalitäten erledigen?" Die Tochter wollte Nägel mit Köpfen machen. Ich bat die beiden hinein.

„Sie möchten also bei uns einziehen?", wendete ich mich an die Mutter und holte einen Vertrag hervor. „Gefällt es Ihnen bei uns? *Sie* müssen sich hier wohlfühlen."

Die Mutter lächelte immer noch.

„Ihr Hörgerät ist defekt", sagte die Tochter. „Sie müssen lauter sprechen. Ich unterschreibe den Vertrag."

„Ihre Mutter ist doch voll geschäftsfähig, oder?"

„Mutter, unterschreib!" Die Tochter schob ihrer Mutter den Kugelschreiber zwischen die Finger und führte ihr die Hand. Dass ich den Vertrag noch nicht einmal ausgefüllt hatte, war Nebensache. Die Mutter machte sich steif.

„Mutter, wenn du nicht unterschreibst, dann, dann …"

„So geht das nicht", konnte ich gerade noch sagen, während jemand mit seinem Rollator zur Tür hereinbretterte und meinen Besuchern beinahe in die Hacken fuhr.

„Da leckst de Sau anne Föt!"

Die Tochter schaute entgeistert. Die alte Dame lächelte. Im Türrahmen stand eine Gestalt in einem mit bunten Frühlingsblumen bedruckten Skianzug, mit Helm und Skibrille und klobigen Schuhen. Ich schickte Mutter und Tochter vor die Tür und bat sie, sich dort in aller Ruhe den Vertrag durchzulesen. Dann zischte ich: „Else, was soll das?"

Sie ließ sich erschöpft in den Besucherstuhl fallen, dessen Plastik bedrohlich quietschte. „Kindken, der Tegernsee ist sooo schön. Meine Ausrüstung, stylisch, was? Und sooo viel Schnee da unten schon. Die feschen Skilehrer werden es mir umsonst machen."

„Wovon redest du?"

„Kindken, nicht, was du wieder denkst, nackend im Schnee, das ist mir viel zu kalt." Else schüttelte und schubbelte sich.

„Else!"

„Wir werden in den Alpen so viel Spaß haben, dass die Bergziegen das Meckern einstellen. Anna, auch du brauchst mal Urlaub."

Ich verstand nur Bahnhof.

Sie nahm ihren Helm ab, einen Fahrradhelm, wie ich nun erkannte. „Anna, es wird ernst. Unser Fall nimmt eine dramatische Wendung. Bruno lebt!"

„Ach, wieso, also doch!" Ich guckte sie schadenfroh an.

Sie reichte mir den Zettel: *Letzte Wahrnung Stellen sieh alle Nachforschungen sofoort ein Wenn nich werde ich sieh zum Schwaigen bringen Auf hoohes Ahlter neeme ich kaine Rükksicht Bruno Brutahlis*

„Anna, ich kriege echt das Frösteln. Erst erscheint Brunos Geist, jetzt quasi er selbst", sagte Else und schüttelte sich. Sie hatte den Zettel in ihrem Briefkasten gefunden. Getippt worden war er auf einer Schreibmaschine. Die Rechtschreibung war grausamer als der Inhalt.

„Das ist bereits die zweite Drohung, Else."

„Den Wisch hat auf keinen Fall die Puffmutter verfasst, das ist nicht ihr Stil. Da spielt definitiv noch jemand anderes mit. Denk an das Holzkreuz. Wir brauchen unbedingt Schriftproben."

„Willst du etwa alle Bewohner und Pfleger auf ihre Rechtschreibkenntnisse prüfen? Vielleicht ist es ja jemand aus der Verwaltung? Oder sonst woher." Mir fiel eigentlich nur einer ein, dem ich diese Fehler zutraute. Heiko?

„Anna, keine voreiligen Schlüsse. *Bruno Brutalis*, wenn der wirklich noch lebt, müsste er anne achtzig sein."

„Else, Drohung ist Drohung. Wir müssen etwas tun."

„Was glaubst du wohl, warum ich mich so in Schale geschmissen habe?" Else tippte an ihren Helm. „Julie Jensen. Alias Johanna Johannpeter. Kommt ursprünglich aus Appelhülsen bei Nottuln. Wie die Puffmutter. Wohnt am Tegernsee."

Else wartete auf Applaus, ich aber zuckte nur mit den Schultern. Immerhin hatte *ich* ihr den Geburtsort Margaretes besorgt. Und dass zwei Freundinnen aus dem gleichen Ort stammten, hätte ich mir auch denken können.

„Ich habe in Appelhülsen entfernte Verwandtschaft und dort ein wenig herumgefragt. Da kennt jeder diese Julie, auch unter ihrem richtigen Namen. Einmal im Jahr besucht sie das Grab ihrer Eltern. Man kann sich noch gut an die beiden erinnern. Die haben Appelhülsen damals im Streit mit ihren Eltern verlassen. Die Puffmutter war schon im Kindergarten Johannas beste Freundin."

„Else, nimm die Drohung nicht auf die leichte Schulter."

„Kindken, ich bin doch nicht naiv." Sie zog aus dem Gitterkorb ihres Rollators ein handliches Gerät, das sie mir als Elektroschocker vorstellte.

„Else, der wird dir nicht helfen. Du rufst jetzt die Polizei an! Von mir aus auch Herrn Kubitza."

„Von mir aus auch Herrn Kubitza?", zitierte sie mich und zog den Namen betont in die Länge. „Hör ich da etwa einen Misston?“ Sie grinste breit. „Pass auf, mach Feierabend, pack deine Sachen, wir fahren nämlich zum Tegernsee. Und verbinden Ermittlungen mit Sport und Spaß“, sagte sie, stand auf und tippte sich an den Skihelm.

Genauso gut könnte ich mit einer Wand reden.

„Und ich habe noch eine Überraschung für dich.“

„Else, ich fahre nirgendwo hin, schon gar nicht an den Tegernsee, ich habe gleich Probe, ich mache beim Krippenspiel mit.“

Mein Magen kniff. In der Kantine guckten mich in Fett schwimmende Kohlrouladen an. Ich entschied mich für einen Salat mit zwei Scheiben Pumpernickel mit *guter westfälischer Butter.* Als ich mich in die Schlange einreihte, spürte ich schmierige Hände an meinen Hüften.

Der traute sich was! Ich drückte ihn weg.

Heiko grinste mich lüstern an. „Schätzchen, freu mich schon so. Schwanger ohne vögeln, das ist doch Bullshit.“

Ich dachte an Opa und atmete durch. Das musste jetzt sein: „Heiko, glotz mir nicht dauernd auf die Titten.“

Mein Selbstbewusstsein schien große Fortschritte zu machen. Der ganze Saal blickte auf. Die Kollegen starrten mich an. Beziehungsweise meine …

Sollte ich die jetzt alle zur Rede stellen?

Plötzlich stand Adam vor uns. „Ich werde das der

Frau Stiftsdirektorin melden“, herrschte er Heiko an. „Sexuelle Belästigung hat in unserer Einrichtung nichts zu suchen.“

Heiko zog muffelnd Leine. Die Kollegen beugten sich über ihre Teller, als ob nichts gewesen wäre.

Ich bedankte mich bei Adam mit einem stillen Kopfnicken. Nur raus hier! Unvermittelt kam Rita von irgendwoher. „Lass dir das gesagt sein, Anna, der Adam ist hinterfotzig, der tut nur scheißfreundlich. Der wollte deine Stelle.“

Klar, Rita mochte Adam nicht. Aber dass sie es wagte, ihn bei mir schlechtzumachen. Ich zischte zurück: „Glaub mir, ich komm gut alleine klar.“

Dann rief ich Margarete an. „Ich spiele die Maria nur, wenn Heiko nicht den Josef spielt.“

Im großen Gemeinschaftsraum war auf der Bühne die Kulisse für das Krippenspiel aufgebaut. Der Chor übte den Part des Engels. *„Der Herr ist mit dir. Fürchte dich nicht, Maria, du hast Gnade bei Gott gefunden.“*

Heiko saß auf einem billigen Schemel, ich stellte mich neben ihn. Soviel zu meinem Ultimatum, das ich Margarete gestellt hatte. Von *Verantwortung* hatte sie gesprochen, dass die Aufführung vor dem Scheitern stünde. Das könne ich ihr nicht antun. Schweren Herzens hatte ich eingelenkt.

„Zieh Maria lieb auf deinen Schoß, Heiko“, leitete sie uns an. Ich verkrampfte, mehr noch als sowieso schon.

„Anna, was ist mit dir? Lehne dich an Josefs Brust. Mach ein glückliches Gesicht, schließlich hat der Engel dir gerade die Gnade Gottes verkündet."

„Nachher bei mir oder bei dir?", sabberte Heiko mir ins Ohr.

Margarete gab dem Chor ein Handzeichen.

„Siehe, du wirst schwanger werden und einen Sohn gebären, und du sollst ihm den Namen Jesus geben."

„Heiko, schau erstaunt", sagte Margarete.

„Wieso?"

„Du bist doch nicht der Vater."

„Wat, ich nich? Wer is der Vadder? Dem polier ich die Schnauze!"

„Josef, Maria wird einen Sohn gebären, dem sollst du Jesus nennen, er wird sein Volk retten von ihren Sünden."

„Und ab." Margarete stöhnte. „*Und ab* hab ich gesagt!"

Wann merkte Margarete nur, dass Heiko für die Rolle absolut ungeeignet war? Und nicht nur dafür …

„Ja, klar, alles paletti."

Margarete wollte nun die Szene proben, in der wir nach Bethlehem aufbrachen. Aurica, die die Regieassistenz übernommen hatte, reichte mir ein Kissen, das ich unter meinen Rolli stecken sollte, weil ich ja jetzt hochschwanger war.

Der Chor übernahm nun auch die Rolle des Sprechers: *„Es begab sich aber zu der Zeit, dass ein Gebot von dem Kaiser Augustus ausging, dass alle Welt geschätzt würde …"*

Stille. Nicht ganz, irgendwer im Chor pupste.

„Heiko, du bist dran“, fauchte Margarete.

Heiko las vom Blatt ab: „Maria, ich verlasse dich.“ Er stutzte und schaute von seinem Rollenbuch auf. „Nee, wieso dat denn? Jezz, wo grad so schön is mit meiner Süßen!“ Er grinste dreckig.

Margarete stöhnte erneut auf. „Wir spielen Theater!“

„Klaro, weiß ich doch. So doof bin ich nun auch widder nich.“ Heiko breitete die Arme zu einer großen Geste aus. Dabei sprangen ihm einige Hemdknöpfe ab, sodass ich in seinem Bärenfell versank, als er mich an seine Brust drückte und sagte: „Maria, ich werde weit fortgehen.“

Das war doch mal eine Idee.

„Das hat der Kaiser befohlen.“ Heiko stutzte. „Hat denn der Beckenbauer schon damals gelebt?“

Ich war platt. War der Heiko wirklich so doof oder tat er nur so? Ich entschied mich fürs Erstere. Doch sofort grinste er mich auf eine absonderliche, irgendwie glücklich beseelte Art an und meinte: „Der war ma fettbombig, der Spruch, nich? Dat musse zugeben. Ich bin gut in so Sprüchen, dat kannste mir glauben.“ Da wusste ich, dass er wohl doch über ein wenig Grips verfügte. Aber höchstens einen Fingerhut voll.

„Ruhe!“, donnerte Margarete dazwischen. „Ich kann so nicht arbeiten. Wir machen eine Pause.“ Margarete nahm in ihrem Regiestuhl Platz und ließ sich von Aurica mit einem Palmwedel aus der Deko Luft zufächeln.

Ich ging hinaus und suchte mir auf dem Flur einen Wasserspender.

Wie aus heiterem Himmel stand Herr Middendorp hinter mir.

„Frau Müller, gut, dass ich Sie hier treffe. Ich muss mit Ihnen reden. Bitte."

Hatte er *bitte* gesagt?

Er holte seinen Inhalator heraus. „Sie müssen mir helfen. Wissen Sie, wo sich Frau Erpenbeck aufhält?"

„Sie ist doch gekündigt. Und ich habe mich mit ihr zerstritten. Wieso?"

„Es geht um Leben und Tod. Im *Haus Maria Fröhlich Abendschein* … Mein Leben … Auch das von Frau Erpenbeck ist in Gefahr", stammelte er.

Drinnen ging es mittlerweile weiter: *„Fürchtet euch nicht! Siehe, ich verkündige euch große Freude …"*

„Und Sie wollen mir nicht sagen, worum es genau geht?

„Ich muss mit Frau Erpenbeck sprechen."

„Ich weiß nicht, wo sie steckt", log ich. Wobei, in gewisser Weise stimmte das ja sogar. Ich war mir nie sicher, wo sich Else gerade aufhielt und was sie wieder unternahm.

Herr Middendorp diktierte mir für alle Fälle seine Handynummer, die ich sofort einspeicherte, um ihn zu beruhigen.

Ich hatte nach der Probe etwas früher Feierabend gemacht und wartete auf Else; an der Bushaltestelle vom *Café Moorblick*, wo wir uns verabredet hatten, damit uns möglichst niemand zusammen sah. Kaum hatte ich die Haltestelle erreicht, röhrte ein Sportwagen heran, ein roter Ferrari. Seine Bremsen quietschten.

„Kindken, steig ein!"

„Wo hast du denn den her?", fragte ich entgeistert.

„Woher wohl …? Gemietet! Man gönnt sich ja sonst nichts."

Eine Autovermietung in Lippeneutrup? Kaum zu glauben.

Ich fragte besser nicht, ob dort jemand wisse, dass sie Zeit ihres Leben nur Ente gefahren war.

„Wir müssen uns beeilen", drängelte Else. „Leahs Klavierstunde endet um achtzehn Uhr, richtig?"

Was hatte Else vor? Nein, niemals! Ich konnte doch nicht einfach ohne Absprache mit Jan …

„Hält sich dein Ex an Absprachen? Das Kind braucht seine Mutter. Ein Wochenendtrip ist genau das Richtige."

„Else, Herr Middendorp will dich dringend sprechen. Er sprach davon, dass er … dass du in Gefahr bist."

„Kindken, sind wir nicht immer alle in Gefahr?"

„Else, du solltest das ernster nehmen. Genauso wie diesen Drohbrief. Wir sollten zur …"

„Das hat bis Montag Zeit. Niemand weiß, wohin wir fahren, da wird mir schon nix passieren. Wusstest du eigentlich, dass die meisten Todesfälle im Haushalt passieren? Jüngst in Ochtrup oder war das in Havixbeck? Egal, jedenfalls ist da eine Bäuerin im Stall von einer Kuh getreten worden. Unters Kinn. Knock-out. Für immer. Da kannste nix machen."

Else brauste mit quietschenden Reifen los.

Kurze Zeit später erreichten wir die Musikschule, in der Leah am späten Freitagnachmittag Klavierstunden hatte. Wie montags und dienstags auch. Das war Elses zweite Überraschung: Sie wollte Leah mit an den Tegernsee nehmen, damit ich mal wieder länger mit ihr zusammen sein konnte.

„Du meinst, wir entführen sie?", hatte ich verblüfft gemeint.

„Nein, wir leihen sie uns nur zwei Tage aus", hatte Else lapidar geantwortet.

„Ich mache da nicht mit", hatte ich heftig protestiert, aber Else war einfach weitergefahren und suchte nun zielstrebig den entsprechenden Unterrichtsraum. Ich folgte widerwillig. So was konnte nicht gut sein. Kurz darauf schloss ich allerdings Leah glücklich in meine Arme.

Die blutjunge Lehrerin erhob sich. „Sie stören die Stunde!" Die kannte ich doch, das war doch die …

„Das Kind muss auch mal seine Mutter sehen", sagte Else. „Wir nehmen sie mit."

„Leahs Nanny wird Leah nach Hause fahren", protestierte die Tussi von Klavierlehrerin.

Neben mir tauchte wie aus dem Nichts ein weiteres klapperdürres Model auf. Leahs Nanny. Die war doch letzten Samstag auch dabei gewesen, oder? Irgendwie sahen Jans Frauen alle gleich aus. Sie zückte ein Smartphone und suchte eine Nummer, vermutlich die von Jan. Blitzschnell entwendete Else ihr das Gerät.

„Geben Sie mir sofort mein Telefon zurück."

Mit so einer Piepsstimme ging Jan ins Bett, ich fasste es nicht.

„Gestatten, Erpenbeck, Else Erpenbeck. Kämpferin für Gerechtigkeit aller Art. Keine Angst, du Flitscherl, kriegst dein Spielzeug gleich wieder."

Unser Bayerntrip warf seine Schatten voraus.

„Wir lassen uns von Ihnen nicht beleidigen!" Die Klavierlehrerin stellte sich neben das Kindermädchen.

„Och nee, bin ich euch etwa zu nahe getreten?" Else lächelte zuckersüß. „Das ist ja mal ein Ding. Die böse Else. Passt mal schön auf, ihr Püppchen, was ich noch so draufhabe." Ich konnte Leah gerade noch die Ohren zuhalten, da legte Else schon los: „Der Vater dieses armen Mädchen ist ein Fließbandficker! Und ihr macht da mit. Stückware seid ihr. Bah!"

Die Klavierlehrerin lief rot an, das Kindermädchen auch. Else zückte ihr Tablet und zeigte den beiden die Fotos, die sie bei der Observierung von Jans Villa gemacht hatte.

Die beiden Flittchen guckten sich entsetzt an.

„Wir liefern Leah pünktlich Sonntagabend wieder ab. Und jetzt macht eure Goschen zu, sonst erkältet ihr euch noch eure Teenie-Blasen. Ich weiß, wovon ich rede."

Als wir bereits mit Leah in der Tür standen, schlug sich Else vor die Stirn. „Das Wichtigste hab ich fast vergessen." Sie holte zwei Laborgläser aus ihrer Einkaufstasche, ging noch einmal auf die beiden Tussis zu und drückte ihnen jeweils eins davon in die Hand. Dann flüsterte sie ihnen etwas zu, was ich nicht verstehen konnte. Ich sah aber, wie die beiden nun endgültig ihre Fassung verloren. Was sage ich, die beiden fielen in Schockstarre.

Als sie zurückkam, sah ich Else fragend an. Sie zeigte aber nur auf Leah und sagte: „Später."

Leah freute sich riesig, als sie den Ferrari sah. „Mami, hast du wieder Geld?" Ich setzte sie nach hinten und mich ans Steuer. Else war müde und ich sollte zum Tegernsee fahren. Als ich den Motor startete, bockte der Wagen wie ein junges Wildpferd aus dem Merfelder Bruch. Seine Kupplung war spürbar sensibler eingestellt als die von Elses Ente.

„Mami, Papi wird aber ganz böse sein, wenn du mich entführst", meldete sich Leah zu Wort.

Da hatte sie zweifellos recht.

„Wohin fährst du?", fragte Else überrascht, als ich unvermittelt Richtung Norden kurvte. Ich hatte nämlich Schiss bekommen und wollte Leah zu Jan zurückbringen. Zumal der Ferrari nicht einmal einen Kindersitz hatte.

„Das war eine Schnapsidee von dir. Ich bin Leahs Mutter, ich entscheide!"

„Ich will aber bei dir bleiben, Mami."

„Siehst du, sag ich doch." Else spielte die Beleidigte.

Zwei Minuten später bog ich in die Straße ein, in der Jans Haus stand. Der wollte gerade in seinen Porsche steigen.

„Anna, das ist Kindesentziehung."

„Ich habe sie nur aus der Musikschule abgeholt."

„Du machst dir alles kaputt. Sei froh, dass du diese Stelle hast. Ich …"

„Kindesentziehung, dass ich nicht lache!" Else war ausgestiegen und näherte sich Jan. „Ob das dem Familiengericht gefallen wird? Schauen Sie mal hier." Sie zückte ihr Tablet und hielt es Jan unter die Nase.

„Was wollen Sie denn damit, Sie alte Schachtel?", raunzte Jan, nachdem er einen kurzen Blick riskiert hatte. Dann wandte er sich an mich. „Mit so was kommt ihr vor Gericht nicht durch. Du hast es nur noch schlimmer gemacht."

Er verschwand mit Leah im Haus. Nicht einmal einen Kuss konnte ich meinem kleinen Schatz noch geben. Und ihr das Kuscheltier zurückzugeben, hatte ich auch vergessen.

„Mach dir nix draus, Kindken. Das mit der alten Schachtel hat der nicht umsonst gesagt. Den krieg ich noch am Arsch zu packen! Und wenn nicht da, dann an seinem Schniedel. Macht auch mehr Sinn bei dem. Der kann sich warm anziehen."

„Else, was hast du eigentlich den beiden Tussis in der Musikschule geflüstert? Die waren ja völlig fertig", fragte ich beiläufig, als ich den Motor startete.

„Nix besonderes. Nur dass ich die freundlich gebeten habe, mir Spermaproben und Fingerabdrücke von deinem Ex zu besorgen. Von wegen Vergleichsmaterial für die Pornohefte!"

„Was hast du?!" Vor Schreck rutschte ich mit dem Fuß von der Kupplung und der Ferrari hüpfte zwei Meter nach vorne. Zum Glück parkte vor uns kein weiteres Auto. „Else, das geht definitiv zu weit!"

„Jetzt mal ganz ruhig, Kindken. Kanaillen wie dein Ex brauchen angemessene Praktiken, um sie zu besiegen. Schließlich müssen die Bischöfe eindeutig wissen, wer sich diesen Schund tagtäglich ansieht und sich dabei ..."

„Else, ich will das nicht hören."

„Ist ja schon gut. Jedenfalls hab ich diesen Thusneldas nackend in die Hand geschworen, ich würde die Fotos und das Video bei Facebook, Instagram, YouTube und sonst wo reinstellen, wenn sie nicht spuren und das Material in Kürze liefern würden."

„Und das machen die?"

„Klar, ansonsten hab ich denen eine Karriere im *Hausfrauentreff* vorhergesagt."

„Und wie willst du das Material vergleichen?"

„Ach Kindken, du musst noch viel lernen. Darum geht es doch gar nicht. Wichtig ist nur, dass wir die Proben besitzen. Anna, wenn du jemand richtig unter Druck setzen willst, kommt es nicht darauf an, was du tatsächlich beweisen kannst, sondern was der andere glaubt, was du in der Hinterhand hast."

Ich raste, blinkte mit dem Fernlicht und hupte wild die Autos vor mir weg. Mitten in der Nacht kamen wir am Tegernsee an. Das hätte auch Elses Fangio nicht besser hingekriegt. Oder dieser Caracciola.

Else hatte ein Doppelzimmer in einer kleinen Pension gebucht. Schlüssel mit Zimmernummer hatten uns die Pensionswirte unter die Hausmatte gelegt. Wenig später schnarchte Else neben mir in einer blau-weiß karierten Bauernbettwäsche. Und wie! Ich konnte natürlich nicht schlafen. Zu viel ging mir durch den Kopf. Vor allem, ob Jan das gegen mich verwenden würde, was heute geschehen war. Als ich endlich ein bisschen eingedöst war, weckte mich Else auch schon wieder.

„Morgenstund' hat Gold im Mund!"

Der starke Kaffee machte mich ein bisschen wacher. Ich wollte das reichhaltige Frühstücksbüfett noch weiter plündern, doch schon drängte Else zum Aufbruch.

Puh, diese Julie wohnte nicht schlecht. Margaretes ehemalige Kollegin war aber nicht zuhause. Else wollte es später noch einmal versuchen.

„Hast du etwa vorher nicht angerufen?“, fragte ich. „Was, wenn sie verreist ist?“

„Mach mal keinen Stress, sie wird einkaufen sein, und wir haben Urlaub. Wir schauen später noch mal vorbei.“

Else buchte im Skigebiet Spitzingsee Privatstunden in einer Skischule. Ich sollte mitmachen, aber ich hatte keine Ski. Und selbst wenn, ich konnte kaum in ramponierten Jeans, Rolli, Sneakers und einem abgeschabten Fleecepulli auf die Piste gehen. Also guckte ich von der Terrasse des Almgasthofes neben der Skischule zu, wie Else den Übungshang in Schussfahrt nahm. Wieso brauchte sie eigentlich einen Skilehrer? Else und ihre Art, ständig drehte sie alles immer so, wie es ihr passte. Während sie sich von den Hängen stürzte, hatte ich Zeit zu grübeln – über Else, über Kevin, über die *Novizin, den Welpenschutz* … überhaupt über alles. Denn das Leben war kompliziert und niemals so, wie man dachte.

Was für eine Erkenntnis.

In Liebesfilmen, und da war ich ja durch meine Uromi zur Expertin ausgebildet, wird zum Beispiel von einem von seiner großen Liebe in flagranti erwischten Mann, etwa bei einem zärtlichen Kuss mit einer anderen, etwa seiner Schwester, die aber niemand als seine Schwester kennt, immer so ein Satz gesagt wie: *Bitte, glaube mir doch, es ist nicht das, wonach es aussieht.* In neunundneunzig Prozent der Fälle kommt dann von der Frau, die sich von ihrer großen Liebe verraten fühlt, die verzweifelte Gegenfrage: *Wonach sieht es denn aus?* Ich habe mich jedes Mal über diese dämlichen Frauen geärgert, die sofort und heulend ihre große Liebe in den Wind schossen, nur weil sie sich nach dem Anschein richteten. Dabei weiß man doch, dass sich die beiden Liebenden am Ende doch noch kriegen. Geweint habe ich trotzdem.

Wie auch immer. Irgendwie war es nicht richtig, das Treffen mit Kevin einfach zu canceln, nicht hinzugehen, nur weil Else mir etwas erzählt hatte, was Kevin angeblich gesagt hatte. Ohne Absage, ohne Erklärung, ohne von ihm selbst zu hören, was er über mich dachte. Ich zückte mein Handy: *Lieber Kevin, ich kann nicht ins Moor kommen. Mir ist etwas sehr Wichtiges dazwischengekommen. Das tut mir sehr, sehr leid. Vielleicht ein anderes Mal.* So konnte ich mir wenigstens noch ein Türchen offenhalten.

Ich drückte allerdings nicht auf *Senden*, sondern speicherte die Nachricht erst einmal als Entwurf ab. Morgen früh war immer noch Zeit …

Plötzlich hatte ich einen Mordshunger. Das musste die gute Luft sein. Ich überschlug meine Finanzen und entschied mich für einen Tegernseer Schweinebraten. Der kam in drei Teilen von Schulter, Wammerl und Schwarte.

Fünf Stunden später hatte ich keine Lust mehr auf den sechsten Cappuccino und machte mich auf die Suche nach Else. Ich stöberte sie in einer Almhütte neben dem Idiotenhügel beim Après-Ski auf. Zunächst sah ich nur besoffene Touristen und schallend lachende Skilehrer in knallrotem Dress. Ein Riesenknäuel, aus dem zunächst Elses Stimme drang, ehe sie dann höchstpersönlich daraus auftauchte und sich einen Obstler genehmigte.

„Und dann war der wech“, erklärte sie lauthals. „Der will Brötchen holen und ein Erdenschlund verschluckt ihn. Futschikato, von einem Moment auf den anderen. Nur sein Finger wird gerettet und die Witwe lässt den verbrennen.“

Einer der Skilehrer, ein Tegernseer Ureinwohner, so sah er jedenfalls aus, lachte sich kringelig. „Else, ich könnt dich abzutzeln.“ Ein anderer sagte etwas, was ich kaum verstand: „Muaßt du mit deine Griffeln oiwei oiss andatschen?“

Ich drängte mich zu Else durch.

„Gleich, Kindken, gleich … Ich muss erst noch …“

Einer der Skilehrer leerte sein Weizenbier in einem Zug, starrte in die Tiefe seines Glases und rülpste: „Pfiat di Gott, Lackerl.“

Diesmal war Johanna Johannpeter alias Julie Jensen daheim.

„Ich hatte dich mir jünger vorgestellt, Else.“

„Ich dich mir auch“, sagte Else gutgelaunt. Also hatten sie doch telefoniert und waren sogar schon beim du.

Kurz darauf saßen wir bei koffeinfreiem Kaffee

und zuckersüßen Dominosteinen in einem bezaubernden Wintergarten. Und wenn ich bisher alles richtig verstanden hatte, war Johanna Johannpeter Margaretes und Brunos rechte Hand gewesen und hatte *Maeggies Club* gemanagt, während die beiden in Vegas ihre Knete verprasst hatten.

Frau Johannpeter war froh, dass sie jemand besuchte. Noch dazu jemand, der sich für sie interessierte. Für sie als Mensch und – als Betrogene! Ich fand, ich machte das sehr gut. Während Else langsam wegdämmerte.

„Schlimm, was Ihnen Ihre beste Freundin angetan hat, sehr schlimm", sagte ich.

Frau Johannpeter sah traurig drein, und mir tat es in der Seele weh, mit unserem Besuch in ihr so vieles aufgewühlt zu haben. Es hatte sie nämlich tief verletzt, wie sie erzählt hatte, dass ihre beste Freundin sich damals von ihr fünfzigtausend Euro geliehen, dann abgesetzt und sich nie mehr bei ihr gemeldet hatte. Sie schob mir die Schale mit den Dominosteinen hin, aber ich nahm keinen. Der Tegernseer Schweinebraten lag mir immer noch im Magen.

„Sie brauchen einen Schnaps!" Frau Johannpeter erhob sich und kam mit einer Flasche wieder. „Nennen Sie mich doch Johanna", sagte sie und schüttete zwei Gläser voll.

Wacholder las ich auf dem Flaschenetikett.

„Manchmal bekomme ich Sehnsucht nach meiner Heimat."

„Danke, Johanna", sagte ich, „für mich nicht."

Sie stürzte einen Wacholder herunter und meinte dann: „Margarete ist also nun ehrenamtlich tätig in einem Heim?"

„Ja, in einer sehr großen, sehr schönen Residenz", sagte ich, da ich *Heim* für unsere repräsentative Einrichtung für unpassend hielt.

„Sie spielt da die große Fürsorgliche", ergänzte Else, die kurz ihre Augen aufschlug und zu dem Stamperl griff, das ursprünglich für mich vorgesehen war.

„Das passt zu ihr", sagte Johanna. „Margarete hat immer schon eine soziale Ader gehabt. In ihrer Jugend hat sie sich mit ihren Eltern zerstritten, aber später hat sie sie unterstützt, wo sie nur konnte. Hat ihnen die Pflege bezahlt, ist zu ihnen gefahren, so oft sie konnte. Im zunehmenden Alter hat sie nämlich ein schlechtes Gewissen bekommen, dass sie ihre Eltern von einem auf den anderen Tag … Ach, was erzähle ich da. Ja, doch … eigentlich war Maeggie ein guter Mensch."

Sie gönnte sich einen zweiten Wacholder.

„Maeggie hat sehr gelitten."

„Wie ist Frau Schlachthauer denn eigentlich an diesen … also ihren Bruno geraten?", hakte ich ein.

„Das ist eine lange Geschichte. Und eigentlich bin ich schuld." Sie lächelte mich an. „Wir sind zusammen aufgewachsen, sind in dieselbe Klasse gegangen, später haben wir uns dann gegen den Willen unserer

Eltern an der Schauspielschule angemeldet. Wir gingen seit jeher durch dick und dünn und versuchten später auch an denselben Theatern einen Vertrag zu bekommen. Aber Margarete war unzufrieden mit unseren Mini-Engagements, sie hatte höhere Ziele. Wir waren begabt, aber das waren andere auch." Sie drehte das Schnapsstamperl nervös zwischen ihren Fingern. „Maeggie hat damals sogar überlegt, in die Kranken- oder Altenpflege zu wechseln. Richtig mit Ausbildung und fester Anstellung. Ich habe nebenbei Table-Dance gemacht, da konnte man gut verdienen. Manchmal habe ich Maeggie mitgenommen, wenn sie Geld brauchte. Und da kam dann der Bruno. Der hatte Besseres zu bieten als dieses Herumgekrebse am Theater … und an der Stange."

Johanna nahm einen Dominostein. „Greifen Sie doch zu. Oder vielleicht doch einen Schnaps?"

„Bin so frei." Else richtete sich kurz auf und mümmelte mit geschlossenen Augen gleich drei Steine weg, als würde sie jede Sekunde unterzuckern. Danach spülte sie mit einem Wacholder nach.

„Das war alles Anfang der Siebziger", sagte Johanna. „Margarete sah umwerfend aus. Sie hatte Sexappeal. Schließlich hat sie sich in Bruno verliebt. Dass er einer der aufstrebenden Zuhälter Frankfurts war, wusste sie da noch nicht. Kurze Zeit später war sie Callgirl. Da war dann Schluss mit Nebenrollen auf den Brettern, die die Welt bedeuten. Maeggie rollte nur noch durch Betten. Und zwar in Hauptrollen! Mich hat Bruno gleich *mitverpflichtet.* Margarete hat sich für mich eingesetzt. Wir wollten unbedingt zusammenbleiben. Und als ich gesehen habe, was sich Margarete plötzlich leisten konnte …"

Wir erfuhren weiter, dass Margarete als Edel-Escort überall herumgekommen war, für *Geschäftsreisen* nach London, Paris, Madrid, sogar nach New York gebucht worden war. Schließlich hatte sie Bruno Schlachthauer geheiratet. „Anfang, Mitte der Achtziger Jahre", führte Frau Johannpeter weiter aus, „bauten sich die beiden in Schwabing *Maeggies Club* auf, ein Nobelladen, in dem die Prominenz ein und aus ging. Richtig potentes Publikum aus Wirtschaft und Politik." Sie griff zur Schnapsflasche.

„Unsere *Grande Dame*", rief Else aus, um sofort wieder in ihren Sessel zurückzusacken.

„Selbst ein dicker bayerischer Ministerpräsident ist dabei gewesen", erzählte Johanna weiter. „Bruno hatte Renommee. In Insiderkreisen hatte er merkwürdigerweise den Spitznamen *Bruno Brutalis.* Vermutlich weil es sich gut anhörte. Also, knallhart in Geschäften war er schon, aber er ist stets ohne Gewalt ausgekommen."

„Und Margarete hat ihn wirklich geliebt?", fragte ich.

„Sehr sogar. Er hat ihr die Welt gezeigt, Möglichkeiten eröffnet, wovon andere nur träumen. Aber als zur Jahrtausendwende der IT-Markt zusammenbrach, da war auf einmal das Geld knapp und die

Prominenz klamm. Mit dem *Club* ging es bergab. Ich hatte mein Geld zum Glück weit weg aufs Sparbuch bei der Raiffeisenkasse in Appelhülsen gelegt. Maeggie und Bruno haben allerdings ihr halbes Vermögen verloren. 2008 gab ihnen der globale Finanzcrash den Rest. Maeggie hat in den Jahren danach noch versucht, ein paar übriggebliebene Euros in Casinos zu vermehren. Aber auf Dauer ohne Erfolg. Bruno hat am Ende für irgendwelche obskuren Freunde Einbrüche bei seinen ehemaligen solventen Kunden ausbaldowert. Mitgemacht hat er dabei nicht, dazu war er zu alt und sich wohl auch zu fein. Eingestielt und kassiert hat er. Ich glaube aber, viel war das auch nicht, was dabei rumkam. Das Ende der Geschichte kennen Sie: Nach Brunos Unfall kam Margarete zu mir und bat mich um fünfzigtausend Euro, um sich ein neues Leben aufzubauen." Johanna machte eine Pause und schaute versonnen hinaus in den verschneiten Garten. „Wir kannten uns ja schon seit dem Kindergarten."

Sie tröstete sich mit einem weiteren Wacholder.

Plötzlich war Else hellwach. Und kam mir zuvor. „Ist denn Bruno wirklich tot?", stellte sie die entscheidende Frage. „Seinerzeit ist doch nur ein Finger gefunden worden."

„Wieso denn nicht?", fragte Johanna überrascht. Sie begann zu weinen. „Kurz nachdem Margarete abgehauen ist, hat sie mir noch eine Postkarte geschickt, ohne Absender. Ihr letztes Lebenszeichen. Irgendwann würde sie alles wiedergutmachen." Sie schluchzte laut auf und kippte einen weiteren Wacholder herunter.

Es war spät, fast Mitternacht. Ich hörte Blues. Das Navi verlangte, dass ich die nächste Ausfahrt nehmen sollte. Else schnarchte wie ein Mähdrescher, schon die ganze Fahrt.

Und ich war hundemüde und immer noch stinksauer.

Wir waren erst am frühen Sonntagabend vom Tegernsee losgefahren, weil Else mit ihren neuen Freunden noch einmal Skifahren wollte. Da der Himmel blaute und die Sonne schien, hatte ich mir die Zeit mit Spazierengehen durch die verschneiten Wälder vertrieben. Schön. Wenn ich mal von meinen für den Schnee unpassenden Sneaker absah. Und von den Langläufern, die glaubten, die Wege gehörten nur ihnen – ständig hatte ich an die Seite springen müssen.

Und dann war von Kevin eine Nachricht gekommen: *Liebe Anna, meine kleine Detektivin!*

Ha! Da hatte ich schon nicht mehr weiterlesen wollen.

Und verdammt, er war mir zuvorgekommen.

Ich muss für heute Nachmittag leider absagen. Mir ist etwas sehr Wichtiges dazwischengekommen.

Klar, eine der drei Tussis an seinen zehn Fingern. Oder gleich mehrere, wie bei Jan.

Gestern noch hatte ich mir alles Mögliche ausgedacht, um ihn in Schutz zu nehmen. Doch nun? Er hätte doch schreiben können, dass er dienstlich verhindert wäre, weil er dringend einen Mörder fassen musste oder so. Aber nein, keine Erklärung für die kurzfristige Absage. Ging man so mit einer Frau um, mit der man ein erstes Date hatte?

Das hatten wir doch, oder?

Anna, es tut mir sehr sehr leid. Vielleicht ein anderes Mal, ja? Nächsten Sonntag? Nein! Ich ruf dich an. Alles Liebe, Kevin.

Ha! Der konnte mich mal. Also tippte ich: *Auch mir ist etwas sehr Wichtiges dazwischengekommen. Mir tut das aber gar nicht leid. Ich will Sie nie wiedersehen. Anna, die große Detektivin!*

Sollte er mich doch für kindisch halten.

Hatte er doch sowieso schon.

Und dann hatte Else alles noch getoppt. Als ob ich nicht schon wütend genug gewesen wäre. Irgendwann hatte sie mich angerufen, ich solle sie bei der Johanna abholen. Als ich ankam, war die Wacholderflasche leer und Else und Julie hackevoll gewesen. Mit Müh und Not hatte ich Else in den Ferrari bugsieren können.

Das Gaspedal tat mir echt leid, aber irgendwo musste meine Wut ja hin. Gerade blitzte es schon zum dritten Mal.

„Else, aufwachen, wir sind gleich da." Keine Reaktion.

„Wir fahren zur Polizei.“ Ich stieß ihr in die Rippen. Sofort war sie hellwach.

„Zu den Bullen? Wieso? Bei meiner Allergie?“

„Das hätten wir längst tun sollen.“

„Ich halte das für keine gute Idee.“

Else zückte ihr Tablet und tippte etwas.

„Bruno Schlachthauer ist auf keinen Fall tot“, sagte ich. „Das kann gar nicht sein. Ich halte ihn für diesen zweiten Mann im Hintergrund. Er hat bestimmt auch diese Drohbriefe geschrieben.“

„Interessant. Worauf stützt du deine Annahme?“ Sie schien ernsthaft nachzudenken.

„Weil es logisch ist“, sagte ich, um Else nicht mit unnötigen *möglicherweise* und *vielleicht* zu irritieren. „Ida Sutthoff hat *mehrere* gefährliche Menschen erwähnt. Die Schlachthauers stecken gemeinsam hinter allem. Das liegt doch auf der Hand.“

„Aha. Dann kann ich ja weiterschlafen.“

„Die waren immer schon ein Team. Und Margaretes Bruno wurde wegen der Raubüberfälle gesucht. Vielleicht …“ Nein, nicht *vielleicht*. „*Bestimmt* hat er damals seinen Wagen vorsätzlich in dieses Loch hineinbugsiert und sich anschließend einen Finger abgeschnitten. Damit alles glaubwürdig wirkt.“

„Eins, zwei, drei und fertig ist die Kombiniererei!“ Else kicherte. „Du denkst dir ja Geschichten aus.“

„Nein, das ist alles gut durchdacht.“ Ich war richtig euphorisch und hörte über Elses abfällige Bemerkungen hinweg. „Bruno war Zuhälter. Und ein kleines Licht. Geistig, meine ich. Er hat diesen Zettel getippt. Mit den vielen Fehlern. Weil er's nicht besser kann."

„Vorurteile hast du wohl keine. Der Mann hat einen Edelpuff aufgebaut."

Ich ließ mich von Elses Provokation nicht aus der Bahn werfen, ich kam erst richtig in Fahrt.

„Bruno ist nach seinem angeblichen Unfall eine Weile untergetaucht, später ist dann Margarete dazugestoßen. Sie hat im *Fröhlich Abendschein* die Chance für eine neue Betrugsmasche gesehen. Alte Leute sind leichte Beute. Ich sag nur: *Enkeltrick.* Und weil auch die beiden nicht mehr die Jüngsten sind, ist das für sie und ihren Gatten ein altersadäquates Tätigkeitsfeld. Sie im Heim an der Front, Bruno dahinter als Absicherung. Du hast selbst gesagt, dass die Betrogenen unter Druck gesetzt worden sind."

Ich war von meiner Analyse mehr als beeindruckt.

„Aber die Johanna hat doch erzählt, dass die Puffmutter eine soziale Ader hat."

„Ja und, was heißt das schon? Bestimmt investieren die beiden das Geld in Bordelle wie diesem, diesem … *Hausfrauen-Sex-Treff.* Das ist doch deren Metier. Das finde ich mehr als plausibel."

Else rieb sich mit zwei Fingern die Nasenwurzel. „Anna, Plausibilitäten sind keine Wahrheiten."

Was sollte ich denn damit anfangen?

„Das Todeskreuz, dieses Holzkreuz, Anna. Da ist etwas, was wir noch gar nicht durchschauen."

„Vielleicht haben sich Margarete und ihr Bruno ja zerstritten. Du bist doch nur sauer, weil ich den Fall gelöst habe und nicht du."

„Gelöst? Wieso gibt es dann ein Grab von Bruno? So etwas bekommst du nicht ohne Sterbeurkunde und Totenschein. Das dauert und geht nicht in einem Jahr."

„Gefälscht", antwortete ich zickig.

„Wenn keine Leiche da gewesen wäre, hätte Margarete ihn für tot erklären lassen müssen. Aber so etwas braucht Zeit. Und ist verdammt kompliziert."

Herrgott, warum sah Else nicht das große Ganze. Kleinigkeiten hielten doch im Moment nur auf.

„Else, irgendwann werden wir die Fäden zusammenknüpfen."

Sehr plastisch, wie ich das formuliert hatte. Ich war stolz auf mich.

„Halt mal an. Mir ist schwindelig."

Das war doch ein Trick, sie wollte nur nicht zur Polizei. Oder war das noch der viele Wacholder? Ja, bestimmt, Else war jedenfalls etwas blass um die Nase und lehnte sich schwer atmend an den Wagen. Ich roch die Wiesen und Weiden rund um Lippeneutrup herum. Und das Moor.

„Geht wieder", presste sie nach einigen Minuten in diesem Trümmerfrauen-Tonfall hervor, mit dem schon meine Oma jede Diskussion abgewürgt hatte. Und tatsächlich löste sich Elses Übelkeit plötzlich wie von selbst auf. Hatte ich ihr Unrecht getan oder hatte das mit der eingegangenen Nachricht auf ihrem Tablet zu tun?

Ich schob Else in die Wache von Lippeneutrup. Hinter der Besuchertheke erwartete uns ein Polizist, der gleichsam in sich selbst ruhte. Seine Pausbäckchen strahlten freundliche Gemütlichkeit aus. „Muorn", gähnte er.

Ich kam sofort zur Sache. „Mein Name ist Anna Müller, ich bin Angestellte des Stifts *Haus Maria Fröhlich Abendschein* und möchte Anzeige erstatten."

„Jau."

„Diese Frau hier wird bedroht."

Mein Zeigefinger stach neben mir ins Leere.

„Un nu?"

„Die Frau *dort* wird bedroht." Ich deutete auf die Holzbank an der Wand, auf der Else es sich bequem gemacht hatte und sich demonstrativ mit ihrem Tablet beschäftigte.

„Muorn Elsken", sagte der Gemütliche. „Wieder maol een Handtuch verschwunden?"

Was meinte er denn damit?

Else reagierte nicht. Gut so! Ich hatte ihr nämlich verboten, sich einzumischen. Hörte sie etwa auf mich?

„Kann ich jemanden aus dem Betrugsdezernat sprechen?"

Der Gemütliche drehte sich um und öffnete eine Glastür, die nach hinten führte. Ich erhaschte einen

Blick in einen Raum, in dem weitere Polizisten Kaffee tranken. Einer von ihnen hatte einen Schmerbauch und biss gerade in ein Pumpernickelbrot, aus dem dick die Blutwurst herausquoll.

Der andere war Kevin Kubitza. Was machte der denn hier?

Nein, nicht auch das noch, das durfte nicht sein.

Der Gemütliche rief: „Häbben wi in Lippeneutrup Bedrug?"

„Nö", schallte es vom Schmerbäuchigen mit dem Blutwurstbrot zurück. „Nich in Lippeneutrup."

Der Gemütliche drehte sich wieder mir zu. „Da kann ik niks tun. Wegen Bedrug musse nach Münster, Kindken."

Der glaubte doch wohl nicht, ich würde jetzt noch nach Münster fahren. Außerdem, was erlaubte der sich?

„Mein Name ist Anna Müller und nicht Kindken."

„Das ändert nix. Bedrug is nur in Münster."

„Und was ist hiermit? Frau Erpenbeck wird unter Androhung von Gewalt erpresst." Ich reichte den Drohbrief aufgeregt wedelnd über die Theke. Der Gemütliche las ihn, starrte erst mich, dann Else an, dann wieder mich.

„Das wäre Bedrohung und Nötigung", sagte der Schmerbauch, der aus dem Wachzimmer gekommen war und ebenfalls einen Blick auf den Zettel riskiert hatte.

Arschloch, dachte ich.

„Gewalt ist auch nur in Münster“, sagte der Gemütliche.

Steve McGarrett hinter der Glastür rührte sich nicht. Verständlich, wenn ich an meine Nachricht dachte. Warum hatte ich sie nur abgeschickt? Eine Überreaktion, ganz klar. Ich strich mir eine Haarsträhne hinter das linke Ohr, dann hinters rechte und kratzte mich kräftig am Nacken.

Warum konnte ich das verdammt noch mal nicht abstellen?

Jetzt bekam ich auch noch Hitzewellen.

Wieso eigentlich, Schuld war er doch.

Oh nein, jetzt stand er doch auf, kam heraus und zog mich an die Seite. „Anna, was Sie mir da geschrieben haben, ich habe es nicht verstanden.“

„Da gibt es nichts mehr zu verstehen“, zischte ich.

„Anna, ich muss Ihnen etwas erklären.“

Klar, mal sehen, welche fadenscheinigen Rechtfertigungen er so draufhatte.

„Anna, heute, ich konnte nicht, meine Oma hat sich …“

Sollte Frau Kubitza etwa als Ausrede herhalten?

„Ich habe etwas zu regeln, lassen Sie mich bitte mit Ihrem Kollegen reden, Herr Kommissar.“

„Sie sollten sich doch heraushalten, Anna. Ich … meine Oma…“ Er fasste mich am Arm, den ich sofort abschüttelte.

„Wenn Sie mich nicht sofort loslassen, zeige ich Sie auch an, und zwar wegen sexueller Belästigung.“

Völlig irritiert wendete sich Kevin ab und ging auf Else zu. So hätte ich mal von Anfang an mit Jan reden sollen.

Als ich mit meinem Bericht fertig war, beugte sich der Gemütliche über die Theke und wechselte nach einem kurzen Blick, erst auf Else, dann mit dem Schmerbauch, in einen konspirativen Flüstermodus. Schließlich sogar ins Hochdeutsche, was wohl die Wichtigkeit seiner Worte unterstreichen sollte. „Frau Müller, Sie sind noch jung, ich glaube, ich muss Ihnen etwas erklären." Er machte auf väterlich zugewandt. „Also, Ihre Chefin, Frau Hohnsteiner-Bartel hat uns zuverlässig versichert, dass die Anschuldigungen, die Frau Erpenbeck erhebt, absolut haltlos seien. Sie vergiftete damit nur das Klima in der Residenz."

Else, die sich angeregt mit Kevin unterhielt, schaute auf und blitzte mich von der Wartebank aus an, als wollte sie sagen: *Siehste, Kindken, hab ich dir doch gesagt.* Dann widmete sie sich wieder Kevin. Obwohl ich meine Ohren spitzte, konnte ich nicht verstehen, worüber sie sprachen.

Also wandte ich mich wieder dem Schmerbauch zu. „Sie nehmen sofort die Anzeige auf! Und herabwürdigende Äußerungen, die an Beleidigung grenzen, verbitte ich mir. Frau Erpenbeck wird ganz offensichtlich bedroht."

Der Schmerbauch griente zu Else hinüber. „Elsken, müssen wir jetzt Personenschutz für dich abstellen?"

„Diese Frau heißt Erpenbeck."

„Kommen Sie einmal bitte mit." Der dicke Polizist führte mich in sein Glaskabuff und verschanzte sich mit seiner ganzen Autorität hinter seinem Schreibtisch. Wenn da nicht Pumpernickelkrümel auf seiner Oberlippe hängen würden.

„Also, Frau Müller ...", setzte er eine ernste Miene auf und erklärte mir lang und breit, dass Else auf dieser Wache in den letzten Jahren gefühlt Dutzende, angebliche Verbrechen zur Anzeige gebracht hatte. „Am Anfang war das ja ganz lustig, aber jetzt geht uns das nur noch auf den Wecker."

Else hätte *auf den Sack* gesagt.

„Sie sind neu im *Fröhlich Abendschein*. Deshalb verstehe ich, wenn Sie Frau Erpenbeck noch nicht richtig einschätzen können. Die ältere Dame kann nämlich, wenn man sie noch nicht gut genug kennt, wirklich sehr überzeugend sein."

Dieses Gespräch nahm einen Verlauf, der mir nicht passte. „Bevor Sie Leute schlechtmachen, untersuchen Sie lieber den Drohbrief auf Fingerabdrücke, DNA und so."

„So CSI-mäßig meinen Sie?", stöhnte mein Gegenüber. „Sie denken wohl, wir haben hier im Keller ein Riesenlabor mit allem Zipp und Zapp und vor allem so scharfen Labormäusen? Wer hat diesen Zettel wohl schon alles in der Hand gehabt? Das ist eine verschmutzte Spur, sagt Ihnen das etwas?"

Damit drückte er mich in die Defensive.

„Möglicherweise hat Frau Erpenbeck den Zettel selbst geschrieben. Soll vorkommen bei alten Leuten. Wollen sich wichtig machen. Zum Beispiel war sie vor ein paar Wochen mit Paula Middendorp hier und wollte den Diebstahl einer Vase anzeigen. Wir haben die Anzeige aufgenommen, das Paulinchen sollte Zeugin sein. Jedenfalls, kurz darauf haben sich die beiden beschimpft wie die Kesselflicker. Wenn wir nicht dazwischengegangen wären ..."

„Diese Drohung hier stammt einwandfrei von Bruno Schlachthauer." Ich wiederholte noch einmal, was ich wusste. „Herr Schlachthauer war schon vor seinem Tod bekannt als *Bruno Brutalis.*"

„Genau, Frau Müller, der Mann ist tot."

„Man glaubt, er sei tot, ist er aber nicht." Ich zeigte zum x-ten Mal auf den Zettel.

„Ach? Nicht tot?"

„Fragen Sie bei Ihren bayerischen Kollegen nach, dann haben wir Klarheit", forderte ich.

„Sie meinen also, ich rufe jetzt Wen-auch-immer in München an und versuche ihm zu erklären, was Sie mir hier eben für eine Geschichte aufgetischt haben?"

„Zu viel Tatort kikt, wat?", rief der Gemütliche von draußen.

Spätestens jetzt verstand ich Else und ihre Vorbehalte gegenüber Bullen. Ich verließ fluchtartig den Raum. Im Vorraum sprach Kevin immer noch angeregt mit Else. Als sie mich entdeckten, schwiegen sie.

„Ich gehe!", sagte ich und tat das auch.

Steve McGarrett würdigte ich keines Blickes.

Vor der Wache trat ich vor Wut gegen eine Mülltonne, die am Bürgersteigrand passend herumstand. Scheppernd krachte sie gegen einen Streifenwagen des Reviers. Etwas splitterte.

„Siehste, Kindken, jetzt weißt du, wie ich mich gefühlt habe, als das Paulinchen ihren Blackout hatte."

Ich hob ein großes Plastikteil auf, das einmal zum Rücklicht des Streifenwagens gehört hatte und wollte es wieder in die Fassung setzen. Es gelang mir nicht.

„Else, hilf mir doch mal." Ich sah mich ängstlich um.

„Nee, nee, ich hab mein Leben lang Dreck weggemacht. Lass uns abhauen."

Im Ferrari fragte ich: „Was ist das für eine Geschichte mit dieser Anzeige genau?"

„Du wolltest sie ja damals nicht hören, Kindken."

„Wenn hier jemand eingeschnappt sein sollte, dann ich."

„Okay, Anna, du gibst ja doch keine Ruhe. Vor Wochen hab ich den Diebstahl dieser Vase angezeigt. Es war ein Geburtstagsgeschenk der Bewohner zum Hundertsten von Sieglinde Zurfelde von Station 4f. Ich habe diesen Trotteln auf der Wache neben Fingerabdrücken sogar den Namen des Täters präsentiert. Paulinchen war Zeugin, die hat den Diebstahl nämlich zufällig beobachtet. Also, ganz so zufällig auch wieder nicht. Wir hatten seit Langem ermittelt und den Täter auf frischer Tat … Aber auf der Wache konnte sich die Paula als wichtigste Zeugin plötzlich an nichts mehr erinnern. Totaler Blackout. Das Lebergift kam jäh voll durch. Und ich stand blöd da. Die Bullen haben gemeint, wir gehörten beide in die Gummizelle. Da habe ich in meiner Erbitterung das Paulinchen zur Sau … Na ja, seitdem hat sie jedenfalls nicht mehr mit mir gesprochen. Dafür war sie von einem auf den anderen Tag die beste Freundin der *Grande Dame*. Einfach nur traurig."

Mir fiel ein, dass Else mir noch eine Antwort schuldig war. Ständig war sie mir ausgewichen, wenn ich sie danach gefragt hatte, was das Paulinchen von ihr hatte zurückhaben wollen. Aber dann dachte ich, dass das jetzt ein schlechter Zeitpunkt wäre. Anderes war weit wichtiger: „Was hast du mit Herrn Kubitza getuschelt?"

„Och, nichts. Der hat mir nur erzählt, dass die Brief-Expertise noch keinen Erfolg hatte, die Experten sind noch dabei." Else kicherte. „Wär der Kevin vielleicht nicht doch was für dich? Ich glaube, der mag dich."

Ich trat so stark auf die Bremse, dass Else fast unter dem Sicherheitsgurt hindurchrutschte.

„Ich mag ihn aber nicht."

„Och, schade, wieso denn nicht?"

„Du hast doch gesagt, der hat gleich mehrere Weiber an jedem Finger. Hast du gesagt."

„Ach Kindken, das war nur eine Redewendung. Wie man das eben so sagt bei heißen Kerlen." Sie grinste nicht einmal.

„Ach ja, und was war das mit der ‚Novizin' und dem ‚Welpenschutz'? Hast du das auch nicht so gemeint, hat Kevin das vielleicht gar nicht gesagt?"

„Dass du aber immer auch alles so ernst nimmst, Kindken."

Das war nicht die Antwort, die ich hören wollte.

„Anna, das musst du zugeben: Format hat der Kevin. Wie der sich um seine Oma kümmert. Die arme Renate, heute ist sie wieder mal ausgebüchst. Hat es bis zur Gräfte geschafft. Also, genauer: auf die Gräfte."

„Oh Gott, ist Frau Kubitza etwas passiert?"

„Hat Kevin dir das eben nicht erzählt? Ach ja, du willst ja nichts mehr von ihm wissen. Der arme Junge ist vollkommen durcheinander."

„Else, was ist mit Frau Kubitza?"

„Das Eis hat zum Glück gehalten. Ein Pfleger hat sie zufällig auf dem Nachhauseweg gefunden und retten können. Etwas unterkühlt war sie, deshalb hat man sie vorsichtshalber für eine Nacht zur Beobachtung ins Krankenhaus gebracht. Vielleicht hat ihre Krankheit ja wenigstens einmal etwas Gutes und sie erinnert sich nicht daran, dass sie fast durchs Eis gebrochen ist."

„Else!"

„Sei du mal lieber still, Anna. Deshalb hat dir der Kevin absagen müssen. Nur deshalb. Der ist nämlich ein Lieber, der kümmert sich. Anna, Kevin wollte dich nicht beunruhigen, daher hat er euer Date ohne Begründung abgesagt. Tss, tss, tss … Kindken, Kindken, nichts ist so, wie es scheint. Oft jedenfalls."

Ich fühlte mich wie im falschen Film.

Wieso war Kevin eigentlich mitten in der Nacht auf der Wache aufgetaucht? Das war doch nicht sein Arbeitsplatz. Sofort gab ich mir die Antwort. Deshalb hatte Else also im Auto an ihrem Tablet herumgespielt.

Else kniff mich in die Seite. „Kindken, Krisen haben wir alle mal. Zieh jetzt bloß nicht den Schwanz ein."

Ich sah Else böse an.

„Denn jetzt lassen wir die Kacke mal so richtig dampfen. Ich habe einen neuen Plan!"

„Else, da dampft nichts mehr, kein Plan A, nicht Plan B, nicht mal ein Plan C. Es ist vorbei!"

„Auch nicht Plan XXY? Wir schlagen die mit ihren eigenen Waffen."

„Else, wir schlagen niemanden."

„Doch! Mit der Johanna habe ich schon alles besprochen. Spätestens zu Weihnachten sitzt die Puffmutter im Sing-Sing und ich werde Chor und Krippenspiel dirigieren."

8

Schlaf hatte ich nach dem turbulenten Wochenende mal wieder kaum gefunden. Trotzdem oder gerade deshalb war ich pünktlich ins Büro gekommen und zündete als Erstes drei Adventskerzen an. „Okay, ein allerletzter Versuch, Else", hatte ich ihrem Vorschlag genervt zugestimmt, „wenn der nicht klappt, ist endgültig Schluss."

Johanna Johannpeter alias Julie Jensen war die Schlüsselfigur in Elses Plan. „Anna, die Julie ist echt klasse, auf die können wir uns verlassen", hatte sie mir euphorisch erklärt. „Die hat sofort kapiert, was sie zu tun hat, wenn jemand mit dummen Fragen bei ihr aufschlägt. Jetzt ist Schluss mit lustig. Wir werden sie aufscheuchen. Konfrontation und Provokation!"

Insgeheim war mir Elses Vorhaben ganz recht. Ich wollte es Kevin zeigen. Egal wie. Ich – die „kleine Detektivin". Die Frage war nur, ob Elses Inszenierung auch klappen würde.

Ich griff zaghaft zum Hörer. Da auch ich Teil des Plans war, war mir nämlich etwas mulmig zumute. Margarete meldete sich sofort. „Schön, dass du anrufst, Anna. Hattest du ein schönes Wochenende?"

Ich erschrak. Wusste sie etwa von unserem Ausflug an den Tegernsee? Nein, das konnte nicht sein, das war bestimmt nur eine liebgemeinte Frage nach meinem Befinden.

Ich murmelte: „Margarete, ich bin so traurig, wieder ein Wochenende ohne Leah. Ich sehne mich so nach ihr.“ Und dann fragte ich, ob sie mich zur Beerdigung von Ida Sutthoff begleiten würde. „Ich möchte vorher noch zum Grab meiner Oma. Es wäre schön, wenn ich jemanden dabei hätte. Du weißt doch …“

„Aber sicher doch, Anna, das tue ich doch gerne. Wir treffen uns am besten unten vor der Pforte, in der Raucherzone.“

Das hatte schon einmal geklappt. Ich ging ins Bad und schnitt vor dem Spiegel Gesichter, um meine Gesichtszüge zu trainieren. Crashkurs für gleich. Überraschte, verdutzte, fassungslose und ärgerliche Blicke, absolut wütende.

Ich brachte nur billige Grimassen zustande.

Vor der Residenz wartete Margarete bereits rauchend neben dem Weihnachtsbaum. Sie hatte wie immer eine ultralange Zigarette in ihren silbernen Filter gesetzt und hielt den kleinen Finger abgespreizt. Den Kopf elegant zurückgelegt hauchte sie den Rauch in runden Kringeln in die Winterluft. Ganz großes Kino! Als sie mich sah, drückte sie die Zigarette hektisch aus, steckte den Filter in ein goldenes Etui und ließ dieses in eine lederne jasmingrüne Handtasche gleiten. Alles vom Feinsten.

„Anna, du Arme!“ Sie umarmte mich. „Weißt du, wenn ich Sorgen habe, spreche ich auch immer mit meinem Bruno. So wie du mit deiner Oma. Er spukt allzeit noch in meinem Kopf herum.“ Sie lachte, etwas verhalten allerdings. „Man möchte es verarbeiten, aber es geht nicht so einfach.“ Pause. Dann hakte sie sich bei mir unter und sagte in einem vertraulichen Ton: „Deshalb ist Else auch auf diese absurde Idee gekommen, dass ich Geister sehe.“

Ich lächelte Margarete leidgeprüft an.

„Erzähl mir mehr von Leah“, sagte sie. „Wie ist sie in der Schule? Was für Hobbys hat sie?“

Heute Morgen bot der Weg den Hügel hinauf um die Flussaue herum prächtige Ausblicke. Moor und Heide wurden von einer Sonne angestrahlt, die für einen späten Dezembervormittag eine außergewöhnliche Kraft hatte. Als wir den Friedhof durch den oberen Eingang betraten, quietschte das Tor in seinen schweren Angeln.

Das Loch im Zaun nebenan war immer noch da. „Diese Vandalen“, seufzte ich, „es wird immer schlimmer.“

Der Waldfriedhof war die reinste Idylle. Wenige tupfige Schneereste lagen noch auf einzelnen Gräbern, zu kleinen bizarren Eisgebilden gefroren, die im warmen Licht trotz klirrender Kälte langsam abtauten. Ich wählte den Weg, der uns an Bruno Schlachthauers Grab vorbeiführen *musste*.

„Bruno Schlachthauer.“ Ich blieb stehen und las überrascht den Namen auf dem Stein vor uns ab. „Ach, ist das etwa das Grab deines Mannes, Margarete?“

„Bruno hat mir eine Perspektive gegeben, dafür

werde ich ihm immer dankbar sein. Auch wenn der Weg mit ihm …" Sie schien von ihren Gefühlen überwältigt. War das echt, Schauspieler können doch auf Kommando weinen, oder?

Margarete tupfte sich Feuchtigkeit aus den Augenwinkeln. „Bruno ist nicht einfach so gestorben. Er fuhr los, um einzukaufen. Und ist in einem großen Erdloch verschwunden. Einfach so. Ich habe ihn nie mehr lebend wiedergesehen."

Ich blickte mitleidig und interessiert zugleich.

„Nach Brunos plötzlichem Tod hatte ich gedacht, wenn ich mir etwas Schönes suche, wo ich versorgt bin, wo Menschen sind, mit denen ich reden und den Tag verbringen kann, da würde ich besser mit meiner Trauer fertig werden. Ich hab dir erzählt, dass ich überlegte, das Fach zu wechseln. Menschen zu helfen, statt für sie zu spielen. Ich musste irgendwohin, weit weg. Also bin ich zurück in meine Heimat. Zwar nicht ganz, aber immerhin ins Münsterland. Ich wollte Menschen glücklich machen. Ja, das wollte ich. Und nebenbei mich auch. Ist das sehr egoistisch, Anna?"

Ich war gerührt und konnte mir einfach nicht vorstellen, dass sie eine Betrügerin war. „Du hast bestimmt alles richtig gemacht, Margarete."

„Bist du dir da sicher? Ich muss dir noch etwas erzählen …"

Hatte ich sie so weit, kam jetzt ihre Beichte?

„Tachchen aber auch."

Wie Kai aus der Kiste stand Else hinter uns. In einem dicken Lodenmantel mit Trachtenhut, passenden Schuhen und Strümpfen dazu, mit einer Hand auf ihren Rollator gestützt.

Ich guckte so erschrocken drein, wie ich irgend konnte.

„Na, Maeggie, betrauerst du deinen Bruno? Musst du nicht, so brutal wie der ist. Heißt ja auch so, *Bruno Brutalis.*" Margarete verzog keine Miene. „Pinkelst Eiswürfel, was Maeggie?" Else öffnete ihren Mantel, darunter trug sie eine Tegernseer Tracht. „Sieht doch wohl super aus? Hat mir die Johanna geschenkt. Oder sollte ich besser *Julie* sagen? Bist mit deinem Bruno bestimmt immer auf dem Oktoberfest gewesen, Kundschaft akquirieren. Und bedienen!" Else klopfte sich auf ihre ausgestopfte Brust. „Flachbusen passt einfach nicht zum Dirndl."

Mit großen Augen gab ich die Erstaunte.

„Ach nee, auch hier, die Müller?", nahm Else mich nun auch zur Kenntnis. „Die Frau da lügt wie gedruckt. Halten Sie sich fern von der. Diese Puffmutter sitzt bald im Knast."

„Frau Erpenbeck, was erlauben Sie sich!"

Ich versuchte Else wegzuscheuchen, was natürlich nicht gelang. Margarete zupfte ungerührt Blätter vom Grab ihres Mannes.

„Oh, oh, die Julie ist vielleicht sauer auf dich, Maeggie. Oder soll ich sie lieber Johanna nennen?

Johanna Johannpeter. Egal, nee, nee, die beste Freundin so zu enttäuschen."

Nicht weit von uns entfernt kam auf dem Hauptweg eine Trauergesellschaft näher. Ein gutes Dutzend Menschen folgten gemessenen Schrittes dem Totenwagen mit einem kranzgeschmückten Sarg, der auf ein benachbartes Gräberfeld zusteuerte.

Margarete erhob sich. „Wir sollten zur Beerdigung von Ida gehen und ihr den letzten Gruß erweisen", wandte sie sich mir zu.

„Nix da! Die Ida ist tot, die kann warten." Else versperrte ihr mit ihrem Rollator den schmalen Weg.

„Sag, was du zu sagen hast, Else! Aber kurz und bündig." Die *Grande Dame* strahlte immer noch Kälte aus wie Grönland und Sibirien zusammen.

„Alle Achtung, Maeggie, du bist echt 'ne Rampensau." Else kicherte. „Aber 'ne Sau kann so cool sein, wie sie will, auch die wird im Schlachthof heißgebrüht. Sag mal, was verdient man auf dem Strich eigentlich so?" Sie stellte ein Bein vor, knickte das andere ein und hob den Trachtenrock bis zu den Oberschenkeln an, sodass Strapse zu sehen waren. „Oh, Mannomann, jetzt begreife ich." Else machte eine Kunstpause. „Die meisten Betrogenen waren ja Männer. Wie hast du's gemacht? Mit Blowjobs? Komm, gib es zu!"

„Das ist widerlich, Frau Erpenbeck!" Jetzt gab ich die Empörte. Margarete aus der Reserve zu locken, sie wütend zu machen, so hatte Else mir ihren Plan erläutert. „Sie bis zur Weißglut reizen, dann haben wir sie am Wickel."

Schöner Plan. Aber bisher war da nichts mit Weißglut.

„Margarete", sagte ich betont einfühlsam und fasste sie am Arm, „du solltest wegen Belästigung Anzeige erstatten."

„Anzeige, genau! Ja, holt die Bullen. Gut, sehr gut!" Else schrie so laut, dass ich Angst hatte, Frau Sutthoff würde in ihrem Sarg aufwachen.

Durch unseren Lärm aufmerksam geworden, schauten die Trauergäste zu uns herüber.

„Maeggie, ich würde deinen Bruno ja gerne einmal kennenlernen", keifte Else weiter. „Ganz helle ist der ja wohl nicht mehr, nicht bei der Rechtschreibung! Kein Wunder, ist ja auch nur ein verbrannter Finger übrig. Oder liegt das daran, dass er ein Geist ist?"

Margarete zuckte. Ihre erste Regung. Endlich. Sah ich da sogar den Anflug einer Blässe auf ihren Wangen?

„Da staunst du, ich bin voll im Bild", setzte Else nach. „Meine eigentliche Leidenschaft ist Mystery. Der Stephen, der ist mein King! Oh, oh, mich wundert doch ziemlich, dass ein Mann, der spurlos in einem Erdenschlund verschwunden ist, noch Drohbriefe schreiben kann. Also, mit wem machst du wirklich gemeinsame Sache, Maeggie?"

„Frau Erpenbeck, lassen Sie Frau Schlachthauer vorbei", sagte ich, „das ist Nötigung."

„Erst werden meine Fragen beantwortet. Erkläre mir mal, meine liebste Hedwig Dannapfel, warum in deinem Grab angeblich eine Frau gelegen hat, die du gut kennst. Sehr gut sogar!"

Margaretes Blässe wurde zur Leichenblässe.

Dieser Schock war echt.

„Was hast du in deiner Gruft eigentlich versteckt?" Else zog aus dem Gitterkorb ihres Rollators ihren Handspaten hervor und grub in Margaretes Grabstelle.

Schaulustige kamen von Ida Sutthoffs Beerdigung zu uns herüber. Bevor ich Else stoppen konnte, empörte sich ein Herr, den ich flüchtig aus der Residenz kannte: „Dat is Grabschändung. Dafür wirste bestraft, Else."

„Och Jupp, damit willst du mich schrecken?"

„Du bist echt ballaballa."

„Hau ab zu Mama!", schrie Else.

Einige Trauergäste fingen an, die Szene mit ihren Handys zu fotografieren. Doch dann tauchte Pfleger Adam auf, der alle höflich bat, zur Beerdigung zurückzukehren. Am offenen Grab stehend erkannte ich Doktor Weise, Herrn Middendorp, Aurica, Helmut, Rita und einige Bewohner.

„Was haben wir denn hier?" Else zog etwas aus dem Boden hervor. Es war der von mir gefundene Geldschein mit dem lila Fleck. Wie hatte Else das wieder getrickst?

Else wedelte mit dem Schein vor Margaretes Gesicht herum. „Warum Kränze, Gestecke und vor allem dieses Holzkreuz mit deinem Namen auf dem Grab? Das leuchtet mir partout nicht ein. Wenn man etwas verstecken will, verhält man sich unauffällig. Und dann diese Fragezeichen anstelle des Todesjahres. Ich wäre dir dankbar, wenn du ausnahmsweise zur Aufklärung des Falles etwas beitragen könntest." Sie wechselte ihre Tonlage und wurde ernst. „Vielleicht kann ich dich schützen?"

Margarete lächelte. Allerdings sehr gequält.

Drüben am Grab Ida Sutthoffs begann der Pfarrer mit seiner Ansprache, war aber hier kaum zu verstehen. Else setzte ihre ebenfalls fort: „Hast du überhaupt kein Gewissen, Margarete? Treibst die so infam hintergangene Ida in den Tod. Du klaust ihr das Geld und die Tochter stirbt. Wie armselig, absolut erbärmlich. Ich sag dir mal was, Maeggie. Die Ida konnte sich zu ihren Lebzeiten nicht eingestehen, was sie für einen Fehler gemacht hat. Hat immer alles in sich hineingefressen. Aber Ida hat Tagebuch geführt, Geschichten, Gedichte und Briefe verfasst. Das war ihre Welt. Und was ist von ihr geblieben? Nur ihre Orchidee ist geblieben, die jetzt bei der Müller, dieser Verräterin, auf der Fensterbank verkümmert."

Das stimmte zwar nicht, denn der Orchidee ging es mittlerweile ja wieder sehr gut, aber darum ging es nicht.

Ein Urschrei Elses störte die Friedhofsruhe endgültig.

„Aaah! Was bin ich nur für ein Rindviech. Ida, ich entschuldige mich“, rief Else in Richtung des Sargs. „Dir waren Orchideen doch ein Gräuel!“ Sie schlug sich mehr als theatralisch die Hände vor den Kopf.

Margaretes Augen begannen zu flackern. Sie drehte sich um und schritt davon, Richtung Hauptausgang. Ich lief ihr nach, aber sie sagte nur: „Ist schon gut, Anna, ist schon gut. Ich brauche jetzt meine Ruhe.“ Sie ließ mich stehen. Ich sah noch, wie sie aus ihrer Handtasche ihr Smartphone hervorholte.

„Und jetzt?“, fragte ich Else hilflos, als ich zurück war.

„Kindken, du bist aber ungeduldig. Warte nur ab, mein Plan geht auf.“

Nachdem die Trauergesellschaft gegangen war, erwiesen wir Ida Sutthoff vor ihrem frischen Grab still die letzte Ehre. Als wir den Friedhofsausgang erreichten, piepste es. Else hantierte sofort mit ihrem Tablet.

„Nachricht von Johanna. Jemand hat sie vor wenigen Minuten telefonisch bedroht. Sie hat das Gespräch mitgeschnitten. Nur kriegt sie es nicht hin, die Audiodatei zu versenden. Sie fragt einen Nachbarn.“

„Und dann wissen wir, wer *Bruno Brutalis* ist?“

Zurück in der Residenz wollte ich sofort Margarete aufsuchen. Nach all dem musste ich natürlich noch einmal mit ihr sprechen. Vielleicht hatte sie der Vorfall tiefer getroffen, als sie sich hatte anmerken lassen. Hatte sie mir gegenüber auf dem Friedhof nicht schon Andeutungen gemacht, bevor Else erschienen war? Ja, sie hatte reden wollen.

Doch zunächst lief mir Herr Köttelhön junior in die Arme. Beinahe wenigstens. Der wollte doch nicht etwa zu mir? Nein, den konnte ich jetzt überhaupt nicht gebrauchen. Blitzschnell drückte ich mich in eine Nische. Dann begegnete mir Frau Kubitza, die aus dem Krankenhaus entlassen worden war und von einem Pfleger in ihre Wohnung gebracht wurde. Den Umständen entsprechend ging es ihr gut, denn sie wollte sofort auf den Markt, Kartoffeln kaufen, die seien heute wieder besonders günstig. Von ihrem Enkel war weit und breit nichts zu sehen. Gut so. Schließlich kam ich dazu, nach Margarete zu sehen. In ihrem Appartement war sie nicht. Richtig, es war ja Chorprobe.

Doch beim Chor fand ich sie auch nicht.

„Die Probe ist ausgefallen", informierte mich ein Ehrenamtlicher, der stattdessen mit den Sängern im Gemeinschaftsraum mit Luftballons spielte. „Die soll bleiben, wo der Pfeffer wächst", schrie jemand. Zeitgleich zerplatzte ein Ballon. Änneken! Sie hielt stolz ihre Haarnadel hoch und stimmte ein hohes C an.

Vor meinem Büro rauschte Heiko wortlos an mir vorbei. Die zahlreich warteten Kunden vertröstete ich für einen kurzen Moment, da ich erst einmal zur Ruhe kommen wollte.

Ich blieb wie vom Blitz getroffen in der Türöffnung stehen. Was für eine Überraschung: Das Pflegebett war fort. Vor dem Schreibtisch, der jetzt weit mehr Platz hatte, stand kein Plastikteil mehr, sondern ein ordentlich gepolsterter Besucherstuhl. Ich ging hinein, sogar die Schrauben an meiner Wippe waren korrekt angezogen worden. Allerdings schienen mir meine Akten vollkommen durcheinander gekommen zu sein. Genau, um das zu vermeiden, hatte ich dabei sein wollen, wenn Heiko in meinem Büro Ordnung schaffen würde. Ich wollte mich gerade über den übertriebenen Aktionismus ärgern, als plötzlich Adam vor mir stand. Wo war der denn hergekommen, von draußen, aus dem Bad oder hatte er gar hinter der noch offenen Tür gestanden? Musste er mich so erschrecken?

„Gefällt es dir, Anna?" Er sah mich strahlend an und machte eine Geste, die das ganze Büro umfasste. „Ich bin Heiko kräftig auf die Füße getreten."

„Adam, das ist lieb, aber …"

„Tut mir leid mit den Akten. Als wir das Regal verschoben haben, ist es umgekippt."

„Du warst dabei?"

Er war doch eben noch bei der Beerdigung.

Ich sah mich nochmals um. Irgendetwas stimmte nicht …

Ich wusste nur nicht, was?

„Ist Frau Schlachthauer hier gewesen?"

„Nein, wieso, sie hat doch Chorprobe."

Hatte sie nicht.

„Herr Middendorp hat nach dir gefragt. Er kam, als ich dringend …"

„Du bist nicht die ganze Zeit hier gewesen? Stand das Büro in der Zeit etwa offen?"

„Anna, ist irgendetwas nicht in Ordnung?"

„Schon gut, ich muss noch so viel für die Weihnachtsfeier vorbereiten."

Sollte ich ihn danach fragen? Ja, ich brauchte Klarheit. Ich wollte zu Adam ein gutes Verhältnis haben, daher war es schlecht, dass Ritas Bemerkung in meinem Kopf herumspukte.

„Adam, hattest du dich auch auf meine Stelle beworben?"

„*Deine* Stelle?"

„Also, auf die Stelle als Belegungsmanager."

Adam lächelte. „Im *Fröhlich Abendschein* bleibt eben nichts geheim." Es war ein trauriges Lächeln, aber auch ein trotziges. „Es ist, wie es ist. So einer wie ich hat da wohl keine Chance."

So einer wie ich – wie meinte er das?

„Ich hätte nur …"

„Ja?"

„Ich hätte das Geld gut gebrauchen können. Altenpfleger sind nicht gerade gut bezahlt. Ich bin oft übergangen worden. Dabei habe ich mich regelmäßig fortgebildet."

„Adam, das tut mir leid. Ich habe mich auch gewundert, dass ich, als Berufsanfängerin …"

„Du hast keine Erfahrung, ich habe keine Beziehungen. Das Problem ist nur, dass sich das nicht ausgleicht."

„Was soll das denn heißen?"

„Ach, entschuldige, war nicht so gemeint." Adam ging und ließ mich mit einem verdammt unguten Gefühl zurück.

Ich lief ihm nach, um noch einmal näher nachzufragen, was er wirklich damit gemeint hatte. Doch kurz bevor ich ihn erreichte, sprachen ihn am Ende des Flurs diese beiden, heute besonders finster dreinblickenden Bodybuilder mit den eng anliegenden schwarzen Anzügen an, die ich hier schon einmal gesehen hatte. War schon wieder jemand gestorben?

Ich ordnete meine Akten und spürte nach wie vor eine unbestimmte Unruhe in mir. Was hatte Adam nur mit Beziehungen gemeint? Mir fiel dieser angebliche *Fürsprecher* ein, den das Alien erwähnt hatte. Wusste Adam mehr?

Und was stimmte hier in meinem Büro nicht?

Als mein Blick die Fensterbank streifte, wusste ich, was mich gestört hatte. Ida Sutthoffs Orchidee! Sie war versetzt worden, sie stand jetzt links statt rechts auf der Fensterbank. Neben dem Topf entdeckte ich Tonkügelchen und Wassertropfen. Hatte Elses Plan funktioniert, hatten wir jemanden aus der Reserve gelockt? Hm, die Orchidee könnte auch nur aus Versehen versetzt worden sein.

Aber auch die Akten …

Genau, dieses Büro war durchsucht worden.

Speziell die Orchidee.

Typisch, immer wenn ich sie brauchte, schaltete sich nur die Mailbox ein. Ich hinterließ Else eine Nachricht.

Wer könnte hier herumgestöbert haben? Margarete war nicht in meinem Büro gewesen, warum sollte Adam lügen? Aber sie könnte ihren Komplizen *Bruno Brutalis* oder wen auch immer informiert haben. Heiko vielleicht? Moment – auch Herr Middendorp kam infrage. Oder gar jemand ganz anderes?

Es klopfte.

„Störe ich?" Herr Middendorp stand vor mir.

Bis hier drinnen hörte ich die Proteste meiner Kunden, weil er sich vorgedrängelt hatte. Er überreichte mir einen Blumenstrauß. Nelken, die Lieblingsblumen meiner Schwiegermutter, dieser Hexe.

„Wie nett" sagte ich. Ich brachte die Nelken ins Bad, wo ich sie ins Klo warf und spülte. Sollte Heiko doch später die Verstopfung beseitigen. Das war genau der richtige Job für ihn.

Als ich zurückkam, zog Herr Middendorp ein Taschentuch hervor, wischte sich den Schweiß von der Stirn und flüsterte: „Frau Müller, lassen Sie uns irgendwohin gehen, wo wir ungestört … Es geht um Leben und Tod."

Wie oft hatte ich das nun schon gehört?

Draußen auf dem Flur blickte ich in die fassungslosen Gesichter meiner Kunden, als ich sie nochmals auf später, auf heute Nachmittag, nein, auf morgen für einen Termin vertröstete. Aber ich hatte eine gute Begründung.

„Es geht um Leben und Tod", erklärte ich.

Ungestört war gut! Die halbe Residenz schien sich im *Café Moorblick* verabredet zu haben, und ich musste viele Hände schütteln. Dabei erfuhr ich ganz nebenbei, dass Else das Totenmahl für ihre beste Freundin hier draußen arrangiert und bezahlt hatte. Ich entdeckte sie aber nirgendwo.

Klar, keine Beerdigung ohne Leichenschmaus mit belegten Brötchen und Streuselkuchen – *Totenkuchen*, den ich schon als Kind verschmäht hatte. Ida Sutthoffs Totengesellschaft war allerdings bereits bei Pils und Korn.

Herr Middendorp und ich zogen uns in eine Ecke zurück, weitgehend abgeschirmt von den Blicken anderer. Er sah sich trotzdem ängstlich um und wünschte sich dann, dass ich ihn verstünde. Ich erfuhr, dass er seit Jahren einen Job suchte. Und einige Wochen zuvor, bevor seine Tante starb, hatte er nach Hunderten von Bewerbungen eine Zusage erhalten.

„In meinem Alter ist das nicht leicht, ich hätte jede Arbeit angenommen, Hauptsache arbeiten, das ist doch das Wichtigste, nicht?" Er sah mich zustimmungsheischend an. „Genau am Todestag meiner Tante kam die Nachricht, dass die Firma, die mich einstellen wollte, bankrott gegangen war. Ich habe völlig neben mir gestanden. Als ich das Geld meiner Tante nicht finden konnte, habe ich total überreagiert. Ich war wütend, auf diese Firma, auf meine Tante. Ja, ich hätte mich von ihr würdiger verabschieden müssen. Aber die sechzigtausend Euro, einfach weg … in meiner Situation."

„Aber jetzt ist es doch wieder da. Wo war das Geld denn überhaupt?"

Herr Middendorp stocherte in seinem Streuselkuchen. Ich ließ mir vom Beerdigungsschmaus eine Kartoffelsuppe mit Lauchstreifen schmecken. Als Nachtisch gönnte ich mir einen gedeckten westfälischen Appelkauken, allerdings ohne Sahne.

„Das Geld ist immer noch weg."

Ich verschluckte mich an der lauwarmen Suppe. Wieso das denn? Ich dachte, er hätte es damals doch noch gefunden?

„Seit dem Tod meiner Tante werde ich bedroht. Ich soll denen Geld geben, das ich nicht habe. Morgen achtzehn Uhr soll ich es übergeben. Ich muss unbedingt Frau Erpenbeck sprechen."

Diesen Zusammenhang verstand ich noch weniger.

Herr Middendorp lachte kurz auf. „Beim Entkleiden meiner Tante hat der Bestatter einen vor den Bauch gebundenen Beutel gefunden. Darin war ein Schuldschein. Von Frau Erpenbeck unterschrieben. Sie muss das Geld haben, wenigstens einen großen Teil, vermutlich mehr."

Noch ein Schein? Ein richtiger Schuldschein jetzt sogar? Ich kriegte rasende Kopfschmerzen. Kurz darauf lag vor mir eine Kopie von der Größe einer Postkarte. Und es war eindeutig Elses Unterschrift.

„Herr Middendorp, Sie wissen doch, dass mein Verhältnis zu Frau Erpenbeck nicht mehr so …" Ich wand mich.

Er schüttelte unwirsch den Kopf. Doch Else hatte mir eingeimpft, die Klappe zu halten: „Egal, wer was fragt, vertraue niemandem, nicht mal deinem eigenen Hintern."

„Von wem werden Sie denn eigentlich bedroht?"

Herr Middendorp ließ seine Schultern resigniert fallen.

„Er hat mir aufgelauert und ein Messer an den Hals gesetzt. Er trug Strumpfmaske, schwarze Kleidung und Handschuhe. Ihm fehlte ein Finger, jedenfalls hing der Fingerling des Zeigefingers schlapp herab. Wenn ich auch nur ein Wort gegenüber der Polizei oder jemand anderen verlieren würde, dann wäre es aus mit mir." Wie ein Häufchen Elend saß Herr Middendorp neben mir. Er nestelte seinen Inhalator heraus.

Bruno Brutalis war also doch kein Geist, wie ich angenommen hatte, es gab ihn leibhaftig.

Während das Spray wirkte, fragte ich: „Aber, woher weiß denn dieser … dieser … von dem Geld?"

„Ich habe große Angst. Er hat angedroht, mir die Finger zu brechen, die Kniescheibe zu zerschlagen und ein Ohr abzuschneiden, wenn ich morgen nicht pünktlich liefere."

Er öffnete die oberen Knöpfe seines Hemdes und schob das Unterhemd an die Seite. Ich entdeckte auf seiner Brust ein Brandmal.

„Hier hat er mir seine Zigarette ausgedrückt. ‚Prophylaktisch', hat er gemeint. Frau Erpenbeck *muss* mir das Geld geben", flehte Herr Middendorp und stand auf. „Ich weiß, dass sie zu ihr immer noch einen guten Kontakt haben."

„Woher wollen Sie das wissen?"

„Können Sie sich das nicht denken?"

Nachdem er gegangen war, vertilgte ich das Stück Apfeltorte, das ich bisher nicht angerührt hatte. Nicht, dass ich noch Appetit hatte, sondern weil ich meinen Blutzuckerspiegel normalisieren musste, der ganz tief abgesackt war. Schließlich rief ich Else an. Ich flüsterte auf ihre Mailbox: „Die Entwicklungen spitzen sich zu. Melde dich. Sofort!" Ob sie Paulinchens Geld habe, fragte ich erst einmal nicht.

Als ich abgehetzt am *Haus Maria Fröhlich Abendschein* ankam, sah ich gerade noch, wie ein silbergrauer 5er BMW vom Besucherparkplatz fuhr. Saß da etwa Herr Middendorp am Steuer? Ich fasste es nicht. Arbeitslos, Hartz IV, aber leistete sich einen BMW! Und warum hatte Else mir von diesem Schuldschein nichts erzählt? Hatte sie danach in Paulinchens Wohnung gesucht? Warum hatte sie mir das verschwiegen? So viele Fragen.

Morgen, achtzehn Uhr musste Herr Middendorp seinem Erpresser das Geld geben. Aber wieso ließ er sich überhaupt unter Druck setzen? Er hatte einen Anspruch auf das Geld und könnte jederzeit zur Polizei gehen. Ihn würde man auf dem Revier ernster nehmen als Else mit ihren Verschwörungsgeschichten. Gut, dieser Maskenmann, der hundertprozentig *Bruno Brutalis* sein musste, hatte ihn nicht nur mit Worten bedroht, Herr Middendorp war panisch vor Angst gewesen. Aber warum kam er damit zu mir und wieso wusste er, dass ich immer noch gut mit Else konnte?

Kurz darauf stand ich erneut vor Margaretes Appartement. Und wollte sofort wieder umkehren. Was machte ich, wenn *Bruno Brutalis* bei ihr war? Ich klingelte, hoffte aber insgeheim, dass ich Margarete nicht antraf.

„Ich wusste, dass du kommen würdest, Anna."

Zögerlich trat ich ein und schaute mich um. Kein Mann mit fehlendem Finger zu sehen. Falls doch, wäre es jetzt sowieso zu spät. Margarete trug ein knielanges graues Kleid mit silberner Brosche, die Haare tipptopp, als ob sie sich eine frische Dauerwelle hatte legen lassen. Wie machte sie so was nur in dieser kurzen Zeit?

Sie wies mir auf ihrem teuren Ledersofa einen Platz an. „Ich mache ein bisschen Musik. Bob Dylan, *Shadows In The Night.* Das passt doch, was meinst du Anna?"

„Margarete, eigentlich wollte ich …“

Margarete winkte ab und servierte Frankfurter Kranz.

„Margarete, das mit Else, also mit Frau Erpenbeck, das hat mich sehr mitgenommen. Else kannte meine Großeltern sehr gut, sie konnte so schön über alte Zeiten erzählen. Darüber hatten wir uns angefreundet. Aber jetzt: Ich bin so enttäuscht von ihr.“

„Magst du keine Buttercreme?“

Ich stocherte anstandshalber im Kuchen.

„Margarete, du hattest mir auf dem Friedhof, bevor Else, du weißt schon, du hattest mir etwas erzählen wollen. Ich hatte den Eindruck, dass dir das sehr wichtig war.“

Sie sah mich mit einem hintersinnigen Lächeln an. „Mach mir eine Freude und iss. Wer weiß, wann ich noch einmal zum Backen komme. Ist Backen im Gefängnis eigentlich erlaubt?“

Mir fiel die Gabel aus der Hand.

„Anna, wir Künstler sind eine eigene Sorte Mensch. Mitunter sind wir gar nicht wirklich in dieser Welt, aber mitunter holt uns die Wirklichkeit eben doch ein. Dann können wir schauspielern wie wir wollen.“ Margaretes Gesichtsausdruck verlor schlagartig sämtliche sanften Züge. „Deine Performance auf dem Friedhof war nicht schlecht, wenn man bedenkt, dass du eine Amateurin bist.“

Ich hustete Mandelkörnchen aus.

„Du und Else, ihr seid schon ein unterhaltsames

Paar." Margarete zog aus einer kleinen Plastiktüte ein Zettelchen. „Das war unter dem Wurzelwerk der Orchidee. Lies!"

Ich brauchte kaum auf das Papier zu schauen, denn ich wusste ja, was Else darauf notiert hatte: *Angeschmiert mit Löschpapier. Idas Abschiedsbrief findest du nie. Der ist bei den Bullen gut aufgehoben. Else.*

Margarete trank einen Schluck Kaffee und tupfte sich anschließend die Lippen mit einem Tüchlein ab. „Anna, ich bin dir nicht böse, im Gegenteil, ich fühle mich befreit."

Ich schluckte, bis es wehtat.

Margarete zündete sich eine ihrer überlangen Zigaretten an. Auf ihr silbernes Filterstück verzichtete sie. „Lange konnte es nicht mehr gutgehen. Er … hat Else unterschätzt."

Nun stopfte ich den Frankfurter Kranz geradezu in mich hinein.

„Mit den alten Leutchen ist er fertiggeworden, Middendorp hat er auch im Griff. Aber ich will nicht mehr, ich habe das nie gewollt." Kurze Pause. „Anna, ihr müsst euch da heraushalten. Bitte!" Jetzt redete sie schon wie Steve McGarrett. „Ida und Paula, das alles ist schrecklich genug." Ihr Tonfall war drängend, aber auch irgendwie … natürlich.

Ich griff ungefragt zu den Zigaretten. Margarete lächelte und gab mir Feuer. Ich hatte noch nie in meinem Leben geraucht und hustete sofort.

„Ida tat mir so leid, das mit ihrer Tochter … Aber

er hat keine Rücksicht genommen“, gestand Margarete weiter. „Im Casino musste ich ihr heimlich K.-o.-Tropfen in den Wein schütten, er wollte es so. Hinterher sollte ich ihr erzählen, dass sie das Geld verspielt habe und deshalb ohnmächtig geworden sei. Einen Tag später kam sie zu mir und wollte wissen, was genau vorgefallen war. Sie muss irgendetwas geahnt haben. Anna, ich werde es wiedergutmachen. Glaube mir, ich bin auch nur ein Opfer.“

Mir wurde übel und ich pustete in die Zigarette hinein.

„Anna, bitte, es ist alles anders als du denkst.“

Ja, ja, schon wieder diese Platte ... Bei Jan war es dann am Ende aber immer genau so, wie ich gedacht hatte.

Margarete holte einen Ramazotti und zwei Gläser hervor.

„Für mich nicht.“ Jetzt wurde mir auch noch schwindelig.

Margarete kippte erst ihren, dann meinen Ramazotti hinunter. So kannte ich sie gar nicht. Ich glaubte, das wäre ein untrügliches Zeichen: Das war die echte Margarete.

„Else muss das Geld herausgeben. *Er* ist unberechenbar.“ Nach einem weiteren Likör erzählte sie weiter: „Ich musste mitmachen. Er hätte allen in der Residenz und im Ort erzählt, was ich eigentlich für eine war. Ganz Lippeneutrup ist streng katholisch.“ Sie schaute betreten zu Boden.

Na ja, dachte ich: Das neue Lippeneutruper Bordell lebte bestimmt nicht allein von Kundschaft aus Holland, dem Niederrhein oder dem Ruhrgebiet.

„Aber, er war doch … deine große Liebe?“

„Von wem redest du?“

„Von deinem Bruno natürlich.“

„Ach ja, natürlich.“ Sie griff erneut zur Flasche, ging zu ihrer Urne auf dem Sideboard und strich über die Gravur. *B und M – forever.* Nein, da verwechselte ich etwas.

„Anna, ich mag dich“, seufzte sie auf. „Vielleicht, weil ich ein ähnliches Schicksal gehabt habe wie du. Im Gegensatz zu dir hatte ich zwar Eltern, aber die wollten nur, dass ich eine *gute Partie* an Land ziehe, wie man das früher genannt hat, und möglichst reich heirate. Herrgott, was war das für eine Zeit, da gab es noch den Kuppeleiparagrafen. Meine *gute Partie* war aber nicht annähernd so gut wie dein Jan. Es war ein Junge aus Appelhülsen, den ich schon aus der Schule kannte. Ein Streber, der Versicherungsagent wurde. In den fünfziger, sechziger Jahren boomte das Versicherungsgeschäft. Ich wollte aber nicht mit neunzehn heiraten, Kinder kriegen und einsam in einer Eigentumswohnung mit Einbauküche und Balkon in Nottuln sitzen. Ich wollte raus aus dem Mief.“ Sie sah mich eindringlich an. „So ähnlich war's doch bei dir auch. Du hast nicht umsonst deinen Jan ausgewählt. Münster, das ist zwar nicht Berlin, Frankfurt, Stuttgart oder Hamburg, aber immer noch weitaus besser als Lippeneutrup."

Ja, ich hatte ebenfalls weggewollt aus der Kleinstadt. Aber aus anderen Gründen: Ich hatte die Familie gründen wollen, die mir selbst versagt geblieben war.

„Wie du mit deinem Großvater, habe ich mit meinen Eltern gebrochen, bin von zuhause weg, habe mich durchgebissen, tagsüber Schauspielschule, nachts gekellnert. Alles ist ganz anders gekommen. Den Rest kennst du wohl?"

Ja, den Rest kannte ich.

„Wenn ich erzählen würde, mit wem ich alles geschlafen habe, die Republik hätte ihren Skandal." Sie schloss die Augen und ein stilles Lächeln stahl sich in ihre Mundwinkel. „Na ja, vermutlich nicht, die meisten sind ja schon tot. Aber meine Seele habe ich nicht verkauft. Ich wollte den Menschen immer Gutes tun, Zeit meines Lebens habe ich viel gespendet. Anna, sieh die Dinge bitte einmal aus meiner Sicht, bitte!"

Das war aber schwierig.

„Brunos Unfall war für mich ein Zeichen, mein Leben endgültig zu ändern. Wenigstens noch im Alter. Es war wie eine Erweckung. Das verstehst du doch, Anna?"

Ich bemühte mich.

„Meinst du, ich habe meine Fürsorge für die alten Leutchen nur gespielt? Ich fühle mich im *Haus*

Maria Fröhlich Abendschein wohl. Ich wollte Abstand zur Hektik der Großstädte, ich wollte Zufriedenheit, Ruhe, ein bisschen spätes Glück. Und dann kam er. Und zerstörte alles. Die alten Leutchen hier sind doch meine Kinder. Ich habe meine Kinder betrogen. Das werde ich mir nie verzeihen."

Unsere Zigaretten verrauchten im Aschenbecher.

„Ganz zu Beginn dachte ich, wenn ich ihm etwas Geld gäbe, würde er sich damit zufriedengeben. Aber er wollte immer mehr. Schließlich hat er mich gezwungen, unsere Bewohner zu betrügen. Dass Else etwas geahnt, mit der Zeit vielleicht etwas herausbekommen hat, war ihm egal. Ernst hat er sie nie genommen. Aber als du dich mit ihr angefreundet hast, ist eine neue Situation entstanden. Ein kluger Schachzug von Else. Mit ihr, die in der Residenz alle für durchgedreht halten, wäre ich zur Not fertig geworden. Er sowieso. Aber mit dir, Anna, wurde die Sache anders. Du bist nicht so leicht zu beeinflussen. Das war mir gleich nach unserem ersten Treffen klar."

Ich lächelte gequält. „Und was ist mit Frau Hohnsteiner-Bartel, ihr musste doch auffallen, dass es in letzter Zeit eine unverhältnismäßig große Anzahl von Kündigungen gab?"

„Natürlich, aber aus irgendeinem Grund hat sie das nicht wirklich gestört."

„Ach, und wieso nicht?" Ob das wohl etwas mit den gefälschten Statistiken zu tun hatte?

„Ich weiß es nicht. Wirklich nicht. Obwohl unser Verhältnis sehr gut war. Schließlich habe ich der Residenz stets reichlich gespendet. Im Auftrag von *ihm.* Es war *ihm* wichtig, dass ich einen guten Stand bei der Stiftsdirektorin hatte."

Das verstand ich sofort.

„Anna, die Stiftsdirektorin war nie das Problem. Aber du! Du kümmerst dich, hast Gerechtigkeitssinn, lässt dir nicht so leicht ein X für ein U vormachen. Ich habe alles versucht, dich für mich einzunehmen ... Und ihn habe ich angefleht, endlich aufzuhören. ‚Okay', hat er gesagt, ‚einen allerletzten Coup.' Das Geld von Paula wollte er unbedingt haben, dann würde er aus meinem Leben verschwinden." Margarete lachte beinahe hysterisch auf, und das lag nicht an den vielen Ramazottis.

„Frau Sutthoff und Paula waren die einzigen Frauen?"

„Ich habe ihm immer gesagt, mit den Frauen ist es schwieriger. Frauen fragen nach. Die lassen sich nicht so leicht betrügen. Bei den Männern war es einfach. Ein paar Zärtlichkeiten, etwas ... *Liebe* ... und schon hatte ich sie." Sie blickte mich entschuldigend an. „Er hat nicht auf mich gehört, seine Gier wurde immer größer."

„Ida Sutthoff, war das Mord?"

„Ich weiß es nicht, ich weiß nur, dass er sehr nervös wurde, als er damals von dem ominösen Brief hörte."

„Als Ida Sutthoff starb, warst du in Münster. Was aber hast du mit Paulinchens Tod zu tun?"

„Sie konnte sich nicht entscheiden, hat mich oft wegen der Stiftung vertröstet. Sie war verwirrt, launenhaft. Sie hatte bereits einen Schuldschein vorbereitet, aber dann immer wieder gemeint, sie müsse erst noch etwas klären. An ihrem Todestag hat sie mich angerufen, ich solle vorbeikommen. Als ich bei ihr ankam, da wollte sie wieder alles anders … Sie war nicht mehr Herr ihrer Sinne. Wir haben gestritten. Sie war krank, aber er …"

Stille.

Ich hielt sie aus, auch, weil ich schon die dritte Zigarette rauchte, was mich irgendwie beruhigte.

„Es war ein Unfall. Sie hat mich geschlagen, ich habe sie abgewehrt, da ist sie gestolpert. Und hat einen Blutsturz bekommen … Schon nach Idas Tod wollte ich aufhören. Bitte, bitte glaube mir! Es tut mir so leid", beschwor sie mich. „Es wurde alles immer gefährlicher. Aber er sagte nur: ‚Was will dir dieser Treppenterrier, rede mit dem Drachen, die soll die einweisen. Sonst regele ich das auf meine Tour', hat er gelacht und mir befohlen, auf den Friedhof zu gehen. Das Kreuz auf meiner Grabstelle, das war eine Morddrohung."

Ja, so was hatten Else und ich uns schon gedacht.

„Ich verfluchte ihn. Immer wieder, und dann begann ich, das Grab zu verwüsten. An irgendetwas musste ich meine Wut auslassen. Als mich Else an dem Tag ansprach, habe ich Brunos Geist erfunden. Ich war so durcheinander, ich habe völlig die Fassung verloren. Ich habe immer noch Todesangst." Kleine Pause. „Aber er hat nur gelacht. ‚Wenn die Schnepfe das verbreitet, ist sie endgültig reif für die Klapse', hat er gemeint. Und dann ist … Jedenfalls kam er irgendwann auf diese kindische Idee, Bruno tatsächlich als Geist erscheinen zu lassen."

So unglaublich sich das alles anhörte, so plausibel klang es mittlerweile. „Und warum haben wir den Geldschein auf dem Friedhof gefunden?" Ich kannte die Antwort, aber diese Frage musste schließlich einmal gestellt werden.

„Weil ich meine Grabstelle zeitweise als Versteck genutzt habe", gab sie zu. „Für das Geld, das ich ich bei den ganzen Coups abgezweigt hatte. Ich wollte ja Johanna ihr Geld zurückgeben. Das habe ich immer gewollt." Sie lächelte gequält. „Auf die Bank konnte ich es nicht bringen, in der Wohnung konnte ich es schon gar nicht lassen. Er ist dahintergekommen."

Plötzlich war Totenstille.

Shadows In The Night war längst abgespielt.

Ich drückte meine Zigarette aus und wurde energisch. „Du musst dich selbst anzeigen, Margarete. Du bist erpresst worden und hattest keine Wahl. Die Polizei wird dich schützen." In Wahrheit hatte ich daran große Zweifel, da ich sofort an die Lippeneutruper Wache denken musste.

„Das kann ich nicht, er wird sich grausam rächen."

Vielleicht konnte ich Margarete später überzeugen, zur Polizei zu gehen. Oder direkt mit Kevin Kubitza zu sprechen. Ich machte ihr daher einen weiteren Vorschlag.

„Anna, nein, auf keinen Fall, ich will dich da nicht mit hineinziehen."

Ich hatte schon zwei Tabletten genommen. Allerdings milderten sie die Folgen des ungewohnten Nikotinkonsums kaum. Wie auch? Denn ich zermarterte mir seit Stunden meinen Kopf, mit Leahs Bärchen im Arm und Eric Clapton im Ohr, wie ich Else wohl erklären sollte, warum sich Margarete in meinem Schlafzimmer auf ihrer Klappmatratze ausruhte. Neben mir lagen drei leere Colaflaschen.

Als es plötzlich an meiner Tür so laut klingelte, als ob alle westfälischen Glocken gleichzeitig geläutet würden, schoss mir ein weiterer stechender Schmerz in den Nacken. Wer konnte das sein? Else hatte ich meinen Zweitschlüssel gegeben. Ich lugte durch den Türspion. Niemand zu sehen.

Bruno Brutalis würde bestimmt nicht Sturm klingeln.

Aber wusste ich das? Vielleicht stand er unten auf der Straße und glaubte, dass ich so naiv wäre, mal so einfach den Türöffner zu betätigen.

Ich ging zum Küchenfenster, das zur Straßenseite gelegen war, öffnete es, beugte mich vorsichtig etwas weiter vor und sah nach unten. Gerd! Den konnte ich überhaupt nicht gebrauchen. Stalkte der mich etwa?

Ich weigerte mich zu öffnen.

Das Klingeln hörte nicht auf.

Irgendwann dann doch … Der Kelch ging an mir vorüber.

Nein, doch nicht, *Bonanza* erklang.

Okay, ich würde ihn irgendwie abwimmeln müssen.

„Ich habe Migräne", sagte ich.

„Anna, ich muss dich unbedingt sprechen, es ist sehr, sehr wichtig." Er schrie beinahe ins Handy.

Da ich nicht wollte, dass ganz Lippeneutrup Gerds Gezeter da unten mitkriegte, ließ ich ihn doch hochkommen. Margarete bat ich, im Schlafzimmer zu bleiben. Sie lächelte mich an, aber nicht wie eine *Grande Dame*, vielmehr verzerrt, mit einem breiten seligen Lächeln, so wie Betrunkene grinsen, wenn sie ihren Rausch ausschlafen und dabei gestört werden.

Dieses Mal setzte ich Gerd nicht aufs Sofa. Doch bevor ich etwas sagen konnte, sprang er auf mich zu, packte mich an den Schultern und sagte: „Anna, hast du über deine Gefühle zu mir nachgedacht?"

„Eh, nein … ich weiß nicht", murmelte ich und versuchte mich aus seinen Fängen zu befreien.

Als er mich losgelassen hatte, fügte ich an: „Gerd, so schnell geht das nicht mit den Gefühlen." Was auch nicht gerade eindeutig war. Aber Gerd hatte mich überrumpelt und ich ganz andere Sorgen.

„Das habe ich mir gedacht, Anna. Deshalb möchte ich dir einen Vorschlag unterbreiten. Wenn wir beide nämlich keine Zeit miteinander verbringen, kann sich bei dir ja nichts entwickeln." Und dann redete Gerd lang und breit davon, mit mir ein paar Tage wegzufahren, damit ich ihn besser kennenlernen könne. „Der Möhnesee im Sauerland ist so schön. Wir hätten viel Zeit für uns, Anna."

„Eh, wie jetzt?", murmelte ich. Was hatte dieser Mann nur für Vorstellungen?

„Also, ich finde meine Idee toll. Ich kenne an der Möhnetalsperre ein schönes Appartement mit Seeblick. Ich miete es immer für mich und meine Mutter. Für über Silvester auch ... Was meinst du, hast du Lust?"

Seine Mutter würde auch mitkommen?

„Alles behindertengerecht, da würdest auch du ..."

Gerd hielt mich für behindert?

Anna, reiß dich zusammen!, befahl ich mir.

„Am nächsten Sonntag kommst du zum Kaffee zu uns, Anna, und ich stelle dir meine Mutter vor. Wir zeigen dir Bilder vom Möhnesee, der Staumauer, den Jachthäfen, den unglaublichen dunklen Wäldern drumherum, dann wirst du auf den Geschmack kommen."

Was diskutierte ich hier überhaupt? Es wurde Zeit, Klartext zu reden. Gerd brauchte eine weitere Ansage, dieses Mal eine ganz klare Ansage. Ich pustete durch. „Gerd, ein für allemal: Mit uns, das wird nichts! Nicht jetzt, nicht in alle Ewigkeit. Auch nicht an irgendeiner Talsperre. Von mir aus können wir Freunde sein. Aber nur Freunde! Wenn wir uns darauf einigen können, besuche ich auch irgendwann deine Mutter. Und jetzt geh bitte. Ich habe rasende Kopfschmerzen."

Er brauchte einen Moment, dann schaute er enttäuscht. Nein, komplett ernüchtert, wie aus einem Traum erwacht. Und verzweifelt. Verdammt verzweifelt sogar, und deshalb unternahm er wohl noch einen letzten, verzagten Versuch. „Aber besuchen kommst du uns, Anna, meine Mutter und mich, bitte. Sonntag, ja? Weil wir doch Freunde sind. Meine Mutter würde sich riesig freuen, dich einmal wiederzusehen. Es gibt auch selbstgebackene Weihnachtskekse."

Was für ein Angebot!

Ich nickte dennoch zustimmend, damit Gerd endlich ging.

Als kurz darauf Else kam, marschierte sie direkt auf die Schlafzimmertür zu. „Else, geh da bitte nicht rein."

„Noch mehr Herrenbesuch, Kindken?", kicherte sie. „Einen habe ich noch im Flur getroffen."

Ich ignorierte ihre blöde Bemerkung. „Hast du meine Nachrichten abgehört?"

„Und ich dachte immer, Liebe entkrampft."

„Else, hör mir zu! Margarete … dieser Bruno … Herr Middendorp, er ist in Lebensgefahr."

„Kindken, eins nach dem anderen, sonst wird das nix."

„Else, die Margarete ..."

Else griff neben das Sofa und hob triumphierend Margaretes schicke Handtasche hoch. „Toll. Wem gehört denn dieses exquisite Stück?" Else wühlte im jasmingrünen Leder, fand aber nichts, abgesehen davon, was an üblichem Krimskrams in Frauenhandtaschen versammelt war. „Wäre auch zu schön gewesen. Kindken, Kindken, was bist du nur für eine gute Seele. Bietest der Puffmutter Asyl an!"

Aus den Tiefen einer Plastiktüte holte sie ein blendend weißes Notebook hervor. Irgendwie musste ich die Erweiterung ihres Gerätebestandes verpasst haben. Während sie mit dem Teil beschäftigt war, fasste ich zusammen, was Margarete mir gebeichtet hatte. „Else, diese ganze Lebensgeschichte, das klingt doch alles sehr plausibel."

„Plausibel hatten wir schon mal."

„Margarete ist auch nur Opfer."

„Ja, ja", knurrte Else und klappte das Notebook wieder zu. „Erst ich, dann die Eierbirne und jetzt auch noch die Puffmutter. Eine richtige Bedrohungsorgie mittlerweile."

„Du glaubst Margarete also?"

„Die hat die Wahrheit gesagt und doch gelogen."

War da ein Geräusch?

Else legte ihr Ohr an die Schlafzimmertür und flüsterte mir dann zu: „Pssst, Feind hört mit."

Wir stiegen hinunter in den Keller, den ich so ungern aufsuchte, um den Müll zu entsorgen. Hier unten muffte es, tausend Spinnweben an den Wänden. Mit klammer Hand drückte ich den Lichtschalter.

„Else, Herr Middendorp behauptet, du hast Paulas Geld. Und wenn er es nicht bis morgen achtzehn Uhr diesem Maskenmann, also *Bruno Brutalis*, aushändigt, dann … Else, du musst ihm das Geld geben! Du hast es doch. Und rede dich nicht heraus. Paulinchen hat mehrfach gesagt, dass du ihr etwas schuldest. Ich bin schwer enttäuscht von dir!"

„Pah! Das Paulinchen war nicht mehr Herr ihrer Sinne."

„Du hast das Geld also."

„Ich habe ihren Willen geschützt. Ihren eigentlichen."

„Es gibt einen Schuldschein, von dir unterschrieben."

„Quatsch, das ist ein Aufbewahrungsschein."

„Das ist doch vollkommen egal. Du machst dich der Unterschlagung schuldig."

Das Licht war ausgegangen und ich tastete gerade erneut nach dem Schalter, als es von selbst wieder anging. Schritte waren zu hören, als ob ein Bein hinterhergezogen wurde. Mein Vermieter kam um die Ecke. Der verkniffene Herr Uppenkamp mit dem Holzbein fingerte an dem gelben Abfallbehälter herum und entsorgte ein einzelnes leeres Tetrapack.

„Schwätzchen können Sie auch woanders halten",

sagte er mürrisch. „Das Kellerlicht zahlt die Hausgemeinschaft.“ Damit drängte Herr Uppenkamp sich zwischen uns durch und stieß dabei Else zur Seite.

„Finger weg, du Pannekopp. Wenn du nicht sofort den Abgang machst, falte ich dich so zusammen, dass du auch noch in die Tonne passt!“

Eine Viertelstunde später wärmten wir uns im *Grill am Ostring* auf. Laut Else der beste Imbiss in Lippeneutrup. Ich ersparte mir den Hinweis, dass es in unserem besseren Dorf eigentlich nur diese eine Pommesbude gab.

„Ist das nicht der Wahnsinn?“, schmatzte sie vor sich hin, als vor uns Currywurst mit doppelt Pommes standen. „Viel besser als diese labberigen Weißwürste am Tegernsee.“ Sie griff zur Bierflasche, leerte sie beinahe in einem Zug, wischte sich den Schaum vom Mund und bestellte schon einmal ein zweites Pils. Dann erklärte sie mir die Sache mit dem Aufbewahrungsschein: „Das Paulinchen und ich kannten uns viele Jahre. Mit ihr hatte ich eine kongeniale Partnerin, nicht nur beim Doppelkopf. Das Geld hat sie mir lange vor ihrer Krankheit gegeben, sie wollte, dass es sicher ist.“

„Vor was sicher?“

Else stach mit ihrer Gabel in Richtung meiner Brust. „Frag lieber: vor wem! Zum Beispiel vor ihrem ungeliebten Neffen. Die Eierbirne war in der Siedlung schon als Knabe unbeliebt. Freunde hatte der keine, lungerte stets alleine rum, wurde gehänselt. Aber nach und nach wurde der gerissen, wie kleine dicke Außenseiterjungs werden, wenn sie der Welt was beweisen wollen."

Sie spießte Wurststückchen um Wurststückchen auf und drückte sie in die Soße, während sie weitererzählte: „Als der größer, also noch dicker und vor allem stärker wurde, hat der den Spieß umgedreht, hat die Jungs aus der Siedlung abgezockt. Der war schon damals eine rollende Fliegerbombe." Sie kicherte. „Vor einem halben Jahr, nachdem er arbeitslos geworden war, tauchte er auf, umsorgte seine Tante, wo er sich vorher nicht mal ne Minute um sie gekümmert hatte, machte auf sozial, auf Tüddeldillü, wurde Ehrenamtlicher. Aber das Paulinchen hat den durchschaut. Aus reiner Bösartigkeit hat sie ihm jede Woche ihr Geld vorgezählt und es anschließend wieder versteckt. Zuerst im Bad hinter der Wartungsklappe der Badewanne. Weil ihr Neffe das mit der Zeit wohl mitbekommen hat und sie kein besseres Versteck fand, wurde ihr das zu unsicher und sie hat mir das Geld gegeben."

Das nächste Pils wurde über die Theke gereicht. Else nahm erneut einen großen Schluck. „Lecker", sagte sie und wischte sich mit dem Handrücken über die Lippen.

„An Paulinchens Todestag hast du also nach diesem Schein gesucht? Und deshalb hast du im Bad gar nicht erst nachgeschaut, weil Paulinchen dort, wie du wusstest, nichts mehr versteckt hatte, richtig?"

„Ja und nein. Paulinchen hat auch einen letzten Willen hinterlassen."

„Was für einen letzten Willen?"

„Was wohl? Ihr Testament." Sie spießte ihr letztes Stück Wurst auf.

Mir dagegen fiel eine Pommes von der Gabel.

„War aber Fehlanzeige."

Ich war pappsatt und schob meinen Teller von mir weg. „Bist du dir sicher, dass es ein Testament gibt?"

„So sicher wie der Furz am Morgen. War damals Zeugin."

„Warum hast du mir nie etwas davon erzählt?"

„Ich wollte dich damit nicht unnötig belasten." Else guckte schuldbewusst. Mir kam zum ersten Mal der Gedanke, dass sie eine größere Schauspielerin war als Margarete.

Sie trank geruhsam von ihrem Pils. Als sie die Flasche mit einem kleinen Rülpser abgesetzt hatte, sagte sie: „Anna, ganz ruhig. Die Kontonummer der *Anonymen Alkoholiker* habe ich schon besorgt. Das war nämlich Paulinchens letzter Wille, bevor die *Grande Dame* ihr die abstruse Idee von dieser blöden Stiftung in den Kopp gesetzt hat."

Ich erinnerte mich schwach daran, das Paulinchen die *Anonymen* erwähnt hatte.

„Taucht das Testament auf, werde ich die Knete herausrücken. Du glaubst doch wohl nicht wirklich, dass ich mich an Paulinchens Geld bereichern will, Anna?"

„Okay, Herr Middendorp ist kein angenehmer Zeitgenosse, aber willst du ihn wirklich diesem Kerl ausliefern?"

„Ja, ja, die Eierbirne, traurig, traurig."

Unvermittelt hatte ich eine Eingebung. „Vielleicht war das Testament ja auch in diesem Bauchbeutel beim Bestatter?"

„Falls", knurrte Else, „hat der Lümmel es vernichtet. Ein Testament ist nicht in seinem Interesse. Darf ich?" Sie zog meinen Teller zu sich und widmete sich meinen Resten.

Da fiel mir noch etwas ein. „Wieso kann sich Herr Middendorp eigentlich einen BMW leisten? Das ist doch verdächtig."

„Nicht wirklich. Soviel ich weiß, hat der einen kleinen Nebenjob für eine Firma, für die er ab und zu Fahrdienste erledigt."

„Warum vertraust du mir nicht? Du erzählst mir nichts von Paulinchens Geld, nichts vom Testament ... Von Teamarbeit hab ich eine andere Vorstellung."

Else wollte zu einer Erwiderung ansetzen, doch ihr Tablet piepte. Sie wischte sich die Hände an einer Serviette ab, tippte auf dem Gerät herum und hielt es mir dann hin. „Ganz frisch reingekommen, schneller kann ich dich nicht informieren, Kindken."

Ja, ja ... Ich schmollte.

Kurz darauf überflog ich den Scan eines Artikels einer Münchener Abendzeitung. Bruno Schlachthauer, also sein Körper, war damals doch noch aufgetaucht. Drei Wochen nach seinem Verschwinden sei Bruno S. bei Baggerarbeiten auf dem Grund des Tagesbruchs gefunden worden. Seine Leiche wäre stark entstellt gewesen, aber die DNA-Analyse eindeutig.

„Das ist ein Ding, was?"

„Wie bist du daran gekommen?"

„Die Idioten von der Staatsanwaltschaft in München wollten mir keine Auskunft geben. Und das *World Wide Web* – total überbewertet – für seriöse Recherchen rundweg unzuverlässig. Zeitungen stellen nicht immer alles ins Netz. Also habe ich einen Recherchedienst beauftragt. Schweineteuer, aber hilfreich. Siehste ja!"

Aber gesagt hatte sie wieder nichts.

„Das heißt doch …" Ich brauchte einen Moment, um den ungeheuerlichen Gedanken zu fassen. „Dieses falsche Biest, diese falsche Schauspielerin, diese heuchlerische Puff… Die hat mich … die hat mich …"

„Die hat dir die Hucke vollgelogen."

Else brachte es auf den Punkt. Mein Kopf war nun vollkommen klar und absolut schmerzfrei.

„Bist du dir da hundertprozentig sicher, Anna? Hat sie definitiv gesagt, dass es *ihr* Bruno ist, der sie erpresst und sein böses Spiel im Hintergrund treibt?"

Eh … Hatte sie nicht – aber war das jetzt wichtig?

Ich wollte los. „Komm, Else, die muss uns jetzt endlich sagen, wer *Bruno Brutalis* ist. Zur Not zwinge ich sie."

Durch den Fettmief hindurch starrte mich Else verwundert an. Ich zuckte mit den Schultern. „Foltern vielleicht?"

„Anna, keep cool! Die wird uns sowieso wieder nur eine gefühlsduselige Tränenstory auftischen. Du sagst ihr einfach, wir würden das Geld morgen bei der Eierbirne abliefern. Dann werden wir sehen, was passiert."

„Du willst die vierzigtausend zurückgeben?"

„Der will mich sprechen, also tu ich ihm den Gefallen."

„Else! Alleine bin ich Margarete nicht gewachsen."

„Bist du. Heute Abend machst du dein Meisterstück."

Meisterstück? Da fiel mir wieder ein, was Herr Kubitza über mich gesagt haben sollte.

„Außerdem, wo soll ich bei dir jetzt noch pennen, wo die *Grande Dame* bei dir residiert? Sag mal, hast du zufällig den Namen von dem Bestatter?"

„Du willst doch nicht so spät noch …"

„Leichenarbeiter sind immer im Dienst. Wir müssen auf jeden Fall wissen, was er noch so alles in diesem Beutel gefunden haben könnte."

Sie zahlte für mich mit. Draußen drückte sie mich. „Ich zähl auf dich", sagte sie, um dann ihren Rollator langsam die Straße entlangzuschieben. Ich musste in die andere Richtung.

„Und du meinst nicht, Else, dass wir noch einmal versuchen sollten, die Polizei …"

Ohne sich umzudrehen, zeigte sie mir über ihre Schulter hinweg den Stinkefinger und ging weiter ihres Weges.

„Aber du meldest dich“, rief ich ihr hinterher. „Sonst bin ich raus. Endgültig!“

9

Margarete saß in aufrechter, beinahe graziöser Haltung auf Omas Sofa, ihre Beine nah nebeneinander, schräg angewinkelt. Von ihrem Rausch war kaum mehr etwas zu bemerken, höchstens, dass sie ab und zu zwei Finger dezent auf ihre Schläfen drückte. In ihrem grauen Kostüm wirkte sie wie aus dem Ei gepellt. Wie machte sie das nur?

Ich hatte Tee gekocht, den ich mittlerweile wieder im Haus hatte, hockte im Schneidersitz vor ihr und erzählte aus meiner Kindheit. Ich wollte ihr das Gefühl geben, dass ich absolutes Vertrauen zu ihr hatte.

Margarete setzte ihre Tasse mit spitzen Fingern ab, holte eine Zigarette aus ihrem edlen Etui, steckte sie auf den silbernen Filter und fragte: „Darf ich?“ Ich nickte, weil ich um eine entspannte Atmosphäre bemüht war, lehnte aber ihr Angebot ab, ebenfalls eine zu rauchen. Sie nahm einen tiefen Zug, blies den Rauch in Kringeln nachdenklich in die Luft und fragte schließlich: „Anna, was war eigentlich genau mit deinen Eltern? Du hast sie nie erwähnt.“

„Ach, nein? Mein Vater ist bei einem Arbeitsunfall ums Leben gekommen, als ich sieben war. Er ist von einem Gerüst gefallen. Ich habe allerdings schon vorher viel Zeit bei meinen Großeltern verbracht, denn mein Vater war oft wochenlang auf Montage.“

„Und was war mit deiner Mutter?“

„Ich habe sie nie kennengelernt. Und viel haben

meine Großeltern über sie nicht erzählt. Meine sogenannte Mutter soll eine unstetige Person gewesen sein. Dass sie von ihrem Leben etwas haben, viel reisen, die Welt kennenlernen wollte. Die spießigen Verhältnisse im Münsterland waren ihr ein Gräuel. Ähnlich wie bei dir damals. Ich war für sie so etwas wie ein Unfall. Mein Vater war gerade einmal drei Monate mit ihr zusammen gewesen, als ich mich ankündigte. Ach, eigentlich weiß ich gar nicht, ob mein Vater überhaupt richtig mit ihr zusammen war. Jedenfalls hat meine Mutter Panik bekommen …"

Ich wischte mir Tränen aus den Augen, die ich nicht mehr zurückhalten konnte. Margarete nahm einen Schluck Tee.

Als ich mich etwas gesammelt hatte, fuhr ich fort. „Mein Vater hat wohl mit Engelszungen auf meine Mutter eingeredet, sie solle mich behalten, ich wäre auch sein Kind. Sie hat zugestimmt, und er hat ihr dafür Geld für die Weltreise gegeben, die sie bereits seit Längerem geplant hatte. Zeit seines Lebens hat mein Vater darauf gehofft, dass seine große Liebe zurückkehrt. Er soll sich nie wieder verliebt haben."

„Tragisch, wirklich tragisch." Margarete griff erneut zur Tasse.

Nun trank ich auch einen Schluck Tee. Und noch einen. Dann sagte ich: „Für dich ist es bestimmt auch nicht leicht gewesen, deinen Mann zu verlieren. Und dann taucht er plötzlich quicklebendig auf und bedroht dich und andere."

Margarete schaute mich lange an, als ob sie etwas überlegte. Dann sagte sie: „Ach Anna, du und Else wisst doch längst, dass Bruno tatsächlich tot ist. Ihr wisst so vieles mittlerweile. Lassen wir doch die Spielchen."

„Margarete, dann sag doch einfach, wer *Bruno Brutalis* wirklich ist. Du musst zur Polizei."

„Das geht nicht. Nicht weil ich es nicht will. Ich weiß es einfach nicht. Er hat sich mir nie zu erkennen gegeben."

„Else will Herrn Middendorp das Geld geben."

„Das ist gut. Das ist sehr gut." Margarete wirkte erleichtert. „Anna, ich werde alles wiedergutmachen. Ganz bestimmt."

Wieso glaubte ich ihr das? Weil es aus tiefstem Herzen kam! Aber so etwas hatte ich schon einmal gespürt.

Und dann wiederholte sie den Satz, wenn auch etwas nuancierter: „Glaube mir, ich werde es wiedergutmachen, an dir gutmachen, Anna, wenn die Zeit gekommen ist."

Ich konnte nicht schlafen und wälzte mich hin und her. Als ich endlich etwas eingeduselt war, meldete sich mein Smartphone. Das Display zeigte kurz nach zwei Uhr. Vorsichtshalber stellte ich das Gerät auf lautlos, dann las ich die Nachricht. Ich war sofort hellwach.

Bestatter bei der Arbeit angetroffen. Kurzfristig über-

zeugt, Auskunft zu geben. Das konnte ich mir bei Elses Methoden lebhaft vorstellen. *Aufbewahrungsschein tatsächlich im Beutel. Sonst nichts. Mehr mündlich.* Noch während ich las, kam eine weitere Nachricht herein: *Audiodatei von Johanna gekommen. Schau in meinen Mails nach. Erkennst du jemanden?* Wieso in den Mails?

Die Startmelodie von Elses Notebook klang schrecklich laut in der Stille der Nacht. Verwundert stellte ich fest, dass weder Gerät noch E-Mail-Programm mit einem Passwort gesichert waren. So einen Leichtsinn hätte ich Else nicht zugetraut. Ich klickte auf den angehängten Audiofile.

Diese heisere Männerstimme kannte ich doch, oder? Sie drohte Johanna mit drastischen Worten an, ihr etwas anzutun, wenn sie sich an die Polizei wenden würde. Der Ton war nicht wirklich gut, um die Stimme eindeutig zu erkennen. Ich stellte auf lauter und hörte mir den Mitschnitt ein zweites Mal an.

Es schien mir, als ob der Mann durch ein Tuch spräche. Aber da war auch ein ständiges Räuspern. Und kurz vor Schluss der Aufzeichnung hustete der Anrufer explosionsartig, ein typischer Asthma-Husten, wie ich ihn von Herrn Middendorp kannte. Schließlich ein Keuchen, dann die Worte: „Kein Wort zu niemandem, sonst sind Sie tot!“

„Wer ist tot?“

Ich! Zumindest erschrak ich zu Tode. Margarete stand hinter mir, ich musste sie geweckt haben.

„Kannst du nicht schlafen?“, fragte sie und beugte sich neugierig zum Laptop herunter.

Ich schaffte es gerade noch, das Gerät zuzuklappen. „Du hast mich vielleicht erschreckt. Ich höre ab und zu Hörspiele, wenn ich nicht schlafen kann … Krimis. Jetzt bin ich aber müde.“

Sie sagte nichts, drehte nur eine Weile versonnen an der Engelspyramide aus dem Erzgebirge neben dem Notebook, um dann zur Toilette zu gehen. Als sie zurückkam, tat ich so, als sei ich eingeschlafen. Heimlich blinzelte ich unter der Decke hervor. Margarete würdigte das Notebook keines Blickes und verschwand im Schlafzimmer. Ich wartete kurz, dann tippte ich eine Nachricht: *Ist das die Stimme von Middendorp?*

Hm, dachte ich, wieso stellte der sich aber mir gegenüber als Opfer dar? Um an Else heranzukommen?

Elses Reaktion kam prompt: *Keine Ahnung. Vielleicht, vielleicht auch nicht. Rufnummer unterdrückt. Brauchen Stimmanalyse, aber die dauert. Auftrag schon erteilt.*

Stimmanalyse? Ich fragte mich, über welche Möglichkeiten Else verfügte. Ich schrieb umgehend: *Auf keinen Fall mehr Kontakt zu Middendorp. Zu gefährlich!*

Die Antwort: *Hab's im Urin, morgen Tag der Entscheidung!*

Irgendwann übermannte mich der Schlaf. Und schon bald darauf träumte ich von Steve McGarrett, der Polizeichef im Sauerland geworden war, dort nichts zu tun hatte, sich bei langen Berg- und Waldwanderungen langweilte und mich zu einem Strandurlaub an den Möhnesee einlud, sich dort aber nur um seine Oma kümmerte und von mir nichts mehr wissen wollte, weil ich mich so grauenhaft zickig benahm.

Völlig zerschlagen quälte ich mich am frühen Morgen aus dem Bett, machte eine Katzenwäsche und aß zu einem Glas Wasser die Chips, die Else übrig gelassen hatte. Als ich aufbrechen wollte, entdeckte ich, dass sich an einem meiner Sneaker eine Sohle gelöst hatte und hin und her schlackerte.

Mist, auch das noch. Alle meine übrigen Alltagsschuhe lagerten noch im Keller in irgendwelchen Umzugskisten. Die herauszusuchen, war jetzt keine Zeit. Ich griff nach meinen Pumps, die ich nach oben geholt hatte, weil ich sie putzen und nächste Woche zur Weihnachtsfeier in der Residenz tragen wollte. Völlig unpraktisch zwar für einen langen Arbeitstag, aber momentan die einzige Alternative, um nicht auf Socken losmarschieren zu müssen.

Ich sah noch einmal nach Margarete. Die schlummerte mit einem verzückten Lächeln auf dem Gesicht auf Elses Notmatratze. Daher legte ich ihr einen Zettel hin, dass ich heute früher ins Büro müsse. Ich würde sie anrufen und alles Weitere besprechen, sie solle auf keinen Fall die Wohnung verlassen und niemandem öffnen.

Ich würde aber nicht in die Residenz fahren. Noch nicht. Mein erstes Ziel heute lag ganz woanders. Ich würde mir Vorwürfe machen, wenn ich diese Chance nicht nutzen würde.

Eine letzte Chance – aber immerhin.

Im Flur unten erwartete mich mein Vermieter. Das Klappern meiner Stöckelschuhe auf den steinernen Treppen musste ihn auf den Plan gerufen haben. Er musterte mich, trat mit seinem Holzbein auf und zeigte schließlich auf meine Schuhe. „Keine Arbeit heute, junge Frau? Auf Trallafitti, wat? Dabei hat der Tach erst angefangen", grummelte er grimmig. „Und wer zahlt meine Rente?"

Irgendwann würde ich es dem zeigen! Jetzt war nicht die Zeit dafür. Ich staute meinen Ärger zurück und stöckelte bewusst aufreizend davon.

Eine Stunde später stand ich in der Seniorenresidenz *Heilig Geist* in der Nachbarstadt von Lippeneutrup nahe des Bahnhofs. Im Foyer war niemand, die Infotheke war so früh am Morgen, es war gerade mal halb acht, noch nicht besetzt. Der Verwaltungstrakt war ebenfalls noch dicht. *Sprechstunden 11 – 12 und 14 – 15 Uhr* stand an der Tür der Belegungsmanagerin. Mir blieb nichts anderes übrig, als mich nach Kurt Jagielski auf den Stationen durchzufragen.

Herr Jagielski war derjenige auf Elses Liste der Betrugsopfer, den wir noch nicht aufgesucht hatten. Heute Nacht hatte ich den Entschluss gefasst, nichts unversucht zu lassen. Else zog ja auch so vieles alleine durch.

Eigentlich alles.

Unschlüssig wandte ich mich um und fuhr zusammen. Da vorne am Fahrstuhl, der alte Herr mit dem Krückstock, der sah doch aus wie … Von hinten, die Figur, die Kopfform, die Haare, das war doch … mein Opa? Ehe ich auf wackligen Pumps bei ihm war, öffnete sich der Fahrstuhl und der Herr humpelte hinein. Ich erwischte ihn gerade noch am Ärmel.

„Entschuldigung, ich dachte …" Die Tür schloss sich.

„Kann ich helfen?"

Ich zuckte zusammen. Hinter mir stand eine Nonne, beziehungsweise *Schwester Annegret*, wie mir das Namensschild in Brusthöhe ihres Ornats erklärte, als ich mich umdrehte. Schwester Annegret strahlte Warmherzigkeit und Hilfsbereitschaft aus.

„Ich möchte Herrn Jagielski besuchen, Kurt Jagielski."

„Sind Sie eine Angehörige?"

„Ich … ich bin seine Enkelin", log ich spontan, um mir lange Erklärungen zu ersparen, warum ich wirklich hier war.

„Herr Jagielski hat keine Angehörigen mehr." Schwester Annegrets freundliche Art war wie weggewischt.

„Er wohnt also hier in *Heilig Geist*?"

Noch blöder hätte ich nicht fragen können.

„Was wollten Sie denn von dem Herrn am Fahrstuhl?"

„Ich, ich dachte, das ist mein … mein Opa."

„Noch ein Großvater?"

Ihr schneidender Blick brachte mich dazu, die Wahrheit zu sagen, nichts als die Wahrheit. Je länger ich erzählte, von den Betrügereien, von Bruno und und und … desto mehr nickte sie. Ich zeigte ihr meine Personalkarte der Residenz *Haus Maria Fröhlich Abendschein*. Sie sagte: „Warten Sie bitte hier. Ich werde dort anrufen."

Sie ging zur Infotheke und telefonierte. Hoffentlich sprach sie nicht mit dem Alien. Als sie zurückkam, war sie verändert; sie wirkte nachdenklicher, aber auch aufgeschlossener. „Ja, man kennt Sie dort. Merkwürdig ist das alles schon. Herr Jagielski hat oft … Da sind auch diese Narben. Jetzt ergibt alles einen Sinn."

„Narben? Hat er irgendetwas erzählt?"

„Nein, nicht direkt … Er hat oft im Halbschlaf fantasiert, unzusammenhängend, sodass wir nicht wirklich verstanden haben, was er meint: Von einer neuen Liebe, Betrug, einem Maskenmann … Es war so konfus. Der Mann hat nur noch wenige Tage. Chemo- und Strahlentherapie hat er abgelehnt. Er liegt im Hospiz. Es ist unserer Einrichtung angegliedert. Ich muss schauen, wie es ihm geht und ob er Sie sehen möchte."

Keine zehn Minuten später saß ich am Bett von Kurt Jagielski. Ich hatte Glück, in Anbetracht seines Zustandes war er heute früh überraschend klar. Das Zimmer war in warmen Farben gestrichen, das Pflegebett sah gar nicht aus wie ein Pflegebett. Alles wirkte sauber und gepflegt. Gerahmte Familienfotos standen auf einem eierfarbenen Sideboard.

Schwester Annegret nickte mir aufmunternd zu und stellte mir einen Stuhl an sein Bett.

„Danke, dass ich mit Ihnen reden darf", sprach ich ihn an und setzte mich. „Es sind viele Menschen in Gefahr. Sie werden bedroht, so wie Sie damals. Das ist doch richtig?"

Ein stilles Nicken ermutigte mich fortzufahren. Als ich fertig war, ließ ich ihm Zeit und wartete.

„Herr Jagielski, möchten Sie Frau Müller nicht helfen?", fragte Schwester Annegret in die beklemmende Stille hinein.

„Der Krebs kam, als sie mich verlassen hatte." Er legte eine Pause ein. „*Verlassen* ... Nein, das ist nicht das richtige Wort. Schön, dass Sie hier sind, junge Frau."

Er griff nach meiner Hand. Und wenig später wusste ich, dass Herr Jagielski eine kleine Maschinenbaufirma betrieben, keine Kinder hatte und seine geliebte Frau Heitrud vor anderthalb Jahren verstorben war. Es gab entfernte Verwandte, aber keinen Kontakt mehr. Margarete hatte er vor fünf Monaten fünfzigtausend Euro gegeben.

„Herrjemine, mein Herrgott, so viel Geld", stöhnte Schwester Annegret auf.

„Das Geld war für eine gute Sache", erklärte Herr Jagielski und drehte sich ins Kissen. „Das dachte ich zunächst wenigstens. Ich schäme mich so."

Dann bat er Schwester Annegret, uns allein zu lassen.

„Was ich Ihnen nun berichten werde, Frau Müller, bleibt unter uns." Er atmete angestrengt durch, offensichtlich, um sich zu sammeln. Er richtete sich ein Stück weit auf. „Ich will hier nämlich noch ein paar ungestörte Tage verbringen." Er zeigte auf den leidenden Jesus an der Wand gegenüber seines Bettes. „Hier haben die manchmal noch ziemlich altmodische Ansichten."

Er wirkte, als ob er sich von etwas befreien wollte.

„Wissen Sie, junge Frau, ich schäme mich nicht wegen des Verlustes des Geldes. Nicht mehr wenigstens. Aber … Nach dem Tod meiner Heitrud wollte ich nicht weiterleben. Doch dann lernte ich Margarete kennen … Sie hat sich sehr bald sehr lieb um mich gekümmert." Er lächelte, wenn auch etwas entrückt. „Auch alte Menschen brauchen Zärtlichkeit."

Ich nickte zustimmend.

„Margarete hat mich an Heitrud erinnert. Und wie mit Heitrud bin ich mit Margarete ins Theater gegangen oder nach Münster in Museen gefahren. Ein einsamer alter Mann, der macht sich schnell etwas vor." Er lachte bitter auf. „Sie hat mir vorgelesen, mit mir Fernsehen geguckt, meine Schränke aufgeräumt. Wir haben uns angefreundet. Ja, mehr als das. Sie war ein Jungbrunnen für mich. Als sie mir vorschlug, Geld in ihre Stiftung einzubringen, habe ich ihr sofort vertraut. Geld ist im Alter nicht so wichtig. Sie hat mir sogar ein Heiratsversprechen gegeben. Ich war so … Es war dann sofort vorbei mit der Liebe."

Er stöhnte auf und fiel in seine Kissen zurück.

„Und weshalb haben Sie geschwiegen?"

„Sollte ich Anzeige erstatten und eingestehen, ein alter Trottel zu sein? Welcher Mann kann das schon?"

„Sie können es jetzt."

„Jetzt sterbe ich." Er drehte sich weg. Ich schwieg.

Nach einer Weile drehte er sich mir wieder zu. „Nein, junge Frau, so ganz stimmt das nicht. Scham, ja, aber meine verletzte Eitelkeit, die gab es damals nur für kurze Zeit. Als Ingenieur bin ich in der ganzen Welt herumgekommen, als Selbstständiger musste ich überall meinen Mann stehen und viele Kämpfe austragen."

Ich nickte ihm aufmunternd zu.

„Ich wollte mich ja zur Wehr setzen. Durchaus. Können Sie mir bitte einmal helfen?" Er begann sein Schlafanzugoberteil hochzuziehen. Ich zögerte. „Keine Angst, ich will Ihnen nur etwas zeigen."

Vorsichtig unterstützte ich ihn. Direkt auf dem eingefallenen Brustkorb waren mehrere Brandnarben zu sehen.

Ich wich bestürzt zurück.

„Wer hat das getan? Frau Schlachthauer?“

Er lachte erbittert auf. „Nein, die hat sich ihre Hände nicht schmutzig gemacht. Als ich ihr drohte, zur Polizei zu gehen, hat sie mich glauben machen wollen, sie wäre selbst nur ein Opfer. Ich sollte auf keinen Fall etwas unternehmen. Da wäre jemand anderes, der sie nur als Werkzeug benutze. Dieser Jemand sei skrupellos und brutal.“ Er zögerte, ehe er weitersprach. „Ich dachte zuerst, Margarete habe diesen mysteriösen Jemand nur erfunden, um mir Angst zu machen. Doch in der Nacht darauf kam jemand mit einer Maske und einem schwarzen Mantel in mein Zimmer. Erst habe ich nur gelacht, einem alten Mann könne man mit so einem Mumpitz keinen Schrecken einjagen. Aber dann …“

„Hat denn von den Pflegern niemand die Verletzungen bemerkt?“ Ich zog ihm das Oberteil wieder herunter.

„Ich habe gesagt, es sei mir selber passiert. Eingeschlafen, mit einer Zigarette. Ich hab ja damals noch geraucht. Viel sogar. Meinen Krebs habe ich mir hart erarbeitet. Können Sie mir kurz das Kissen richten?“

„Haben Sie den Mann erkannt?“, fragte ich, während ich Kissen und Decke durchschüttelte.

„Es war dunkel im Zimmer. Und er trug diese Maske.“

„Können Sie seine Statur beschreiben?“

„Ich weiß nicht. Kräftig?“

„Kräftig oder dick? Kennen Sie einen Herrn Middendorp?“

„Nein, nie gehört.“

„Wie groß war der Mann denn?“

Herr Jagielski überlegte. „Stellen Sie sich einmal dort hin.“ Er dirigierte mich etwas von seinem Bett weg. „Mit Ihnen hat die Natur aber ein schönes Werk geschaffen“, lächelte er. „So groß wie Sie, würde ich sagen.“

Mit meinen Pumps war ich etwa eins achtzig. Herr Middendorp mit seinen eins fünfundsechzig schied jedenfalls als Maskenmann aus.

„Fehlte dem Mann an der rechten Hand ein Finger?“

„Nicht, dass ich wüsste.“

„Trug er Handschuhe?“

„Nein. Wieso? Aber ich hatte mein Bargeld mit lila Farbe punktiert. Jeden Schein. Nicht wegen Margarete, nur so, als Vorsichtsmaßnahme, falls ich in der Residenz einmal bestohlen werden sollte. Vielleicht hilft Ihnen das.“

Ehe ich Herrn Jagielski verließ, schrieb ich auf, was er mir berichtet hatte, und ließ ihn mein kleines Gesprächsprotokoll unterschreiben.

„Frau Müller, dass ich mein Geld verloren habe, ist mir und meinem Krebs egal. Auch der körperliche Schmerz ging vorbei, aber dass Margarete die letzte Frau war, die mich berührt hat, bevor ich sterbe, das tut weh.“

Ich streichelte seine Hand. Sehr, sehr lange.

Noch gute neun Stunden, dann endete das Ultimatum.

Vor dem Hospiz rief ich sofort Else an. Ich konnte meine Erkenntnisse jedoch wieder mal lediglich ihrer Mailbox berichten. In der Residenz stöckelte ich sofort zu ihrem Appartement. Sie öffnete nicht. Erneut nur ihre Mailbox.

Auf dem Flur vor meinem Büro rumorten wartende Kunden. Ich brauchte definitiv so ein Schild wie die Kollegin in *Heilig Geist*. Ich wollte gerade den ersten Kunden hineinbitten, da hörte ich drinnen das Telefon. Als ich abnahm, wurde aufgelegt. Auf dem Display stand bei verpassten Anrufen: *Hohnsteiner-Bartel*. Ich kramte mein Smartphone hervor und erkannte, dass sie versucht hatte, mich auch privat zu erreichen. Mist, nach dem Nachrichten-Verkehr letzte Nacht mit Else hatte ich das Gerät noch nicht wieder auf laut gestellt.

Ich wollte gerade das Alien zurückrufen, als ein Kunde, ohne anzuklopfen, hereinkam. Ein Mann um die siebzig. Er brummelte unwirsch, ob ich endlich mal Zeit hätte.

Hatte ich zwar nicht, aber die Schlange draußen würde von alleine auch nicht kürzer werden. Nachdem ich den Mann beraten hatte, ging es ohne Unterbrechung weiter. Auskünfte über Pflegesätze, über Appartementmieten und Zusatzkosten für das

Betreute Wohnen, über die vielen weiteren tollen Angebote, die wir im Programm hatten. Und wieder klingelte das Telefon. Warum *ich* nicht ans Telefon ginge, wo ich stecken würde, ich solle vorbeikommen. „Und zwar sofort!"

Es reichte mir. „Ich bin im Kundengespräch. Ich komme, sobald ich kann! Ich möchte das Vertrauen in die hohe Servicequalität unseres Hauses nicht enttäuschen."

Ich drückte sie weg.

Es klappte immer besser mit Opas Genen. Ich gönnte mir einen Augenblick das schöne Gefühl, das Alien sprachlos gemacht zu haben, und bat dann die nächste Kundin herein.

Die Dame war etwa achtzig, suchte für ihren Mann eine Wohnung und war nicht auf den Mund gefallen. „Ich nehm alles, egaol, Hauptsaak, der Pisskääl zieht bei mir uut."

Das Telefon nervte schon wieder.

Es war Jan! Wieso rief der mich hier im Büro an? Wieso rief er überhaupt an? Jan musste unerwartet auf Dienstreise gehen. Haushaltshilfe und Kindermädchen hatten Grippe und seine Eltern waren auf Gran Canaria zum Überwintern. Ob ich Leah ausnahmsweise bis Sonntag nehmen könnte?

Ausnahmsweise war gut, *Dienstreise* noch besser, haha!

„Ich habe einen Job", ließ ich ihn zappeln.

Natürlich würde ich Leah nehmen.

„Okay, Jan“, flüsterte ich, weil meine Kundin vor mir ihre Ohren spitzte. „Aber wir müssen auf Dauer eine vernünftige Regelung finden. Ich bin ihre Mutter, und du weißt genau, dass ich niemals eine …“ Ich zischte noch leiser, „… eine Trinkerin war. Jan, wir müssen reden!“

„Auk son Pisskääl, wat?“

Die alte Dame hörte deutlich besser, als ich dachte. Jan entschied, dass er Leah am späten Nachmittag vorbeibringen würde.

Ich dachte sofort an das Ultimatum. „Jan, besser morgen, ja … wenn aber heute, dann erst ganz spät am Abend, ja?“

Blöd, Margarete wohnte ja noch bei mir. Und Else. Egal, da würde ich Lösungen finden. Und ich würde mir freinehmen. Mist, am Sonntag war doch dieser Besuch bei Gerds Mutter.

Nein, den würde ich canceln. Das war sowieso besser. Wenn ich Gerd und seine Mutter besuchen würde, hatte ich eine ziemlich bestimmte Vorstellung, würde doch nur alles wieder von vorne anfangen mit Gerds Liebeserklärungen, seinen Gefühlen zu mir, seinen … eine unendliche Geschichte, die nach einem klaren Schlussstrich rief. Ja, ich würde die Escape-Taste drücken und Gerd nie wiedersehen, genauso wie ich den Kontakt mit Steve McGarrett, diesem Weiberheld, abgebrochen hatte.

Aber wieso eigentlich?

Ich allein war doch an diesem Missverständnis

schuld. Eigentlich müsste ich mich bei Kevin entschuldigen. Aber sollte wirklich ich den ersten Schritt machen? Ich konnte das nicht, zumindest im Moment nicht, wo alles so verworren und schwierig war. Außerdem, er könnte auch über seinen Schatten springen und anrufen. Zum Beispiel, um mir mitzuteilen, wie der neueste Stand der Ermittlungen war. Schließlich hatte er den Tipp mit Else und dem Brief und überhaupt erst von mir bekommen. Das wäre doch mal ein Anfang. Oder sollte ich ihn doch …? Auf jeden Fall musste ich mein Verhältnis zu Kevin noch einmal ganz genau überdenken.

Die alte Dame räusperte sich. „Mien Dään, die Kääle, die sollte man direktemang inne Pipe dampen. Was glauben Se woll, warum ik für meinen Karl ein Zimmer such? Fünfzig Jaor lang hab ich dem gesäggt, der soll nicht im Stehen strullen. Da kriegste echt die Pimpernellen. So oft hab ich's ihm angedroht. Gestern war unsere Goldene, in der Lippeneutruper Kirche haben wir uns noch einmal das Jawort gegeben, das war vielleicht schön! Aber gepinkelt hat er abends dann wieder im Stehen. Da war Schluss mit lustig. Für den nehme ich jedes fremde Bett, das ich kriegen kann. Am besten mit Pissoir. Das säg ich dir."

Ich sah auf die Uhr. Nur noch sechs Stunden …

Um vierzehn Uhr waren endlich alle Kunden bedient. Ich hatte zwei weitere Verträge abgeschlossen, Vorbereitungen für die Weihnachtsfeier getroffen und mir aus der Kantine neue Kaffeepads besorgt. Nur Else war immer noch verschwunden. So viel zum Thema *Ich melde mich regelmäßig*.

Ich rief Margarete an. Auch sie erreichte ich nicht. Auch nicht auf meinem Festnetz. Ich hatte sie doch gebeten, die Wohnung nicht zu verlassen.

Nur noch vier Stunden!

Ich musste etwas tun. Fragte sich nur, was? Hm, erst einmal nach Hause, nach Margarete schauen?

Als ich mein Büro abschloss und einen Zettel anklebte – *Wegen Krankheit bis Montag geschlossen* – stieg mir ein bekannter Geruch in die Nase. Ich roch erst ihr Parfüm, dann ihre Impertinenz. Die hatte ich ja völlig vergessen.

„Hatte ich nicht gesagt *sofort*?"

„Ich … eh … ich …"

Ihr Blick fiel auf meinen Zettel an der Tür.

„Und was soll *das* da?"

„Eh … Magen-Darm, ich wollte mich gerade abmelden."

„Frau Müller, ich würde mich wirklich sehr freuen, wenn ich trotz Ihrer Unpässlichkeit einen klitzekleinen Moment Ihrer kostbaren Zeit in Anspruch nehmen dürfte. Was meinen Sie, kann ich Ihnen das zumuten?"

Else hatte mir für solche Situationen folgenden Rat gegeben: „Stell dir einfach vor, die Hohnsteiner-Bartel steht nackend vor dir." Ich scannte daher das Alien blitzschnell auf Zellulite oder sonstige Missbildungen, aber die sah selbst entblößt noch verdammt gut aus.

In meinem Büro okkupierte sie meinen Schreibtischstuhl und blickte mich stechend an, während sie langsam wippte. Schade, dass Heiko die Schrauben angezogen hatte.

„Frau Müller, Sie sind gekündigt. Fristlos! Ich hatte die Regionalleitung im Haus, Rechnungsprüfung. Wieso haben Sie denen eine falsche Statistik vorgelegt?"

Ich – ich habe was?

„Sie sind auch nicht besser als Ihre Vorgängerin. Sie sind vom Dienst freigestellt und haben Hausverbot."

Und schon stolzierte sie davon.

Sie hatte die Novemberstatistik doch selbst …!? Mist aber auch, ich hatte sie unterschrieben. Und die Kopie mit ihrem Häkchen und Zeichen nie bekommen.

Ich schrie, knüllte Papier zusammen, fegte die Tastatur vom Schreibtisch und trat gegen den Papierkorb, was mit den spitzen Stöckeln gar nicht so einfach war. Mein Fuß schmerzte sofort. Verdammt, das war alles so …

Mein Leben war wieder mal im … Wieso war ich nur so gutgläubig? Ich konnte mich kreuzweise!

Mit der Zeit beruhigte ich mich etwas und suchte nach einem Karton. Ein sinnloses Unterfangen. Denn vor mir lagen gerade mal eine Haarbürste, eine Tüte Kaffeepads, ein Nagelset, drei Tampons, zwei Chipstüten und fünf leere Colaflaschen. Ich schmiss alles in meine Schultertasche. Es war kaum mehr Platz für Leahs Kuscheltier. Halt, das Skatblatt von Paula Middendorp. Das musste auch noch mit. Diese Erinnerung wollte ich mir nicht nehmen lassen.

Als ich das Foyer passierte, entdeckte ich vor dem Eingang zum Café die Dame mit den linken Schuhen, die sie wie immer auf einer alten Decke ausgebreitet hatte. Rundherum Einsamkeit, niemand interessierte sich für sie. Sie tat mir genauso leid wie ich mir selbst. Ich kaufte ihr für fünf Cent einen Wanderschuh von anno dazumal ab.

Am Eingang, als ich mich durch die sich automatisch, aber sehr langsam öffnenden Glastüren zwängte, sah ich mich noch einmal nach der alten Dame um und entdeckte ein Lächeln auf ihrem Gesicht. Und stieß prompt mit einem Lockenkopf zusammen, der es eilig zu haben schien. Wanderschuh und Schultertasche fielen herunter, mein Krimskrams verteilte sich im Eingangsbereich. Auch das noch!

„Entschuldigung, tut mir leid."

Dabei hatte ich ihn doch angerempelt.

Während er mir half, alles aufzusammeln, meinte er: „Schön, dass ich Sie treffe, ich wollte gerade zu Ihnen. Ich … Also, Anna …" Er reichte mir Leahs Kuscheltier. „Ich finde, da ist etwas schiefgelaufen. Zwischen uns. Else hat gemeint, ich sollte unbedingt mit Ihnen reden. Sie hat ein schlechtes Gewissen, weil sie über mich wohl etwas gesagt hat, was zu Missverständni…“

„Ich habe keine Zeit.“ Ich hob noch meine Tampons auf, griff hektisch nach meiner Tasche und wollte gehen.

„Anna, es geht nicht nur um uns, also persönlich … Es geht auch um … Es ist wirklich wichtig.“

Klar, wenn Testosteron im Spiel ist, drängt es immer, dachte ich. Sollte er sich doch einen Lendenschurz anlegen, eine Keule schnappen und auf die Jagd gehen. Auch wenn seine Augen der Traum jeder Frau waren.

Verdammt, ich wollte doch nicht mehr so schlecht über Kevin denken. Was war nur mit mir los?

„Else hat mich heute Morgen aufgesucht, sie … Was ist nur mit Ihnen los? Sie wirken so … anders …“

„Ich bin gekündigt! Habe Hausverbot. Ab sofort.“

„Sie sind was?“ Er war ernsthaft verblüfft.

Ich hatte keine Lust, lange Erklärungen abzugeben.

„Tut mir leid, ehrlich.“

Diese Augen konnten nicht lügen.

„Sie werden sich also nicht mehr hier aufhalten?“

„Was soll ich denn noch in der Residenz?“

„Gut. Ich meine, nicht gut, aber … Rufen Sie mich doch bitte an, sobald Sie Zeit haben. Ich würde gerne …“

Lange würde ich diesen innigen Blick nicht aushalten.

Als er gegangen war, fragte ich mich, ob ich wieder einmal einen Fehler gemacht hatte. Schließlich hatte Kevin das getan, was ich von ihm erwartet hatte. Er hatte einen neuen Versuch unternommen, mich zu sehen. Vor allem aber: Ich hätte ihm von den dramatischen Entwicklungen und Herrn Jagielskis Aussage erzählen müssen. Ob ich ihn sofort anrufen sollte? Nein, das würde er nur falsch verstehen. Denn so weit war ich noch nicht, mich auf ihn einzulassen.

Was hatte ich da gedacht? *Mich auf ihn einlassen …?* Ich musste sehr verwirrt sein.

Nur noch dreieinhalb Stunden!

Warum erreichte ich Else nicht, was war da verdammt noch mal los? Und ich konnte nichts tun. Nicht mal eine Vermisstenmeldung aufgeben. Ich wusste genau, was der Gemütliche auf der Wache sagen würde: „Nein, Frau Müller, wir werden Elses Tablet nicht orten. Frau Erpenbeck ist erwachsen, geschäftsfähig und ein freier Mensch."

Vor der Residenz warf ich den Wanderschuh in eine Abfalltonne. Nein, das konnte ich nicht. Sofort holte ich ihn wieder heraus und ging noch einmal hinein.

Die Dame nahm den Schuh nicht zurück.

Sie würde nur rechte Schuhe kaufen.

Vorsichtig schloss ich meine Wohnungstür auf und schob mich in den Flur. „Margarete, Else?" Im Wohnzimmer waren die beiden nicht. Im Schlafzimmer auch nicht. Nirgendwo.

Das Wesen von Erwartung ist Enttäuschung. Wer hatte das noch mal gesagt, Else, Oma, Großvater? Großtante Sigrun? Nein, das war die Therapeutin damals, die ich für einige Sitzungen aufgesucht hatte, um mein Trauma wegen Jan zu besiegen. „Sie erwarten zu viel, Frau Müller. Kriegen Sie Ihre Wunschvorstellungen in den Griff, Traumprinzen gibt es nicht."

Mittlerweile hatte ich Else so oft auf ihre Mailbox gesprochen, dass selbst die sich nicht mehr meldete. Margarete ging auch nicht an ihr Handy. Erschöpft ließ ich mich auf Omas Sofa fallen, riss mir die Pumps herunter und rieb mir die Füße.

Was blinkte denn da? Elses blendend weißes Notebook. Es erwachte sofort zum Leben, als ich eine Taste drückte. Verdammt, ich hatte den Rechner letzte Nacht nur zugeklappt. Das Gerät war eine Einladung zum Schnüffeln. Auf Standby und ohne Passwort-Schutz sowieso.

Hm, neben dem Notebook lag ein Zettel. *Anna, danke für alles, aber ich fühle mich nicht sicher bei dir. Seht auch ihr euch vor. Glaub mir bitte, ich weiß wirklich nicht, wer* Bruno Brutalis *ist. Ich weiß nur, dass er gefährlich ist!*

Ich hörte mir noch einmal Johannas Audiofile an. Die Sätze, die Worte klangen immer noch so abgehackt, als ob ein funktionaler Analphabet etwas ablesen würde.

Irgendwann, während ich auf Omas Sofa meine Gehirnzellen malträtierte, wem wohl diese Stimme gehören könnte, dämmerte ich langsam weg.

Plötzlich schreckte ich hoch. Ich hatte von Else geträumt. Wie sie sich mit Herrn Middendorp trifft, *Bruno Brutalis* auftaucht und beide … Verdammt, es war halb fünf! So spät schon? Ich musste sofort zurück in die Residenz, Hausverbot hin oder her, um sechs Uhr lief das Ultimatum aus. Sollte ich Kevin anrufen? Es kostete mich Überwindung, aber es musste jetzt sein, egal, was er denken würde. Aber auch er ging nicht dran. Wofür gab es verdammt noch mal Handys? Ich unterrichtete ihn per Mailbox.

Es klingelte. Oh, war das vielleicht Margarete? Ich hetzte zur Tür und drückte den Öffner. Hätte ich das mal nicht getan.

Es war Gerd. Nicht schon wieder.

„Gerd, wir hatten doch alles geklärt. Ich habe überhaupt keine Zeit. Ein Notfall in der Residenz, das verstehst du doch." Von meiner Kündigung erzählte ich ihm nichts. Das würde nur aufhalten.

„Im *Haus Maria Fröhlich Abendschein* habe ich dich schon gesucht. Ich habe Mutti extra Schlaftabletten gegeben, damit ich vorbeikommen kann."

„Du hast was?" Er brachte seine Mutter um und posaunte das auch noch heraus? Doch nicht etwa wegen mir? Und was war in dem Jutebeutel, den er bei sich trug? Wollte er mich etwa auch umbringen, weil ich ihm das Herz gebrochen hatte? Oh je, was dachte ich da nur wieder für einen Unsinn. Klar, ich war im Stress … Ich musste endlich los.

„Ich war schon in der Residenz, in deinem Büro, da war ein Mann mit einer Mütze, das war sehr merk…"

„Gerd, komm bitte auf den Punkt. Was willst du?"

Gerd zögerte, als ob er überlegte, was denn nun der Punkt wäre, dann sagte er: „Anna, wir sind doch jetzt Freunde, ich brauche deinen Rat."

„Gerd, können wir das nicht am Sonntag besprechen?"

Dass ich ihn und seine Mutter am Sonntag auf keinen Fall besuchen würde, sagte ich natürlich nicht.

Sekunden später wusste ich, was in dem Beutel war.

„Diese Windeln sind eine neue Marke, besonders saugfähig. Eine Überraschung zu Weihnachten. Bevor ich sie Mutter schenke, muss ich aber wissen … Meine Mutter ist eigen."

Der hatte nicht nur einen Mutterkomplex, der hatte einen Fimmel, einen Schaden, einen Knall. Der war auf Droge!

„Empathie darf nicht nur theoretisch sein. Das sag ich auch immer den Angehörigen im Krankenhaus, wenn sie mir ihr Herz ausschütten und ihr Leid schildern. Wir müssen empfinden, was andere empfinden. Dann haben wir eine ganz andere Basis, mit den zu Pflegenden umzugehen."

„Gerd, ich habe für solche Diskussion jetzt wirklich keine Zeit."

„Anna, nur ganz kurz, schau mal bitte. Du bist doch Profi." Er wollte mir eine der Windeln reichen.

„Nein, ich muss jetzt gehen. Und du auch!"

Ich schlug seine Hände weg und drängte mich an ihm vorbei zur Tür, um ihm zu zeigen, dass es mir ernst war. In meiner Erregung wohl etwas zu hektisch. Ich stieß unglücklich gegen ihn und Gerd stolperte. Er verlor das Gleichgewicht, fiel hin und knallte mit dem Hinterkopf auf den Nussknacker aus dem Erzgebirge, den ich neben das Sofa gestellt hatte. Die Windeln flogen durch die Gegend.

Das hatte ich nicht gewollt.

Ich fühlte gerade Gerds Puls, als es schon wieder klingelte. Als ob sich ganz Lippeneutrup bei mir verabredet hätte. Ich guckte aus dem Fenster. Unten stand Jan, mit Leah an der Hand. Verdammt, sie waren viel zu früh.

Ich rief hinunter: „Einen Moment noch!"

Was sollte Leah denken, wenn sie bei mir einen Mann mit eingeschlagenem Kopf sehen würde. Und erst Jan? Das war gar nicht gut. Ich fasste Gerd an den Füßen und schleifte ihn in mein Schlafzimmer, während Jan weiter Sturm klingelte.

Kurz darauf lief mir Leah in die Arme und drückte mich ganz fest. Mein Liebling, endlich sah ich sie wieder.

Jan reichte mir Leahs Mickey-Mouse-Rucksack, von dem mich ein albern strampelnder Goofy angrinste.

„Ich hole sie am Sonntagabend ab."

„Jan, ich kann Leah nicht nehmen. Nicht jetzt. Später, ja. Oder besser morgen. Wir hatten etwas anderes besprochen. Ich habe etwas Wichtiges vor."

„Was ist dir denn wichtiger als deine Tochter? Du willst sie doch wiederhaben."

Mir blieb die Luft weg. „Du kannst mich nicht einfach überfallen, so wie es dir gerade passt. Ich hatte gesagt, du kannst sie am späten Abend vorbeibringen."

„Mami, krieg ich ein Schwesterlein?", krähte Leah.

In welchem Film war ich hier?

„Du bist doch nicht etwa schwanger?", fragte Jan mit einem süffisanten Lächeln. Klar, die Windeln aus Gerds Jutebeutel lagen überall herum.

„Was geht dich das an?", fauchte ich zurück. „Aber falls es sich noch nicht zu dir herumgesprochen haben sollte, ich arbeite jetzt in der Altenpflege", giftete ich ihn an.

„Sicher, wo du doch in der Residenz herausgeflogen bist. Dabei hatte ich mich so für dich eingesetzt."

Ich traute meinen Ohren nicht. Woher wusste er das?

„Unsere Kanzlei arbeitet für die Residenz."

Tolle Überraschung.

„Ich habe versucht, dir eine Perspektive zu verschaffen."

Er war das also, mein *Fürsprecher* – unglaublich!

„Du hast was?! Hinter meinem Rücken? Hätte ich das gewusst, hätte ich die Stelle niemals angenommen."

„Musst du aus allem ein Problem machen?"

Klar, seine *Fremdfickerei* war kein Problem, nur meine Wut darüber.

Leah kuschelte sich immer noch an mich. Ich streichelte ihr über ihre langen blonden, ziemlich struppigen Haare, um dann ihren Nacken zu kraulen.

Vor meinem kleinen Liebling würde ich mich jetzt nicht mit Jan streiten. Den Fehler würde ich nicht noch einmal machen. Was wusste ich, was für Videos demnächst vor Gericht wieder auftauchen würden.

„Leah, Mami hat gleich einen sehr wichtigen Termin. Einen, wo es um Leben und …" Ich hielt natürlich sofort inne. Als mich Jan neugierig ansah, rutschte mir etwas anderes heraus. „Mit der Hohnsteiner-Bartel habt ihr eine saubere Klientin. Die betrügt in der Residenz im großen Stil."

„Was sagst du da?", platzte es aus Jan heraus.

„Habe ich mich nicht deutlich genug ausgedrückt?"

Stirnrunzelnd kam Jan auf mich zu. Irgendetwas musste ich in ihm ausgelöst haben. „Das meinst du nicht ernst?"

„Sehe ich aus, als ob ich mit so etwas Späße treiben würde?" Ich versuchte, ein selbstbewusstes Gesicht zu machen.

„Woher willst du das wissen, hast du Beweise?"

Das war in der Tat der Knackpunkt der Angelegenheit.

Wieso hatte ich Jan das überhaupt gesagt? Idiotisch. Und so guckte ich wohl auch drein.

„Mach dich nicht lächerlich, Anna." Jan machte eine herablassende Geste. „Die Residenz wird seriös geführt, dafür steht schon unsere Kanzlei."

Ich hasste diesen leeren Stolz alteingesessener Münsteraner gepaart mit der zynischen Arroganz junger, karrierebewusster, reicher Pinkel, die man früher Yuppies genannt hatte. Als ich ihn kennengelernt hatte, war Jan noch nicht so gewesen.

Ich musste Flagge zeigen. Also deutete ich auf Elses blendend weißes Notebook. „Da ist alles drauf", log ich. „Das Alien kommt in den Knast, das schwör ich."

Leah meldete sich zu Wort. „Mami, was ist ein Alien?"

„Ach Leah, das ist nicht so einfach zu erklären, das sind Menschen aus anderen Welten."

„Nicht aus Münster?"

Jan sah sich derweil Elses Notebook interessiert an. „So was kannst du dir leisten? Dir scheint es ja gutzugehen."

Ich kam nicht mehr dazu, auf diese unverschämte Bemerkung passend zu antworten, denn Gerd taumelte benommen aus dem Schlafzimmer, kratzte sich am Hinterkopf und sah sich verwirrt um. Auch das noch …

„Wo bin ich, wo komme ich her?" Er hatte offenbar einen Filmriss, gut so, das sparte mir Erklärungen. Oder doch nicht?

Leah starrte auf Gerd. „Papi, ist das ein Alien?"

„Anna, ich liebe dich!" Gerd kam auf mich zugestürmt und wollte mich umarmen. Ich konnte dies gerade noch mit Müh und Not verhindern, indem ich ihn mit den Händen abwehrte, was aber dazu führte, dass Gerd auf Omas Sofa plumpste, das hinter ihm stand. „Anna, in der Residenz, in deinem Büro, der Mann … die Mütze …" Was faselte er da? „Wo bin ich?", kam ihm noch beinahe lautlos über die Lippen, bevor er totengleich zur Seite kippte und verstummte.

Jan grinste obszön und fuhr sich mit der Zunge über die Lippen. „Weißt du, Leah, ich nehme an, das ist Mamis neuer Freund. Offenbar ebenso wenig von dieser Welt wie deine Mutter."

„Ist Mami denn auch ein Alien?"

„Zumindest wissen wir nun, warum Mami für dich keine Zeit hat, Schätzchen." Mit einem kopfschüttelnden und verächtlichen Seitenblick auf die Windeln konstatierte er kühl: „Also doch schwanger."

„Jan, so ist das nicht, Leah … ich kann das erklären. Gerd … also … seine Mutter …"

„Du bist mir keine Rechenschaft schuldig." Jan schaute entnervt auf seine Rolex am Handgelenk. „Anna, nimmst du Leah jetzt oder nicht?"

„Jan, lass uns doch bitte wie zwei vernünftige … Ich sagte doch, ich kann nicht. Morgen …“

„Klar, sehe ich ein, du musst dich um deinen possierlichen Lover da kümmern. In seinem Zustand wirst du heute Nacht aber nicht mehr viel Spaß mit dem haben. Und ich dachte immer, du hättest Geschmack, weil du mich einmal geheiratet hast.“

Er griff augenrollend nach Leah und ihrem Rucksack. Goofy grinste mich mit einem noch breiteren Lächeln an als je zuvor. Ich hatte das Gefühl, als ob er sagen wollte: Ihr verhaltet euch noch blöder als ich. Recht hatte er.

Da fiel mir etwas ein. Leahs Kuscheltier! Ich wollte es ihr doch zurückgeben. „Schau mal, mein Schatz, dein Bärchen, das hast du doch bestimmt vermisst.“

Leah musterte mich streng. „Mami, ich bin doch kein kleines Kind mehr“, bemerkte sie auf altkluge, beinahe etwas herablassende Weise. „Wenn du willst, kannst du ihn behalten.“

Ich drückte ihr das Bärchen trotzdem in die Hand. „Vielleicht überlegst du es dir ja noch mal“, sagte ich und streichelte das Tier. „Dein Bärchen hat dich bestimmt ganz doll vermisst.“

„Meinst du?“, lenkte Leah ein und knuddelte ihr Tier.

„Unsinn, du hast doch gehört, was deine Tochter gesagt hat. Der ist nur noch für den Müll“, sagte Jan, riss Leah das Stofftier aus den Händen und warf es auf Omas Sofa.

„Jan, so geht das doch nicht."

Wortlos nahm er Leah an die Hand und schon waren die beiden auf der Treppe. Nicht einmal von Leah verabschieden konnte ich mich.

„Jan", rief ich ihm hinterher, „Jan, wir müssen reden!"

Die Haustür schlug zu. Ich heulte.

Aber nicht lange, denn Gerd kam wieder zu Bewusstsein.

„Anna, dieser Mann mit der Mütze …"

„Ja ja, ist ja schon gut, du hast eine Gehirnerschütterung, Gerd, das wird schon wieder."

Und tatsächlich ging es Gerd nach einem Glas Wasser schon wieder besser. Ich säuberte seine Wunde, versorgte sie mit einem Pflaster, drückte ihm seine Windeln samt Jutebeutel in die Hand und schmiss ihn achtkantig raus.

Wo war Else und wo Margarete?

Und wieso meldete sich Kevin Kubitza nicht zurück?

Verdammt! Nur noch eine knappe Stunde.

Warum fuhr der Bus so langsam, warum hielt er überall, warum ging das nicht schneller? An jeder Ampel Lippeneutrups, und sie standen alle auf Rot, tauchten blutige Szenerien vor meinem inneren Auge auf. Else lag ertrunken in den Lippeauen. Suizid. Aber nicht wirklich. Von diesem *Bruno Brutalis* inszeniert, natürlich. Else galt allgemein als Fall für die Klapsmühle, da würde niemand nachforschen, warum sie sich erst die Kehle durchgeschnitten hatte und dann ins Wasser gegangen war. Oder hatte *Bruno Brutalis* Else bereits still und leise auf dem Waldfriedhof in einem fremden Grab entsorgt? Es würden fünfundzwanzig Jahre vergehen, bis sich Friedhofsarbeiter beim Einebnen eines Gräberfeldes wunderten, warum in einem Einzelgrab zwei Skelette lagen!

Bei der Residenz *Fröhlich Abendschein* angekommen, eilte ich als Erstes zu Elses Appartement. Es war Abendessenszeit und die Pflegekräfte waren beschäftigt, Pumpernickel mit Blutwurst zu belegen und Tee auszuschenken. Trotzdem zog ich mir die Kapuze meiner Winterjacke tief ins Gesicht, ich hatte ja Hausverbot. Wenn nur nicht meine Stöckelschuhe auf den Flurfliesen so klackern würden.

Elses Wohnungstür war unversehrt. Das musste nichts heißen. Dieser Maskenmann, wer immer es auch sein mochte, konnte Else gezwungen haben aufzuschließen.

Ich klingelte Sturm. Nichts rührte sich. Vielleicht konnte ich von draußen etwas entdecken. Auf dem Weg kam ich am Büro des Aliens vorbei. Die Tür stand offen. Und niemand da. Das war die Gelegenheit. So viel Zeit musste sein.

Ich konnte nicht anders, der pieksauber aufgeräumte Schreibtisch zog mich magisch an. Nicht ein Staubkörnchen. Als ob Else höchstpersönlich hier dreimal täglich putzen würde. Der Computer lief.

Aber was würde ich sagen, wenn mich das Alien entdeckte? Klar, ich war gekommen, um mein Zeugnis einzufordern.

Der Monitor meldete sich sofort aus der Standby-Funktion zurück. Kein Passwort, keine Sicherung. Unglaublich.

Weder im Mail-Eingang noch bei den versendeten Nachrichten fand ich Aufsehenerregendes. Lediglich Terminbestätigungen von Friseur, Nagelstudio und Heilpraktiker. Wieso korrespondierte die aber mit Einrichtungen zur Wiedereingliederung von Straftätern? Wenn ich es richtig verstand, kümmerte sie sich ehrenamtlich um Haftentlassene. Sie stellte sogar ehemalige Straftäter ein, gab ihnen eine neue Chance.

Adrenalin schoss in meine Blutbahnen. Im *Fröhlich Abendschein* liefen ehemalige Verbrecher herum! *Bruno Brutalis* – war das möglicherweise jemand aus dem Resozialisierungsprogramm des Aliens? Leider fand ich keine Namensliste der aufgenommenen Ex-Sträflinge. Dafür nach und nach Mails von Lovern und an Lover – und zwar nicht wenige.

Auf dem Desktop lag ein Ordner *Raummaßnahmen.* Das könnte interessant sein.

Ich lauschte Richtung Tür. Nichts zu hören.

Sollte ich mir die Daten per Mail schicken? Nein, das könnte mich später verraten, aber was blieb mir anderes übrig? Ich blickte mich um. In einer Schale entdeckte ich zwischen Stiften und Markern einen

USB-Stick mit dem Werbeaufdruck eines Fitnessstudios. Zwei Minuten später war alles kopiert und ich machte, dass ich wegkam. Auf dem Flur musste ich mich pfeilschnell in eine Türnische drücken, weil das Alien um die Ecke kam. Puh, das war knapp!

Wenig später stand ich auf der leicht verschneiten Wiese auf der Rückseite der Residenz. Von hier aus waren Balkon und Fenster von Elses Wohnung gut zu sehen.

Alles dunkel. War das jetzt gut oder schlecht?

Ich wollte mich abwenden, als ich hinter einem bestimmten Fenster im ersten Stock Licht sah. Das war nichts Außergewöhnliches, da es bereits dunkel war. Aber diese Wohnung hatte ich doch noch gar nicht neu vermietet! Strich Heiko etwa doch schon die Räume? Um diese Zeit, nach Feierabend? Merkwürdig.

Ich zählte alle Fenster ab und war mir sicher: Das war das Appartement von Paula Middendorp. Das ehemalige.

Da war doch ein Schatten? Ja, eine Silhouette, die sich bewegte. Ich war jedoch zu weit weg und konnte nur schemenhaft etwas erkennen. Else hätte ein Fernglas dabeigehabt.

Ich guckte mich nach einem besseren Beobachtungsplatz um. Die Linde dort war gut. Opa hatte immer seinen Spaß gehabt, wenn ich in seinem Garten in die Baumkronen geklettert war, um Äpfel und

Birnen zu pflücken. Lange her, das wurde mir klar, als ich mich ächzend hochzog.

Da waren sogar zwei Schatten.

Was ich sah, verschlug mir den Atem. Die eine Silhouette zog der anderen etwas um den Hals. Ein Seil? Einen Schal? Was passierte da? Der Schattenwurf verzerrte die Größe der Gestalten. Steckte die eine der anderen etwas in den Mund? Aber warum wehrte sich der zweite Schatten nicht?

Plötzlich ging das Licht aus.

Hatte ich das da eben wirklich gesehen?

Ich kletterte herunter, rannte los, so gut ich konnte, und blieb im Schneematsch an einer Baumwurzel hängen. Kein Wunder mit Stöckelschuhen. Ich rappelte mich mühsam auf, kam kaum vorwärts und erreichte irgendwann die Pforte. Ich konnte doch nicht alleine … Selbst wenn, wie kam ich ins Appartement?

Herr Buddenkotte, der aus dem Eingang trat und wohl seinen üblichen Abendspaziergang machen wollte, würde mir dabei bestimmt nicht helfen können.

„Tag, Frau Müller, möchten Sie nicht mitkommen, die Luft ist heute so schön."

So redselig kannte ich ihn gar nicht.

„Ein bisschen frische Luft würde Ihnen auch guttun."

„Herr Buddenkotte, ich würde ja gerne, aber ich habe leider gar keine Zeit."

„Jau, ich habe meine Gesellen auch nicht fürs

Quatschen bezahlt. Da habense recht. Schön, dass Sie mir zugehört haben. Macht ja hier keiner. Schönen Tach auch noch."

Im Foyer waberte mir ein Schwall miesen Herrenduftes entgegen. In einer Sitzecke hinter einem Paravent spielte Heiko mit zwei Bewohnern Skat. Heiko schwitzte wie ein frisch gebrühtes Schwein, dabei hatte er vier Bauern und drei Asse auf der Hand.

„Eh, Heiko?" Ich wanzte mich schamlos an ihn ran und lächelte ihn an. Keine Reaktion.

Warum guckte der nur immer so nervös auf die Uhr?

„Ein später Kunde", sagte ich. „Hast du den Generalschlüssel?"

Ohne mich anzusehen, reichte Heiko mir den Schlüssel und legte den Pikbuben auf den Tisch. Der wusste also noch nicht, dass mir gekündigt worden war.

„Mein Engel, du siehst aus, als oppe aussem Schützengraben kommst", sagte der eine Mitspieler, Herr Kokoschinski, und sah feixend an mir herunter. „Mein Engel, wir beide sollten mal unter die Dusche gehen, da schrubb ich dich höchstpersönlich ab." Er lachte rasselnd. So viel zur sexuellen Belästigung von Angestellten durch Bewohner in Residenzen wie unserer.

Ich guckte ebenfalls an mir herunter und musste zugeben, dass Herr Kokoschinski nicht unrecht hatte. Durch meine Kletteraktion war ich ganz schön verdreckt. Ich lachte einfach mit, Streit konnte ich im Moment wirklich nicht gebrauchen. Nur Heiko lachte nicht.

Ich hetzte nach oben zu Paulinchens ehemaligen Appartement. Abrupt blieb ich stehen. Es gab eigentlich keinen Grund, die Heldin zu spielen. Daher griff ich zum Smartphone. Aber wieder nur die Mailbox des Lockenkopfes.

Verdammt aber auch!

Also doch die Wache. Endlich nahm jemand ab.

Der Gemütliche. „Revierwache Nordstra…"

„Ich heiße Anna Müller, wir kennen uns. In der Residenz wird gerade jemand ermordet. Eh, ich meine, es wurde eben …"

„Wir sind bereits unterwegs."

Wie jetzt?

„Bleiben Sie, wo Sie sind, unternehmen Sie nichts!"

Ich wartete an der Pforte. Verdammt, wo blieben die nur? Eine Minute war bereits verstrichen. Hatte mich der Gemütliche wieder mal nicht ernst genommen?

Aber wer lief denn da rum? Den kannte ich doch! Herr Köttelhön junior aus der Gärtnerei. Was machte der denn wieder hier – Akquise für Grabpflege oder wollte der sogar Grabstellen verkaufen? An einem Freitagabend? Egal, den konnte ich wieder einmal nicht gebrauchen. Ich drehte mich weg.

Immer noch kein Streifenwagen. Automatisch lief ich zur Station 3b, wo auch mein ehemaliges Büro lag. Ich hetzte los, fand aber niemanden im Stationszimmer, der mir vielleicht helfen würde. Ich riss die Türen zu allen Pflegezimmern auf. Auch nichts. Aber die Tür meines ehemaligen Büros stand offen. Adam blätterte in meinen Akten.

„Was machst *du* denn hier?"

Adam drehte sich abrupt um. „Die Frage sollte ich dir stellen. Was machst du hier noch? Und wie siehst du überhaupt aus?" Er schüttelte missbilligend den Kopf. „Ich soll vorläufig deine Aufgaben übernehmen. Wo sind die Sachen für dic Weihnachtstombola?"

Ich hatte andere Sorgen. Westfälische Schlemmerkörbe hätte ich in Lippeneutrup dutzendweise besorgen können, aber die wollte das Alien ja nicht.

„Adam, ich brauche deine Hilfe, es wird jemand …"

„Anna, du darfst hier nicht mehr sein. Das ist Hausfriedensbruch."

„Ich suche Else und Frau Schlachthauer, hast du Sie vielleicht gesehen?"

Adam sah mich lange an. Dann griff er zum Telefon. Sollte er etwa?! Vielleicht schickte der Gemütliche wenigstens ihm einen Streifenwagen.

Ich wollte gehen, aber etwas hinderte mich. Mein rechter Schuh hatte sich in etwas verfangen. Um den Absatz hatte sich ein kanariengelbes Taschentuch gewickelt. Herr Middendorp hatte doch diese schrecklichen Dinger benutzt. Mit spitzen Fingern befreite ich den Schuh und warf das Taschentuch in den Papierkorb.

„War Herr Middendorp hier?“, fragte ich.

„Anna, geh, sonst rufe ich wirklich noch die Polizei.“

Draußen auf den Fluren piepte mein Smartphone. Eine Nachricht von Herrn Middendorp. Von Herrn Middendorp? Danach sah die Nachricht nicht aus: *Paulinchens Appartement. Schnell. Ich brauche Hilfe. Else.*

Wieso schrieb mir Else eine Nachricht von Herrn Middendorps Handy? Ich rannte los. Unterwegs liefen mir die beiden kahlgeschorenen Typen in den eng anliegenden Anzügen über den Weg, die mir in der Residenz schon des Öfteren begegnet waren. Hatte Adam die beiden Bestattergehilfen bestellt? Verdammt, das konnte doch nur bedeuten: ein Todesfall?

Oh Gott, Else war tot! War sie einer der Schatten hinter dem Fenster, war sie in der Gewalt von *Bruno Brutalis* gewesen, der sie dann ermordet hatte? Aber warum hatte Adam nichts gesagt und wieso waren die Bestatter so schnell im Haus; es waren doch gerade einmal fünfzehn, höchstens zwanzig Minuten vergangen, seit ich die Szene in Paulinchens ehemaliger Wohnung vom Park aus beobachtet hatte? Und falls Else tatsächlich tot war, wieso hatte sie dann eine Nachricht absetzen können? Und wieso verdammt nocheinmal von Herrn Middendorps Handy?

Ich traute Else durchaus zu, sich selbst befreit zu haben. Sie hatte ja mal einen Survival-Kurs *Kunst des Überlebens* mitgemacht, ein Outdoor-Training auf Gran Canaria, erinnerte ich mich. In einem abgeschiedenen, von den Teilnehmern an einem Bergsee selbst angelegten Waldcamp war es ums Schutzhüttenbauen, Feuermachen, Wasser- und Nahrungssuche gegangen, und als Höhepunkt um Fesselungen und Entfesselungen über und unter Wasser. Else hatte den Kurs angeblich mit Bestnote bestanden. „Else", hatte ich lachend gefragt, „und ihr durftet nicht mal Chips und Cola mitnehmen?" Else hatte nicht mitgelacht. „Anna, mach dich nicht lustig, dagegen ist das Dschungelcamp ein Kindergeburtstag." Hoffentlich hatte sie in diesem Fall einmal nicht schamlos übertrieben.

Als ich an einer der Wohnbereichsküchen vorbeilief, stoppte ich abrupt. Niemand da. Ich hatte die Wahl zwischen einem elektrischen und einem normalen Brotmesser. Ich wählte letzteres. Elses Peiniger, wenn er mir dann gegenüberstehen würde, wartete mit seinem Gegenschlag bestimmt nicht darauf, bis ich das Kabel vom Elektromesser in die Steckdose gestöpselt hatte.

An der Wand hing an einem Haken ein riesiger Fleischklopfer. Den nahm ich auch mit. „Doppelt gemoppelt, hält besser", hatte meine Oma immer gemeint.

Eine Minute später stand ich schweißtriefend vor

Paula Middendorps Appartement. Möglichst geräuschlos schob ich den Generalschlüssel ins Schlüsselloch. Dabei schlotterte ich wie ein Zitteraal auf Droge.

Das Schloss knackte kaum hörbar.

Den Fleischhammer in der einen Hand, das Messer in der anderen, wollte ich die Tür mit dem linken Fuß vorsichtig aufschieben. Doch plötzlich war da kein Widerstand mehr, die Tür wurde von innen aufgerissen.

Vor mir stand eine seltsame Gestalt mit einem Schal in der Hand. Wollte die mich etwa erdrosseln? Mein Mörder war klein und schmal und sah aus wie ein gefüllter Wasserschlauch, grellbunt angemalt. Er trug eine dicke Pudelmütze und eine bizarre Brille. Das nahm ich augenblicklich wahr. Innerhalb einer Millisekunde witterte ich die Gefahr und schlug mit dem Fleischhammer zu. Die Gestalt kippte um und blieb bewegungslos liegen.

„Else, bist du tot?“ Ich rüttelte an ihr. Der prallgefüllte Wasserschlauch war einer dieser Neoprenanzüge, die Radrennfahrer bei schlechtem Wetter trugen. Langsam kam Bewegung in das Bündel vor mir.

„Respekt, Kindken. Der Schlag hatte was.“ Else erhob sich und nahm Mütze und Taucherbrille ab.

Wir drückten uns ganz fest. Schließlich hob ich den Schal auf, der bei meiner Notwehraktion auf den Boden gefallen war. Ein dicker Männerschal. Ich meinte, ihn schon einmal bei Herrn Middendorp gesehen zu haben. Else nahm ihn mir wortlos ab und deutete in Richtung Schlafzimmer.

„Ja, Else, ich verstehe, da drin hat er dich gefangen gehalten. Und du hast dich befreien können. Wo ist er?“

Else sah mich an, als ob ich den Dachschaden hätte und nicht sie. So ein Blick war vermutlich normal, wenn man gerade ein Schädel-Hirn-Trauma erlitten hatte. Else musste ins Krankenhaus, sofort! Ich griff zu meinem Smartphone.

„Nicht nötig, wir haben schon einen Notruf abgesetzt.“

Wieso *wir*?

Else zog mich ins Schlafzimmer. An der Wand stand eine Reihe Farbeimer, dazu Pinsel, Rollen und Abdeckplanen, eine Leiter. Heiko hatte also doch angefangen zu streichen. Dann sah ich ihn. Herr Middendorp saß auf einem Plastikstuhl, der Kopf hing schief über der linken Schulter. Neben dem Stuhl lagen zerschnittene Kabelbinder. Nachdem ich meinen Schock überwunden hatte, trat ich vorsichtig heran.

Sein Mörder hatte ihn ohne Skrupel gekillt.

„Ist echt ekelhaft.“ Else zeigte auf ein zu einem Knebel zusammengedrehtes Tuch mit einem Klebeband dran, das auf dem Boden lag. „Einen Asthmatiker wie den Dicken da zu knebeln. Der muss ja draufgehen.“

„Du meinst, der Täter hat von dem Asthma gewusst?“

„Ein perfekter Mord. Aber nur fast. Warum hat er Knebel und Fesseln hinterher nicht entfernt? Das habe ich gemacht, als ich ihn gefunden habe.“ Else runzelte ihre Stirn. „Wir wollten uns hier treffen. Und nun hilf mir mal, Kindken.“ Else schlug Herrn Middendorp auf die Wangen. „Der rührt sich einfach nicht.“

„Aber der ist doch tot.“

„Quatsch mit Soße.“ Else hielt ihm einen Taschenspiegel vor das Gesicht. Langsam beschlug der. „Nun mach schon!“ Sie stieß mir in die Rippen.

„Was?“

„Mund-zu-Mund-Beatmung natürlich. Könnte mir vorstellen, dass er auf dich eher reagiert als auf mich alte Schachtel. Was glaubst du wohl, warum ich dich um Hilfe gerufen habe?“

Ich spürte eine Bewegung hinter mir und fuhr herum.

„Keine Sorge, Anna, der Notarzt ist gleich da.“

Steve McGarrett!

Auf dem Gang ertönten laute Stimmen, Rettungssanitäter und ein Notarzt stürmten herein, Polizisten in Zivil und Uniform drängten in die Wohnung. Diese trampelnde Meute würde jede Spur vernichten. Kevin gab erste Anweisungen und dann schickte er Else und mich auf den Flur.

Else maulte, hatte aber keine Chance. War auch mal schön zu sehen.

Ich schaute auf die Uhr. Es war mittlerweile Viertel nach sechs. Ich überlegte. Herrn Middendorps Strangulierung hatte ich etwa vor einer halben Stunde vom Garten aus beobachtet. Das bedeutete doch, dass sich *Bruno Brutalis* nicht an sein Ultimatum gehalten hatte, oder? Aber wieso?

Else trat an mich heran. „Na Kindken, alles okay?"

„Nichts ist okay." Ich atmete tief durch und erzählte Else von meinem Tag. Alles erzählte ich ihr. „Und nun erkläre du mir bitte, was passiert ist, aber so, dass ich es auch verstehe, bitte", flehte ich sie an. „Und wieso ist Kevin Kubitza hier?"

„Bin ich der Papst?"

„Else!"

„Ist ja schon gut, dann will ich mal eine Beichte ablegen. Es war so: Als die Gerda Kubitza ihrem Enkel Kevin vor ein paar Wochen mit einigermaßen klarem Kopf noch eine notarielle Vorsorgevollmacht unterschrieb, hat er angefangen, ihre Unterlagen zu ordnen und ihre Konten zu sichten. Dabei merkte er, dass eine große Summe Geld verschwunden war. Da die Gerda wegen ihrer rapide zunehmenden Demenz auf einen Pflegeplatz gewechselt hatte, erscheint sie nicht auf meiner Liste der Betrogenen."

Else war etwas entgangen? Ich sah sie verständnislos an.

„Guck nicht so dumm aus der Wäsche, Kindken.

Ja, ich wusste schlicht und einfach nichts davon, dass auch die Gerda ein Opfer war. Die Betrogenen sind ja stets ausgezogen und daher auffällig geworden. Und in der Regel waren es sowieso Männer … Du weißt schon. Kevin hat dann vorsichtig begonnen, im *Fröhlich Abendschein* zu ermitteln und ist irgendwann auf mich gestoßen." Sie grinste. „Nicht zuletzt wegen dir. Wir haben uns öfter getroffen, wolltest du doch so. Heute Morgen, weil sich alles zuspitzte, habe ich Kevin den Rest erzählt. Auch von Idas Abschiedsbrief."

„Sei froh, dass er dich nicht sofort eingesperrt hat."

„Wieso sollte er?"

„Wegen Unterschlagung von Beweismaterial vielleicht?"

„Ich hatte den Brief halt zufällig gerade gefunden", grinste sie. „Du hältst deinen Mund, klar? Er wird Idas Fall wieder aufrollen, weil er nun Zusammenhänge sieht. Kevin wollte von vornherein nicht, dass du davon erfährst, damit möglichst wenig Mitwisser … Anna, mach dir nichts daraus. Kevin hatte auch mir alle weiteren Ermittlungen verboten." Else rümpfte eingeschnappt die Nase, diese Anweisung musste ihr arg zugesetzt haben. „Aber er hat schnell gemerkt, dass Zurückhaltung nicht mein Ding ist."

Manchmal konnte Else entwaffnend ehrlich sein.

„Von meinem Treffen mit der Eierbirne hab ich ihn vor einer halben Stunde informiert. Spät, aber nicht zu spät."

„Moment mal – warum hat er wegen des verschwundenen Geldes seiner Oma denn keine Anzeige erstattet? Als Polizist sitzt er doch an der Quelle."

„Weil er genauso wenig in der Hand hatte wie wir. Er wollte erst weitere Nachforschungen anstellen. Anna, sieh es positiv. Wo rohe Gewalt im Spiel ist, ist es nicht schlecht, einen Bullen an der Seite zu haben. Hast du doch selbst vorgeschlagen. Kevin ist genau der richtige Mann für ... Er will dich nur schützen."

Ich hasste Else. Und Kevin Kubitza erst recht.

„Ich sollte dich auf keinen Fall mit hereinziehen. Deshalb ..." Sie biss sich auf die Lippe.

„Aber ich war doch schon mittendrin. *Du* hast mich doch hineingezogen."

„Ja, ich hab dich ja auch dringend gebraucht. Aber Kevin durfte davon nichts wissen."

Mir ging ein Licht auf. Deshalb hatte Else Kevin schlechtgemacht und mir gegenüber als Weiberheld dargestellt. Das hatte sie doch, oder? Sie wollte mich von ihm fernhalten, damit er nichts davon mitbekam, dass ich mit ihr ... Sie musste gespürt haben, dass ich Kevin mochte, also ... ein bisschen zumindest. Wenn Kevin und ich uns nähergekommen wären, hätte ich ihm vielleicht davon erzählt, was Else alles angestellt hatte, um den Betrügereien auf die Spur zu kommen.

Hätte ich Kevin ins Vertrauen gezogen?

Ihr Gesichtsausdruck offenbarte mir, dass sie mir

ansah, was ich dachte. „Anna, ich konnte nicht einschätzen, wie du dich verhalten hättest. Manchmal heiligen die Zwecke eben doch die Mittel. Ich …“

Ich hob die Hand, um sie zu stoppen. Ich war tief enttäuscht und wollte nichts mehr hören. Jetzt war völlig klar, was ich immer schon geahnt hatte: Else hatte nur ihr Ding durchgezogen und mich benutzt. Aber warum eigentlich? Was war ihr an diesem Fall so wichtig? Dass sie es allen beweisen wollte, vor allem diesen Trotteln auf der Wache?

„Anna, wir sind doch ein Team.“

Ich lachte hysterisch auf. „Ein Team, wir? Dein Team kannst du dir von der Backe kratzen. Regelmäßig gemeldet, obwohl du es mir versprochen hattest, hast du dich heute auch nicht. Warum bist du nicht ans Telefon gegangen?“

„Anna, das ist ungerecht, ehrlich.“ Sie setzte eine bekümmerte Miene auf. „Dafür kann ich wirklich nichts. Mein Akku hat den Geist aufgegeben. Ich habe nämlich den lieben langen Tag die Maeggie observiert. Glaubst du wirklich, ich lasse mein Notebook irgendwo ungesichert rumliegen?“

„Siehst du, du hast mich wieder nur benutzt.“

„Als Teammitglied muss du dich auch mal für Drecksarbeit hergeben. Lange Erklärungen wären kontraproduktiv gewesen. Ich musste schließlich wissen, wie sich die Puffmutter verhält und wohin sie sich verpissen würde.“

„Und, weißt du es?“, fragte ich spitz.

„Mir ist unterwegs der Sprit ausgegangen." Sie zuckte mit den Schultern.

„Du hast sie verloren?"

„Die Tankuhr hat schon vor zwölf Jahren den Geist aufgegeben. Echt kriminell, dass die Autoindustrie schon nach dreißig Jahren der Einstellung der Modellproduktion keine Ersatzteile mehr liefert."

Kevin Kubitza kam und bat Else hinein.

„Werde ich nicht vernommen?", fragte ich. „Ich habe da neue Er..."

Kevin lächelte mich an. Ich verzichtete auf das Gefummele mit den Haarsträhnen und kratzte mich sofort am Hals.

„Anna, erholen Sie sich erst einmal von Ihrem Schock."

Ich und geschockt? Dieser Mann war kein Weiberheld, der arbeitete für die Fürsorge.

Ich roch was. Heiko bog um die Flurecke.

„Hallo Anna."

Anna? Er schwitzte noch mehr als eben.

„Ich hab gehört ... du bist gekündigt ... Stimmt das?"

Ich gab ihm den Generalschlüssel wortlos zurück. Heiko druckste weiter herum. „Ääh, Anna, ääh ..." Er zog mich von den anderen weg. „Können wir reden?"

Heiko und reden? Noch eigenartiger.

„Heiko, im Moment passt das nun wirklich nicht."

Ich nickte Richtung Appartementtür.

„Ich muss aber … bitte."

Heiko bat um was? Jetzt wurde es wirklich interessant.

Adam kam den Gang herunter. „Verschwinde!"

Heiko schlich davon.

Ich war so was von baff, konnte aber über Heikos Verhalten nicht weiter nachdenken. Bewohner, Rita, Helmut, Doktor Weise und weiteres Personal von den Stationen hatten sich eingefunden und wollten von mir wissen, was los ist.

„Habt ihr nichts zu tun? Ab auf Station", raunzte Adam seine Kollegen an. „Und bringt die Bewohner hier weg!"

Er kam auf mich zu. In diesem Augenblick rauschte Frau Stiftsdirektorin heran. Adam wandte sich ab und ging.

„Lassen Sie mich sofort durch." Das Alien baute sich vor dem Schmerbäuchigen auf, der mittlerweile als eine Art Wache die Tür zum Appartement versperrte.

„Jau", sagte der und rührte sich nicht.

Dann entdeckte das Alien mich.

„Das gibt eine Anzeige wegen Hausfriedensbruch."

Ich nahm meine Schultern zurück, straffte meinen Rücken und blitzte sie an. „Sie sollten schon mal Ihre privaten Sachen aus Ihrem Büro räumen. Ich hab nämlich gegen Sie einiges in der Hand. Ich sag nur: Baupläne!" Natürlich war das nur ein Bluff, weil ich ja noch gar nicht wusste, was auf dem Stick drauf war. Aber das war mir so was von egal, ich war ja schon gekündigt. „Melden Sie dem Jobcenter schon mal Ihre kommende Arbeitslosigkeit. Sonst gibt es eine Sperrzeit. Andererseits, hinter Gittern ist man ja, wie man so hört, ganz gut versorgt."

An ihren entgleisten Gesichtszügen erkannte ich, dass ich voll ins Schwarze getroffen hatte.

„Schönen Tag auch noch."

Den Stinkefinger verkniff ich mir.

Eine Stunde später stand ich auf Elses kleiner Terrasse und genoss die kalte Luft, um einen klaren Kopf zu bekommen. Unten, vor dem Portal, hatten sich zahlreiche Gaffer versammelt. Und wer sich nicht mehr ohne Hilfe bewegen konnte, lugte rechts und links von mir aus den Fenstern oder beugte sich, soweit es ging, über die Brüstungen der Balkone. Herr Middendorp wurde mit einer Sauerstoffmaske über dem Gesicht auf einer Rolltrage in den Krankenwagen geschoben.

Else hatte Kakao gekocht und Eierpfannkuchen gebraten, mit Käse, Speck und Zwiebeln. Einen für mich, einen für Kevin Kubitza, der ihn sich bereits schmecken ließ. Heute trug er Jeans, ein schickes lockeres hellgraues Hemd, darüber ein leichtes knittriges anthrazitfarbenes Sakko. Der Lockenkopf saß auf nicht mehr als soliden fünfundsiebzig Kilo, verteilt auf knapp eins fünfundachtzig Zentimeter. Nicht ein Gramm Fett zu viel.

Aber war das wichtig? Als Großvater mir Jan ausreden wollte, hatte er auch gesagt: „Das Gesicht eines Kerls schmeichelt dir bei Licht, seinen Charakter erkennst im Dunkeln." Klar, Opa war Bergmann.

Plötzlich sprach mich jemand an. „Anna ..."

Kevin stand direkt hinter mir.

„Ich", sagte er zögerlich und wurde tatsächlich rot dabei. Ich musste zugeben, das Schüchterne stand ihm. „Vorhin, heute Mittag ... ich wollte Ihnen ... bereits sagen, dass Else und ich ..."

„Anna, dein Pfannkuchen wird kalt", rief Else.

Wir gingen hinein. Ich setzte mich auf Elses Sofa, direkt neben die gefühlvollen Augen, wo Else für mich eingedeckt hatte. Verdammt, dachte ich, eben hast du den Kerl noch gehasst.

„Anna, dass Sie Frau Schlachthauer bei sich aufgenommen haben, das war mehr als gefährlich."

Galt Schweigen als Zustimmung?

Ich nahm einen kräftigen Bissen vom Eierpfannkuchen.

„Ich ... ich habe mir ... Sorgen gemacht", sagte Kevin.

„Siehste!" Else schüttete mir Kakao ein.

„Anna, ich, die Sache heute ... Ihr Anruf ..."

Konnte der nicht in ganzen Sätzen reden?

„Ich konnte nicht zurückrufen, da war ein Einsatz."

„Herr Kubitza ... eh, Kevin, Else hat Ihnen doch bestimmt von dem Anruf bei Johanna Johannpeter erzählt. Das war Herr Middendorp, nicht?"

„Ich darf dazu nichts sagen, Anna."

„Laufende Ermittlungen, verstehste, Kindken." Else zwinkerte mir zu. Ich lief knallrot an. Wie konnte sie mich vor Kevin nur *Kindken* nennen?

„Die Stimmvergleichsanalyse läuft noch?", fragte ich. Er nickte. „Gibt es denn Vergleichsmaterial?", hakte ich nach.

„Ich habe vor einiger Zeit für die Hauszeitung Interviews mit Ehrenamtlichen und Mitarbeitern geführt. Über deren segensreiche Arbeit im *Fröhlich Abendschein.* Alles aufgezeichnet", mischte sich Else ein.

„Warum aber soll Herr Middendorp Frau Johannpeter angerufen haben? Was ergibt das für einen Sinn, wenn er selbst ein Opfer ist oder sein sollte? Das ist er doch, oder? Warum wurde er entführt und von wem? Und zwar bevor die Zeit des Ultimatums ablief?"

„Gute Fragen. Kevin, noch einen Pfannkuchen?"

„Danke, für mich nicht", sagte ich spitz.

„Kevin, das ist alles so verwirrend. Haben Sie wirklich keine Spur, nicht die leiseste Ahnung, wer hinter all diesen Dingen steckt?"

„Wir werden noch einmal sämtliche Bewohner der Residenz befragen, vor allem das Personal. Aber das braucht Zeit."

„Kevin, das Alien … Frau Hohnsteiner-Bartel beschäftigt ehemalige Sträflinge. Wussten Sie das?"

„Woher wissen *Sie* das?" Er sah mich überrascht an.

„Ach, irgendwo aufgeschnappt." Puh, das war knapp. Datenklau war schließlich auch ein Verbrechen.

Zum Glück mischte sich Else ein. „Nee, ich glaub, der Middendorp weiß mehr, als er gesagt hat. Möglicherweise hat der seine Entführung ja auch selbst inszeniert, um Verwirrung zu stiften und sich als Täter aus der Schusslinie zu nehmen", spekulierte sie, wie ich fand, ziemlich wild darauf los. Dabei ließ sie einen zweiten Eierpfannkuchen auf Kevins Teller rutschen.

„Nein, so war das nicht, so ist das nicht. Das verhält sich anders. Ich weiß das ganz genau", prustete ich unvermittelt heraus und strahlte dabei wie eine Supernova. Nun konnte ich mit meinen Erkenntnissen glänzen und Else in den Schatten stellen. Ich sah triumphierend in die Runde und ließ mir Zeit. Endlich konnte ich Else einmal so richtig ausstechen.

„Kindken, sag schon", drängte Else aufgeregt.

Auch Kevin betrachtete mich neugierig.

„Ich habe die Tat beobachtet. Vom hinteren Garten aus."

„Was haben Sie?" Kevin verschluckte sich am Pfannkuchen, begann zu husten und vom Mehlteig kleckerte etwas auf sein Jackett.

„Sie wollten mir ja nicht zuhören." Diese Bemerkung konnte ich mir nicht verkneifen. „Herr Middendorp hat sich nicht einmal gewehrt."

Kevin rieb mit seiner Serviette an seiner Jacke, der

Fleck wurde nur größer. Ich nahm ihm das Papiertuch aus der Hand. „Das bringt nichts, du machst es … Sie machen es nur schlimmer. Das Jackett muss in die Reinigung."

Sah ich da ein Glänzen in seinen Augen? Ja!

Ich zog mein zweites As aus dem Ärmel. „Herr Middendorp kann auf keinen Fall *Bruno Brutalis* sein. Ich habe einen Zeugen aufgetan, der den Maskenmann beschreiben konnte. Der ist etwa eins achtzig groß."

Ich erzählte ausführlich und übergab Kevin schließlich den Zettel mit Herrn Jagielskis Aussage.

Else schlich beleidigt aus dem Raum.

Kevin legte seine Hand auf meine. Also nicht direkt, er legte sie auf meinen Unterarm, aber es war trotzdem wie ein Stromschlag. Zum Glück zog er sie sofort wieder zurück.

„Anna, was Sie herausbekommen haben, gibt dem Fall eine neue Wendung, ist Ihnen das klar?"

Na klar, was dachte der denn?

„Haben Sie schon mit jemanden darüber gesprochen?"

„Da war diese Schwester Annegret." Ich erschrak.

„Ja?"

„Sie hat in der Residenz angerufen und sich meine Identität bestätigen lassen, also, dass ich hier arbeite."

„Mit wem hat sie gesprochen?"

„Das weiß ich nicht."

Kevin zückte sein Handy. Er ordnete Personenschutz für Herrn Jagielski an. Und ob das für Herrn Middendorp schon erledigt wäre? Plötzlich wurde Kevin ärgerlich. Der zuständige Beamte, der sich mit den Formularen und Anträgen auskannte, hatte Feierabend und war irgendwo in einem Fußballstadion. „Das hat absolute Priorität!“, brüllte Kevin ins Smartphone. Schnauzen konnte er also auch.

„Was ist eigentlich mit Heiko?“, fragte ich, nachdem er aufgelegt hatte. „Er war doch damals in der Wohnung der toten Frau Middendorp. Und ist gut eins achtzig.“

„Anna, was ich Ihnen jetzt sage, bleibt unter uns. Herr Quakernack wurde von mir damals als einer der Ersten überhaupt überprüft. Er hat zwar eine üble Vorgeschichte, ist aber nicht mehr aufgefallen. Frau Middendorp hat ihm, kurz bevor sie starb, tatsächlich auf seine Mailbox gesprochen. Er hat mir den Anruf vorgespielt. Und für den Zeitpunkt des Todes von Ida Sutthoff hat er ein Alibi. Er war die halbe Nacht in einem Club. Es gibt Zeugen.“

Wieder spürte ich Kevins Hand. Mein Arm brannte und nicht nur der. Jetzt wuschelte er sich auch noch durch seine Locken. Oh Mann!

„Wenn alles vorbei ist, holen wir unseren Spaziergang nach, ja, Anna?“

„Ich muss los“, sagte ich und wollte mir Haarsträhnen hinters Ohr schieben, unterließ es aber im letzten Augenblick.

„Ich fahre Sie nach Hause. Sie sehen müde aus."

Fehlte nur noch, dass er mich ins Bett bringen wollte.

Hm ... Eigentlich war es ja richtig lieb, wie er sich um mich bemühte.

Hinter uns klappte eine Tür. „Na, ihr Süßen?"

Wir fuhren herum.

„Elseeeee!"

Sie trug schwarzes Mieder, roten Minirock und Strapse, dazu ihre Blondinenperücke, und sie stöckelte auf feuerroten Pumps herein. Kevin lachte. Das nuttige Outfit musste einen Sinn haben. Aber welchen?

Else stellte sich auf ihren großen weißen Berberteppich, schleuderte die Stöckel von den Füßen, räkelte sich wie eine Schlangenfrau, fehlte nur noch die Stange. Schließlich setzte sie sich auf Kevins Schoß und nestelte am Mieder. „Na, mein Kleiner, für nen Hunni haste alle Wünsche frei."

Kevin lächelte, wie jemand lächelt, der nicht wusste, wie ihm geschah. Erst nach einer gefühlten Ewigkeit schob er Else von sich weg. Das wurde aber auch Zeit!

„Leute, der Kasamutra stellt gewisse Anforderungen."

Else vollführte weiter abstruse gymnastische Übungen.

„Else, es heißt das *Kamasutra*", sagte ich.

Kevin konnte sich das Grinsen nicht verkneifen.

Und ich hätte im Boden versinken können.

„Nun glotzt mal nicht so“, pfiff uns Else an. „Im Puff braucht man spezielle Beweglichkeiten. Und Ausdauer. Skandal! Vierzehn Stunden Akkordbumsen in der Flatrate-Falle. Die Kunden wollen Abwechslung.“ Dann wurde sie ernst. „Die Visitenkarte vom *Hausfrauentreff*, die ist nun mal unsere letzte Spur“, erklärte sie.

Kevin sah sie streng an. „Ein allerletztes Mal. Keine eigenen Ermittlungen! Sonst sind wir keine Freunde mehr.“

Als ob Else so was interessierte.

„Wir müssen uns gedulden bis Herr Middendorp aufwacht.“

„Wenn er noch einmal aufwacht“, behielt Else das letzte Wort.

10

Weil ich nicht schlafen konnte, bewunderte ich am Fenster den Mond. Und die Sterne. Und die Unendlichkeit. Das Leben könnte so schön sein. Ich pustete durch und starrte zum x-ten Mal auf den Monitor von Elses Notebook:

Der Hausfrauen-Sex-Treff *bietet dir 100-prozentige Seriosität und Diskretion. Wir vereinbaren Termine nur mit deiner vorherigen Zustimmung. Wir stellen für dich den Kontakt her und ersparen dir somit unseriöse Anrufer. Wir übernehmen die komplette organisatorische Abwicklung für dich. Wir gestalten und verwirklichen sämtliche Werbeaktivitäten. Wir erheben keine Aufnahmegebühren. Wir erteilen dir keinerlei, wie auch immer gearteten Weisungen …*

Ha, jetzt hatte ich einen Plan! Und Else selbst hatte mich darauf gebracht. Ich würde es ihnen zeigen, ich würde den Fall lösen. Und zwar alleine.

Kein Wunder, dass ich nicht schlafen konnte. Zumal ich Kevin doch erlaubt hatte, mich nach Hause zu fahren. Es war spät geworden, es war kalt und der letzte Bus schon weg gewesen. Else war nicht mitgekommen, da ihr nach den neuesten Entwicklungen das Alien „am Arsch vorbeigeht“, wie sie sich ausgedrückt hatte. Sie wollte noch aufräumen und Staub wischen. „Und dann schlaf ich mich in meinem eigenen Bett mal so richtig aus“, hatte sie mir zugezwinkert, als ich mit Kevin aufbrach.

Einen Augenblick lang hatte ich tatsächlich überlegt, Kevin auf einen Kaffee zu mir mit nach oben zu nehmen. Aber nur einen Augenblick, denn ich hatte ja keinen Kaffee da. So saßen wir vor meiner Haustür noch lange in Kevins Wagen und sprachen über das langweilige Lippeneutrup, das hochnäsige Münster, über das geheimnisvolle Moor, die weite Heide und … über Musik. Kevin hatte sogar eine CD von Eric Clapton in seinem Auto.

Irgendwann hatte ich ihn danach fragen wollen, ob er das tatsächlich über mich gesagt hatte, was Else mir übermittelt hatte. Aber ich hatte es schließlich gelassen, weil es den Augenblick zerstört hätte. Außerdem würde ich es Kevin beweisen, dass ich alles andere benötigte als „Welpenschutz“.

So gut wie mit Kevin hatte ich mich mit Jan niemals unterhalten können. Der wollte immer nur … Also, als er mich noch wollte. Jan – jetzt hatte ich auch gegen ihn endlich etwas in der Hand. Und zwar ein richtiges Pfund. Dagegen waren die Pornohefte aus dem Müll und Elses Sexfotos Kinderkram.

Erst eben hatte ich mir die geklauten Daten angesehen. Mit den alten und neuen Bauzeichnungen von dem Stick konnte ich nun definitiv beweisen, dass Statistiken geschönt und Zahlen über Monate hinweg gezielt gefälscht worden waren. Und zwar ziemlich raffiniert, soweit ich das beurteilen konnte, sodass die Regionalverwaltung trotz einiger monierter Ungereimtheiten nicht wirklich hinter die Betrügereien und das ihnen zugrunde liegende System kommen konnte.

Ich wusste nun auch, dass der Eigentümer der Residenz tatsächlich Pläne hatte, sie schon bald an einen Großinvestor zu verkaufen. Und wie es aussah, rechnete das Alien mit allen Tricks die betriebswirtschaftlichen Ergebnisse so weit herunter, dass der Käufer das Interesse verlieren musste. Der Hammer war: Die Kanzlei von Jans Vaters beriet sie nicht nur generell, sondern ganz speziell bei diesen Machenschaften. Und Jan war der direkte Kontakt in die Residenz.

Jan, mein Fürsprecher. Ha! Besorgte mir eine Stelle in einer Einrichtung, für die er krumme Sachen machte. Glaubte wohl, seine Ex, diese so einfach gestrickte Blondine, wäre genau die Richtige als Belegungsmanagerin. Mit der konnte man es machen, die würde nie hinter den Betrug kommen.

Nein, Jan, triumphierte ich, die Anna, die du x-mal ausgetrickst hast, die ist Geschichte! Und irgendwie war ich dann beim Surfen unwillkürlich auf der Seite des *Hausfrauen-Sex-Treff* gelandet. Also, so zufällig vielleicht dann doch nicht.

Der Hausfrauen-Sex-Treff *garantiert dir 100-prozentige Sicherheit. Wir bieten dir einen Fahrdienst, der bei Hausbesuchen zu deinem Schutz so lange vor Ort bleibt, bis du den Termin beendet hast und er dich wieder nach Hause fährt.*

Mit Chauffeur sogar? Was konnte eine Frau von einem Job mehr erwarten? Else hatte vollkommen recht, der Club war unsere letzte Chance. Es muss einfach einen Zusammenhang mit unserem Fall geben. Fragte sich nur, welchen?

Du möchtest gern beim Hausfrauen-Sex-Treff *arbeiten? Dann schicke uns deine Bewerbung* hier.

Sollte ich oder sollte ich nicht?

Pling! Das war jetzt aber schnell gegangen.

Kannst du Fotos schicken, die für unsere Kunden interessant sind?

Wie jetzt? Mir wurde heiß und kalt. Nein!

Sollte ich oder sollte ich nicht? Was blieb mir anderes übrig? Man muss auch mal über seinen Schatten springen können, wenn man etwas erreichen will, redete ich mir ein.

Aber was zog ich dafür an … also … aus …

Jedenfalls nicht zu viel. Ich machte in passender Pose ein, zwei Selfies und schickte sie weg.

Kurze Zeit später plingte es erneut.

Wenn du Lust hast, komm sofort vorbei.

Nee, Lust hatte ich keine, aber: „Was du heute kannst besorgen, das verschiebe nicht auf morgen."

Auch so eine Redensart meiner Oma. Hoffentlich

dreht sie sich nicht in ihrem Grab um, bei dem, was ich vorhabe, dachte ich noch, als ich aufbrach.

Busse fuhren keine mehr. Zu Fuß wollte ich nicht gehen. Also lieh ich mir das Hollandfahrrad einer Nachbarin, die es unabgeschlossen in der Heizungszentrale im Keller herumstehen hatte. Total verrostet schon, die Kette kaum geölt. Aber es fuhr. Ich aber fror wie ein junger Schlosshund. Denn unter meinem Mantel hatte ich aus taktischen Gründen kaum etwas an.

Ich lehnte das Fahrrad an einen Alleebaum, in dessen Schutz ich mich begab. Auf der anderen Straßenseite befand sich der uralte Landgasthof. Außer diesem rot angestrahlten Gebäude war hier nichts. Keine Laterne, kein anderes Haus – nur Einsamkeit. Und hinter mir das Moor.

Zehn Minuten später stand ich immer noch hier. Und fühlte mich inzwischen wie ein Gletscher auf Grönland. Aber wenn ich da hineinginge, ließen die mich bestimmt nicht mehr raus. Die verschleppten mich nach Afrika oder nach Asien, da waren Frauen mit größerer Oberweite besonders begehrt. Oder ich landete in einem Harem.

Ich tippte eine Nachricht. So doof war ich nun auch wieder nicht, absichern musste ich mich. Okay, jetzt aber!

Eine abgehalfterte Fünfundvierzigjährige mit rauchiger Stimme und aufgeschwemmten Gesicht, oder war sie erst dreißig, ließ mich herein, stellte sich als Carmen vor und schob mich vor sich her. Auf den Türen, an denen wir vorbeikamen, klebten Aufschriften wie *Appartements, Bäderabteilung, Massageraum oder Whirlpool.* Als ob ich in einem Wellness-Ressort für geschundene Hausfrauen gelandet wäre. Als mir das Schild *SM-Studio* begegnete, bibberten meine Muskeln wie bei einem Fieberanfall, und das hatte überhaupt nichts mehr mit der Kälte zu tun, der ich draußen so lange ausgesetzt war. Ich hätte am liebsten auf dem Absatz kehrtgemacht. Du hast dir das selbst eingebrockt, redete ich mir zu. Du sammelst ein paar Informationen und dann machst du den Abflug.

Ob Carmen meine Panik bemerkt hatte? Zumindest ließ sie sich nichts anmerken, als sie mich in den *Callroom* schob und mich ihrer Kollegin Isabelle vorstellte, die auch nicht viel frischer aussah. Die beiden Telefonfeen schoben mir Knusper-Joghurt und Müsliriegel zu.

Ich befand mich in einem Büro mit Linoleumboden, einem Tisch und einer Stehlampe, zwei Regalen und einem Beistelltisch von IKEA. Carmen und Isabelle saßen auf zwei wackligen Plastikhockern und bedienten zwei Handys sowie einen altersschwachen PC. In den Ecken ballten sich Wollmäuse, auf dem Boden lag das ein oder andere Papiertaschentuch. Else hätte einen Schreikrampf gekriegt. In den Regalen stapelten sich Kartons mit Kondomen in allen möglichen Aromen- und Noppenarten.

„Wir vermitteln nur", erklärte Carmen mir noch einmal kurz und knapp die Bedingungen, während Isabelle einen Anruf entgegennahm. „Alles Weitere ist deine Sache." Sie pulte sich Müsli aus den Zähnen. „Du kannst jeden Kunden ablehnen und jederzeit abbrechen. Wenn du ein Appartement hier nutzt, fünfzig Prozent für den Club, fünfzig für dich. Ansonsten, im Hotel oder so, dreißig, siebzig. Auch auf Zusatzleistungen."

Zusatzleistungen?

Carmen machte einen neuen Becher Knusper-Joghurt auf.

„Wo hast du vorher gearbeitet?", fragte Isabelle, die aufgelegt hatte.

„Da und dort", sagte ich.

„Gesundheitszeugnis?"

„Hab ich vergessen, reiche ich nach."

„Unter welchem Namen willst du arbeiten?" Isabelle rief auf dem Computer eine Eingabemaske auf. „Wir stehen auf spanische Namen."

Das war aber mal eine Überraschung.

„Kommt bei den Metzgern und Pferdeknechten gut an. Die singen immer: *‚Olé, olé, wir fahr'n in Puff nach Barcelona!'"*

Isabelle prustete Knusperstücke auf die Tastatur.

„Meggi, nennt mich Meggi", sagte ich. In diesem Falle war ich vorbereitet. Falls Margarete hier bekannt war, löste das vielleicht eine Reaktion aus.

Nein, nicht mal ein Wimpernzucken.

„Okay, Größe, Gewicht, Oberweite? Deine Vorlieben?"

„Meine Vorlieben?"

„Als Info für die Kunden." Isabelle sah mich prüfend an. Ob sie schon bemerkt hatte, dass ich nicht vom Fach war?

„Klar, natürlich." Ich tat so, als ob diese Frage das Normalste der Welt wäre. „Also … eh … kuscheln?"

„Kuscheln?" Carmen und Isabelle starrten mich an, als ob ich eine Außerirdische wäre. Dann musterte Isabelle mich skeptisch: „Also, nur damit Klarheit herrscht. Im Grundpreis enthalten sind: Küssen, Schmusen, Mehrfachentspannung, Französisch ohne, GV mit Kondom, Stellungswechsel. Das erwarten unsere Kunden. Und dann kommt noch der Zusatzservice gegen Aufpreis dazu." Mit rauer Stimme fügte sie an: „Du kennst dich doch aus?"

Das klingelnde Telefon ersparte mir eine Antwort. Isabelle nahm ab und verhandelte mit einem neuen Kunden.

Carmen nahm mich an die Seite und in den Arm. „Du bist so nervös, du bist neu, richtig? Hör mal zu, du …"

Sie kam nicht dazu, den Satz zu vollenden, denn Isabelle hatte bereits wieder aufgelegt und funkte dazwischen. „Also, was bietest du jetzt genau zusätzlich an? Zungenküsse, schlucken, Verbalerotik, Natur…"

Das wollte ich nicht hören. Daher sagte ich schnell,

weil es darauf auch nicht mehr ankam: „Eigentlich alles."

„Bestimmt?", hakte Carmen nach. „Bist du sicher?"

Jetzt musste ich mich beweisen. „Ja, wenn ich es doch sage. Ich bin da nicht zimperlich. Mir macht alles Spaß, was mit Sex zu tun hat."

Hatte ich das gerade wirklich gesagt? Wohl fühlte ich mich nicht dabei, doch ich beruhigte mich mit dem Gedanken, dass es dazu niemals kommen würde, nicht einmal zum standardmäßigen Kuschelsex.

„Super, das macht vieles einfacher", zeigte sich Isabelle sichtlich zufrieden und kreuzte sämtliche möglichen Sexualpraktiken auf meiner *Sedcard* an.

Carmen dagegen sah mich ungläubig von der Seite an und wollte etwas sagen, doch schon forderte mich Isabelle auf, doch mal meinen Mantel auszuziehen. „Boah", spendete sie Beifall, als ich im knappen schwarzen Rüschenslip und prallem Mieder dastand, die ich mir als Arbeitskleidung ausgesucht hatte. Also nicht wirklich, aber ich musste doch überzeugend wirken.

Rüschenslip und Mieder waren traurige Überbleibsel aus meiner Ehe. Als ich noch verzweifelte Versuche unternommen hatte, Jan zurückzugewinnen. Völliger Bullshit!

Isabelle griff zu ihrem Smartphone und machte ein paar Fotos von mir. „Die Chefin wird zufrieden sein."

Die Chefin? „Krieg ich die auch mal zu sehen?"

Carmen winkte ab. „Wir stellen die Fotos von dir auf die Ladies-Seite, später machen wir dann noch mal richtig gute."

Hm, ich hatte eigentlich gehofft, dass man mir die Chefin vorstellt. Ob ich fragen sollte?

„Wenn du willst, machen wir Pixel aufs Gesicht. Du bist siebenundzwanzig? Ich schreib einundzwanzig. Dafür gehst du glatt durch."

Endlich wurde ich mal ernst genommen.

„Die Kunden stehen auf jung", säuselte nun Isabelle, „auf ganz jung eigentlich, aber einundzwanzig geht gerade noch."

„Das hört sich ja an, als ob ich ein Auslaufmodell bin?"

Die beiden Telefonfeen lachten sich schief, wobei, einen schrägen Blick hatten die sowieso drauf.

„Habt ihr eigentlich auch Kunden aus dieser *Fröhlich Abendschein*-Residenz? Ist doch ganz in der Nähe."

„Klar, wir kennen uns sogar mit Rollstuhlkathetern aus."

Unverschämt, aber ich lachte mit, weil ich mich ja in einer verdeckten Ermittlung befand. Wenn Else hier wäre, würde sie denen jetzt ein Ständchen geigen. Und auffliegen.

Isabelle hackte weiter in die Tasten, dann war meine *Sedcard* fertig. Sie ließ mir das Blut in den Adern kochen.

Isabelle lud sie hoch. „Unsere Kunden stehen auf neu."

Die beiden Club-Belegungsmanagerinnen, wie ich sie insgeheim nannte, denn in gewisser Weise waren wir ja Kolleginnen, erzählten gerade eine Anekdote über einen Freier, einen neureichen Lippeneutruper Bauern, der seine Wiesen teuer als Baugelände verkauft hatte und der immer drei auf einmal buchte, aber nie einen hochkriegte, als das Telefon erneut klingelte. „*Hausfrauen-Sex-Treff*, hier ist die Isabelle, was kann ich für dich tun? – Ja, ist neu, die Meggi. – Ja, ist da. – Bis gleich, tschüssi!"

„Das ging aber fix", meinte Carmen. „Dann komm mal mit." Erneut guckte sie mich etwas zweifelnd von der Seite an.

Klar, meine Knie waren weicher als je zuvor.

Und herausgekriegt hatte ich bisher gar nichts.

Noch war etwas Zeit und Carmen zeigte mir den *Club*. Die Ledersessel waren verschlissen, das rote Licht verbarg mehr, als es beleuchtete. Auch das wahre Alter der fünf Frauen, die sich auf Barhockern räkelten und mich neugierig anstarrten. Aus Deckenlautsprechern rieselte schummriger Phillysound. Die Bar war halbwegs okay, nur die Obstschale mit den verschrumpelten Äpfeln störte irgendwie.

Hier versammelten sich also die Männer zur Fleischbeschau. Im Moment war kein Mann da. Worauf hatte ich gehofft? Darauf, dass ich jemanden ohne Finger entdeckte und ihn festsetzte? Handschellen würden sich in diesem Etablissement ja wohl auftreiben lassen.

„Ist hier immer so wenig los?“, fragte ich.

„Heute läuft Champions League, die Freier kommen erst nach Abpfiff und Absacker. Aber dann geht die Post ab.“

Carmen stellte mich den „Mädels“ vor: der Ricarda, der Sophia, der Carmen, der Inés und der Esmeralda. Studentinnen waren sie und Backshopverkäuferinnen, zwei arbeiteten in einem Callcenter. Sie besserten sich hier ihr Bafög oder Hartz IV auf.

Richtige Hausfrauen sollte es auch geben. „Die kommen morgens, wenn die Kinder in der Kita und der Mann auf Arbeit sind“, klärte mich Carmen auf. „Was sollen die im Münsterland mit ihrer Langeweile sonst auch anfangen? Toben sich hier aus und verdienen Taschengeld fürs Extrashoppen.“

Sie öffnete ein Zimmer. Ein Raum mit französischem Bett, mit etwas Plüsch und Kissen mit bestickten Börtchen. Ein Stuhl und eine CD-Anlage auf dem Boden. Daneben Feuchttücher und Küchenrollen. Und Kondome. Natürlich. Ich setzte mich probeweise aufs Bett. Die Matratze quietschte.

Eine der Mädels kam. „Meggi, dein Kunde ist jetzt da.“

„Ich hab Migräne.“ Ich fasste mir an den Kopf.

Carmen streichelte einfühlsam meinen Arm und zog mich an die Seite. „Ist dein erstes Mal, hab ich es mir doch gedacht. Augen zu und durch. Wir haben alle einmal angefangen. Falls es dich beruhigt, dieser Freier will immer nur gucken. Für den Anfang ist der super."

Wie empathisch sie war, sie sollte in der Residenz anfangen.

„Carmen, ich hab wirklich Migräne." Ich log nicht einmal.

„Er hat eine Stunde gebucht."

Ich sollte mich eine Stunde anglotzen lassen?

Als ich den Kunden sah, drehte ich mich erschrocken weg. Dieses Pickelgesicht war unverkennbar.

Was hatte Isabelle gesagt? *Du kannst jeden ablehnen.*

Ich schoss in die Höhe und sprintete los wie eine Olympiasiegerin im 100-Meter-Lauf.

Aus den Augenwinkeln sah ich noch, dass im Clubraum inzwischen drei, vier Männer die Damen an der Bar betatschten. Und der da vorn, das war doch … Herr Kokoschinski! Ich blieb wie erstarrt stehen.

Wer saß denn da neben ihm? Oh Gott …

Heiko verschluckte sich an seinem Bier. „Maria, mein Engel", lallte er, „dich schickt der Himmel."

Er kam schwankend auf mich zu. Ich schob ihn zur Seite, hetzte ins Büro, griff nach meinem Mantel und rief Isabelle im Hinausstürmen zu: „Löscht meine Sedcard!" Aber wenigstens hatte Heiko nicht wieder Süße zu mir gesagt.

Während ich durch die kalte und verdammt dunkle Nacht nach Hause radelte, fragte ich mich, wieso ich gerade Herrn Köttelhön junior im Club getroffen hatte? Heiko war eh klar, Herr Kokoschinski geschenkt, aber ihn? Andererseits, ich hatte einmal gelesen, dass jeder dritte Mann ab und zu in den Puff geht – also alles nur Zufall? Hm, auch in der Residenz hatte ich den Friedhofsgärtner des Öfteren herumstreifen gesehen. Und wieso hatte ich auf einmal das Gefühl, dass mich jemand verfolgte? Zum Glück hatte ich Lippeneutrup bereits erreicht.

Ich blieb an einer Straßenecke stehen und lugte zurück. Viel war nicht zu erkennen, zumal sich Schneewolken gebildet hatten. Das schummrige Licht der Straßenlaternen half auch nicht. Ich beruhigte mich mit dem Gedanken, dass ich mich täuschte und mir in meiner Aufregung nur etwas einredete. Schiss hatte ich trotzdem.

Ich trat in die Pedale, was das Zeug hielt, und bildete mir ein, gedopt zu sein, um noch schneller fahren zu können. Gerade als ich die Haustür aufschließen wollte, hörte ich ein Scheppern, als ob jemand sein Fahrrad einfach nur hinwarf. Erkennen konnte ich nichts, klasse, die Straßenlaterne vor meinem Haus war defekt. Wo war mein Schlüssel? Zu spät! Jemand packte mich an der Schulter. Hatte mein letztes Stündlein geschlagen?

Der Friedhofsgärtner. Aber was sollte der mit *Bruno Brutalis* zu tun haben? Allerdings war Herr Köttelhön junior etwa eins achtzig groß. „Hilfe, lassen Sie mich los!“, schrie ich und hoffte darauf, dass mein Vermieter schlecht schlafen würde.

„Ich tue Ihnen nichts, ich muss Sie nur sprechen. Ich suche Sie schon seit Tagen in der Residenz.“

Sprechen? Deshalb hatte er mich im Bordell gebucht? Verdammt, hatten die etwa vergessen, mein Gesicht zu pixeln?

„Ich muss Ihnen dringend etwas sagen. Sie, ich ... Sie wünschten doch ... Als ich dann Ihre Sedcard beim *Hausfrauen-Sex-Treff* ...“

Hing er etwa Tag und Nacht im Internet und trieb sich auf solchen Seiten herum? Aber was interessierte mich das. Daher sagte ich schroff: „Das ist ein Missverständnis. Ich bin nicht so eine.“

Herr Köttelhön junior sah mich begriffsstutzig an. Klar, wie sollte er auch die Zusammenhänge verstehen.

„Ich war undercover unterwegs, ich wollte im Treff etwas Bestimmtes herausfinden, wegen der ...“ Ich zögerte. „Wegen der Verbrechen in der Residenz. Verstehen Sie jetzt?“

Nein, er verstand immer noch nicht. Und ich hatte in der Kälte hier draußen verdammt noch mal keine Lust, weitere Erklärungen abzugeben. Schließlich war ich ja unterm Mantel immer noch quasi nackt. Sollte er doch glauben, was er wollte.

„Belästigen Sie mich nicht weiter.“

Ich fand meinen Schlüssel, schloss auf und nahm

das Fahrrad, um es in den Keller zu tragen. Falsche Entscheidung. Herr Köttelhön junior folgte mir.

„Frau Müller, ich gehe gerne zu Huren. Aber, ich gucke nur.“ Okay, so wie er mich stets angestarrt hatte, glaubte ich ihm das sogar. „Ich habe keine Zeit, mir eine Freundin zu suchen. Mein Vater hat so ein Chaos hinterlassen, Sie haben es ja … gesehen. Ich … ich … außerdem …“

Er schaute betreten zu Boden. Mit was für Selbstbekenntnissen und Rechtfertigungen musste ich noch rechnen? Aber konnte mich heute noch irgendetwas schocken?

„Außerdem … ich …“ Er sah mich hilflos an und zeigte beschämt auf seine Pickel. „Ich krieg sie einfach nicht weg.“

Else hatte ihm doch Natursekt empfohlen.

„Die Pickel will ich niemandem zumuten. Deshalb gucke ich immer nur. Es passiert nichts anderes. Ganz bestimmt.“

Na ja, in seiner Hose, da passierte bestimmt was, dachte ich, wollte den Gedanken aber nicht weiterverfolgen.

„Ja, was denn jetzt? Sie sind mir doch bestimmt nicht gefolgt, um mir Ihre Leidensgeschichte zu referieren. Spucken Sie es endlich aus.“

„Ja, sicher, eh … Sie wollten doch, dass ich Sie informiere, wenn mir … Ich hab an diesem, eh … Grab jemanden beobachtet.“

„Was?“

Als ich hörte, dass sich das Türschloss meines Vermieters drehte, nahm ich Herrn Köttelhön junior ganz schnell mit nach oben.

In meiner Wohnung flatterte ich herum wie ein aufgeregtes Huhn, bevor es in die Suppe kommt. Ich fragte zum x-ten Mal nach: „Und der Mann hat in dem Grab gewühlt, und er hatte einen Lockenkopf?"

Herr Köttelhön junior saß brav auf Omas Sofa und gab geduldig Auskunft: „Heute Morgen, ganz früh, war er wieder da, der Friedhof hatte noch nicht geöffnet. Wir sind immer schon früh auf dem Gelände, wir haben viel zu tun. Im Dezember sterben immer viele Leute."

War das so? Ich hatte einmal gelesen, dass Weihnachten auch für hohe Scheidungsquoten zuständig wäre. Und Scheidungen waren ja was Ähnliches wie Sterbefälle. Wobei, für manche Menschen waren Trennungen auch Wiedergeburten.

„Als ich ihn auf dem Friedhof ansprechen wollte, ist er weggelaufen. Heute Mittag ist er mir dann vor der Residenz begegnet. Also, ich glaube es wenigstens, ich habe ihn, meine ich, bei den Parkplätzen gesehen, als er in ein Auto stieg. Kennen Sie ihn? Er hat nicht mehr ganz so viele Haa..."

Woher sollte ich ihn kennen? Es gab so viele Menschen mit Locken. Selbst Kevin hatte ja welche. Ob er im Zuge seiner Ermittlungen am Grab war? Nein,

Kevin hatte noch eine volle, wunderschöne Haarpracht.

„Wie groß war er?“

„Weiß nicht, ich habe ihn ja beide Male nur flüchtig und aus der Ferne gesehen.“

Ich bat Herr Köttelhön junior, einen Moment zu warten, ging ins Schlafzimmer, setzte mich mit jeder Faser meines Körpers bebend aufs Bett und rief Else an. Ein Wunder: Sie nahm tatsächlich ab.

„Hallo?“, kam es schwach aus dem Hörer.

„Habe ich dich geweckt?“

„Nein, wieso? Ach so. Neben mir schläft jemand. Leider immer noch.“

„Wer? Wieso …?“

„Nicht, was du jetzt denkst. Ich wache beim Komatösen.“

„Du bist wo? Du wolltest dich doch ausschlafen?“ Ich war so müde, dass ich mich nicht einmal aufregen konnte. „Wie bist du da reingekommen, Kevin wollte doch für Polizeischutz für Herrn Middendorp sorgen?“

„Bis die Polente aussem Quark kommt, ist die Eierbirne wieder putzmunter. Ich bin mir sicher, die ist der Schlüssel zu den abscheulichen Verbrechen im *Fröhlich Abendschein.* Selbst wenn er nicht direkt beteiligt ist, weiß er was. Das hab ich im Urin.“

„Else, du musst da raus, sofort!“

Ich legte mich aufs Bett, meine Beine zuckten.

„Quatsch“, maulte Else. „Wenn der aufwacht, wird

der reden. Ich kenne Methoden, dagegen ist die CIA eine Warmduschervereinigung."

„Und ich dachte, du bist gegen Gewalt?"

„Natürlich, aber auch Prinzipien haben ihre Grenzen. Alles stets eine Frage der Abwägung. Popoklätsche mit Anlauf ist das Mindeste. Im Moment streichle ich die Eierbirne. Komapatienten brauchen Zärtlichkeit."

„Else, unser Unbekannter hat einen Lockenkopf." Während ich sie auf den neuesten Stand brachte, spürte ich, wie die Müdigkeit sich vollends in meinen Gliedmaßen breitmachte. Meinen Ausflug in den Club verschwieg ich.

„Okay", sagte Else schließlich, „wir schaffen den Köttel morgen in die Residenz. Vielleicht kann er ja unterm Personal oder den Bewohnern denjenigen identifizieren, den er gesehen hat."

„Sollte das nicht besser Kevin tun?"

Am anderen Ende der Leitung war ein tiefer Seufzer zu hören. „Okay, ich kümmere mich."

„Else, bitte", beendete ich das Gespräch, „fahr in die Residenz oder komm zu mir, mach nur nicht wieder dein eigenes Ding." Ich glaubte allerdings nicht, dass mein Appell etwas nützen würde.

Ich zog noch den Mantel aus, dann fielen mir endgültig die Augen zu.

Neun Uhr schon! Schlaftrunken wollte ich mir aus der Küche eine Cola holen, da entdeckte ich auf meinem Sofa Herrn Köttelhön junior in süßen Träumen. Oh je, den hatte ich in der Nacht ja völlig vergessen.

Wovon er genau träumte, wollte ich mir nicht vorstellen.

„Aufstehen!“ Mit einiger Mühe rüttelte ich ihn wach.

Warum glotzte er nur die ganze Zeit so? Blöde Frage, Frauen angaffen, gehörte ja zu seiner Natur.

Damit ich sicher war, dass er auch tatsächlich verschwand, begleitete ich ihn durchs Treppenhaus nach unten. Ich schloss gerade die Haustür auf, als Herr Uppenkamp mit seinem klappernden Holzbein aus seiner Parterrewohnung geschossen kam.

„Männerbesuch ist über Nacht untersagt. Wie sehen Sie eigentlich aus, schämen Sie sich!“, maulte er mich an und schlug seine Tür zu.

Elses Köttelchen stierte mich dagegen immer noch an.

Jetzt bemerkte ich es auch. Ich war vielleicht eine dumme Kuh! In der Hektik hatte ich vergessen, meinen Bademantel überzuziehen und lief noch in Slip und Mieder von gestern herum. Ich schob Köttelhön junior auf die Straße. Der prallte zurück, als sei er gegen eine Mauer gelaufen, stieß gegen mich, wir gingen zu Boden und er kam rücklings auf mir zu liegen.

Ich schielte an ihm vorbei, sah gut eins achtzig mit Lederjacke und roch Restalkohol. Heikos hormoneller Eigengeruch rundete das Bild ab. Das Pickelgesicht auf mir, der geile Heiko über uns – schlimmer ging's nimmer.

Köttelhön rollte von mir herunter und stolperte davon.

Heiko starrte mich an. „Hallo Anna", murmelte er.

Wieder nannte er mich Anna?

Ich suchte auf seinem Kopf nach etwas, was nach Locken aussah, doch ich entdeckte nicht einmal Löckchen. Nur seine gegelte Tolle.

Heiko wollte mir aufhelfen, was ich nicht zuließ.

„Anna", beteuerte er. „Ich will nix von dir, ich will nur meinen Arsch retten."

Das wollten immer alle. Aber beruhigte mich das?

„Mit der Eierbirne, ich war dat nich. Also, nich wirklich, also ... Ich bin auch nur ein Opfer."

Ja, ja.

Er zog seine Lederjacke aus, was mir schon wieder Angst machte, doch dann hängte er sie mir beinahe kavaliersmäßig um. Hm, was war das denn jetzt?

„Wollte ich dir schon im Heim sagen, Anna, gestern, und dann im Club, heute Nacht. Dass du da aufgetaucht bist ... Ihr wisst alles, stimmt doch, nich? Ich schwör, ich war dat nich. Ich habbn Job, zahle meiner Ex sogar Unterhalt. Ich bin ein anderer geworden. Echt. Wenn dat rauskommt, kann ich mein neues Leben vergessen."

Uppenkamp schob erneut seinen Geierkopf ins Treppenhaus. „Der eine Kerl geht, der andere kommt, das geht ja zu wie im Taubenschlag! Eine Moral hat die Jugend von heute."

Ich nahm Heiko mit nach oben, wo ich mir erst einmal einen Bademantel überzog. So viel Zeit musste sein. Heiko schaute sogar weg. Die Angst in seinen Augen sagte mir, dass er keine Gefahr für mich war.

„Anna, ich bin in Reso", klagte er schließlich. „In Re-so-zi-a-li-sie-rung." Seine abgehackte Stimme klang wie die auf der Audiodatei. „Der Drache hat mich eingestellt, trotz zwei Jahre Bau, weil sie einen besseren Menschen aus mir machen wollte. Verstehste?"

„Heiko, der Anruf bei Julie Jensen, das warst du, ja?"

„Mit wat im Mund, Nase zuhalten und husten."

Heiko wollte das Husten vormachen, aber ich winkte ab.

„Ich will nich widder innen Knast."

„Du schläfst mit der Hohnsteiner-Bartel, richtig?"

„Fördern und fordern, meint die immer. Verstehste dat?"

„Und was hat die mit den Verbrechen zu tun? Raus damit!"

So wie Heiko jetzt glotzte, musste sein IQ tatsächlich unterirdisch sein. „Nee, nich die. Die Schlachthauer."

Natürlich!

„Die wusste, dass ich den Drachen ficke. Hat sie

mir auf den Kopp zugesagt. Und noch mehr …“ Er zögerte. „Dass ich beim Karten dreschen die Alten schomma ein bissken beschummel, wusste die auch.“

„Und, damit hat sie dich etwa erpresst?“

„Also nee, nich direkt … Ich sollte für die ermitteln.“ Er betonte stolz das *Ermitteln.* „Eine gute Sache. Ob die Alten ihre Wertsachen sicher verwahren. Es würde so viel Kriminelles passieren, hat sie gemeint.“

„Und das hast du ihr geglaubt?“

„Is doch ’ne echte Dame.“ Heiko schien beleidigt. „Habb lange gebraucht, bis ich geschnallt hab, wat da abgeht.“ Das konnte ich mir lebhaft vorstellen. „Ich habb Birnen genommen und so getan, als würd ich an den Lampen rummachen, wenn jemand kam. Manchmal habb ich auch an Heizungen oder Wasserhähnen geschraubt. Schlau, ne?“

Um ihn nicht vollständig zu deprimieren, nickte ich. „Heiko, versteh ich das richtig? Du solltest die Bewohner für die Schlachthauer ausspionieren?“

„Kucken, ob da wat war. Dokumente, Versicherungen, Sparbücher, Aktien, Bares. Habb aber nie wat gestohlen, ehrlich.“ Ich sah ihn scharf an und er fiel völlig in sich zusammen. „Also, nen Fuffi is doch nix, wenn da Tausende in der Wäsche liegen.“

„Und, was hast du noch alles als Lohn für deine Spähdienste kassiert? Hast du doch, so dumm bist du doch auch wieder nicht, oder?“

Heiko strahlte sofort wie ein Honigkuchenpferd.

„Nä, da hasse recht, ich bin doch nicht bekloppt. Nää, ab und zu 'nen Hunni sprang schon dabei raus. Und frei bumsen im Puff, dem *Hausfrauentreff*. Flatrate auf unbestimmte Zeit. Toll wat?"

Ich ersparte mir einen Kommentar und überfiel Heiko mit der wichtigsten Frage, die im Raume stand: „Warum musste Ida Sutthoff sterben?"

„Dat war ich nich, ehrlich. Also, dieser Brief ... Für Else ... Ich habb den gemeldet."

„Wem hast du was *gemeldet*?"

„An deinem ersten Tach, da hat die Sutthoff doch son Brief dabei gehabbt. Habb ich genau gesehen, dass der für die Else war. Stand doch drauf."

„Und das hast du Frau Schlachthauer hinterbracht."

„Wat soll ich der?"

Ich stöhnte auf. „Du hast ihr davon berichtet?"

„Ja klar, und am anderen Tach war die dann tot. Also, die Sutthof."

„Du weißt, was du da sagst? Frau Schlachthauer soll Frau Sutthoff umgebracht haben?"

„Nä, dat habb ich nich gesacht."

„Dann drück dich doch einfach mal präzise aus."

„Ich glaub, dat war ein anderer."

„Und wer bitteschön?"

„Dat verrat ich nich." Wie zur Bestätigung verkrampfte Heiko seine Arme um die Brust, jede weitere Frage dazu abwehrend.

So kamen wir nicht weiter. Ich wechselte daher das Thema.

„Und Paulinchen? War das auch der große Unbekannte? Warum hast du dich bei Paulinchen im Bad versteckt? Und warum war Frau Schlachthauer bei Frau Middendorp?"

„Dat habb ich doch schon dem Kommissar gesacht! Paulinchen wollte Karten spielen. Als ich ankam, war dann die Schlachthauer gerade bei ihr. Boah, die haben sich vielleicht angekeift. Die Schlachthauer hat dat Paulinchen sogar vor Wut die Blutwurstschnitte aus der Hand gehauen, weil dat Paulinchen ungerührt weitergegessen und ihr wortlos die Tür gewiesen hat. Viel verstanden habb ich nich, nur wat von Testament und so, von Alkoholikern und Engeln."

Irgendwie ergab das alles keinen Sinn.

„Die Schlachthauer war total wütend. Und dann hat dat Paulinchen die gestoßen, weil die partout nicht gehen wollte. Da hat die Schlachthauer dat Paulinchen abgewehrt und die ist dann gestürzt. Mehr war da nich. Nur plötzlich überall Blut. Echt übel. Aber dat war nicht gewollt. Die Schlachthauer hat ganz cool Tücher aussen Klo geholt und wollte dat wegmachen. Ich sollte die Wohnung durchsuchen."

„Du hast einfach gemacht, was sie dir gesagt hat?"

„Als ich mich rausschleichen wollte, kamen Else und du um die Flurecke. Da habb ich mich aufs Klo verpisst."

„Warum wurde Herr Middendorp entführt?"

Heiko blinzelte irritiert. „Nee, nich entführt. Dat

war doch nur ein Fake. *Er* wollte das so, das war sein Plan."

„Wessen Plan, rede endlich: Wer ist der Unbekannte, wer ist *er*? Wer ist *Bruno Brutalis*?"

„Wegen der Else. Weil die nicht lockerließ. Schon nach dem ersten Zettel nich. Dann hat er diesen Geist erfunden. Diesen Drohbrief hat er mir am Telefon diktiert. Habb ich gut gemacht, nich?"

Ganz so schlau konnte dieser Brutalis nicht sein – Heiko etwas zu diktieren und dann nicht mal mehr zu kontrollieren.

„Wärst du nich mit den Bullen aufgetaucht, wir hätten der Else das Geld abgenommen und dann angezeigt. Jeder weiß doch, wie bekloppt die is! Der Middendorp war der Lockvogel, der hätte ausgesagt, dass Else ihn ... Der *musste* aussagen. Das mit dem Knebel ..." Er stockte. Dann quetschte er nuschelnd heraus. „Ich konnte doch nicht ahnen, dass dat mit dem Asthma so schlimm ist. Außerdem ..." Er brach erneut ab.

Also war Heiko doch daran schuld, dass Herr Middendorp fast gestorben wäre. Zumindest war er Handlanger gewesen, von wem auch immer.

„Und was ist sonst noch alles schiefgelaufen?", hakte ich weiter nach.

Zwei Minuten später wusste ich, dass *Bruno Brutalis* durch einen Zufall aufgeflogen war. Bisher hatte er, wer immer er auch war, gegenüber allen, mit denen er zu tun hatte, Anonymität gewahrt. Auch als er sich mit Herrn Middendorp und Heiko traf, um die Inszenierung der Entführung zu besprechen, um diese dann Else in die Schuhe zu schieben, trug er Maske und Verkleidung. Doch dann wäre „irgend son Fuzzi ins Zimmer gekommen“, O-Ton Heiko, der angeblich *mich* gesucht hätte. Heiko kannte ihn nicht, konnte ihn nicht einmal beschreiben, weil alles so schnell gegangen war. Jedenfalls, als der Unbekannte in den Raum trat, hatte Heiko sich selbst und auch diesem *Bruno Brutalis* vor Schreck reflexhaft die Maske heruntergezogen. Und bevor sich alle von dem Schreck erholt hatten, war der „Fuzzi“ schon wieder weggewesen. Ihm hinterherzulaufen ging nicht, sie hatten sich um Herrn Middendorp kümmern müssen.

Und Heiko hatte das verbockt.

„Anna, dat war doch richtig, nich?“, versuchte er, sich zu rechtfertigen. „Dat wär ja blöd gewesen, wir haben ja kein Karneval. Der Fuzzi hätte bestimmt blöde Fragen gestellt. Aber so hat der nix gemerkt. Schlau nich?“

„Nicht wirklich Heiko. Denn dadurch weißt du, wer *Bruno Brutalis* ist. Das hat dem doch bestimmt nicht gefallen.“

Angesichts meiner messerscharfen Schlussfolgerung guckte Heiko wie am Boden zerstört. Doch das Problem war eher, dass auch Herr Middendorp *Bruno Brutalis’* Gesicht gesehen hatte. Der ominöse Bruno, so Heiko, hätte Herrn Middendorp zwar daraufhin als Schweigegeld die „Knete“ seiner Tante angeboten, wenn er das Spiel mit Else mitspielen würde, aber Herr Middendorp wusste nun trotzdem etwas, was *Bruno Brutalis* auf Dauer gefährlich werden konnte. Wenn Herr Middendorp aus dem Koma aufwachte – würde er dann reden? Schließlich hatte er beinahe sein Leben verloren. Nahtod-Erfahrungen verändern Menschen.

Der große unbekannte Mörder würde das nicht riskieren, Herr Middendorp war in Lebensgefahr! Und dieser Fremde auch, den Heiko nur den „Fuzzi“ nannte.

„Heiko, jetzt mal Butter bei die Fische“, forderte ich ihn in einem Jargon auf, den ich für ihn angemessen hielt. „Mach reinen Tisch, schwing deinen Hintern hoch und geh zur Polizei! Wenn du dich stellst, lege ich auch ein gutes Wort für dich ein.“

Glaubte ich, was ich da sagte?

„Ich sage nix“, wimmerte Heiko. „Der ist so brutal wie sein Name. Du musst mir helfen. Irgendwie.“

„Und wie stellst du dir das vor?“

„Du bist doch der gute Engel vom *Fröhlich Abendschein.* Und Engel können Wunder vollbringen, ist doch so, nich?“

„Mensch Heiko, das mit dem Engel ist eine Metapher.“

„Wat is dat?“

„Ein Vergleich, Bild, ein Gleichnis …“

„Sach ich doch, wie die Engel inne Bibel.“

„Heiko, pass auf: Ich bin auch nur ein Mensch aus Fleisch und Blut. Oder siehst du an mir Flügel? Entweder du redest oder …“

„Oder wat?“

„Du musst jetzt alles sagen, sonst …“

„Oder wat, hab ich gesacht!“

„Sonst gehe ich zur Polizei!“

„Nä, dat machse nich, du nich. Ich geh nich widder innen Knast.“

Sein Ton gefiel mir gar nicht. Ich griff zum Smartphone.

Er stand schlagartig auf. „Keine Polizei!“ Das war noch eine Spur aggressiver. Langsam kam er auf mich zu.

Bonanza. Kevin. Mein Retter!

Bevor Heiko mich erreichte, konnte ich gerade noch die grüne Taste drücken. „Kevin“, sprudelte ich los. „Der Heiko ist bei mir! Du weißt schon …“

Heiko packte mich am Handgelenk und schüttelte es kräftig. „Ist das der Polizist? Lass das Handy los!“

„Aua, lass das … Kevin, schnell“, schrie ich und ließ vor Schmerzen das Gerät fallen.

Heiko wollte loslaufen, doch ich stellte ihm ein Bein. Als ich nun selbst versuchte zu fliehen, stolperte ich über Heiko und fiel ebenfalls hin, mit dem Ohr direkt neben mein Smartphone, das ich wieder greifen wollte. Doch Heiko erwischte mich am Fuß und zerrte an mir herum.

„Kevin“ schrie ich. „Hilfe, bitte, komm schnell!“

Aber was konnte er schon ausrichten? Er war ja nur am anderen Ende der Leitung, weit weg von hier.

„Anna, halt durch", klang Kevins Stimme aus der Ferne.

Heiko rappelte sich hoch, meinen Fuß fest im Griff, und kickte das Handy unter Omas Sofa. Dann setzte er sich auf mich.

„Anna, ich bin sofort da!"

Sofort? Und wieso nahm ich Kevin plötzlich so laut wahr? In Todesangst, schoss es mir in den Kopf, hört man ja angeblich Stimmen, oder? Aus dem Smartphone unterm Sofa kamen Kevins Rufe jedenfalls nicht.

„Anna, ich bin da!"

Eine Millisekunde später donnerte meine Wohnungstür in den Raum und im kaputten, staubgeschwängerten Türrahmen erkannte ich schemenhaft eine Gestalt mit einer Waffe im Anschlag. Und dann krachte ein Schuss.

Jemand streichelte sanft mein Gesicht. Es sollte nicht mehr aufhören.

„Anna, Anna … Alles in Ordnung?" Als ich versuchsweise blinzelte, wo ich war, blickte ich in gefühlvolle dunkelbraune Augen. „Keine Angst, Anna, Heiko ist außer Gefecht. Du brauchst keine Angst mehr zu haben."

Kevin duzte mich und es war mir egal. Mit einem einzigen Tritt hatte er meine Wohnungstür zertrümmert! Die Reparatur würde Unsummen kosten. Sollte ich das gut finden? Ja, schließlich hatte er mich gerettet.

Wo die Kugel in die Wand eingeschlagen war, platzte der Putz ab. Am Heizkörper entdeckte ich Heiko, eine Hand mit Handschellen am Rohr festgemacht. Mit der anderen rieb er sich eine blutige Beule am Kopf, deren Anblick mir auf drei Meter Entfernung noch wehtat.

„Gefahr in Verzug", sagte Kevin ohne eine Spur von Stress. „Was machst du für Sachen?" Er strich mir eine Haarsträhne hinters Ohr. Schön!

„Wieso sind Sie … wieso bist du … hier?"

„Du hast mir eine Nachricht geschickt. Weißt du das nicht mehr?" Er drückte mir mein Smartphone in die Hand. Es schien nicht gelitten zu haben.

Natürlich, meine Nachricht! Heute Nacht sollte er zu meiner Sicherheit zum *Hausfrauen-Sex-Treff* kommen.

Aber nicht heute Morgen meine Wohnung ruinieren.

Dafür strich er mir wieder übers Haar. Immer noch schön. Warum kraulte er mir nicht auch noch den Nacken? Ich hätte nichts, aber auch gar nicht dagegen.

„Anna, du solltest doch nichts mehr in diesem Fall unternehmen. Ich hatte dich und Else gebeten …"

Jetzt war der richtige Moment. Glaubte ich wenigstens. Aber wann sonst? „Kevin, hast du das damals wirklich gesagt, das mit der Novizin und dem Welpenschutz?"

Er guckte mich verständnislos an, was meine Frage sofort beantwortete. Ich hätte sie wohl besser nicht gestellt. Denn sein Blick wechselte nun ins Fürsorgliche. „Geht es dir wirklich gut, Anna? Soll ich vielleicht doch einen Krankenwagen rufen?"

„Nein, nein, ist nicht so wichtig."

„Ich habe deine Nachricht erst heute früh gelesen."

Und ich dachte, Polizisten wären immer im Dienst.

„Nachdem ich aufgestanden bin. Ich bin sofort zu diesem Sexclub, aber da warst du nicht. Deshalb bin ich dann hierhin. Als ich ankam, habe ich den da", er zeigte auf den ramponierten Heiko, „beobachtet, wie er gerade ins Haus ging, darauf konnte ich mir keinen Reim machen. Dann ist mir dieser Friedhofsgärtner in die Arme gelaufen und hat mich aufgehalten. Hat wirres Zeug erzählt, von einem Lockenkopf, in der Residenz, an der Grabstelle von Frau Schlachthauer. Schließlich war da dein Vermieter. Hat endlos meinen Dienstausweis geprüft, dich als Flittchen bezeichnet und von einem Gangbang bei dir gefaselt."

Woher kannte Herr Uppenkamp denn so was?

Hm, problematischer war, dass Kevin mich zugleich prüfend wie amüsiert ansah. Automatisch zog ich den Gürtel meines Bademantels enger. „Kevin, es ist nicht so, wie du denkst. Ich weiß nicht einmal, was ein *Gangbang* ist."

„Natürlich nicht."

Verdammt, wieso hatte ich dazu überhaupt etwas gesagt? Ich musste dringend das Thema wechseln. „Kevin, Heiko hat gestanden. Er ist ein Mittäter."

„Das passt", sagte Kevin, als ich fertig erzählt hatte. „Die Stimmvergleichsanalyse liegt seit heute Morgen vor. Vermutlich werden wir bei einer Hausdurchsuchung bei Herrn Quakernack auch die Schreibmaschine finden, auf der er den Drohbrief geschrieben hat." Er sah zu Heiko hinüber, ob der reagierte. Aber der grunzte nur etwas Unverständliches.

„Der *Hausfrauen-Sex-Treff* läuft übrigens auf den Namen von Margarete Schlachthauer." Kevin näherte sich Heiko. „Wollen Sie nicht endlich auspacken?"

Der spuckte vor Kevin aus. „Ich verrate nix, nur gegen Kronzeugenrabatt. Und Zeugenschutzprogramm. Schöne Wohnung, nie mehr arbeiten und 'ne dicke Rente." Er befingerte erneut seine Beule und zielte dann mit einem blutigen Finger in unsere Richtung. „Dat is unterlassene Hilfeleistung."

Kevin gab auf, setzte sich zu mir auf Omas Sofa und legte erschöpft sein Holster neben sich ab. Dann griff er zum Handy. „Ich rufe jetzt einen Notarzt, aber dann rücken Sie endlich mit allem raus!" Dieses Angebot war wohl nicht wirklich attraktiv, denn Heiko schwieg eisern. Der würde nie reden.

Was würde Else jetzt tun? Blitzschnell griff ich nach Kevins Holster, zog die Waffe heraus, sprang auf Heiko zu und hielt ihm den Lauf in den Schritt. „Wer ist *Bruno Brutalis*? Red endlich! Glaub mir,

Heiko, ich schieß dir die Eier weg und das würde mir auch noch richtig Spaß machen!"

Ging doch, Heiko fand seine Sprache wieder. „Nich Anna, bitte nich, dat kannste nich machen", flehte er wimmernd. „Alles kannste mir von mir aus wegschießen, aber nich da unten …"

„Nee, nur deine Eier, dein Kopp ist sowieso zu nichts zu gebrauchen", legte ich noch einen drauf. „Viel zu blöd für 'ne Kugel."

„Anna, bitte, bitte, ich sag auch niemals mehr Süße zu dir", bettelte Heiko. „Hauptsache, meine Ei…"

Wie armselig. Er fürchtete nicht mal um sein Leben, sondern nur um das, worüber er es definierte. Was für ein lächerliches Würstchen.

„Auch nicht mehr Schätzchen oder Bienchen?", hakte ich nach und führte den Pistolenlauf immer näher an Heikos bestes Stück, um ihn weiter zu peinigen.

Er kam nicht mehr dazu zu antworten. Kevin, der sich die Szene eine Weile angeschaut hatte, bewegte sich langsam zu mir herüber. „Anna, was machst du da? Lass gut sein", sagte er bedächtig.

„Ja, ja, Herr Kommissar, retten Sie mich vor der da. Schnell! Die ist irre." Heiko schöpfte Hoffnung.

Kevin sagte nichts darauf. Er stand nun hinter mir, griff um mich herum, umklammerte meine zitternden Arme und drückte sie samt Pistole ganz langsam nach unten. Ich roch sein Aftershave. Ein holzigmännlicher Duft mit einer leicht orientalischen, frischen Komponente. Seine Locken kitzelten meinen Nacken. Ich wünschte, er würde mich nie wieder loslassen.

Tat er aber. Und nahm mir die Waffe ab. Und sagte: „Anna, du hast sie nicht entsichert." Er lächelte. „Zum Glück."

Heiko lachte hysterisch auf. Offenbar seine Art sich zu entspannen.

Nicht entsichert. Wie peinlich! Ich wollte im Boden versinken, doch es kam etwas dazwischen.

„Sie sollten sich was schämen", keifte es von der Tür herüber. Dort pochte Herr Uppenkamp mit seiner Prothese gegen den kaputten Rahmen, sodass noch mehr Putz abbröckelte. Er hinkte auf uns zu und fuchtelte wild mit seinen Armen herum. „Die Jugend von heute. Nur Drogen, Sex, Twitter und anderen Schweinkram im Kopp. Zu meiner Zeit … Sie sind gekündigt! Den Schaden zahlen Sie natürlich!"

Die ständigen Kündigungsorgien gingen mir mittlerweile auf den Geist. Beleidigen ließ ich mich erst recht nicht. Ich lief auf Uppenkamp zu. „Wenn's sonst nichts ist, Sie … Sie …"

So aufgebracht, wie ich war, hätte ich dem Uppenkamp eine geknallt, doch Kevin stoppte mich. „Wenn Sie nicht sofort gehen, hängen Sie gleich ebenfalls an der Heizung. Sie behindern polizeiliche Ermittlungen."

Stark, dachte ich, das war besser als jede Ohrfeige.

Mein Vermieter zog empört ab. Und ich rief Else an. Schließlich musste sie erfahren, dass ich den Fall gelöst hatte. Okay, nicht ganz, doch immerhin. Es meldete sich nur die Mailbox. Wieder einmal der Akku leer? Irgendwie hatte ich ein komisches Gefühl. Darüber musste ich sofort mit Kevin sprechen. „Else sitzt am Krankenbett von Herrn Middendorp. Und der weiß, wer *Bruno Brutalis* ist."

„Mach dir keine Sorgen, Anna, ich habe doch schon gestern für Herrn Middendorp Personenschutz beantragt."

„Und wie ist Else in das Zimmer gekommen?", fragte ich. „Heute Nacht hatte sie jedenfalls keine Probleme."

Bonanza erklang. Else, bestimmt!

Verdammt, sie war das nicht. Auch Kevin hatte *Bonanza* als Klingelton. Schon immer? Egal. Das musste auf jeden Fall ein Zeichen sein.

Ich verzog das Gesicht zu einem Lächeln, doch dann sah ich Kevins besorgte Miene.

Es drückte mich in den Sitz, als ob ich mit einer Rakete startete. Kevin holte aus seinem Golf heraus, was herauszuholen war. Er überfuhr massenweise rote Ampeln und kürzte einmal sogar unseren Weg über einen Bürgersteig ab. Wenn ich mir Kevins Lockenpracht wegdachte, sah er plötzlich nicht mehr aus wie Steve McGarrett, sondern eher wie Til Schweiger. Ich war mir nicht sicher, ob ich das gut fand.

Heiko hatten wir an der Heizung zurückgelassen. Um ihn würde sich die Lippeneutruper Wache kümmern. Ein paar Mal hatte er noch gegrunzt und wiederholt darauf bestanden, Strafrabatt zu bekommen, wie er es ausdrückte, wenn er uns *Bruno Brutalis* ans Messer liefere. Kevin hatte ihm selbstverständlich nichts zugesichert. Weil nämlich solche Deals im richtigen Leben nur Staatsanwälte oder Richter machen dürfen, und weil Kevin nicht einer dieser arroganten Kinokommissare war, die sich über Recht und Gesetz stellten und ganz nebenbei Verbrechern was versprachen, was sie nicht halten konnten.

Wenig später ließ Kevin vor dem Haupteingang des Krankenhauses die Bremsen kreischen. Die Raucher vor dem Portal schimpften hinter uns her. Was wollten die eigentlich? Til Schweiger wäre direkt durchs Glasportal gescheppert.

Die Station lag im sechsten Stock.

Kein Fahrstuhl kam. Wieder einmal typisch! Bevor wir die Treppen nahmen, riss ich mir die Stöckelschuhe von den Füßen. Bald darauf landeten wir keuchend – okay, ich keuchte, Kevin schwitzte nicht mal – auf der Inneren. Herr Middendorps Zimmer lag etwas versteckt ganz am Ende des verwinkelten Flurs.

Vor der Tür saß ein Polizist, der Schmerbauch von der Wache. Während er genussvoll in ein Brot biss, las er Zeitung. Unterm Stuhl hatte er einen Pappbecher stehen.

„Ist Frau Erpenbeck hier?“, kam ich Kevin zuvor.

„Sehen Sie hier jemanden, junge Frau?" Der Schmerbauch drehte sich nach allen Seiten um.

Frechheit!

„Ich bin erst seit zwanzig Minuten hier. Computer war abgestürzt. Konnte die Anweisung erst vor einer Stunde lesen", prustete er Brotkrümel und Blutwurststückchen durch die Gegend.

Genau das hatte Kevin vorhin am Telefon erfahren. Und dass etwas mit Herrn Middendorp nicht stimmte.

„Was genau ist mit Herrn Middendorp?" Kevins Stimme klang mehr als nachdrücklich.

Der Schmerbauch zuckte mit den Schultern. „Deshalb hatte ich ja angerufen. Ins Zimmer durfte ich nicht, weil da Ärzte drin sind."

Entschlossen drückte ich die Tür zum Krankenzimmer auf. Drinnen fuhren wie auf Kommando ein halbes Dutzend hellgrün gekleidete Gestalten mit Mundschutz herum und starrten mich an. „Wo ist Else?", schrie ich.

„Anna, bitte!" Kevin zog mich aus dem Zimmer.

Ein Arzt kam zu uns heraus. „Was soll das?"

Kevin zeigte ihm seinen Ausweis. „Was ist mit dem Patienten?"

„Alle seine Werte waren gut, er war bereits gestern Abend wieder bei Bewusstsein. Für die Nacht hatten wir ihm Beruhigungsmittel gegeben."

„Wann kann ich mit ihm sprechen?"

Der Arzt schüttelte den Kopf. „Wir haben alles

versucht." Er zog etwas aus seiner Kitteltasche. „Das haben wir neben dem Bett gefunden."

Es war Elses Elektroschocker.

Kevin rief die Kollegen von der Kriminalbereitschaft in Münster an, dann nahm er mich in den Arm. Eine Schwester kam aus dem Wachzimmer. „Die Mutter hat die ganze Nacht bei ihm gesessen. Die Arme."

Das konnte nur Else gewesen sein. Ich löste mich von Kevin, wischte mir meine Tränen aus den Augen und fragte. „Wo ist … diese *Mutter* jetzt?"

„Ich weiß nicht. Sie wollte auf jeden Fall da sein, wenn er aufwacht. Sie hat sich nicht gut mit ihm verstanden, hatte Streit mit ihm, hat sie mir erzählt, sie wollte sich mit ihm aussprechen. Ich hab sie schon überall gesucht. Ist das nicht alles schrecklich?"

„Wann haben Sie sie zuletzt gesehen?" Kevin übernahm.

„Heute früh ist sie auf der Toilette gewesen. Als sie zurückkam, habe ich ihr etwas gegen ihre Blasenschwäche empfohlen, dann ist sie wieder zu ihrem Sohn."

„Haben Sie überhaupt bemerkt, dass sie gegangen ist?", fragte ich.

„Nein, das Krankenhaus ist in diesem Teil durch die Anbauten und den Flur mit seinen vielen Ecken kaum überschaubar. Sehen Sie, dort, hinter der Nische da, da ist eine Hintertreppe."

„Sie müssen doch etwas gesehen haben."

„Ich bin nicht dazu da, auf unsere Besucher zu achten“, schien sie nun beleidigt. „Ich habe schließlich noch was anderes zu tun.“

„Sie haben auch keine weiteren Personen ins Zimmer gehen sehen?“, fragte Kevin trotzdem nach.

„Hab ich mich nicht deutlich genug ausgedrückt? Hier ist immer die Hölle los, und unterbesetzt sind wir auch. Ich muss jetzt auch … “ Sie wollte sich schon abwenden, als ihr noch etwas einfiel. „Es war eine neue Pflegekraft auf der Station, die kannte ich nicht.“

„Ja, und?“, drängte ich.

„Die ist ins Zimmer gegangen, genau, als die Mutter auf der Toilette war. Ich hab mich noch gefragt, wo die jetzt herkommt. Aber wir können eben jede Kraft gebrauchen.“

„Beschreibung?“, fragte Kevin. „Mann oder Frau?“

„Ich weiß nicht … Ich hab … Aber wohl eher ein Mann, also glaub ich … Ich hab nur flüchtig hingesehen.“

„Jemand mit Locken?“

„Das ging alles so schnell. Kräftige Statur, knapp eins siebzig groß. Auf dem Kopf wenig Haare in der Mitte, glaube ich.“

„Das kann nicht sein“, keifte ich die Frau an. Denn *Bruno Brutalis* war ja etwa eins achtzig groß.

Ich resignierte schon, als die Schwester doch noch etwas sagte: „Hm, warten Sie, das war schon alles etwas seltsam. Als nämlich die Pflegekraft wieder aus dem Zimmer kam, da war dieser Wäschesack auf der Schulter. Der schien ziemlich schwer. Außerdem stehen die Wäschecontainer woanders, da nimmt man nicht die Hintertreppe."

Kevin packte sie am Arm. „Zeigen Sie mir sofort den Dienstplan Ihrer Pflegekräfte." Es dauerte nur zwei Minuten, bis Kevin zurückkam und mich informierte. „Auf der Station war heute kein zusätzliches Personal eingeteilt."

Kevin ergriff meine Hände. „Anna, Else weiß sich zu helfen, du kennst sie doch", versuchte er mich zu trösten.

Nach einer gefühlten Unendlichkeit trafen Spurensicherung und andere Kollegen von Kevin ein. Sie überlegten, ob sie eine Fahndung nach dem Unbekannten herausgeben sollten, verzichteten aber darauf, da sie kaum Personenmerkmale hatten. Nach Else wurde per Vermisstenmeldung gesucht. Meine schlimmsten Albträume waren wahr geworden.

Ich war hundemüde und setzte mich in einem Wartebereich in eine dieser typisch abgewetzten Plastikhartschalen. Um mich wenigstens etwas abzulenken, fixierte ich die Wand gegenüber mit einem übergroßen Wasserfarbendruck einer einsamen Heide- und Moorlandschaft: lilafarbenes Heidekraut, spätblühende Traubenkirschen, wuchernde Brombeerbüsche, im Hintergrund ein Birkenwäldchen.

Ich schloss die Augen und spürte das Bedürfnis,

Kevin bei mir zu haben. Wie er die Hand in die meine nehmen, seinen Arm um meine Schulter legen, mich aufrichten würde. Für einen Moment bildete ich mir ein, er zöge mich zu sich herüber, um mich zu küssen. Ich war mir sicher, dass ich es zugelassen hätte.

Das Plastik in meinem Rücken quälte mich. Bedächtig massierte ich mir die geschwollenen Füße. Als ich aufsah, stand Kevin vor mir. Wie gebannt starrte er auf meine Füße. Eine gefühlte Ewigkeit. Schließlich fragte er: „Als du bei Herrn Jagielski warst, Anna, hast du da auch Pumps getragen?"

„Habt ihr etwas herausbekommen? Wo ist Else?"

„Anna, was genau hat Herr Jagielski zur Größe seines Erpressers gesagt?"

„Hab ich doch schon gesagt. Etwa so groß wie ich."

„Du bist etwas über eins siebzig, nur mit Pumps größer."

„Ja – aber …" Dann verstand ich.

IQ-mäßig rangierte ich ab sofort unter Heiko. Und das sollte etwas heißen. Zum Glück lenkte mich mein Smartphone ab. Eine Nachricht von Else. Sie lebte!

Anna, ich bin total müde und nach Hause gegangen. Ich habe Herzklabaster, wie so oft, wenn ich mich aufrege. Dieses Mal ist es besonders schlimm. Es geht zu Ende. Tut mir leid, was geschehen ist, aber ich konnte nicht anders. Herr Middendorp war ein Kotzbrocken. Als er aufgewacht ist, hat er sich gebrüstet, Bruno Brutalis *zu sein, Ida Sutthoff ermordet und seine Entführung selbst inszeniert zu haben, wie von mir vermutet. Er hat gemeint, mir würde sowieso niemand glauben. Ich bin so wütend geworden. Ich habe ihn mit dem Elektroschocker außer Gefecht gesetzt und ihm dann Luft gespritzt. Das war im Affekt, aber das entschuldigt es nicht. Ich hab so ein schlechtes Gewissen. Der Herzklabaster ist nun die Strafe! Kommst du vorbei, Anna-Kindken, bitte, ich möchte dich noch ein letztes Mal sehen!*

„Kevin, du musst sofort das SEK benachrichtigen", befahl ich, als wir erneut wie die Verrückten durch die Stadt rasten. Warum gab es um Lippeneutrup herum noch keine Umgehungsstraße? Klar, wegen der Umwelt, der Lippeauen, dem Moor und der Heide. Eigentlich ja gut, aber jetzt?!

Ich bedrängte ihn weiter. „Kevin, bitte! *Bruno Brutalis* ist raffinierter als wir alle glauben. Die Schuld an allem wird Herrn Middendorp zugeschoben und Else steht als Rächerin da, die an Herzversagen stirbt."

Für meine Theorie hatte ich gute Gründe. Eine so lange Nachricht von Else – total unglaubwürdig. Außerdem hatte sie mich noch nie *Anna-Kindken* genannt. Entweder *Kindken* oder Anna, Zwischentöne gab es bei Else nicht. Und dass sie die Eierbirne *Herrn Middendorp* nannte? Noch etwas machte mich stutzig: Else und Herzklabaster – niemals! Bestimmt hatte sie die Nachricht unter Zwang schreiben müssen und darin nur für mich verständliche Botschaften versteckt.

Aber wieso wurde die Nachricht überhaupt verschickt? Wenn jemand Else ermorden wollte, könnte dieser Jemand doch einfach einen gefakten Abschiedsbrief hinterlassen. Warum stand da, dass Else mich sehen will? Wie ein Blitz durchfuhr es mich, vom Kopf bis in die linke kleine Zehe: *Bruno Brutalis* wollte auch mich töten. Dabei wusste ich doch gar nichts. Nicht wirklich wenigstens.

Aber das konnte er nicht wissen. Genauso wenig, dass ich nun Kevin an meiner Seite wusste.

Vor uns blinkte ein Meer aus Bremsleuchten durch den diesigen Tag. Stau. Also, wir waren der Stau, also Kevins Wagen. Das hatte gerade noch gefehlt. Drei Trecker und ein Güllewagen waren aus allen vier Richtungen auf eine kleine Kreuzung zugefahren und hatten sich hoffnungslos ineinander verkeilt. Die Bauern diskutierten in aller Seelenruhe, wer denn wohl als Erster, wer als Zweiter, wer als Dritter Vorfahrt gehabt *hätte*. Betonung auf hätte. Niemand gab nach, niemand setzte zurück.

Ausweichen über den Bürgersteig ging dieses Mal nicht, Betonpfeiler und eine Straßenlaterne versperrten den Weg. Wenden war sinnlos, weil nur diese Straße aus Lippeneutrup heraus zur Residenz führte. Alles andere wäre ein Riesenumweg. Kevin stieg aus und sprach die Bauern an. Else würde denen jetzt

„Pfeffer in den Arsch jagen", aber bei Kevin dauerte es und dauerte. Klar, Lippeneutruper Bauern konnten so was von stur sein.

Es musste unbedingt jemand nach Else sehen. Das Alien! Obwohl ich Bedenken hatte, rief ich sie an. Schließlich ging es um einen angekündigten Mord. Blöd, sie war nicht da. Vermutlich ein Termin bei der Maniküre oder sie war zur Fußpflege. Aber das kam ja praktisch aufs Gleiche raus.

Die Telefonzentrale vom *Fröhlich Abendschein* meldete sich auch nicht. Mittagszeit. Wenigstens die Rufumleitung auf ein Stationszimmer war eingeschaltet, ich hörte es am Ton. Endlich nahm jemand ab. Aurica!

„Anna, geht es dir gut? Ich …"

Irgendetwas war in Auricas Stimme.

„Ist was Aurica?"

„Nein, nur …"

„Aurica, du musst sofort …"

„Es geht um Frau Erpenbeck, ja?"

Schwang in ihrer Stimme etwa Angst mit?

„Anna, Else ist gefunden worden. Völlig verstört. Ich bin zu spät zum Dienst gekommen und habe Adam getroffen. Mit Else. Adam hat mich angeschrien wegen meiner Verspätung. Weißt du, ich hab verschlafen und da … Können wir nicht mal reden? Ich muss dir … Ach, nicht so wichtig."

„Aurica, hast du mit Else gesprochen?"

„Nein, sie wirkte schwach, orientierungslos, wie

betäubt, als ich dazu kam. Adam hat sie in einem fürchterlichen Zustand in der Personalgarage gefunden. Er meinte, es ginge ihr wohl zu Herzen, was gestern mit Herrn Middendorp passiert ist. Sie hat wirres Zeug erzählt, dass sie … Ich weiß nicht, Adam sagt, sie hat gesagt, sie habe Herrn Middendorp umgebracht … Anna, ist das wahr?“

Nein, nein, nein. Was erzählte Aurica da nur?

„Adam meint, Else habe ernsthafte Herzrhythmusstörungen. Er ist aber bei ihr, mach dir keine Sorgen.“

„Stell mich zu Adam durch!“

Es tutete und tutete. Irgendwann nahm Adam ab.

„Anna?“

„Was ist mit Else?“

„Doktor Weise ist auswärts auf Hausbesuchen. Aber er kommt so schnell wie möglich. Was meinst du, soll ich Else schon einmal etwas zur Stärkung geben?“

„Nein!“ Ich atmete tief durch. „Ja … nein … vielleicht … Adam, eigentlich darfst du das gar nicht.“

„Soll ich Else etwa sterben lassen?“

„Nein, natürlich nicht. Schau, was du irgend für Else tun kannst. Ich rufe den Notarzt vom Krankenhaus an.“

Als die Kreuzung endlich geräumt war und Kevin lospreschen konnte, erzählte ich ihm in Kürze von Else und Adam.

Er machte ein ernstes Gesicht. Kurze Zeit später wusste ich, dass Adam auch einer der Reso-Fälle des Aliens war. Adam war Trickbetrüger gewesen, aus einer Familie stammend, die sich schon seit ewigen Zeiten dem Betrug verschrieben hatte. Als er mit seinen Machenschaften noch Erfolg hatte, war Adam im ganzen Land herumgekommen und hatte auf großem Fuß gelebt. Weil er aber mit der Zeit zu gierig geworden war, hatte man ihn erwischt. Wegen guter Führung kam er nach drei Jahren Haft frei, seine hohen Schulden blieben. Außerdem war er spielsüchtig.

Ich überlegte. Adam hatte also Geldprobleme. Und Adam war knapp eins siebzig.

Kevin versuchte mich zu beruhigen. „Mach dir keine Sorgen, die Kollegen haben auch Adam überprüft. Weil er Frau Sutthoff gefunden hat. Am Abend war er mit der Pflegerin Aurica zwar noch gemeinsam bei ihr, drei Stunden später dann aber zum mutmaßlichen Todeszeitpunkt mit Aurica länger bei einem anderen Bewohner. Ein Notfall. Aurica hat das Gleiche ausgesagt."

„Bezeugen kann doch jeder immer alles."

Wieso sagte ich das? Aurica war eine hilfsbereite, liebe Person, warum sollte sie die Unwahrheit sagen?

„Anna, Adams Bewährungshelfer hat in den höchsten Tönen von ihm geschwärmt. Er hatte während der Haftzeit eine Pflegeausbildung begonnen und sich vorbildlich entwickelt."

„Und warum? Weil er mit alten Menschen seine Tricks und Betrügereien leichter durchziehen kann!"

„Anna, keine voreiligen Schlüsse. Dieser Adam ist mir bei meinen Nachforschungen niemals aufgefallen."

Vielleicht hatte Kevin ja recht und ich machte mir völlig unnötig Sorgen. Denn Adam hatte ja keinen Lockenkopf.

Ich versuchte erneut Aurica zu erreichen. Sie durfte auf keinen Fall nach Else sehen. Egal ob Adam oder … Sie war in Gefahr. Rita nahm ab. Sie wusste nicht, wo Aurica war.

„Pieps sie an!"

„Ich glaube nicht, dass du mir Anweisungen geben kannst."

„Rita, es geht um Leben und Tod."

„Ja, ja, das sagen hier immer alle. Und recht haben sie."

„Rita, du musst mir helfen."

„Ich dachte, du kommst alleine klar. Deine Worte."

„Rita, neben mir sitzt Herr Kubitza, der Kommissar. Er kann dir bestätigen, dass es wichtig ist …"

„Klasse, der soll mal ganz schnell kommen. Seine Oma ist nämlich schon wieder ausgebüchst und ich muss sie jetzt einfangen. Sonst krieg ich noch Ärger wegen Verletzung der Aufsichtspflicht." Sie legte einfach auf.

Klar, wenn die Infotheke nicht besetzt war, kümmerte sich eine Pflegekraft um die Videoüberwachung. Rita hatte Frau Kubitza bestimmt auf ihrem Bildschirm entdeckt. Verdammt noch mal, ich könnte mir in den Hintern beißen – die Überwachungskameras! „Für den Notfall", hatte Else gesagt.

Wenn das hier kein Notfall war! Ich rief auf meinem Smartphone eine der speziellen Apps auf, die sie mir installiert hatte. Wieso dauerte das so lange? Und wie war noch mal der Authentifizierungscode? Endlich!

Verdammt, die Verbindung brach wieder zusammen.

Wir fuhren bereits am Haupteingang des Waldfriedhofs und an der Friedhofsgärtnerei vorbei. Draußen arrangierte eine Angestellte Blumentöpfe und Friedhofsgestecke, manche sogar mit Orchideen … Sie hatte krauses Haar.

Adam hatte ebenfalls krauses Haar. Scheiße!

Kraushaare waren doch auch Locken … Und hatte Herr Köttelhön junior nicht etwas von wenigen Haaren gesagt?

Kevin meinte: „Ich weiß nicht, es gibt so viele Menschen mit Kraushaaren."

„Aber nicht, wenn sie wegen Betrug im Gefängnis gesessen und nicht mehr so viele Haare haben, so eine Tonsur, und etwa eins siebzig groß sind."

Bonanza erklang. Wir griffen beide zum Handy.

Als Kevin auflegte, glaubte auch er an meine Theorie. Seine Behörde hatte angerufen. „Sie haben von Ida Sutthoffs Brief nun doch einiges entziffern können. Mit einer neuen Methode“, sagte er. „Ein paar Worte nur, aber: *Adam … A… Alibi … ist … bös… A… bedroht mich …*“

„Kevin, er ist bei Else!“, schrie ich.

„Kein Richter würde den Brief als Beweis ansehen. Aus den Textbrocken kann man alles Mögliche herauslesen.“

„Und ich habe Adam auch noch einen Vorwand gegeben, Else etwas zu spritzen“, stöhnte ich.

Kevin griff zum Handy. „Kubitza hier“, bellte er ins Gerät. „Ich brauche das SEK. Sofort! Im Altenheim!“, brüllte er. „Nein, das ist kein Scherz!“

Als Kevin vor dem *Fröhlich Abendschein* stoppte, hatte ich endlich mit Elses Überwachungs-App Verbindung. Sechs verschiedene Kameras, stellte ich fest.

Ich tippte alle nacheinander an. Immer nur Schwärze. Klar, abgeschaltet, zerstört oder verdeckt. Nein, eine Kamera sendete ein Bild. „Elses Schlafzimmer“, erkannte ich. Diese Kamera musste *Bruno Brutalis* übersehen haben.

Kevin rückte weiter an mich heran, sodass wir Kopf an Kopf das Bild auf dem kleinen Bildschirm betrachten konnten. Die Kamera musste über der Tür hängen oder im Türrahmen versteckt sein. Wir sahen ein modernes Hightech-Bett, das mit allen Raffinessen ausgestattet war. Davor eine Gestalt, mit dem Rücken zur Kamera. Ein Mann mit krausen Haaren und einer kleinen Tonsur. Warum hatte ich nur kein Tablet wie Else, auf dem kleinen Display des Smartphones konnte ich nur bedingt etwas erkennen. Doch, Else lag reglos in ihrem Bett. Schon tot oder nur sediert?

Warum trug Adam keine Maske? Das war doch Adam? War er sich seiner Sache so sicher, dass er darauf verzichtete?

Ich klammerte mich an Kevin, er legte seinen Arm um meine Schulter. Warum hörten wir nichts, hatte Else keine Mikrofone eingebaut? Jetzt griff die Gestalt zu einer Spritze und zog etwas auf. Ich konnte nicht erkennen, was es war, aber bestimmt war es ein tödlicher Cocktail.

Ich riss die Autotür auf, streifte mir die Pumps von den Füßen, warf sie im hohen Bogen von mir und sprintete los. Kevin hinter mir her. Ganz langsam, viel zu langsam öffneten sich die beiden Glashälften des automatischen Eingangs, als wir davorstanden. Hinter uns glitten sie wieder zu, bis die Gummidichtungen auch den letzten Spalt versiegelten.

Ich stierte auf die Glastür.

Wieso interessierte mich das jetzt so?

Draußen fuhr ein Streifenwagen vor. Wieder öffnete sich die Tür, erneut in Zeitlupe und wie von Geisterhand gesteuert. Jetzt wusste ich, was zu tun war!

Während Kevin mit seinen Kollegen zu den Fahrstühlen eilte, blieb ich stehen und suchte nach einer ganz besonderen App. Endlich fand ich die Anwendung, fuhr über einen bestimmten Button und schaltete zurück auf Elses Schlafzimmer-Kamera.

„Anna, wo bleibst du?", rief Kevin. „Schnell!"

„Ich löse unser Problem", schrie ich. Das dachte ich wenigstens. Hatte ich was falsch gemacht? Verdammt, warum passierte nicht das, was ich wollte, dass es passierte?

Ohne den Blick vom Display zu nehmen, folgte ich Kevin. Die Kamera zeigte mir, dass Adam bei Else mit einer Spritze in der Hand eine Einstichstelle suchte. Und neben dem Bett auf dem Boden entdeckte ich eine Frau mit rötlichem Haar.

Aurica?

Da! Die Spezial-App fragte mich, ob ich wirklich tun wolle, was ich tun musste. *Bestätigen Sie …* Klar, Befehle von so großer Bedeutung mussten bestätigt werden.

Ja, ich wollte! Sofort switchte ich auf die Kamera zurück.

Adam zuckte plötzlich zusammen, sah sich verwirrt um, presste sich die Hände auf die Ohren. Die Spezial-App hatte also die Musikanlage tatsächlich eingeschaltet.

Ich hörte es zwar nicht, konnte mir aber denken, wie Beethovens Fünfte jetzt mit gefühlt hundertfünfzig Dezibel als Endlosschleife durchs Zimmer dröhnte. *Tötötö töööööö …* diese Bässe! Oder war das Judas Priest? Egal. Automatisch hoben und senkten sich die Rollladen. Die großen Flachbildschirme an der

Wand waren angesprungen und trugen vermutlich ebenfalls zum allgegenwärtigen Reizchaos bei. Überall in Elses Wohnung war jetzt der Teufel los. Lampen, LED-Leuchten, Küchenabzugshaube, Espressomaschine gingen ein und aus. Adam stürzte hilflos aus dem Schlafzimmer und sah dabei unverwandt zur Decke.

Ah, die dicken Deckenrohre waren also doch eine Sprinkleranlage! Wobei, da war nichts mit *sprinkeln*, das war eher eine Art heftiger Starkregen, der Elses Wohnung im Nullkommanix unter Wasser setzte.

Der Fahrstuhl hielt. Wir hetzten zu Elses Appartement.

Aber wie hineinkommen? Wir standen in einer Pfütze. Klar, das viele Wasser suchte sich bereits einen Weg nach draußen. Mit einer Hand hämmerte ich gegen die Tür, mit der anderen hielt ich das Smartphone umkrampft, mit dem ich das Geschehen drinnen beobachtete. „Kevin, tu doch was!"

Er warf sich gegen die Tür. Nichts. Seine Kollegen halfen ihm. Wieder nichts. Jemand musste die Stahlriegel vorgelegt haben. Da richteten auch die Dietriche nichts aus, die Kevins Kollegen hervorkramten. Verdammt, Else würde gleich sterben und ich konnte nur zuschauen.

Plötzlich bewegte sie sich, der Krach und die Nässe mussten sie belebt haben. Aber warum bewegte sie sich so langsam? Klar, sie war irgendwie betäubt. Was suchte sie nur? Ganz langsam kroch sie aus den

Kissen und griff unters Bett. Was hatte sie da in der Hand? Das konnte nur der Polizeiknüppel von der Berliner Anti-Schah-Demo vor ewigen Zeiten sein, den sie als Andenken aufbewahrte.

Kurz darauf hatte Else den Prügel nicht mehr in der Hand, denn Aurica war ebenfalls erwacht und hatte ihn Else abgenommen. Einen kleinen Moment lang sah ich nichts mehr, Aurica musste in einem toten Winkel stehen, direkt hinter der Tür. Kurz darauf kehrte Adam zurück. Erst sah ich seinen Fuß, dann seinen Kopf und schließlich den Polizeiknüppel, der auf seinen Kopf heruntersauste.

Meine tapfere Aurica!

Adam taumelte, bekam Aurica aber zu fassen, und zwar an ihrem klatschnassen Rolli. Er zog sie damit zu sich heran, bis der Rolli zerriss und ansatzweise ihre Brüste zu sehen waren. Adam drehte ihr die Arme auf den Rücken, was offenbar sehr schmerzhaft war. Sie ließ den Knüppel fallen, der aus meinem Blickfeld rollte. Adam wollte Aurica gerade würgen, als ihn erneut ein Schlag traf, dieses Mal donnerte der Prügel mitten in die angedeutete Tonsur. Adam sank zur Seite.

Wo nahm Else nur die Kraft her?

Endlich! Martialisch vermummte Gestalten mit Visierhelmen und vorgehaltenen Waffen stürmten aus dem Treppenhaus und schrien: „Weg da!"

Einige SEK-Leute versuchten mit einer Metallramme Elses Tür aufzubrechen. Einmal, zweimal krachte der Rammbock, ohne dass sich viel tat. Klar, bei Elses spezialgehärteten Schlössern ging das nicht so einfach. Vielleicht sollten sie es mit Sprengstoff versuchen? Die SEK-Leute nahmen einen weiteren Anlauf mit dem Rammbock.

Eins, zwei, drei ... die Tür ging von alleine auf.

Nur gut, dass die Polizisten ihre Ramme noch stoppen konnten, sonst wäre Else jetzt Matsche ... Schwankend und vor Nässe triefend wankte sie auf mich zu. Ich stützte sie, während Kevin mit dem SEK in die Wohnung drängte.

„Wurde aber auch Zeit, Anna-Kindken", grinste sie und zog dabei das *Anna-Kindken* ekelhaft in die Länge. „Bist schon ein taffes Mädchen. Allerdings ..." Sie nahm mir mein Smartphone aus der Hand und fummelte daran herum. „Wenn du da gedrückt hättest ..." Sie zeigte auf einen stilisierten Schlüssel. „Simsalabim ... wäre die Tür von alleine aufgegangen."

Kevin kam zurück. Er wirkte nicht wirklich zufrieden.

„Kevin, komm her, lass dich auch mal drücken."

Else wollte auf ihn zugehen, doch ihre Kräfte versagten und sie sackte zusammen. Rettungssanitäter fingen sie auf und kümmerten sich um sie.

„Auf keinen Fall ins Krankenhaus", hörte ich sie murmeln, „ich will doch hundertzwanzig werden."

11

Es war weit nach Mitternacht. Else ratzte und ratzte. Wir lagen in dem nagelneuen Doppelbett, das Else angeschafft hatte. Sie war die Notmatratze leid gewesen. Klar, die geplante Komplett-Renovierung ihres überschwemmten Appartements konnte nicht von heute auf morgen, schon gar nicht vor Weihnachten über die Bühne gehen. Aber eine Dauerlösung würde das nicht werden!

Auf meiner Notliege schlief Leah. Mein Schatz war spät ins Bett gekommen, sie hatte gar nicht mehr aufhören wollen, Mau-Mau zu spielen. Dabei hatte *Oma Else* sie nur einmal gewinnen lassen, „aus erzieherischen Gründen“, hatte sie mir zugeflüstert, denn „diese Luschen von Eltern, die ihrer Brut alles durchgehen lassen, die kannste inne Pipe rauchen.“

Seit dem vierten Advent hatte Jan mir Leah gelassen. Für drei Tage, Heiligabend leider nicht mehr, das war der Kompromiss. Erst einmal. Jan hatte keine Wahl gehabt.

Ich hatte Else natürlich von den geklauten Daten erzählt. „Kindken“, hatte sie gemeint, „so was musst du sofort universell sichern.“ Und zack! hatte sie alles von meinem Stick in eine Cloud hochgeladen und dann einige Anrufe getätigt. Jans Nummer war auch dabei gewesen.

Am Samstag hatte ich mir erst einmal neue Sneaker gekauft, mangels Zeit in Lippeneutrup, in diesem

Westfalen-Kaufhäuschen. Man muss auch mal Kompromisse machen können. Sonntagvormittag hatten Else und ich meinen Schatz dann in Münster bei Jan abgeholt und waren sofort auf dem schönen Münsterischen Weihnachtsmarkt gewesen. Nachdem Leah unzählige Runden auf einem Pferdekarussell gedreht hatte, hatte Else ihr jede Menge Zuckerwatte, Waffeln und Mandeln gekauft. Wohl fühlte ich mich nicht dabei, aber schon meine Oma hatte gemeint, man müsse „Fünfe auch mal gerade sein lassen".

Nachmittags hatten wir bei mir eine Vorweihnachtsfeier veranstaltet. Else hatte einen Minibaum besorgt. „Für die richtige Atmo." Ein Plastikteil mit grellbunten LEDs, über das sie silbriges Lametta geworfen hatte. Schön war das nicht, aber Leah fand den Glitzer toll. Und dann hatten wir einige Weihnachtslieder gesungen.

Über eine bunte Mütze hatte sich Leah auch gefreut. Zumindest ein bisschen. Else hatte bis zur letzten Minute daran gehäkelt und Leah geschenkt. Überglücklich war sie gewesen, als sie unterm Baum eine Spielekonsole, absolut neuester Schrei, gefunden hatte. Die war von mir. Natalie hatte mir das Geld dafür geborgt, ich könnte es auf Raten abstottern. Auf beste Freundinnen kann man sich eben verlassen.

Später hatte Else auf ihrem blendend weißen Laptop alte Fotos gezeigt. Leah hatte nicht genug kriegen können von ihren Geschichten. Als sie hörte, dass meine Großmutter oben auf dem Waldfriedhof lag, hatte sie gefragt: „Gehen wir die Uromi mal besuchen?"

Am Montag war ich mit Leah in der Residenz gewesen. Schließlich musste mein Liebling wissen, wo ich arbeitete, also, nun doch wieder arbeiten würde. Ich hatte ihr erklärt, dass die Bewohner im *Fröhlich Abendschein* ein Zuhause haben, wo sie von lieben Menschen versorgt werden, weil sie vieles nicht mehr selbst tun können. Als Änneken beim Mobilitätstraining mit ihrer Haarnadel die Luftballons platzen ließ, war Leah völlig aus dem Häuschen gewesen.

Ich stand auf und betrachtete meinen Schatz im Schlaf.

Wie lange hatte ich das nicht mehr tun können …

Wie süß sie da lag, ihr Bärchen im Arm …

Der Tag heute würde die Hölle werden. Zum Glück hatte Natalie schon Weihnachtsurlaub und hatte sich überreden lassen, ein paar Stunden auf Leah aufzupassen. Denn Else und ich wollten jetzt endlich und endgültig *Bruno Brutalis* überführen. Betonung auf *Else*. Ich war da nämlich skeptisch. Sehr skeptisch sogar. Erst kurz vor dem Schlafengehen hatte sie mich über ihren neuen Plan unterrichtet. Wieder mal typisch.

„Anna, wir haben andere Methoden zur Verfügung als die Bullen. Uns wird es gelingen, den Mörder von Middendorp zu überführen. Paula, Ida – allen anderen, ihnen wird Gerechtigkeit widerfahren." Es war ihr dabei tatsächlich eine Träne über die Wange geronnen. „Der Dreck muss weg! Eine Else Erpenbeck lässt sich nur einmal erniedrigen."

Ich kuschelte mich tief in Kissen und Decke, drückte mir mit den Händen die Ohren zu, aber es funktionierte nicht. Elses Schnarchen erreichte Dezibelstärken, davor würde mich nicht mal ein schalldichter Verhörraum der CIA schützen.

Ob das mit ihrem brandneuen Plan gutgehen würde? Wer der Maskenmann war, wusste nämlich bisher immer noch niemand. Also außer Else und mir jetzt natürlich. Also, Else hatte da jedenfalls ihre Vorstellungen.

Kevin und mit ihm die ganze Polizei tappte im Dunkeln. Die hatten zwar Adam und Aurica in die Mangel genommen, aber der Staatsanwalt hatte beide gehen lassen müssen, man hatte nicht wirklich etwas gegen sie in der Hand. Else, die wichtigste Zeugin, hatte wegen ihrer zwischenzeitlichen Zwangsnarkotisierung zu ihrem Leidwesen nichts zur Aufklärung beitragen können, zumindest hatte sie das behauptet. Als sie an jenem Tag in ihrem Schlafzimmer aus ihrer Betäubung langsam zu Sinnen gekommen wäre, hätte sie alles nur wie durch eine Nebelwand wahrgenommen.

„Ehrlich", hatte sie gegenüber Kevin mehrfach betont, „ich weiß einfach nichts mehr. Nichts aus dem Krankenhaus, nicht, wie ich in meine Wohnung gebracht worden bin. Nix! Filmriss! Totaler Blackout!"

Adam und Aurica hatten sich bei ihren Verhören gegenseitig die Schuld zugeschoben. Aussage stand gegen Aussage. Beide behaupteten, dass sie den jeweils anderen daran hindern wollten, Else etwas anzutun. Beide beriefen sich darauf, dass *ich* sie gebeten hatte, Else zu helfen, was ja in gewisser Weise auch stimmte. Adam hatte behauptet, ihr ein Stärkungsmittel spritzen zu wollen; die Ampulle war gefunden worden. Aurica hatte behauptet, dass sie das Mittel überhaupt erst mitgebracht hätte. Letztlich war es egal, denn Rückstände in Ampulle und Spritze waren untersucht worden und hatten sich als harmlos erwiesen.

Im Gegensatz zu den Insulinspritzen, die auf Elses Nachttisch abgelegt worden waren, was weit auffälliger war. Denn Else war keine Diabetikerin. Und Insulin baut sich im Blutkreislauf sehr schnell ab und ist kaum oder nur indirekt nachweisbar, und das auch nicht immer. Mit einer Überdosis Insulin könnte man also einen Menschen unbemerkt töten. Adam hatte allerdings behauptet, das Insulin dabei gehabt zu haben, weil er einige Bewohner, die er pflegerisch betreute, noch hätte spritzen müssen. Was laut Pflegeplänen stimmte.

Zwar hatten weder Adam noch Aurica Alibis für die Tatzeit der Entführung, doch DNA-Spuren oder Fingerabdrücke im Krankenhaus waren Fehlanzeige, auch die Wohnungsdurchsuchungen bei Aurica und Adam hatten nichts ergeben. Keine belastbaren Spuren also. Und keine Zeugen.

Die Polizei hatte sowohl Aurica als auch Adam den aus der Residenz Ausgezogenen gegenübergestellt, doch von denen wollte sich nicht ein Einziger festlegen. Zu verängstigt waren sie immer noch; außerdem hatten sie ja niemals ein Gesicht gesehen. Herr Jagielski war zudem am Tag nach meinem Besuch gestorben. Auch zum *Hausfrauen-Sex-Treff* gab es keine Verbindung. Dort war offensichtlich Margarete, nach der seit Tagen gefahndet wurde, die alleinige Strohfrau. Fragte sich nur, von wem? Und ob überhaupt?

Für Adam als Täter sprach seine Vergangenheit. Wie Heiko verdankte er seine Stellung in der Residenz dem Reso-Programm des Aliens. Andererseits war er einer der engagiertesten Pfleger. Ähnlich wie Aurica, die sich aufopfernd um die Bewohner kümmerte. In der Residenz waren jedoch viele davon überzeugt, dass sie die Täterin war. „Wenn die nicht gerade betteln, klauen Zigeuner wie die Raben", wurde ungeniert auf den Fluren verbreitet.

Ich überlegte ernsthaft, Else nun doch die Nase zuzuhalten, brachte es jedoch nicht übers Herz. Die letzten Tage hatten sie mehr angestrengt, als sie jemals zugeben würde. Dauernd hatte sie sich zurückgezogen und geheimnisvoll an ihrem Laptop herumgespielt. Heute wusste ich, warum, und was sie gemacht hatte. Und wenn sie einmal nicht am Laptop arbeitete, hatte sie Leahs Mütze gehäkelt oder war unterwegs gewesen. „Weihnachten, immer derselbe Stress“, hatte sie gestöhnt.

Nun weckte ich sie doch. Sie stöhnte laut auf.

„Pssst. Du machst noch Leah wach.“

„Aber mich reißt du mitten in der Nacht aus dem Schlaf?“

„Else, ich hab noch einmal nachgedacht, ich finde, dass das keine gute Idee ist. Wir gefährden nicht nur uns. Denk an die vielen Besucher der Feier.“

„Ach was, gefährlich ist, wenn ich statt in einen Spiegel ins Fotoalbum meiner Jugend gaffe. Nee, Kindken, wir ziehen das durch. Ehre, wem Ehre gebührt.“

„Und Kevin?“

Ich hatte Kevin die letzten Tage kaum gesehen. Klar, er war mit dem Fall beschäftigt. Aber gedacht hatte ich an ihn. Und zwar oft, auch an das, was ich mir im Krankenhaus gewünscht hatte. Und an anderes mehr ... Ich konnte mich nämlich nicht mehr gegen die Erkenntnis wehren, dass ich diese gefühlvollen dunkelbraunen Augen mochte – sehr sogar, genauso wie den Mann, zu dem sie gehörten.

„Okay, eine Absicherung kann nicht schaden. Aber um Kevin kümmere ich mich. Was wir vorhaben, muss ihm schonend beigebracht werden. Nicht, dass der mir noch querkommt. Ich will mich nicht umsonst weit aus dem Fenster gelehnt haben. Bei meinem gestrigen Besuch bei Heiko in der U-Haft habe ich mich sogar strafbar gemacht.“

Ja, diesen Ausflug ins Gefängnis hatte sie mir auch gebeichtet. Else hatte Jan als juristischen Beistand für Heiko verpflichtet. „Weil das die Sache einfacher macht", hatte sie gemeint. „Jetzt, nachdem er weiß, was wir über ihn und dein Alien wissen, frisst der mir aus der Hand. Der hat Möglichkeiten, da träumst du von. Allein schon dieses Schmuggeln."

Else war sich absolut sicher, dass Heiko mitspielen würde. „Hauptsache, der kann seinen Arsch retten."

„Ach, Simone. Warum muss eigentlich immer ich den Dreck anderer Leute wegmachen?"

Else thronte hinter dem Riesenschreibtisch des Alien auf dessen Superkomfortschreibtischsessel und klapperte auf der Tastatur herum. Zur Feier des Tages trug sie ihre blonde Perücke und dazu ein schwarzes Kostüm mit weißer Bluse. An den Füßen knallrote Sneaker. *Frau Stiftsdirektorin* saß auf der falschen Seite ihres ehemaligen Herrschaftssitzes und war verstummt. Dass Else sie respektlos mit ihrem Vornamen ansprach, nahm sie schon länger resigniert hin. Das war das Wenigste, was sie ertragen musste.

Else steuerte mit der Maus den Drucker an. Während das Gerät vor sich hin summte und Blatt um Blatt ausstieß, rieb ich mir meine brennenden übernächtigten Augen. Else dagegen griff zu ihrer überlangen, mehrfach um den Hals geschlungenen Zuchtperlenkette und ließ sie wie ein Metronom wortlos und hypnoseartig vor ihrer Brust pendeln.

Wenn Else nichts sagte, war das noch schlimmer, als wenn sie etwas sagte.

Schließlich nahm sie die Papiere aus dem Drucker.

„Simone, wenn du den Staatsanwalt nicht am Hals haben willst, unterschreib! Ich kriege unbefristetes Wohnrecht und die Leitung des Chors und der Theatergruppe zurück. Außerdem ernennst du mich umgehend zur Vorsitzenden des neuen Bewohnerbeirates, der in allen *Fröhlich Abendschein* betreffenden Fragen Mitbestimmungsrecht hat und ein bewohnerorientiertes Qualitätsmanagement entwickeln wird. Allen Beschwerden wird sofort nachgegangen, und wenn es auch nur das Verschwinden eines Stück Zuckers in der Cafeteria ist. Ist das klar?"

Ein Alien war die Hohnsteiner-Bartel längst nicht mehr. Wenn überhaupt war sie zum zuckenden Regenwurm geworden, den Else gerade mit Genuss in Scheiben schnitt.

„Außerdem wirst du dein Mittagessen ab sofort zusammen mit den Bewohnern einnehmen, quasi als laufende Qualitätssicherung der Residenzküche. Zweimal in der Woche hilfst du drei Stunden bei der Pflege. Weitere Maßnahmen zur Empathie-Schulung lassen wir uns noch einfallen."

Die Direktorin von Stift *Haus Maria Fröhlich Abendschein* ließ ihr Haupt endgültig tief auf ihre Brust fallen.

„Tss, tss, tss … Simone, was ist das für eine Haltung? Kopf hoch, wenn der Hals auch dreckig ist."

Sie reichte ihr ihren eigenen schwarzen Nobelfüller.

Ganz langsam kam Bewegung in Frau Hohnsteiner-Bartel. Aber nicht viel. „Ich wollte fürs Heim immer nur das Beste“, wisperte sie. „Das müssen Sie mir glauben“, fügte sie an und guckte bewusst zu mir. Doch ich konnte und wollte ihr nicht helfen. Wo kam ich denn da hin, Elses Prozessführung zu unterminieren.

Natürlich hatte sie sich schon zu Beginn des Tribunals zu verteidigen versucht: Sie habe doch nur Arbeitsplätze sichern und das Heim zusammen mit Jans Kanzlei vor der Übernahme durch einen neuen Investor retten wollen. Da hatte es ihr in die Karten gespielt, dass die Residenz durch die vielen Abgänge wirtschaftlich nicht gut dastand, wenn sie auch von den Betrügereien an den Bewohnern nichts gewusst hatte; Ziel war es ja, die Belegung so weit herunterzurechnen, dass der Standort für eine Übernahme möglichst unattraktiv wurde. Deshalb hatte sie die Vorgänge der letzten Wochen auch immer heruntergespielt. Öffentliche Aufmerksamkeit konnte sie bei ihren eigenen Machenschaften nun wirklich nicht gebrauchen.

„Simone, hau rein, unterschreib endlich, dann bist du erlöst, vorläufig wenigstens! ‚Die Sonne kann nicht ewig morgens aufgehen.‘“

Frau Hohnsteiner-Bartel blickte irritiert.

„Chinesisches Sprichwort“, grinste Else.

Elses „Simone“ unterschrieb. Was blieb ihr auch anderes übrig.

Else griff hinter sich und holte eine dicke Flasche und Gläser hervor. Der Champagner war edel, schließlich kam er direkt aus dem Bestand der Stiftsdirektorin für besondere Gäste. Vor allem für sich selbst. Plopp, machte der Korken.

„So, Simone“, sagte Else, ließ sich den Schampus schmecken und leckte sich die Lippen. „Jetzt kommen wir zum Engel vom *Fröhlich Abendschein.* Sie wird deine Stellvertreterin, die Residenz ermöglicht ihr dafür eine Zusatzausbildung. Außerdem zahlst du ihr einen Bonus für besondere Verdienste um *Fröhlich Abendschein.* Dreitausend Euronen. Ist doch angemessen, oder?“

„Das … das ist …“

„Zu wenig? Also fünftausend.“ Else grinste. „Schön, dass du dich kooperativ zeigst.“

„Liebe Frau Erpenbeck, möchten Sie denn wirklich, dass hier bald Araber, Chinesen oder Russen das Sagen haben?“

„Ach Simone, nee, natürlich nicht. Aber grundsätzlich und persönlich geht es mir anne Föt vorbei, wer hier wem und wieso und auf welche Art den Hintern abwischt, eine Bulgarin, ein Mexikaner, eine Nigerianerin oder ein Deutscher. Hauptsache, der Popo wird global sauber.“

Simone guckte mehr als pikiert.

„Ist ja schon gut. Im Zeitalter der Globalisierung

müssen wir zusammenhalten, damit uns die Finanzhaie nicht die letzte Bettpfanne unterm Hintern wegziehen. Wir werden die Residenz retten, Simone. So wahr ich Else Erpenbeck heiße! Das verspreche ich dir nackend auf die Hand."

Mit jovialer Geste reichte sie ihr ein Glas Champagner. „Ich bin übrigens die Else. Sag mal, Simone, nimmst du mich mal mit zu deinem Promifriseur? Und wo lernst du eigentlich all deine Lover kennen?" Sie kicherte. „Egal, jetzt freuen wir uns erst einmal auf die schöne Jesus-Fete."

Ich durfte gar nicht daran denken. Else hatte Kevin nämlich gefragt, ob er für Heiko beim Krippenspiel einspringen und den Josef spielen würde. „Weil du es bist, Else", hatte er gesagt und sie geherzt.

Mir hatte das gar nicht gefallen. Er hätte doch auch mich drücken und sagen können: „Aber nur, weil Anna die Maria spielt."

Elses Tablet spielte *Mission Impossible.* Das war neu. Aber passend. Bei dem, was noch auf uns zukam.

„Sorry, ist wichtig." Sie ging hinaus auf den Flur.

Die Hohnsteiner-Bartel kippte ihren Champagner herunter. Ich schenkte ihr nach. Dankbar sah sie mich an.

Da fiel mir etwas ein, was ich unbedingt loswerden musste. „Das Komma damals, in meinem Brief. Das war richtig gesetzt."

Ich suchte die entsprechende Regel im Online-

Duden und hielt ihr mein Smartphone hin. Sie warf einen Blick darauf und murmelte: „Entschuldigung."

Dann schwiegen wir uns an.

Als Else endlich zurückkam, strahlte sie übers ganze Gesicht. „Margarete hat sich gestellt. Die *Grande Dame* will reinen Tisch machen. Ich habe ihr versprochen, dass sie die Chorleitung und die der Theatergruppe zurückbekommt."

Simone sah Else mit glasigen Augen an.

Ich guckte vermutlich genauso blöd durch die Gegend.

„Man muss auch verzeihen können", feixte Else. „Sie ist schließlich auch nur ein Opfer gewesen."

Nachdem die Aktion *Rache an Simone* beendet war, kümmerten wir uns um die Technik für die Weihnachtsfeier. Besser gesagt um die Technik für den besonderen Teil der Feier, mit dem niemand rechnete. Das musste alles hundertfünfzigprozentig klappen. Wir wurden gerade noch rechtzeitig fertig, ehe die Generalprobe für das Krippenspiel begann. Bei der ging so ziemlich alles schief, was schiefgehen konnte. „Ein gutes Zeichen", kommentierte Else den Murks, um dann Kevin beiseite zu nehmen. „Mein Junge, wir müssen reden."

Ich suchte nach Leah und Natalie und fand sie bei Frau Kubitza, die an ihrem Küchentisch saß und vor sich einige Knollen ausgebreitet hatte. Mit kräftiger Stimme erklärte sie alles über Nährstoffgehalt, Methoden der Zubereitung und Geschichte der *Aeräppel*. Leah hörte fasziniert zu.

Natalie verabschiedete sich eilig. „Bleibst du denn nicht zum Krippenspiel?“, fragte ich überrascht.

„Eh, ja … sicher. Aber ich habe da eben so einen jungen, gut aussehenden Pfleger kennengelernt. Ich kann dir sagen … Zur Feier bin ich zurück.“

Auch Leah und ich standen bereits in der Tür, als Frau Kubitza meinte: „Anna, ich kenn den Kevin, der liebt dich.“

„Echt jetzt?“, fragte Leah. „Cool!“

Ich lief rot an und verwirrt wie ich war, stieß ich in der Tür mit dem Mann zusammen, der mich angeblich liebte. „Anna, ich habe dich überall gesucht! Ich … Anna, du weißt, was Else vorhat?“ Da war wieder dieser durchdringende Blick, den ich so gar nicht an ihm mochte.

„Kevin, ich muss, ich will noch mit Leah auf den Friedhof, zu ihrer Uromi.“

„Ich komme mit nach unten, wir können unterwegs …“

„Nicht vor Leah“, flüsterte ich und fühlte mich überhaupt nicht wohl in meiner Haut. Unten im Foyer zog ich Kevin in eine der abgeteilten Sitzecken hinter einen der Paravents und forderte Leah auf: „Schaust du bitte einmal, ob du Else findest? Vielleicht dort hinten, bei den Damen, die Karten spielen.“

Nachdem Leah losgelaufen war, gab ich tief seufzend meine Erklärung ab. „Kevin, du kennst doch

Else. Was sie sich in den Kopf gesetzt hat, zieht sie durch. Als sie hörte, dass Aurica und Adam wieder auf freiem Fuß sind, hat sie die beiden höchstpersönlich gebeten, beim Krippenspiel mitzumachen. Sie würde sich bei der Stiftsdirektorin auch dafür einsetzen, dass sie demnächst ihren Dienst wieder aufnehmen dürfen. Vorverurteilungen seien ihr fremd und ihrer beider Schuld ja nicht bewiesen. Was hätte ich dagegen machen sollen?"

„Mir das sagen vielleicht?"

„Wann denn? Else hat mich doch auch erst heute Nacht eingeweiht." Ich zuckte hilflos mit den Schultern und kratzte mich im Nacken. Auf keinen Fall Haarsträhnen hinters Ohr schieben, befahl ich mir. „Ich habe aber darauf bestanden, dass sie dich informiert, und das hat sie ja offensichtlich getan." Und dann hatte ich eine Idee, wie ich von mir ablenken könnte. Daher fügte ich etwas spöttisch an: „Hast du es denn geschafft, sie von ihrem Plan abzuhalten?"

Kevin machte eine Geste, die für sich sprach. „Ich habe Verstärkung angefordert, damit hier heute Nachmittag nichts Schlimmeres passiert."

„Deine Kollegen werden sich bestimmt freuen, dich den Josef spielen zu sehen!"

„Die werden selbst mitspielen, das verspreche ich dir. Was Else auch immer vorhat, es ist unverantwortlich. Einen potenziellen Mörder zu provozieren, so ein Schuss kann nach hinten losgehen. Kannst du die Weihnachtsfeier nicht absagen?"

Wollte er darauf wirklich eine Antwort?

Was machte er denn da? Erst strich er mir eine Haarsträhne hinters linke, dann hinters rechte Ohr. Und nun kraulte er auch endlich meinen Nacken, genau die Stelle, an der ich mich immer kratzte. Das sollte, das durfte nicht aufhören …

„Was passiert denn jetzt eigentlich mit Margarete?"

„Gegen sie wird wegen Mittäterschaft ermittelt, aber viel wird dabei nicht herumkommen. In der Nacht, in der Ida Sutthoff getötet wurde, war sie definitiv in Münster. Mit den Drohbriefen und dem Tod von Herrn Middendorp hat sie auch nichts zu tun. Zu allem anderen wurde sie genötigt. Dass sie aussagt, spricht auch für sie."

„Wieso sitzt sie nicht im Gefängnis?"

„Sie hat sich freiwillig gestellt, hat einen festen Wohnsitz, da gibt es in der Regel keine U-Haft. Eigentlich darf ich dir das nicht erzählen, Anna. Aber …"

Aber was? Brachte ich ihn etwa so um den Verstand?

„Frau Schlachthauer hat ihren Erpresser niemals gesehen. Kontakte gab es nur über anonyme Briefkästen und Prepaid-Handys, nicht nachzuverfolgen. Wenn es persönliche Treffen gab, hat der Täter sich vermummt. Sie hat übrigens auch Brandmale auf ihrer Brust. Zur physischen Gewalt kam der Psychoterror mit dem Friedhofskreuz. Wenn sie nicht getan hätte, was er wollte, hätte ihr Erpresser ihre Vergangenheit als Bordellchefin öffentlich gemacht."

Ja, dann wäre es für Margarete vermutlich vorbei gewesen mit einem erfüllten Lebensabend im *Fröhlich Abendschein.* Ich konnte mir jedenfalls nicht vorstellen, dass man in Lippeneutrup so einer noch erlaubt hätte, den Chor zu leiten und das Krippenspiel zu inszenieren.

„Frau Schlachthauer hat es jedenfalls so gesehen", schien Kevin meine Gedanken zu erraten.

„Ich muss jetzt wirklich ..."

„Schade, und ich hatte gedacht, du könntest mit mir noch einmal den Text fürs Krippenspiel durchgehen. Die Stelle, wo der Engel sagt, dass du schwanger bist ... Gerade bei der hakt es dauernd."

Ich konnte nicht anders, ich zog ihn zu mir und küsste ihn. Sehr, sehr lange. Kevin küsste verdammt gut.

Ich suchte nach Leah und fand sie bei der Frau mit den linken Schuhen. Von Else keine Spur.

„Warum verkauft die Frau nur linke Schuhe?", fragte Leah. Wieso hatte ich darüber noch nie nachgedacht?

„Du musst auch rechte Schuhe verkaufen, dann kaufe ich dir ein Paar ab", sagte Leah nun zu der Frau.

„Danke, meine Kleine", antwortete die, „das ist aber mal ein schöner Einfall." Sie tätschelte Leah die Wange und wir gingen los, als auch endlich Else zu uns stieß.

Es war ein sonniger Dezembertag. Leah saß auf

dem Rollator und Else schob sie den Berg hinauf. Als wir am Hintereingang des Friedhofs ankamen, stöhnte sie theatralisch. „Leah, ich kann nicht mehr, willst du mich einmal schieben?“ Leah bewegte Else nicht einen Millimeter, hatte aber trotzdem ihren Spaß.

Kurz darauf erreichten wir die *Wiese des Erinnerns.* Ich holte Paulinchens Skatblatt hervor und vergrub mit einer Pflanzschaufel die Spielkarten im aufgetauten Boden.

„Nächstes Jahr sprießen da riesige Kartenbäume“, sagte Else zu Leah.

„Else, du verarschst mich.“

Wo hatte Leah denn diese Ausdrucksweise her?

Andächtig standen wir vor dem Grab von Leahs Uromi. Ich ließ sie ein Teelicht anzünden und auf den Stein stellen. Leah drückte meine Hand und schaute konzentriert aufs Grab.

Kurz darauf schälte sich zwischen den Grabsteinen eine Gestalt aus den Nebelschwaden, die die Sonne noch nicht ganz hatte vertreiben können. Jan hatte doch tatsächlich ein Gesteck mitgebracht und legte es aufs Grab meiner Oma.

„Hallo Anna.“ Verdammt gut sah er aus, ich hatte ihn nicht umsonst einmal ohne Rücksicht auf Verluste geliebt.

Er wandte sich an Leah. „Hallo mein Schatz, komm, wir müssen gehen.“ Er versuchte nach ihr zu greifen.

„Kann ich nicht bei Mami und Else bleiben? Bitte, Papi, Else ist immer so lustig.“ Leah zeigte auf Else, die hinzugetreten war.

„Tachchen aber auch.“ Elses Begrüßung klang wie eine Drohung. Das war sie auch, denn sie fuhr ihm prompt und punktgenau mit ihrem Rollator über seine Designer-Schuhe. Matsch zierte nun die handgearbeiteten Meisterstücke. „Entschuldigung, Herr Advokat, das wollte ich nicht. Ich bin manchmal etwas tatterig, das müssen Sie einer alten Frau nachsehen.“ Else setzte eine Unschuldsmiene auf, beugte sich zum verdutzten Jan herunter, schnappte sich vom Grab einen Tannenzweig und wischte ihm damit über die Schuhe.

Jan sprang ärgerlich zurück, stolperte und konnte gerade noch einen Sturz vermeiden, indem er hinter sich einen Grabstein als Stütze nutzte. Dabei ließ er seine Aktentasche fallen.

Leah kicherte. „Papi, siehst du, wie lustig die Else ist.“

„Wenn dieser Dreck einzieht, ist das Leder ruiniert“, protestierte Jan hilflos. Else zuckte ungerührt mit den Schultern und hob Jans Aktenkoffer auf, bevor er zugreifen konnte. „Ich nehme an, das sind alle Akten, die ich benötige. Schließlich wollen wir demnächst gemeinsam die Residenz retten.“

„Wir müssen jetzt wirklich“, nickte Jan Leah zu, während er seinen Mantel glattstrich und nochmals einen verzagten Blick auf seine ruinierten Schuhe warf. Leah zog einen Schmollmund, als Jan sie an die Hand nehmen wollte. Doch Else war noch nicht fertig mit ihm. Sie packte Jan mit zwei Händen an dem Revers seines teuren Mantels, zog ihn zu sich heran und zischte: „Selbst, wenn wir es schon telefonisch besprochen haben. Noch einmal fürs Protokoll: Wenn Sie Anna nicht ab sofort Unterhalt zahlen und das mit dem Sorgerecht klären, Herr Advokat, lernen Sie mich richtig kennen. Ich kann nicht nur Mördern von der Schippe springen, sondern auch Kung Fu!"

Else machte absurde Bewegungen, die wohl ihre Behauptung unterstreichen sollten. Leah war begeistert.

„Bis nächste Woche ist die Sache geklärt. Ansonsten landen unsere Erkenntnisse beim Landeskriminalamt in Düsseldorf, Dezernat 12, Wirtschaftskriminalität."

Ich nahm Leah auf den Arm und drückte sie innig.

Kurze Zeit später standen wir an den Gräbern der Schlachthauers. Margarete wartete schon auf uns. Sie war nicht alleine. Was für eine Überraschung! Während Margarete Else um den Hals fiel – oder war das umgekehrt? – begrüßte ich Johanna, die mich so fest drückte, dass ich mich wie eine ausgepresste Weißwurst fühlte.

„Maeggie hat mich angerufen und mich über die Weihnachtstage zu sich eingeladen", erklärte sie. „Sie hat sich bei mir entschuldigt und will jeden Cent zurückzahlen. Ich bin so froh, dass ich sie wiedergefunden habe. Sie hat mir die Teilhaberschaft am *Hausfrauen-Sex-Treff* angeboten. Der soll ja ganz einträglich sein. Außerdem …". Sie druckste geheimnisvoll herum. „Ich ziehe im nächsten Jahr ins *Fröhlich Abendschein* ein. Der Tegernsee ist langweilig, nur Snobs und Millionen Touristen. Ich hatte schon länger überlegt, zurück in meine westfälische Heimat zu gehen. Und als Maeggie meinte, ich könnte mir mit ihr ihre Wohnung teilen …"

Groß genug war das Appartement 100 in der Beletage ja.

„Anna, ich bitte dich von Herzen um Entschuldigung", sagte Margarete, die sich zu uns gesellt hatte. „Ich musste dich so oft anlügen, das tut mir sehr leid. Ich bin so froh, dass Else und ich Frieden geschlossen haben."

Fragte sich nur, wie lange der hielt.

Ein Tuckern näherte sich. Schön, auch Herr Köttelhön junior war pünktlich. Er kam mit einem Minibagger angeruckelt und rangierte ihn akkurat vor Margaretes Grabstelle. Else reichte ihm ein Paket, in Weihnachtspapier eingewickelt. Eine Broschüre, von ihr selbst verfasst: *Urin und Pickel.* Untertitel: *Popöchenhaut in nur zehn Tagen!*

Elses Köttelchen strahlte. Ich hatte das Gefühl, dass er die Therapie sofort ausprobieren wollte.

Else zeigte auf Margaretes Grabstelle. „Erst aufmachen, dann Pipi."

„Da werdet ihr nichts finden", sagte Margarete.

„Das lass mal meine Sorge sein."

„Else, alles, was ich dort versteckt hatte, ist weg. Aber dort." Margarete zeigte auf das Grab ihres Mannes.

„Wehe, du enttäuschst mich!"

Der Minibagger stieß schon bald auf eine Urne. Else öffnete das Behältnis und zog ein Bündel Geldscheine heraus. Else ließ die Scheine geschickt wie ein Profizocker durch Daumen und Zeigefinger laufen.

„Das sind nur zwanzigtausend. Da fehlen zehntausend." Sie blickte Margarete böse an.

Verstand ich das richtig? Auch Else hatte Margarete Geld für ihre Stiftung gegeben, dreißigtausend Euro sogar? Ich sah Else an, dass dem so war. Jetzt begriff ich auch, wieso sie von Anfang an so verbissen hinter Margarete her war. Kleinere Andeutungen hatte sie gemacht, wie mir schlagartig klar wurde, aber mir gar gestanden, dass auch sie sich von Margarete auf schmachvolle Weise hatte hereinlegen lassen, hatte sie nie. Gekränkter Stolz – klar, deshalb hatte Else stets ihr eigenes Ding durchgezogen. So wie heute auch. Sie wollte sich etwas beweisen, so wie ich in dieser Nacht im Club mir etwas ... Nein, ich wollte nicht mehr daran denken.

„Gaff mich nicht so an, Kindken", knurrte Else mich an. „Ja, ja, ich geb es zu. Zuerst habe ich Margarete sogar geholfen, die Gelder für ihre *Stiftung für gefallene Mädchen* einzusammeln. Deshalb konnte ich Ida auch kein Geld für die Operation ihrer Tochter leihen." Sie schickte einen bösen Blick zu Margarete. „War ja an sich eine gute Sache. Und Paulinchen war von der Idee ebenfalls sehr angetan, weil sie selbst ja einmal … Aber das wisst ihr ja. Bis ich dann merkte, dass da etwas nicht stimmte. Ja, ich geb's ja zu, ja, ich war blöd, ja, ich war unzurechnungsfähig, ja, steckt mich ins Dulhuus!"

Jeder weitere Kommentar wäre fehl am Platze gewesen.

„Trotzdem Maeggie, die restliche Kohle zahlst du mir auf Heller und Pfennig zurück!" Else steckte das Geldbündel ein, drückte Margarete die Urne in die Hand und ging.

„Halt", zischte Margarete, „hiergeblieben!"

„Was?", ätzte Else zurück.

„Das ist nicht dein Geld. Dein Geld hat *Bruno Brutalis* längst unter die Leute gebracht. Ich habe nur gesagt, dass wir hier Geld finden werden. Es gehört jemand anderem." Sie griff zu und zerrte der entgeisterten Else die Scheine so schnell aus der Hand, dass die nicht mehr reagieren konnte.

Doch Elses Verblüffung dauerte nur kurz an. Sie herrschte den Friedhofsgärtner an. „Köttelchen, heb das Grab von der da jetzt doch aus. Ich will Gewissheit."

„Das ist eine Grabstelle, Frau Erpenbeck."

„Köttelchen, noch ein Wort, dann …"

„Else, warum vertraust du mir nicht?"

Margarete nahm Else die Urne aus der Hand, griff erneut hinein und zog nun einige zusammengefaltete Papiere heraus. Eine Wolke grauschwarzer Asche wurde vom Wind in alle Richtungen über schmutzige Schneereste zerstreut.

„An dem Tag, an dem Paula Middendorp starb, habe ich bei meiner Suche tatsächlich etwas bei ihr gefunden. Nicht nur diese zwanzigtausend Euro hier, die zu ihrem Erbe gehören." Sie wedelte mit dem Geldbündel, das sie Else entrissen hatte, und wandte sich dann mit einem etwas süffisanten Lächeln, das jedoch Else galt, an mich. „Hat Else dir eigentlich erzählt, Anna, dass sie die fehlenden vierzigtausend Euro bei sich aufbewahrt und Paula nie mehr ausgehändigt hat?"

Ja, das hatte sie. Aber erst, als sie nicht mehr anders konnte, weil der Aufbewahrungsschein aufgetaucht war.

Margarete faltete eines der Blätter aus der Urne auseinander. „Anna, du *Engel*, lies bitte vor, was da steht."

Wieso betonte sie den Engel so?

Ich überflog den Text: *Mein letzter Wille. Ich, Paula Middendorp … als Alleinerbin … gesamtes Vermögen … setze ich Anna Müller ein … den Engel von …*

Mir wurde mir schwarz vor Augen.

„Süßer die Glocken nie klingen, als zu der Weihnachtszeit, 's ist, als ob Engelein singen …" Der Chor der

Residenz sang wunderschön. Else dirigierte ihn mit einer Energie, die unglaublich war. Schon bald stimmten alle im Raum mit ein. *„Glocken mit heiligem Klang …“*

Der große Saal war feierlich geschmückt. An den mit Weihnachtssternen dekorierten Tischen saßen nicht nur unsere Bewohner, sondern auch Pflegekräfte, Mitarbeiter aus der Verwaltung, Verwandte und Freunde. Es war rappelvoll. Und ich war wieder bei Bewusstsein, wenn auch noch immer geschockt: *Ich* war Paula Middendorps Erbin! Und um mindestens sechzigtausend Euro reicher.

Paulinchen hatte ihr Testament kurzfristig geändert. Weil, *dat du so lieb to mir warst,* wie sie neben dem Testament in einem persönlichen Brief an mich geschrieben hatte, *un weil dat du dich kümmert häs um dat Paulinchen und weil du wie der Düwel Karten spielst!* Ganz zum Schluss schrieb sie: *Du büs eben een Engel, Kindken!*

Aber so viel Geld? Jedenfalls hatte ich verstanden: Deshalb also der Streit zwischen Margarete und Paulinchen an ihrem Todestag. Wegen mir, dem begünstigten *Engel*!

Und nun wusste ich auch, was Margarete in der Nacht in meiner Wohnung gemeint hatte, dass sie vieles wiedergutmachen, *an dir,* also an mir, *gutmachen* werde. Doch durfte ich die Erbschaft überhaupt annehmen? War das nicht Bereicherung im Amt? Falls nicht, würde ich Else etwas abgeben. Das wäre nur fair. Oder sollte ich ihr vielleicht einen Ferrari kaufen? Nein, so viel waren sechzigtausend Euro nun auch wieder nicht.

„Oh, wenn die Glocken erklingen, schnell sie das Christkindlein hört: Tut sich vom Himmel schwingen, , eilig hernieder zur Erd …"

Zwischen Kevin und mir saß Kevins Oma, die voller Inbrunst mitsang. Ab und zu lächelte Kevin mich an. Sein Holster war unter seinem Jackett kaum zu sehen, beruhigte mich aber ungemein. Auf meiner anderen Seite hatte Natalie Platz genommen. Obwohl dieser junge Pfleger neben ihr saß, zwinkerte sie mir verschwörerisch zu. Hielt sogar einen Daumen mit Seitenblick auf Kevin hoch. Hoffentlich kriegte der das nicht mit.

Und noch jemand guckte ständig zu mir herüber. Gerd Kaltenkötter, den ich letzten Sonntag natürlich nicht besucht hatte. Als Entschädigung hatte ich ihn und seine Mutter für heute eingeladen. Gerds Mutter schien die Abwechslung zu gefallen. Sie kannte jede Strophe von jedem Weihnachtslied auswendig.

Als der Chor schließlich „Stille Nacht, heilige Nacht" auf Platt anstimmte, mussten wir hinter die Bühne, uns umziehen. Gleich sollte das Krippenspiel über die Bühne gehen. Es wurde zwar noch Kaffee und Kuchen gereicht und viele Lose verkauft, denn so schnell verwandelte man sich nicht in Maria und Josef. Die Tombola kannte nur Hauptpreise: westfälische Schlemmerkörbe mit Wacholder, Hausmachersenf, Mettendchen, Schweineleber, Blutwurst und Rauchpeitschen. Und reichlich Pumpernickel natürlich.

Auf dem Weg in die Künstlergarderobe hörte ich noch: „*Stille Nacht hilge Nacht, Wunnerwiärk is vulbracht …*"

Unser Wunderwerk stand erst noch bevor. Ich hoffte inständig, dass es kein Rohrkrepierer werden würde.

„*Und der Engel sprach zu ihnen: Fürchtet euch nicht! Siehe, ich verkündige euch große Freude …*"

Die Hirten drängten in den Stall von Bethlehem und stellten sich in einem Halbkreis um einen Buggy. Else hatte sich für eine sozial inspirierte Inszenierung entschieden und den Kinderwagen irgendwo auf dem Sperrmüll aufgetrieben. So sah er auch aus. Ich nahm das Jesuskind auf den Arm. Josef, also Kevin, sah mich liebevoll an und streichelte es.

Herzzerreißend. Prompt ging ein Seufzen durchs Publikum.

Während die Hirten das Kind befummelten, das eigentlich Leahs Barbie-Puppe war und Ken hieß, hörte ich über den Knopf in meinen Ohr: „Schade Süße, dat ich nich dein Josef sein darf."

Die drei Weisen aus dem Morgenland traten in prachtvollen Gewändern aus Krepppapier und goldenen Kronen aus Pappmaschee auf. „Wir sind gekommen, dem Messias zu huldigen", erklärten

Caspar, Melchior und Balthasar im Chor und übergaben Gold (Schokotaler), Weihrauch (echten, aus der Kapelle vom Stift) und Myrrhe (trockenes Tannengrün von meinem Adventskranz).

Der Esel machte *I-ahhh* und der *Ochse Mu-hhh.*

Ich fand, die beiden könnten euphorischer klingen.

„Kommt näher, Ihr Weisen", begrüßte ich die drei Magier, „kommt näher. Das Kind ist der Gott aller Menschen auf der Welt. Der Gott der Heiden, der Reichen, der Frommen, der Jungen und ... vor allem auch der alten Menschen."

Ochs und Esel zogen erneut *Muuuhs* und *I-aaas* in die Länge. Das hörte sich schon besser an. Das Publikum johlte, Gehhilfen und Prothesen pochten auf Boden und Tische.

König Caspar, der von Else selbst gespielt wurde, löste sich aus der magischen Dreiergruppe und bat mit großer Geste um Ruhe. „Höret nur, höret! Ja, es bricht eine neue Zeit an. Eine friedliche Zeit. Doch ich fürchte, noch ist jemand unter uns, der besser nicht unter uns wäre und unseren Frieden stört."

Else machte eine künstlich langgezogene Pause.

„Bruno Brutalis!"

Ein Raunen ging durch den Saal.

„Keine Furcht, niemand im *Fröhlich Abendschein* wird mehr Angst haben müssen vor ihm." Sie hob erneut die Arme, als wollte sie das Meer teilen. „Heute putzen wir den letzten Dreck weg! *Fröhlich Abendschein* muss wieder sauber werden!"

Erste zaghafte *„Else-Else“*-Rufe erklangen.

Mit einer Fernbedienung zielte sie in Richtung Hinterbühne. Es senkte sich die Leinwand herab, auf der sonst Filme mit Hans Albers, Heinz Rühmann, Marika Rökk oder Peter Alexander gezeigt wurden.

Das Licht ging aus und der Beamer an. Auf der Leinwand pulsierte neben einem Porträtfoto von Else eine Schrift, die sich langsam vergrößerte: *Wie mich Bruno Brutalis in die Hölle beförderte.* Das Porträt grinste unvermittelt, als die Schrift wechselte: *Aber nur beinahe!*

Im Saal wurde es mucksmäuschenstill.

Das Video zeigte den Kampf zwischen Aurica und Adam in Elses Appartement. In dem Moment, als Adam Aurica ihren klatschnassen Rolli zerriss, stoppte der stumme Film und das Standbild zoomte auf Auricas linke Brust zu, bis man ein Brandmal auf der Haut erkennen konnte.

Als Else sich vor Tagen die Aufnahmen ihrer Entführung, die natürlich automatisch in einer Cloud gespeichert worden waren, noch einmal angesehen hatte, war dies der entscheidende Moment gewesen. Dass Aurica nach dem Tod von Ida Sutthoff statt Bluse nur noch Rolli getragen hatte, war nicht nur mir, sondern offenbar auch Else aufgefallen. Sie hatte nur eins und eins zusammenzählen müssen.

Else winkte den Esel heran und half Aurica aus ihrem Kostüm. „Aurica, ich habe lange darüber nachgedacht, was das bedeuten kann?“ Sie zeigte mit einem

Laserpointer auf die vernarbte Wunde. „Bist du etwa *Bruno Brutalis*? Hast du deine Opfer mit Zigaretten gequält, weil du selbst einmal auf diese Weise gequält worden bist? Gestehe!"

Aurica schwieg.

Aus dem Hintergrund trottete der Ochse nach vorn. Triumphierend warf Adam seinen Ochsenkopf ab und zeigte auf Aurica. „Ich habe doch immer gesagt, dass die es war!"

Else ignorierte Adam. „Oder, Aurica, bist du bedroht worden, wie so viele andere hier im Haus? Warum hast du die Wunden nicht der Polizei gezeigt?"

Aurica Augen flackerten ängstlich.

Else wartete weitere Reaktionen nicht ab, sondern ließ das Video auf der Leinwand weiterlaufen, allerdings nun mit Ton. Wir hörten alle, wie sich Aurica und Adam während ihres Kampfes anschrien. Aurica rief: *„Adam, lass Else in Ruhe. Tu ihr nichts. Es gab schon genug Tote!"* Das Publikum war totenstill – nicht einmal chronische Huster waren zu hören. Aurica: *„Es war ein Fehler, dir das Alibi für Frau Sutthoff zu geben. Du kannst machen, was du willst, aber ich werde die Wahrheit sagen."* Adam tobte: *„Wenn du redest, wirst du mit mir untergehen. Du bist eine Zigeunerin, dir glaubt niemand. Egal, wohin du gehst, ich werde dich finden, selbst in deiner beschissenen Walachei!"*

Aus den Augenwinkeln sah ich, wie Aurica zusammenzuckte. Aber da musste sie jetzt durch.

Das Video endete damit, dass Elses Polizistenkeule von 1967 auf Adams Kopf knallte. „Aua“, litt das Publikum mit.

„War es so, Aurica?“, fragte Else. „Hat Adam dich damals mit Gewalt gezwungen, ihm ein Alibi zu geben?“

Aurica kam erst gar nicht dazu zu antworten, denn Adam haute dazwischen. „Das muss ich mir nicht bieten lassen“, brauste er auf. „Das Video ist ein Fake, das ist nicht meine Stimme!“

Das Publikum buhte.

Adam schälte sich umständlich aus seinem Ochsenfell, was nicht ganz gelang. Als er von der Bühne rennen wollte, zog er dabei das Kostüm an seinen Füßen hinter sich her, stolperte und fiel hin. Aber er wäre auch so nicht weit gekommen, denn die Hirten versperrten ihm den Weg.

Kevins Kollegen! Von rechts kam Kevin selbst.

„Kasperletheater! Ist das der neue Stil der Polizei?“, schrie Adam. Auch wenn er am Boden lag, noch schien er Oberwasser zu haben.

Else wedelte nun vor seiner Nase mit einem Hunderteuroschein herum. „Was ist hiermit? Den haben wir in Margaretes Grabstelle gefunden. Da sind deine Fingerabdrücke drauf. Siehst du hier, den lilafarbenen Punkt? Mit dem hat der arme Kurt Jagielski all sein Geld gekennzeichnet.“

Adam schnappte nach Luft, und ich auch. Else bewegte sich nämlich auf dünnem Eis. Auf dem

Hunderteuroschein waren gar keine Fingerabdrücke und das Video war, wie Adam richtig bemerkt hatte, tatsächlich gefälscht. Wenigstens in Teilen. Also, die Aufnahmen waren schon echt, aber Else hatte sie stundenlang an ihrem Laptop bearbeitet und irgendwelche Computerstimmen über die Bilder gelegt. Alternative Fakten sozusagen. „Erst weichklopfen und dann zum K.-o.-Schlag ausholen" – so hatte Else mir ihre Strategie erklärt. „Alte Boxer-Taktik."

Doch Adam hatte Nehmerqualitäten. „Die Else gehört in die Klapse. Das weiß doch jeder hier."

Er erntete nichts als Buhrufe und Pfiffe.

Else winkte einen der Engel heran. Herr Köttelhön junior drängelte sich im weißen Kostüm mit angeklebten Flügeln nach vorne und zeigte auf Adam. „Den habe ich im Grab wühlen gesehen!"

„Ja, und? Was heißt das schon?"

Langsam wurde es Zeit für den entscheidenden Schlag.

„Kennst du mich noch, Adam? Ich bin die Julie." Johanna Johannpeter trat von der Seite auf die Bühne. „Margarete, also die Maeggie, hast du damals jedenfalls im *Fröhlich Abendschein* sofort erkannt. Du warst nämlich damals Stammfreier in *Maeggies Club*, wenn du wegen deiner Betrügereien in München warst. Und dann hast du sie hier für dich die Drecksarbeit machen lassen."

Adam zuckte fahrig. Ich schielte zu Kevin hinüber, der die Szene angespannt beobachtete.

Johanna lächelte vielsagend. „Wir haben in *Maeggies Club* heimlich Fotos von den Gästen gemacht. Wegen der Prominenz. Ich habe die Bilder gesichert, als der Club pleiteging. Man weiß ja nie. Als Else mich noch einmal angerufen und mir erzählt hat, dass sie dich verdächtigt und ein Foto von dir geschickt hat, habe ich sofort auf dem Speicher nachgesehen." Johanna zeigte auf die Leinwand, auf der jetzt ein Schwarz-Weiß-Bild erschien. „Hast dich gut gehalten, Adam."

Erneut ging ein Raunen durch das Publikum. Es starrte gebannt auf die Leinwand, auf der nun ein jüngerer Adam ganz lässig Arm in Arm mit Maeggie an der Bar von *Maeggies Club* zu sehen war. Und nicht nur ich musste gestehen, dass Margarete in ihrem knappen Bustier verdammt gut aussah. Wobei sie das eigentlich ja immer noch tat.

„Das beweist gar nichts", protestierte Adam trotzig.

„Aber es macht einiges klar", sagte Else.

Ich sah zu Kevin hinüber. Der zuckte nur mit den Schultern. Das sollte wohl eher heißen, dass er Adams Ansicht teilte.

„Ich erkenne den auch!"

Wer schrie denn da im Publikum? Der war doch in unserem Spiel für keinerlei Rolle vorgesehen.

Gerd Kaltenkötter war aufgesprungen, bahnte sich den Weg durch die Tischreihen und sprang auf die Bühne. „Der ist das, der ist das!"

Was meinte er nur?

„An dem Tag, als Herr Middendorp gefesselt gefunden wurde, habe ich Frau Müller in der Residenz aufsuchen wollen. Als ich in ihr Büro kam, da saß der da." Er zeigte auf Adam. „Der und ein Typ mit Lederjacke und Tolle. Und ein dicklicher Mann. Als ich durch die Tür kam, hat der mit der Lederjacke dem Ochsen", er zeigte auf Adam, „und sich selbst etwas vom Gesicht gezogen. Eine Mütze, eine Maske oder so." Er wandte sich nun nur mir zu. „Ich hatte es dir erzählen wollen, Anna, damals …"

Ja, das hatte er, aber ich hatte ihm nicht zuhören wollen, weil ich an dem Tag wirklich andere Sorgen gehabt hatte. Hätte ich es getan, wäre der Fall vermutlich lange gelöst und wir müssten hier nicht so ein Schmierentheater aufführen.

„Ja, Adam, so langsam wird's eng", sagte Else und tat so, als ob der unerwartete Zeuge zu ihrem Plan gehörte.

„Ge-ste-hen, ge-ste-hen, Adam muss ge-ste-hen …", tönte es nun rhythmisch aus dem Publikum, das der Szene weiterhin begeistert folgte.

Else hob ihre Hände und sofort war Ruhe.

Sie war echt eine Rampensau!

„Adam, du hast also eine Art Maske getragen, die gelüftet wurde. Und deshalb hatte Herr Middendorp dich erkannt. Damit kennen wir nun den Grund, warum er letztlich sterben musste. Da du nach seinem Beinahetod nicht sicher sein konntest, ob er nicht doch reden würde, auch wenn du ihm den Himmel auf Erden versprochen hattest. Und mir wolltest du den Mord dann in die Schuhe schieben, wie schon zuvor seine Entführung."

„Die Eierbirne ist tot, die kann nicht mehr reden", kreischte Adam. Er strampelte endgültig sein Ochsenkostüm ab. „Vor Gericht zählt davon nichts! Ihr habt gar nichts!"

Doch hatten wir. Noch einen Zeugen nämlich, unseren wichtigsten, den wir uns fürs Finale, den Knock-out, aufbewahrt hatten.

„Alles klar", flüsterte ich in die Freisprechanlage meines Smartphones: „Jetzt bist du dran." Es knackte in meinem Ohrhörer: „Besuchst du mich auch mal im Gefängnis, Bienchen? Es soll da spezielle Besucherzimmer geben."

Der Einfachheit halber antwortete ich nur: „Natürlich."

Ich tippte auf eine App, die mir Else installiert hatte. Heiko erschien auf der Leinwand.

Heiko saß in seiner Zelle auf dem Klo, was ich zum Glück nur am Spülkasten hinter ihm erkannte. Den Arm hatte er ausgestreckt, um sich filmen zu können, und zwar mit dem Handy, das Else mit Jans Hilfe unter seinen Aktendeckeln in die U-Haft geschmuggelt hatte. Dann er las etwas von einem Zettel ab, etwas stotternd zwar, aber ganz okay: *„Ich bezeuge hiermit, dass Adam genau die Straftaten begangen hat, derer er beschuldigt wird. Er hat mich zu alldem gezwungen, was ich tun sollte! Ich habe ihm damals die Maske vom*

Gesicht gezogen und weiß deshalb, dass er Bruno Brutalis *ist. Zunächst hatte ich meine Anweisungen von Frau Schlachthauer erhalten, später anonym von ihm. Er hat mich beauftragt, diese Drohbriefe zu schreiben, er hat mir den Befehl gegeben, Herrn Middendorp zu fesseln, damit es so aussieht, als ob er entführt worden wäre. Und seit ich weiß, dass Adam* Bruno Brutalis *ist, hat er mir gedroht, mich umzubringen, wie er es mit Frau Sutthoff getan hat, die auch kurz davor war zu reden. Dass er Aurica und Frau Schlachthauer mit Zigaretten gefoltert hat, genauso wie die alten Menschen, die er betrogen hat, wenn die nicht so wollten wie er, hat er mir auch erzählt.*

Okay, das war's. Heiko hatte es genauso abgelesen, wie Else es ihm aufgeschrieben hatte.

Und Adam war schachmatt. Ernüchtert ließ er sich auf der Bühnenkante nieder und sagte keinen Ton mehr.

Dafür jubelte das Publikum, denn nun hatte es seinen Schuldigen an den schrecklichen Vorkommnissen, die die Residenz seit Wochen in Atem gehalten hatten. Also, zumindest Else und mich. Und die vielen armen Betrogenen.

Währenddessen hatte sich Heiko ganz nah an das Übertragungshandy gebeugt, denn jetzt erschien nur noch sein Gesicht in Großaufnahme. Sein Haar war akkurat nach hinten gegelt. „Und wat is jetzt mit Schutzrabatt? Hat Else versprochen."

„Tut mir jetzt echt leid, Heiko", sagte ich und versuchte ganz viel Anteilnahme in meine Stimme zu legen. „Else ist gar nicht in der Position, dir etwas zu versprechen.“

„Nich?“

Wer im Publikum noch aufspringen konnte, war auf den Beinen. Tannenzapfen rollten über den Boden, Kerzen wackelten gefährlich. Adam saß immer noch still da; er überlegte wohl, was er zu seiner Verteidigung noch vorbringen konnte und ob er überhaupt noch eine Chance hatte.

Dafür kam Bewegung in Aurica. Offenbar hatte auch sie nun begriffen, dass Adam keine Gefahr mehr für sie war. „Ich, ja, ich musste Adam das Alibi geben, Heiko hat recht. Ich habe an dem Abend mit ihm eine Verstorbene aufgebahrt, aber nicht die ganze Zeit. Er war … Ich musste immer für ihn lügen.“ Sie stockte und blickte stumm auf ihre Eselsfüße.

Else nahm sie in den Arm. „Aurica, dir kann nichts mehr passieren. Sprich bitte weiter.“

„Er war eine Viertelstunde lang weg. Als ich ihm sein Alibi nicht geben wollte, hat er mich bedroht. Ich sollte später auch behaupten, dass ich Else mit ihm, also mit Adam, verwirrt in der Tiefgarage gefunden habe, und dass sie den Mord an Herrn Middendorp gestanden hat. Nach deinem Anruf, Anna, bin ich an dem Morgen sofort zu Else ins Appartement gegangen, weil ich Adam abhalten wollte, ihr etwas anzutun. Mein Gewissen … Nicht noch jemand …“

„Und warum hast du das der Polizei nicht erklärt?“

„Ich hatte immer noch große Angst vor ihm. Ich wusste ja nicht, was wird." Sie deutete auf ihre Brust.

Das Publikum schwieg betroffen.

„So Adam, das war's dann wohl", sagte Else.

Adam sprang auf und rannte auf Else zu. „Du, du …" Kurz vor ihr blieb er stehen. Kevin griff trotzdem unter seine Jacke, die Hirten gingen ebenfalls in Habachtstellung.

Adam klang nun hysterisch. „Ja, ich, ich … Zigaretten auf dem Körper ausdrücken … Brandmale … ich habe auch … Es ist viel schlimmer als bei den anderen." Er riss sein Hemd auf. „Schon mein Vater … meine Mutter … alle haben auf mir herumgetrampelt … Mein Vater hat mich sogar mit Zigarren gequält, wenn ich einen Zaubertrick nicht schnell genug gelernt oder als Taschendieb nicht genug Beute gemacht habe … Immer nur haben sie mich gequält. Einmal haben sie mir sogar ein Grab gezeigt, auf dem ein Holzkreuz mit meinem Namen stand …" Seine Hand zuckte zum Mund. „Ach, leckt mich doch!"

„Och, du Armer. So ein schreckliches Schicksal! Ich setze mich auch für eine milde Strafe ein", schauspielerte Else mitfühlend, wechselte jedoch sofort die Tonart: „Hör endlich auf zu flennen! Dein Gejammere habe ich mir zur Genüge ohnmächtig im Krankenhaus anhören müssen, als du Feigling, der du bist, mich mit Ledergurten ans Bett gefesselt hattest. Dir ist ja wohl klar, dass du gerade gestanden hast."

Adam sackte in sich zusammen und hockte wie

ein nasser Sack vor Else. Er wimmerte nur noch: „Ich habe mir so viel Mühe gegeben, ich habe mich geändert, ich bin ein guter Pfleger, aber die guten Stellen haben immer die anderen gekriegt. Ja, ich war ein Betrüger, ja, ich hab Schulden von früher, und im Casino … Und meine Gläubiger, die sind nicht zimperlich …“

Wie Schuppen fiel es mir von den Augen. Diese glatzköpfigen Bodybuilder mit den eng anliegenden schwarzen Anzügen, die ich so oft in Adams Nähe in der Residenz beobachtet hatte: Das waren nichts anderes als Schläger, Geldeintreiber der übelsten Sorte. Ein wenig leid tat mir Adam schon, vor allem bei so einer Kindheit.

Mein Mitgefühl hielt sich jedoch in Grenzen, zumal Adam nun den Mord an Ida Sutthoff gestand. „Dieser Brief, ich wusste ja nicht, was drinstand … Ich musste es tun …“

Kevin gab seinen Kollegen ein Zeichen. Sofort legten sie Adam Handschellen an. Kevin baute sich vor ihm auf. „Sie sind vorläufig festgenommen. Sie haben das Recht …“

Ich war stolz auf Kevin.

Ein bisschen aber auch auf mich. Und auf Else natürlich!

Adam wurde abgeführt.

„Das mit dem Handy …“, wandte sich Kevin an Else, die ihn allerdings sofort unterbrach, indem sie ihm kräftig auf die Brust tippte. „Wat muss, dat muss. Hauptsache der Dreck ist weg!" Dann schlang sie ihren Arm um mich. „Sind wir nicht ein tolles Team?"

Klar, wir waren ein wunderbares, ein fabelhaftes, ein unübertreffliches Team!

Während Else Margarete aufforderte, als nun neue Chorleiterin zum Abschluss der Feier noch ein letztes Weihnachtslied anzustimmen, lächelte ich Kevin so lieb an, dass er nicht anders konnte, als zurückzulächeln. Ich küsste ihn und sagte: „Wenn du Lust hast, können wir nachher noch auf einen Kaffee …"

Obwohl ich sehr leise gesprochen hatte, hatte Else es mitbekommen. „Ich sag doch immer, Schwüre sind nichts fürs Leben, sondern für die Tonne!"

Genau, und mein Tattoo würde ich mir auch weglasern lassen.

Es war der Tag nach Neujahr, ein heller, frostiger Wintertag. In der Nacht war Neuschnee gefallen. Nicht viel, aber doch genug, um die Straßen zu überzuckern. Ich war dick eingepackt und hatte mich bei Kevin untergehakt, wenn uns das auch nicht näher brachte, als wir uns ohnehin in den Tagen zwischen den Jahren gekommen waren. Sehr nahe …

Doch so glücklich ich war, es gab etwas, das ich noch regeln musste, und ich dachte, wenn Kevin dabei wäre, würde es mir leichter fallen. Ich war ihm so dankbar, dass er die Adresse herausgefunden hatte.

Wir erreichten die schmale Straße, die zum Waldrand führte. Ein großer liebevoll sanierter Bauernhof stand dort, die Dächer mit kleinen weißen Schneehauben, der Hof war freigefegt. Etwas entfernt, vor dem Horizont, über dem Gebäude auftauchend, war ein gelb angestrahlter rostroter Förderturm zu sehen. Klar, das war die stillgelegte Zeche, auf der Opa auch einmal gearbeitet hatte. Langsam traten wir näher. *Mehrgenerationenhaus Ludgeri* stand auf dem Schild neben dem offenen Tor.

Kevin spürte mein Zögern und drückte meine Hand.

Ich seine … und ging hinein.

Pendragon Verlag
gegründet 1981
www.pendragon.de

Originalausgabe
Veröffentlicht im Pendragon Verlag
Günther Butkus, Bielefeld 2017

Lektorat: Eike Birck, Fiona Dummann
Umschlag und Herstellung: Uta Zeißler, Bielefeld
Umschlagillustration: Daniel Unrau
Satz: Pendragon Verlag auf Macintosh
Gesetzt aus der Adobe Garamond
ISBN: 978-3-86532-586-0
Gedruckt in Deutschland